KB050503

맞선의
품격

§ 맞선의 품격 §

2014년 3월 26일 초판 1쇄 인쇄
2014년 3월 28일 초판 1쇄 발행

지은이 § 이아인
발행인 § 곽중열
기획&편집디자인 § 신연제, 이윤아
발행처 § (주)조은세상

등록 § 2002-23호.(1998년 01월 20일)
주소 § 경기도 고양시 일산동구 장항동 558번지 6호
Tel § 편집부(02)587-2977
영업부(031)906-0890
e-mail romance@comics21c.co.kr
블로그 http://goodworld24.blog.me
값 9,000원

ISBN 979-11-5512-424-6

CIP제어번호 : CIP2014009608
이 도서의 국립중앙도서관 출판시도서목록(CIP)은 e-CIP홈페이지(http://www.nl.go.kr/ecip)와
국가자료공동목록시스템(http://www.nl.go.kr/kolisnet)에서 이용하실 수 있습니다.

이아인 장편소설

GOOD WORLD ROMANCE NOVEL

맞선의 품격

(주)조은세상

contents

프롤로그. 7

1. 14   2. 33   3. 59

4. 89   5. 116   6. 145

7. 166   8. 206   9. 238

10. 258   11. 283   12. 312

13. 335   14. 357

에필로그. 379

프롤로그

"박선우 씨!"

선우가 고개를 돌려 뒤를 돌아봤다. 그녀는 미술선생으로 일대일 방문학습을 뛰며 바쁜 매일을 보내며 살고 있었다. 그리고 지금 그녀는 '맞선의 품격'이라는 싱글 맞선 프로그램에 출연하기 위해 면접을 기다리고 있었다. 드디어 그녀의 이름이 호명되었다.

선우가 빅백을 어깨에 걸치고 담당 PD를 만나기 위해 면접실 안으로 들어갔다. 이렇게 제멋대로 이런 신청을 하고 당일 남의 스케줄 따위는 국에 말아 먹듯 개무시한 이모를 곧 잡아먹어버릴 예정이었다. 면접실 안으로 들어가자 담당 PD가 자신의 이름을 또박 또박 견고딕체로 써내려간 네임카드를 목에 달고 그녀에게 인사를 했다.

'황진우.'

맨 끝 자가 같이 괜히 입가에 미소가 번졌다.

"뭐가 웃겨요?"

약간 까칠한 듯 보이는 진우가 그녀에게 물었다. 그녀가 고개를 저었다.

"자, 인터뷰 시작할게요. 합격 시에는 지금 따는 인터뷰 내용을 사용할 수도 있기 때문에 녹화는 뜨지만, 불합격 시에는 가차없이 삭제할 테니 너무 염려 마시고요."

진우가 기계적으로 말한다. 그녀도 기계적으로 끄덕거렸다. 의례적인 질문이 시작되었다.

"나이는 28세, 경기도에 위치한 서윤대 미대 출신, 현재는 방문 미술 교육 강사, 연봉은…… 공개하지 않는 편이 좋겠습니다."

"왜요?"

"이번에 신청한 여자분들 태반이 스펙이 화려해서요."

이해했다. 스펙이 화려한 사람들 사이에 껴서 배경녀가 될 바에는 차라리 부지런히 엄마 노릇이라도 열정적으로 해서 친목 관계라도 쌓자 싶었다. 이모가 말하길, "좋은 연줄이 되어줄 거야. 더 좋은 데로 취업해야지!"라고 했다. 그러자면 여기만큼 좋은 데가 없다는 것이었다.

이미 맞품 1기부터 36기까지 한 달에 한 번씩 정모를 하고 있고, 서로의 유대가 상당히 깊다는 소문이 퍼져 이곳에 들어가기 위해 이 프로그램에 신청하는 사람들도 늘고 있는 추세란다.

스펙 좋은 친구들이 많은 곳에 들어가면 아무래도 정보공유도 많을 테고, 조금 더 나은 직장에 소개를 받을 수도 있을 테니까.

남자친구를 사귀겠다, 그래서 결혼에 도달하겠다는 것보단 다른 목적을 둔다면 조금 의의가 달랐다. 이모의 말마따나 그녀는 강사 일에 조금 지쳐 있었다.

"취미나 특기로 잘하는 건 없나요?"

"3개 국어 가능하고, 어릴 때 잠시 춤을 좀 배웠지요."

"춤이요?"

"그게…… 말씀을 드려야 할지 모르겠는데……."

그렇다. 여기서라면 그녀의 과거 또한 제대로 이슈거리가 되어 줄 것이다. 이걸 이용해야 할지 말지는 전적으로 그녀에게 달렸지만.

"뭔데요?"

"사실은 아이돌그룹 멤버였어요."

이 사실이 이 쇼에 그럴듯한 아이템이 되어줄지 아닐지 자신할 수가 없어서 미적거렸다. 말했는데 반응이 뜨뜻미지근하면 무안할 것 같기도 하고.

"헐!"

진우가 눈을 번뜩이면서 호기심 가득한 눈빛으로 채근했다.

"누군데요?"

"말해도 잘 모르실 거예요. 1년 정도밖에 활동을 안 해서."

"글쎄, 누구냐고요. 그것만으로도 충분히 가십거리를 만들 수 있거든요."

"가십거리가 만들어지면 뭐가 좋나요?"

"좋죠. 아무래도 인터넷기사에 누구보다 먼저 노출이 될 테고, 세인들의 주목을 받을 거예요."

"하지만 전 그닥 미인도 아니고……."

"꾸며서 예쁘지 않은 여자는 없다는 게 제 생각입니다. 자, 정체를 밝히시죠. 아이돌그룹 누구요?"

진우가 집요하게 묻는 바람에 선우는 떨떠름한 미소를 지으며 이름을 말했다.

"〈포이즌〉이에요."

"헉! 정말이요?"

아는 건가? 모르면서 아는 척을 하는 건가?

"와하하하, 이게 무슨 인연이지? 제가 아는 사촌 동생 놈이 〈포이즌〉의 멤버 하나를 아주 사랑했었더랬죠. 그래서 알아요. 1집밖에 내지 않고 해체된 그룹이긴 하지만 노래는 정말 좋았던 걸로 기억해요. 저도 하도 들어서 이력이 났던 그룹이죠."

경악 그 자체였다. 자신을 기억하는 사람이 있을 줄이야. 어디다 대놓고 말해본 적도 없던 아이돌그룹이었고 10년 전에 방송활동 1년 하고 결국 해체되어버린 비운의 그룹이었다.

"멤버들 중에 박선우 씨가 있었던 가요? 전 기억이 가물가물한데……."

"네, 리드보컬이었어요. 당시엔 '빅토리아' 라는 이름을……."

갑자기 그가 의자를 뒤로 자빠트리면서 몸을 일으켜 세웠다. 요란스러운 그의 동작에 그녀의 몸이 저절로 뒤로 확 젖혀졌다.

"왜, 왜 그러세요?"

"정말! 정말 빅토리아예요?"

"마, 맞아요. 조, 좀 삭았죠?"

"와아, 이게 무슨! 좋습니다. 어쨌든! 빅토리아 씨가 여기 나왔다는 걸 일단 매스컴에 흘리도록 하죠."

"네? 아직 결정 안 된……."

"무조건 합격입니다. 이런 흥미진진한 사연을 가진 분을 제쳐 놓을 수는 없죠. 이거 재밌겠는데요?"

밖에 겨울눈이 펑펑 쏟아지고 있었다. 대체 이 황진우의 반응을 어떻게 해석하면 좋을까? 한물가다 못해 완벽하게 세인들의 관심 밖의 인물이 되어 시답잖은 미술선생 노릇이나 하는 그녀가 무슨 재 밋거리라고. 선우가 입가에 시니컬한 조소를 머금었다.

"꼭 나와주셔야 합니다."

진우가 인터뷰를 마무리 짓고 그녀에게 악수를 청했다. 선우가 얼결에 그의 손을 잡자 그가 격하게 흔들며 하얗게 이를 드러내 보 이며 웃었다. 이 남자, 혹시 이 남자가 그녀의 팬이었던 건 아닐까?

"야! 이 새끼야! 당장 오라니까!"

[그러니까 왜 그러느냐고! 한참 휴가를 즐기는 사람한테!]

"너, 기억 안 나냐? 너, 10년 전에 군대 갔다 오면서 2년 내내 너 의 귀를 즐겁게 해줬던 목소리가 있다고 했었지?"

[음, 그랬지. 〈포이즌〉의 빅토리아가 내겐 마음의 여신이었지.]

"나타났다고!"

잠시 침묵이 길게 이어졌다.

[장난쳐?]

"진짜라고! 이번에 우리 프로그램에 나온대. 너도 알지? 리얼 다 큐로 짝짓는 프로그램. 나흘간 동고동락하면서 정을 쌓다가 마지막 날 남자가 자신의 진심을 전하고 그 고백이 마음에 드는 상대는 남 자 측에 연락을 해서 일주일간 만나고 나서 커플이 될지를 결정하는 프로그램 말이야."

[알아. 딱 한 번 봤나? 손발 오글거려서 보다 포기했지만.]

"너, 나와라."

[뭐?]

"이 형 믿고 나와라. 여기 스펙 좋은 여자들 많이 나와. 더군다나 네 사랑 빅토리아도 여기 출연 결정했어."

또다시 긴 적막이 흘렀다.

"정수현! 듣고 있냐?"

[형, 내 나이가 벌써 서른네 살이야. 10년 전 팬심 따윈 이미 사라져버린 지 오래인데다, 난 지금 휴가 중이라고. 난데없이 웬 맞선 프로그램 출연이야? 그렇게 출연자가 없어?]

"무슨 그런 모욕적인 발언을 하냐? 출연자 요청 쇄도하고 있거든! 무시하지 마라. 시청률 20퍼센트를 확확 찍어대는 게 우리 프로야! 얼마나 쫄깃한 방송인데!"

진우가 자존심에 상처 받은 얼굴로 눈을 위아래로 부라렸다. 이놈은 뻑하면 형을 무시했다. 아무리 사촌 간이라고 해도 자신의 일에 대해서만큼은 남다른 애정과 자긍심을 지닌 그였다.

[안 나가. 장난치는 것도 아니고…….]

"그래라. 나는 그럼 미국에 계신 네 부모님에게 연락을 하도록 하마! 네 엄마가 이 소식을 들으면 어찌 나올지 궁금하네. 네 어머닌 한국인이라서 네가 한국 사람과 연애하다 결혼하기를 바라시지 않던가?"

[형!]

"나도 이렇게까진 안 하려고 했는데, 네 나이 서른넷이다. 이젠 결혼도 생각해야 할 나이야. 언제까지 그렇게 허공에 붕붕 떠다닐래? 땅에 발 붙이고 사람답게 살 궁리를 해야지. 네 새아버지는 뭐라 안 하시냐?"

[시끄러워. 어머니한테 전화만 걸어봐!]

"네놈 하는 거 봐서!"

[……신청서 넣어둬. 하여간에 형, 진짜 밥맛이야.]

"푸하하하! 고맙다. 새끼야! 끊자! 날짜랑 문자로 다 정리해서 보내줄 테니 확인하고. 칼같이 와라. 안 그럼 네 어머니 한국에 도착하게 만드는 수가 있다!"

[끊어.]

통화를 끝낸 진우가 주먹을 부르쥐고 '아싸'를 연달아 뱉어냈다. 아마 수현이 인생 마지막으로 좋아했던 아이돌그룹이 〈포이즌〉이었던 걸로 기억한다. 스물네 살에 열병처럼 찾아왔던 팬심이었다. 이후 어떤 가수를 좋아한다는 말 따위 들은 기억도 없다. 둘의 인연에 대해 얘기하면서 시청자들의 흥미를 유발하는 것도 꽤나 쏠쏠한 재미를 불러일으킬 것이다. 아, 그리고 수현이 가진 매력적인 외모가 아마도 시청률을 제대로 견인해주지 않을까 기대에 부풀었다.

"남 작가! 이번 38기 완전 시청률 대박 나겠어!"

그가 펄쩍펄쩍 뛰며 2주 뒤에 녹화에 들어가게 될 38기에 대한 기대와 흥분을 고스란히 드러냈다.

1.

선우가 초등학교 3학년 채연과 마주 보고 앉아 그림을 그리고 있었다. 채연이는 보통 또래 아이들보다 살이 포동포동하게 올라 덩치가 커보였다. 머리는 두 갈래로 나눠 리본끈으로 묶어 고정시키고 시력이 좋지 않은지 안경을 쓰고 있었다.

"채연아, 이걸 보면 뭐가 생각나지?"

"개구리를 보면…… 올챙이가 생각나요!"

아니, 개구리가 가진 무늬를 떠올리고 연상해주기를 바랐는데……. 그건 내가 바란 답이 아니란다. 채연아!

선우가 인내심을 가지고 다시 한 번 물었다.

"올챙이 말고 이 개구리를 보면 무슨 색깔이지? 여기 봐봐."

선우가 일부러 초록빛 몸통을 손가락으로 찔러가며 색상을 강조했다. 가끔 아이들의 무한한 상상력이 원치도 않는 답을 끌어내고 그로 인해 정해진 수업 시간이 늘어지는 경우가 있어 다음 수업 시간에도 영향을 끼치는 경우가 허다했다.

"초록색이요. 여긴 노란색이네요? 아, 이건…… 사탕 먹고 싶다."

또다시 얘기의 방향이 다른 데로 튀었다.

"좋아, 되게 잘하네. 우리 채연이가 벌써 색깔을 두 개나 잡아냈어. 초록이랑 노랑. 그렇다면 이건 무슨 색이야?"

"검정!"

"그렇지. 세 가지 색상을 가지고 우리가 뭘 그릴 거냐면 이렇게 패턴이라는 걸 만들 거야. 색종이를 오려서 개구리 한 마리에게 얻은 색깔을 이 안에 가득 채워 보는 거지. 어떤 모양이 되는지 궁금하지 않니?"

채연은 별로 관심 없는지 시큰둥한 얼굴로 그녀를 보더니 물었다.

"선생님은 몇 살이에요?"

"어?"

가야 할 목적지가 한참 위인데, 쓸데없는 일로 바닥에서 맴도는 그런 기분이었다. 선우가 입가에 미소를 지으며 대답했다.

"그건 별로 중요하지 않아. 그보단 얼른 색종이를 오려서 여길 채워 보자. 수업을 빨리 끝내야 채연이도 신나게 놀지 않겠니?"

"별로 관심 없어요. 선생님이 한 귀걸이 너무 예뻐요. 우리 엄마는 왜 그런 귀걸이를 안 하나 몰라요."

점점 얘기가 안드로메다로 빠져들고 있구나. 한숨이 푹 새어나왔지만 여전히 입가엔 미소를 머금었다.

"그러니? 그럼 우리 이런 귀걸이를 한 번 만들어 볼까? 개구리가 가진 색깔로 만드는 귀여운 귀걸이 말이야."

수업 의도와는 다른 수업이긴 하지만 아이가 원하는 방향으로 수업을 하는 게 효과적인 면에서는 훨씬 좋았다. 그렇게 겨우겨우 아이를 꼬여 수업을 끝내자, 학부모와의 상담에서 모친이 그녀에게 못마땅한 얼굴로 물었다.

"오늘 수업 방향하고는 다른 수업을 하신 것 같네요?"

"아, 채연이가 재미없어해서 되도록 아이가 호기심을 갖는 수업을 하는 것이 유익하다고 판단했어요. 그래서……."

"됐구요. 선생님이 이런 적이 어디 한두 번인가요? 대체 학교, 어디 나오신 거예요? 서울 장안에 있는 대학은 아닌 것 같고……. 사실 이런 교사 하려면 서울 내에 있는 대학 정도는 나와줘야 하는 거 아닌가요? 아이들 가르치는 거, 아무것도 아닌 것 같지만 사실 되게 중요해요. 이 아이가 가진 재주가 나중에 한국의 미래를 짊어질 수도 있는 거구요. 선생님을 고를 때 신중할 수밖에 없죠."

울컥, 분기가 치밀고 올라왔지만 선우는 애써 침착함을 유지하면서 대꾸했다.

"어머니, 저희가 취업이 되자마자 무조건 수업에 투입되는 게 아니라 정규교육과정을 몇 개월간 받은 후 일주일에 서너 번씩 수업과 관련된 교육을 받고 있어요. 아무리 서울에 있는 일류 대학을 나왔다고 해도 그런 교육은 전부 일괄적으로 받고 있구요. 다들 비슷비슷한 교육을 하고 있어요. 저만 이렇게 독특하게 수업하신다고 생각지 말아 주세요. 아이가 가진 재주가 다른 아이들과 다르다면 그 아이의 특성을 파악해서 저 또한 유동적으로 아이를 가르쳐야 할 의무가 있는 거구요. 혹시 이런 제가 불만이시라면 교육장 팀장님과 상담하셔도 무관합니다."

난색을 표하고 진지하게 대꾸하자, 채연 모친이 입술 끝을 얄밉게 슬쩍 휘어 올리더니 대꾸했다.

"뭐, 그런 걸 굳이 발끈해서 정색하고 대꾸할 필요가 있나요? 알
아들었어요. 그래도 앞으로는 애가 싫어해도 정규과정대로 수업을
강행해주세요. 그런 걸 하나라도 더 배우려고 이 수업을 돈 주고 선
택한 건데, 매번 선생님 마음대로 수업 방식을 바꾸는 건 아이에게
별 도움이 안 돼요."

다시 한 번 울컥 치밀어 올랐지만 학부모와 말싸움을 해서는 이
득 될 게 없었다. 선우는 입가에 담담히 미소를 짓고선 채연 모친이
아니라 채연을 바라보며 인사를 했다.

"채연아, 우리 다음 주에 또 만나자. 이거 마무리 못 지었으니까,
채연이가 엄마랑 같이 마무리해볼래?"

채연이 입술을 툭 내밀더니 모친을 올려다봤다. 그러자 모친이
눈을 위아래로 부라리듯 뜨더니 물었다.

"뭐? 왜 엄마를 그렇게 봐?"

"엄마 때문에 선생님하고 더 하고 싶었는데, 못 하잖아!"

채연의 한 마디에 당황스러웠던지 채연 모친이 어쩔 줄 몰라 하
더니 채연의 손을 꽉 움켜쥐었다.

"얼른 나가서 인사나 드려. 어차피 수업 다 끝나서 선생님하고 얘
기한 거잖니."

"난 선생님이랑 계속 수업할 거야. 엄마는 너무 못됐어!"

이건 대체 무슨 시추에이션인지. 딸이 엄마를 야단치는 해괴한
광경을 멍하니 바라보던 선우는 불편한 표정을 짓고 신발장 쪽으로
나와 구두에 발을 넣었다. 채연이 선우의 손을 꽉 쥐더니 앞뒤로 흔
들며 말했다.

"다음 주엔 더 재밌는 거 갖고 와야 돼요!"

"그래, 채연이 잘 놀고, 좋은 꿈 꿔야 한다!"

"네, 선생님! 안녕히 가세요!"

선우는 채연 모친에게 꾸벅 인사를 하고 현관문을 닫았다. 안쪽에서 채연이 모친에게 뭐라는 소리가 들렸지만 그녀는 애써 모른 척 외면하고 엘리베이터에 올랐다. 아직 두 타임이 더 남았지만 벌써부터 입이 마른다. 휴대폰 벨소리가 들려왔다. 학부모일 수도 있기 때문에 곧장 휴대폰을 확인했다. 그녀의 입가에 엷은 미소가 떠올랐다.

"응, 이모."

[어디니?]

"다음 수업 때문에 이동하려고. 왜?"

[다음 주니? 너, 맞선 프로 나가는 거?]

"어, 너무 기대하지 마. 잘될 것 같진 않아. 이모 말마따나 취업이나 더 좋은 데로 해보고 싶어서 하는 거니까……."

[에그, 못났다. 언제 연애하고 언제 결혼할래? 서른 전에는 결혼해야지. 이 이모가 너 신경 쓰느라 아무것도 못하고 살았으면 좋겠어?]

"이모, 나 이제 엄마랑 아빠 돌아가셨을 때 엉엉 울던 14살 박선우 아니야. 이젠 다 컸다고."

[알아, 알지, 이것아! 그래도 이모가 마음이 안 편해서 그래. 집에 반찬 좀 넣어뒀다. 냉장고 청소도 싹 해놓고 왔으니까, 뭐 없어졌다고 툴툴대지 말고.]

고맙고 미안한 마음이 일었다. 부모님이 사고로 작고한 뒤 이모 이준화가 그녀의 뒷바라지를 다 해줬다. 결혼도 그녀 때문에 늦게 하는 바람에 아직 슬하에 자식이 없었다.

"어, 이모. 나 지금 주차장이야. 이제 운전해야 돼."

[그래, 조심해서 들어가라.]

"응, 늘 미안하고 고마워."

[됐어! 얘!]

통화가 끊어졌다. 선우가 은회색 마티즈에 시동을 걸었다. 고등학교를 졸업하자마자 선우는 준화의 집에서 나와 대학 근처에 자취방을 마련하고 혼자 살았다. 준화의 집은 서울인데, 그녀가 다닌 학교는 경기도였기 때문에 오가는 시간이 너무 길어서 할 수 없이 자취방을 마련했다. 그때부터 지금껏 쭉 혼자 살아왔다. 그런데도 준화는 선우를 애잔하고 가슴 아파했다. 여전히 부모가 사고로 죽던 그날의 14살 선우로 기억하고 있나 보다.

되레 선우는 마음속 아픔을 묻어두고 덤덤히 살아가는 편인데, 준화가 더 가슴 아파하는 것 같았다. 사랑하던 언니를 하늘로 보내야 했으니, 얼마나 마음이 아팠을까. 그 마음이 이해가 돼서 어지간하면 준화에게 의지했다. 그게 준화를 돕는다는 걸 스무 살이 되어서야 알게 되었지만.

어쨌든 지금은 대학 졸업 후에 계속 일을 해서 그동안 벌었던 돈을 모두 모아 적금도 들어두고 쓸데없는데 소비를 하지 않아 그 돈으로 전셋집도 구하고 중고차 마티즈도 장만했다. 대신 쉼 없이 일만 해댄 덕에 유흥과는 거리가 멀었기에 추억이 많지 않은 게 단점이었다. 선우가 가속페달을 밟고 주차장을 빠져 나와 다음 집으로 이동했다.

두유에 빨대를 꽂은 수현이 트레이닝 바지에 손을 집어넣고 태블릿PC를 집어 들었다. 가야 하나 말아야 하나 정말 고민되는 섭외이긴 한데, 황진우가 누군가. 도사견으로 불리는 인간이었다. 한 번 물면 절대 놓지 않는 인간. 그런 인간에게 한 달간 휴가라는 소리를 한 자신의 입을 찢고 싶었다. 태블릿PC 전원을 켜고 인터넷에 접속한 그는 옛날 가수 〈포이즌〉에 대한 기사를 검색해 봤다.

당시 발라드곡 '내 가슴을 채운 너'라는 노래로 딱 한 번 정상에 올랐던 아이돌 댄스그룹이 있었다. 이 곡은 따로 활동도 하지 않은 데다 음반 8번 트랙에 있던 곡으로 기획사조차 이 노래가 뜰 거라고는 예상도 못했다고 한다. 그런데 이 곡은 그룹 〈포이즌〉의 리드보컬인 '빅토리아'가 부른 솔로곡으로 애절한 마음이 절절하게 담겨 많은 이들에게 사랑 받은 곡이었다. 어찌 되었건 오랜만에 그 곡을 재생해봤다.

오랜만에 24살의 군대 시절이 눈앞에 펼쳐졌다. 힘들었지만, 군 생활을 버틸 수 있었던 노래였다. 이후 미국으로 유학을 떠나면서 빅토리아에 대한 관심도 끊어지고 말았지만. 늦은 나이에도 누군가를 깊이 흠모할 수 있다는 걸 깨닫게 해준 여가수가 빅토리아였다.

-내 안에 깊은 흔적을 남기고 떠나간 너, 너를 지우려니 가슴이 찢어지듯 아파와. 너를 어떻게 지우니. 차라리 날 죽여. 이렇게 날 아프게 하지 말고, 한 번만 더 날 찾아와줘.

고작 18살이던 어린 소녀의 목소리에서 어떻게 이런 감정과 절실

함이 느껴지는지 알 수가 없었다. 뭔가를 알아내고자 했지만, 데뷔 1년 만에 사라져버린 그룹이다 보니 정보도 희박했다.

'그런데 온다고?'

맞선 프로에 나온다고? 리얼 버라이어티의 탈을 뒤집어쓴 이 프로는 나흘간 맞선 체험자들이 방송국에서 마련한 야외촬영지에 갇혀 오직 죽도록 데이트권을 확보하기 위한 게임만 죽어라 하다가 마지막 날 남자가 고백을 하면 여자가 승낙할 경우 일주일간의 데이트 기회가 주어진다. 그리고 이 데이트가 모두 끝나면 제작진이 정해준 위치에서 여자를 기다리다 끝을 맺는 프로그램이었다. 결혼이 그리 급한 건 아니니까, 나갈 마음은 없었는데 도사견 황진우 때문에 별수 없이 끌려 나갈 수밖에 없는 상황.

그렇다면 즐기는 수밖에.

"이름이 뭐랬더라?"

수현이 휴대폰을 찾아 진우에게 온 메시지를 다시 확인했다.

─이름은 박선우, 나이는 28살. 미대 출신이야. 여전히 매력적이야. 수수한데, 묘하게 사람 끄는 맛이 있어. 일단 만나봐. 그게 상책이니까. 꼭 그 사람이 아니어도 다른 여자들 중 하나를 골라봐. 어쨌든 네놈에게 이참에 여자 하나를 붙여줘야 나도 면이 설 것 같다. 우리 엄마한테!

'박선우.'

이름은 정확히 뇌리에 박혔다. 10대 땐 제법 글래머러스한 몸매와 상반되는 청초한 외모로 베이글녀라는 별칭을 얻으며 인기를 구가했는데, 지금은 어떤 모습으로 변했을지 궁금하긴 하다. 그런데 고작 고리짝 아이돌녀를 만나려고 휴가 중 나흘이나 반납해야 한다는 게 조금은 억울했다.

"아, 가기 싫다."

도사견이 으르릉거리면서 이를 드러내 보이며 그에게 달려드는 것 같아 별수 없이 나간다. 태블릿PC를 만지작거리고 있는데, 휴대폰이 울어댔다.

"여보세요?"

[수현이니? 한국 생활은 어떠니?]

모친 이설희 여사의 음성이었다. 그가 다리를 꼬며 소파 깊이 몸을 묻고 대답했다.

"그런대로 잘 지내요."

[이모가 맞선 보라는 소리 안 하든?]

"어머니, 저 좀 그냥 두세요. 알아서 좋은 사람 찾아볼게요."

[이젠 너한테 안 속아. 네가 서른 살 때부터 그 소리를 몇 번이나 나한테 한 줄 알고 그러니? 4년이나 속아줬으면 됐지. 이젠 안 속아! 너, 거기서 한 달 있는 동안은 무조건 여자 하나 데리고 미국으로 와야 한다. 알겠니? 내가 얼마나 네 아버지 눈치가 보이는지 알아?]

"제 아버지 누구요? 친부요, 계부요?"

[너, 어쩜! 말하는 본새하고는! 네 계부가 너한테 얼마나 잘해. 내가 하도 네 걱정을 늘어놓으니까, 네 계부도 널 걱정하는 거 아니니. 난 절대로 한국 여자 아니면 허락 안 해!]

"아니, 어머니. 어머니는 미국 백인하고 결혼해놓고 저는 안 된다는 게 말이 돼요? 앞뒤가 안 맞잖아요!"

[그래도 첫 번째 결혼은 한국 사람하고 해서 널 낳았잖니. 그거면 됐지! 난 네가 한국 사람과 결혼해서 한국에서 정착하기를 바란다.]

"그건 나중 얘기구요. 이런 얘기 정말 지루해요. 어머니, 전 세상에서 일 얘기가 제일 좋아요. 좋은 사람 나타나면 어련히 알아서 잘할까 봐 그러세요?"

[모르겠어. 난……. 네가 아버지와 이혼한 것 때문에 결혼에 대한 환상이 깨져서 결혼을 안 하는 것만 같아서 내가 불안해서 그래. 내가 아들을 불행하게 만든 엄마가 되고 싶지 않아서 이러는 거니까, 너도 제발 적극 협조해주기 바란다. 제발! 알겠니?]

"……후우, 네. 명심할게요."

통화를 끝낸 그는 정말 한국에서 아무나 한 명 끌고 미국으로 가야 하나 고민하게 되었다. 모친이 저런 생각까지 하고 있는 줄은 상상도 못했다. 나름 상처는 받았지만 이미 그건 아주 오래전 이야기였다. 이미 생부는 저세상으로 간 지 오래였고. 그는 몽블랑 볼펜을 들어 하얀 종이 위에 휘갈기듯 영문을 썼다.

Wedding.

❉

촬영 D-3.

갑자기 친구들이 선우의 집 앞으로 몰려왔다. 대학 때 같이 몰려 다녔던 친구 3명이 현관 앞에서 기다리고 있었다.

"어?"

"친구야! 술, 술이다!"

임정은, 이수정, 윤선애, 세 명의 친구가 아파트 입구에서 발을 동동 구르며 기다리고 있었다.

"안 추워? 여기서 대체 뭐해?"

"빨리 올라가자. 깜짝 이벵 한다고 정은이가 설치더니, 이게 뭐냐고! 얼어 죽을 것 같아!"

키가 크고 날씬해서 친구들 사이에서 모델이라 불리는 수정이 투덜거리며 말했다. 그도 그럴 것이 11월인데, 옷을 너무 얇게 입고 있어서 얼어 죽게 생겼다.

"얼른 들어가자!"

덩치 좋고 엄마같이 푸근한 인상의 정은이 들은 체도 하지 않고 선우에게 다가왔다.

"어떻게 됐어? 너, 촬영!"

"3일 뒤에."

"뭐야! 그럼 옷이랑 좀 사둬야지. 나흘간 내내 뭐 입으려고?"

"대충 입지, 뭐!"

"대충 입긴! 제대로 입어야지! 무슨 소리를 하는 거야!"

이번엔 학구적인 이미지로 딱 봐도 공부 잘하게 생긴 선애가 뿔테 안경을 슬쩍 들어올리며 말했다. 선우가 고개를 휘휘 저으며 입가에 환한 미소를 지었다.

"이 못된 것들! 내내 바쁘다고 튕기더니 내가 방송 나간다고 하니까, 이제야 찾아오냐? 얼굴 보기가 아주 하늘의 별 따기야. 지지배들이!"

선우의 타박에 다들 딴청을 부르며 앞다퉈 엘리베이터 상향 버튼을 눌렀다. 선우는 모처럼 따스한 마음을 느끼며 정은의 팔에 팔짱을 끼워 넣고 그녀의 어깨에 살포시 머리를 기댔다.

"잘 왔다. 애들아! 요즘 참 쓸쓸하고 그랬어."

수정이 곁으로 다가오더니 투덕거리면서 등을 쓸어 주었다.

"힘내라. 곧 부모님 기일이지?"

고마웠다. 친구 부모의 기일까지 기억해주는 사람이 있을까? 고마움에 입가에 미소가 번졌다. 이렇게 따스해지면 자꾸만 기대고 의지하고 징징대고 싶어지는데, 이 마음을 알까?

"왔다, 타자!"

선애가 똑 부러지는 음성으로 말했다. 엘리베이터에 오르자마자 정은이가 세부적인 계획을 풀어놓기 시작했다.

"우선 애 옷 좀 사자! 백화점이건, 보세건 간에 입을 만한 옷이 있어야지. 남자들한테 어필을 하든지 말든지 하지. 어디 보자. 우리 선우, 어느 부분이 매력 포인트더라?"

수정이 이리저리 눈매를 가늘게 좁히고 살피자 곁에서 보던 선애가 표정 변화 없이 말했다.

"선우는 가슴과 허리, 엉덩이 라인이 예술이지."

"오호! 그렇다면 무조건 짧은 미니 원피스 추천이요!"

지들끼리 북 치고 장구 치고 난리다. 정작 맞선엔 별 관심도 없는 선우였다.

"애들아, 쓸데없는 일로 시간 낭비하지 말고 우린 그냥 신나게 놀자. 그게 최고지!"

"놀기는 지지배야! 너, 이번엔 남자 하나 제대로 만나서 결혼해야지."

"지들도 노처녀 레벨로 강제 등업할 예정이면서!"

선우가 입술을 툭 내밀고 한 마디 했다. 정은이 선우의 옆구리를 툭 치면서 야단했다.

"넌 혼자잖아. 이모밖에 의지할 사람도 없고……. 우린 부모나 형제가 시끄럽게 곁에 붙어 걱정해주지만 넌 아니잖아. 그러니까 꼭 사랑하는 네 편이 필요해."

엘리베이터가 멈춰 섰다. 선우가 먼저 앞장서서 내리자 친구들이 우르르 따라 내리며 몸을 부르르 떨었다. 선우가 도어락 비번을 누르고 안으로 들어가기 무섭게 친구들은 벽면에 붙은 보일러 스위치를 먼저 누르고 식탁 위에 소주병을 늘어놓았다.

"선우야! 손 씻고 나와라. 우린 먼저 차려 놓는다."

"응, 기다려."

선우가 욕실로 들어가 손만 닦고 밖으로 나와 친구들 곁에 앉았다. 정은은 벌써 오징어를 바싹 구워 가위로 먹기 좋게 자른 후 마요네즈를 종지에 담아냈고, 수정인 소주잔을 씻어 내놨다. 선애는 쏘시지야채볶음과 골뱅이무침을 내놓겠다며 순식간에 후다닥 요리를 완성하더니 식탁 위에 턱 내놓았다. 그야말로 허기진 배를 채워주는 진수성찬이었다. 선우는 잔에 술을 채우고 친구들과 수다를 떨면서 즐거운 시간을 보냈다.

"선우야, 거기 가면 여자들이 서로 매력을 어필하려고 치열할 거야."

"알아. 이미 프로 몇 번 봐서 내용 파악 끝났어."

"그렇다면 마음의 준비도 해둬. 세상 사람이 다 너 같지는 않을 테니까. 분명 화나고 답답한 일도 있을지도 몰라. 세상에 좋은 걸 갖기 위해 온갖 여우짓을 마다하지 않는 것들이 분명 존재하니까."

"알지."

세상 다 산 사람처럼 심드렁하게 대꾸하자 충고를 하던 정은이 선우의 등짝을 퍽하고 때렸다.

"농담 아니야. 난 정말 네가 울까 봐 걱정돼서 이러는 거야."

"안 울어. 내가 미쳐서 그런 데서 진심을 끄집어내겠니? 안 해."

"그렇게 장담하지 마라. 거기 가서 인터뷰하는 사람들은 그러고 싶어서 하겠니? 자신도 모르게 그렇게 휩쓸리는 거잖아. 거긴 딱 두 개로 갈려. 선택당하는 자, 외면당하는 자! 넌 어느 쪽일 것 같아?"

"몰라. 관심 없어."

"바보야! 그렇게 심드렁한 태도를 일관하면 가차 없이 외면당해! 아후, 이 지지배, 진짜 아무 생각이 없네. 아후, 답답해."

"신경 안 쓰네. 외면당하라지. 그게 뭐, 겁나나?"

"얘가 정말 긴장감 하나 없이 이러네?"

친구들이 하나같이 걱정스러운 얼굴로 선우를 바라봤지만, 이미 아주 오래전에 가슴에 큰 상처를 입고 방송국을 떠났던 그녀였다. 아직 친구들에겐 과거의 그녀가 무엇이었는지 말하진 않았다. 대단한 기억일 수도 있지만, 다른 면에서는 쪽팔린 과거일 수도 있었다.

아이돌 출신 여가수가 고작 이런 평범한 삶을 유지하며 치열하게 살고 있다는 걸 보여주는 것도 자존심이 상했다. 이미 오래전 얘기이긴 하지만 아직까진 18살 그날은 그녀의 가슴에 스크래치였다.

"준비 좀 했냐?"

진우가 수현의 빌라까지 찾아갔다. 들어서기 무섭게 집 안을 샅샅이 훑으며 검사를 시작했다. 수현이 잔뜩 귀찮은 얼굴로 뒷머리를 벅벅 긁었다.

"좀 쉬자, 형!"

역시나 이놈 모양새 좀 봐라. 진우가 뱁새눈을 하고 수현을 노려봤다. 곱슬거리는 머리카락은 길러서 아무렇게나 자라고 있었고, 옷도 한 벌 가지고 버텼는지 목이 늘어져 후줄근했다.

"야, 인마! 너, 치열한 경쟁 속에 들어가는 거야. 거기서 정말 마음에 드는 이성을 만나게 되면 어쩌려고 꼬락서니가 이래? 미쳤어? 내 망신시키지 말고, 제대로 해라."

"어쩌라고."

"뭘 어째! 너, 회사 다닐 때 입던 게 뭐야?"

"슈트."

"그거 갖고 왔냐?"

"그걸 왜 갖고 와!"

"이야, 이 간덩이 부은 새끼! 기다려봐!"

진우가 무작정 옷장으로 달려갔다. 80평대에 이르는 어마어마한 최첨단 고급 빌라에 사는 주제에 드레스룸 안은 텅텅 비어 있었다.

"옷 어디 있냐?"

"네 벌만 갖고 왔지."

"이런! 씨! 너, 빨래는 하냐?"

"하지."

"옷, 어디 있어! 너, 그리고 당장 나가서 머리 좀 정리하고 와라!"

"귀찮은데!"

"가지가지 한다. 네놈이 세 살이냐, 네 살이냐. 이모한테 전화를
해야 네놈이 정신줄을 잡으려나?"

"간다. 간다고!"

진우가 한쪽 벽면에 세워놓은 슈트케이스를 열고는 기함하고 말
았다. 아니, 미국에서 한국이 한두 시간 거리도 아니고 이건 해도 너
무한 거 아닌가? 어떻게 시키면 트레이닝 쪼가리만 챙겨서 올 수가
있는 걸까?

"너, 정말 휴가 온 거냐? 그지 놀이하러 온 거냐?"

"쉬러, 정말 쉬러!"

"그러려면 휴양지에 갔어야지. 왜 한국이야? 이게 아주 한국 알
기를 우습게 아네. 여기가 네놈 트레이닝 입고 슬리퍼 북북 끌며 다
니는 놀이터야?"

수현이 헝클어진 머리카락을 뒤로 넘기면서 눈썹을 슬며시 치켜
올렸다.

"나랑 같이 나가자. 옷도 사야 하고, 머리도 잘라야겠다. 인물 훤
한 놈이 머리가 그게 뭐냐?"

"회사에선 아무도 뭐라 안 해."

"내가 뭐라고 하잖아! 내가! 이 자식아! 이게 사람이야, 노숙자
야!"

진우가 수현의 뒷덜미를 확 낚아채고 질질 끌고 밖으로 나갔다.
밖에 랜드로버가 세워져 있었다. 진우가 보조석에 수현을 집어넣고
운전석에 올랐다. 수현이 머리카락을 거칠게 넘기고는 트레이닝셔
츠 위에 입은 패딩점퍼 주머니에 손을 찔러 넣었다.

"춥다."

"말이라고 하냐? 넌 일단 키가 180센티는 넘지?"

"187센티미터."

"음, 좋아. 그렇다면 슈트발은 따 놓은 당상이고, 코트발도 좋겠군."

진우가 흡족한 미소를 지었다. 몸매 또한 보기 좋게 날렵했고 군살 하나 없이 근육질이었다. 게을러 보이지만 운동을 좋아하는 스포츠맨이었다. 그래서 하루 두 시간씩은 쉼 없이 운동한다 들었다.

"뭐 하는 거야?"

수현이 짙은 눈썹을 휘어 올리며 물었다. 불만 가득한 표정인데, 역시 이놈은 볼수록 잘생겼단 말이야. 숯으로 그린 듯한 짙은 눈썹, 쌍꺼풀이 얇은 눈매는 살며시 치켜 올라갔지만 눈매가 워낙 매력적이다. 눈도 큰 편이고 콧날은 오뚝하며, 입술은 살짝 도톰해서 보기 좋은 선을 그렸다. 얼굴은 연예인 잡아먹을 정도로 작고 어깨는 수영선수처럼 떡 벌어져 보기 좋은 비율을 이루고 있었다.

"제대로 이겨 버리는 거다."

저절로 승부욕이 타올랐다. 지금까지 나와서 잘난 척하던 녀석들을 한 번에 밟아버릴 능력자다. 외모면 외모, 학벌이면 학벌, 스펙까지 전부 다.

"시합이야?"

"시합이지. 얼마나 강한 놈이 많은 여자들에게 대시를 받느냐가 걸린 시합! 네가 이기는 걸 보고 말 테다. 여자들이 널 차지하기 위해 눈에 불을 켜고 덤비는 걸 보고 말겠어."

"형이 대리만족 느끼고 싶어서?"

아, 얄밉다. 저 깐족거리는 듯한 말투가 아주 밉상이지만 여자 앞에서는 저러지 않는다. 그리고 일을 할 때도 냉철하고 정확하게 대인관계를 한다고 들었다.

"말 막 해라. 그래봤자, 매만 벌지."

"훗, 형도 여전하다. 입 험한 게 어째 더 심해졌어. 한국 PD들은 학벌만 좋지 교양이랑은 담쌓고 사나 봐? 다들 입이 왜들 그래? 걸레 문 것도 아니고……."

울컥, 주먹을 말아쥔 손에 핏대가 솟았지만 프로그램에 나와 시청률을 견인해줄 놈이니 참기로 했다.

"감상 다 했냐? 이번에 한 번 참아줄 테니까, 너도 이번에 한 번만 참아. 입기 싫어도 입고 잘난 척 좀 해달라는 거야."

"가지가지 시킨다. 일단 해봐. 뭐든……. 이걸로 끝이다. 형 참견은!"

"알았어. 안 해!"

그래, 어차피 이 프로엔 한 번 나오면 그걸로 끝이니 상관없다. 사람을 앞에 놓고 간이건 쓸개건 다 내줘야 하는 것이 PD의 사명이 아니던가! 앞에선 뭐든 '네, 네'하다가 뒤통수 제대로 가격하는 것 또한 PD의 사명. 시청률을 위해서라면 못할 게 없었다. 재미에 죽고 흥행에 사는 직업병을 가진 자가 바로 그였다.

"자, 저기가 내가 아는 연예인들이 자주 가는 헤어샵이야. 일단 저기서 머리모양 먼저 정리하자."

"오래 걸리면 가만 안 둔다."

"참는 김에 그런 건 좀 더 참아주라."

랜드로버가 주차장에 멈춰 섰다. 그는 차에서 내리자마자 패딩

점퍼에 매달린 모자를 깊게 눌러쓰는 수현을 잔뜩 못마땅한 얼굴로
바라봤다. 저렇게 훤칠하고 잘생긴 놈이 왜 저렇게 하고 다니는지
이해 불가였다.

2.

선우는 차라리 조금 늦게 들어가는 편이 시선을 덜 받지 않을까 싶어서 차를 국도변 한길가에 세워놓고 평소 자주 듣던 발라드 가수의 노래를 듣기 위해 CD데크 버튼을 눌렀다. 음악이 흘러나오자 그녀는 안전벨트를 풀고 등받이 각도를 조절해 편하게 몸을 뒤로 눕혔다.

"아, 정말 이렇게까지 해서 결혼해야 하는 거야?"

심란스러웠다. 방송 소식을 접한 '미술상징' 지점에서는 열광적으로 지지하면서 나흘간 전후 사정을 설명하고 다른 강사를 임시로 투입할 테니 염려 말고 다녀오라 말했다. 지점은 물론이고 학부모들까지 그녀를 예의주시하는 상황인데, 아무도 선택을 하지 않는 쪽팔린 상황이 벌어지면 어쩌나 고민도 되었다.

'여기 오기 전까진 아무렇지도 않았는데…….'

전국에 시청되는 방송이라 생각하자, 이제 슬슬 부담감이 밀려오기 시작했다. 온갖 쪽팔린 상황이 벌어져 결국은 누구보다 사랑이 하고 싶다며 울부짖는 바보가 자신이 되면 어쩌나 불안하기도 했다. 불안감을 누르려고 친구 정은에게 전화를 걸었다.

[왜! 왜 전화야!]

"정은아, 나 정말 하기 싫어."

[이미 늦었잖아. 너, 지금 어디야?]

"촬영장 근처."

[그런데 왜? 이제 와서 도망이라도 치려고? 너, 인간 그렇게 안 봤는데 되게 약한 애였나 보다? 네가 칼을 꺼내 뭐라도 썰 요량으로 나선 거잖아. 이모가 등을 떠밀긴 했지만 네 발로 거기 가서 면접도 했고, 가겠다고 방송국 사람들과 약속한 거잖아. 그래놓고 물 먹이면 그 사람들은 입장이 뭐가 되니? 촬영 들어가면 괜찮아질 테니까, 일단 무대포로 달려가. 너답게 막 부딪쳐. 그러다 보면 답 나오겠지.]

"뭐야! 뭐가 나다워. 나 되게 소심해. 내가 언제 그렇게 무대포였다고!"

[웃기네! 너 대학 1학년 때, 기억 안 나나 보다? 6월인가에 방인국 선배 좋아하는데, 선배 군대 간다니까 술 먹고 꽐라 돼서 어떻게 했더라.]

컥, 갑자기 숨이 탁 막혀왔다. 누구에게나 치욕적인 과거는 있게 마련이고, 그녀에겐 그때가 딱 사상 초유로 찌질했던 시기이기도 했다. 미쳤던 거지.

"끊자."

[야! 난 적어도 그때의 네가 가장 멋있었던 걸로 기억해. 감정에 솔직했잖아. 그때의 넌 진짜 순수하고 솔직했어. 그렇게 해야 사랑

도 하는 거야. 넌 그 이후로 누구에게도 네 감정을 드러낸 적이 없잖아. 양심에 손을 얹고 그렇게 뜨겁게 누굴 갈망해본 적이 있기는 하니?]

막상 생각해보니 그날처럼 미친개마냥 울어젖히며 누군가를 향해 뜨거운 마음을 토했던 적이 없었던 것 같았다.

-선배, 좋아해요. 너어어어무 좋아해서 매일 심장이 너덜너덜해요. 그러니까 군대도 가지 마요어어어어엉!

인국은 당시 그녀의 난데없는 고백에 뜨악했고 주변에 있던 선후배들은 입대를 앞둔 인국을 위해 이별 잔치를 벌이다 공황상태에 빠지고 말았다. 그 일로 그녀는 대학을 졸업하기까지 4년 동안 '방인국의 그녀'라고 불렸고, 남들 다 해보는 그 흔한 CC도 못해보고 학교를 졸업해야 했다. 물론 이후 인국이 복학을 하면서 다시 마주쳤지만, 서로 못 본 척하고 지나쳐야 했다. 주변의 시선이 너무도 대단해서 뭘 시작할 상황도 아니었다.

'열렬히 고백한다……'

20대 중반이 넘어가면서 목청 돋워 소리칠 일이 있었던가? 늘 우아한 척 품위 있는 척하느라 도도한 말투를 유지할 뿐 속마음을 절대로 드러내 보이지 않는다. 그건 누구나 마찬가지였다. 사회생활을 하면서까지 속내를 다 드러내 보이는 사람이 몇이나 되겠는가!

'아, 지겨운 사랑……'

하게 되면 너무 깊게 빠져 헤어 나오지 못하고 아파 울게 되고, 안 하면 어딘가 고장 난 바보 취급을 당할까 전전긍긍하게 되고 마는 그런 거였다.

선우는 의자를 일으키고 다시 시동을 켰다. 날씨는 맑고 좋았다. 기분 좋게 시작할 수 있을 것만 같은 예감이 들었다. 그녀는 가속페달을 밟아 촬영지 쪽으로 차를 몰았다.

촬영지 입구에 다다르자, 촬영 스태프들의 셔틀버스부터 시작해 승합차들까지 줄줄이 세워져 있고 입구 부분에서는 무전기를 든 스태프 하나가 그녀 쪽을 향해 야광봉을 흔들어대고 있었다.

"누구세요!"

차창을 내린 그녀가 스태프를 향해 대답했다.

"촬영 때문에 왔어요."

"성함이요."

건조한 물음에 그녀는 바로 이름을 말했고, 그는 무전기를 들어 바로 그녀의 신원을 확인하더니 말했다.

"저기 우측으로 들어가 주차하시고, 노란 패딩점퍼 입은 스태프한테 마이크 달아 달라 요청하세요."

"네, 수고하세요."

다시 차창을 닫고 운전해서 그가 안내해준 대로 주차를 마치고 트렁크에서 케이스를 꺼내 손잡이를 당겨 밀면서 노란 패딩에게 다가갔다.

"저기…… 출연자 박선웁니다."

인사를 하자 여자 스태프가 그녀를 보더니 마이크를 몸에 채워주더니 실내 스튜디오 입구 쪽으로 자연스럽게 걸어 들어가라고 했다. 이제부터 진짜 촬영을 시작한다면서. 갑자기 긴장이 되면서 얼굴이 새하얗게 질리기 시작했다. 그녀는 숨을 후후 몰아쉬고 실내 스튜디

오로 올라가는 언덕배기를 걸어 오르기 시작했다. 오르자 카메라 수십 대가 일제히 그녀 쪽을 비추는 것이 아닌가.

'아이고, 맙소사!'

이리도 많은 카메라가 자신을 쏘아 보게 될 거라고는 상상도 못했다. 그녀는 마른침을 삼키고 천천히 비탈길을 걸어 올랐다. 친구들의 제안으로 새파란 롱코트에 검은 블라우스와 진그레이 헤링본 패턴 팬츠를 입었다. 몸매는 보기 좋은 55사이즈였고 가슴도 적당함을 조금 넘어선 풍만함을 지니고 있어서 옷을 입으면 태가 예쁘게 나와주는 편이었다. 키도 170센티미터였고 다리가 긴 편이다. 정장 스타일로 옷을 입고 나서면 시선을 잡아끄는 편이어서 잘 차려입고 나서면 자신감도 상승되는 게 사실이었다.

그녀는 최대한 어깨를 활짝 펴고 잔디로 들어섰다. 이미 다섯 명의 여자 중 두 명이 도착해 있었다.

"안녕하세요."

선우가 먼저 깍듯하게 인사를 하고 들어가자 여자들도 인사를 했다. 그리고 반대편에 앉아 있던 남자 셋이 그녀를 보더니 몸을 세워 인사를 했다. 서로의 시선이 얽히는 것이 느껴졌다. 남자들을 정확히 보지는 못했지만 그렇게 확 와 닿는 남자는 없는 것 같았다.

'그러면 그렇지!'

멋진 남자가 방송에까지 나와서 사랑을 갈구하겠는가! 지금까지 나온 방송만 봐도 영화배우 뺨치게 잘생긴 남자는 없었다. 스펙이나 집안은 좋았지만 하나같이 평범했다. 하긴 이런 데 와서 연예인같이 잘생긴 남자를 찾는 것도 문제다.

'그래, 나 눈 높다.'

그래도 기왕이면 다홍치마라고 첫눈에 너무 잘생겨서 한눈에 혹하는 상대가 있기를 바랐다. 기대는 안 한다면서 그런 건 바라고. 사람 마음이 정말 간사한 모양이었다. 그렇게 앉아서 두 명의 여자가 더 오기를 기다렸다.

"저기, 남자는 모두 몇 분이 오시는 건가요?"

"남자는 네 명이라고 들었어요."

연갈색으로 염색한 마른 체격의 여자가 대답했다. 얼굴이 유난스럽게 하얗고 키가 큰 편이었다.

"남자는 한 분만 더 오시면 되나보네요."

"네, 여자는 두 분 더 와야 하구요."

시간 개념이 없는 사람들인가? 그녀는 휴대폰을 꺼내 시간을 확인했다. 이미 10분이 훌쩍 지난 시점이었다. 그때 두 명의 여자가 동시에 캐리어를 끌면서 올라왔다. 다들 머리부터 발끝까지 연예인 뺨치게 단장해 입고 나타났다.

이 중 단연 최고는 몸매가 상당히 좋고 얼굴도 어디선가 본 듯하게 너무 과한 미모를 지녔다 싶은 여자였다. 연예인일지도 모른다고 예상하면서 선우는 약간의 불안감을 느꼈다. 모든 남자의 마음이 저 여자 한 사람에게 갈지도 모르겠다는 불안감.

그때 검은 택시가 들어오더니 한 남자가 선글라스를 끼고 내려섰다. 다들 자차를 몰고 나타났는데, 이 남자만 모범택시를 타고 들어오니 시선은 한 번에 그에게 쏠렸다. 남자는 놀랍도록 멋진 몸매에 훤칠한 키, 긴 팔과 다리, 훈훈한 얼굴 사이즈로 여자들의 시선을 한 번에 받았다.

남자는 블랙 롱코트에 진그레이 폴라니트, 블랙팬츠를 입고 나타

나 택시 트렁크에서 캐리어를 내려 유유히 걸어 올라왔다. 헤어스타
일도 예사롭질 않았다. 언뜻 보면 연예인이 아닌가 싶을 정도로 완
벽한 스타일링을 자랑했다. 여자들이 일제히 숨을 쉬지 않는다는 사
실을 깨달은 선우는 입가를 휘며 결심했다.

'저 남잔 패스.'

무조건 안 한다. 여자들이 승냥이 눈빛으로 전쟁을 선포하는데,
굳이 그 싸움에 끼고 싶지는 않았다.

"자, 모두 도착하셨지요?"

메가폰을 쥔 진우가 출연진들에게 물었다. 출연진들이 일제히 일
어나더니 진우 쪽으로 모여들기 시작했다. 곧장 갈아입을 트레이닝
차림의 옷이 지급되었다. 자신들의 프로그램 롤이 붙은 패딩점퍼가
하나씩 지급되었다.

"자, 등 뒤에 테이핑 처리가 되어 있죠? 서로의 이름만 공개하도
록 하겠습니다."

그 말에 여자들은 서로서로 등판에 붙은 이름표를 떼기 시작했
다. 그러자 본명이 하나씩 드러났다. 남자들도 이름을 공개한 후 서
로 인사를 했다.

"나이와 직업, 학벌 등은 정확히 마지막 날 오전 중에 공개하겠습
니다. 오늘부터는 이름만 알고 서로에 대한 정보는 되도록 노출하지
말아 주시고요. 노출 시에는 하루 동안 출연 정지되고, 방 안에 감금
당하십니다. 휴대폰을 이용한 검색을 막기 위해 촬영기간 동안은 휴
대폰도 스태프들이 보관하도록 하겠습니다."

하루를 사용할 수 없다는 건 굉장한 불이익이었다. 여기선 하루
에 사랑의 작대기가 어디로 향하게 될지 알 수 없기 때문이었다.

"자, 스태프가 배정해주는 숙소로 들어가셔서 일단 짐을 푸시고 30분 후에 점심 준비를 위한 조를 짜겠습니다. 게임을 할 예정이니, 만반의 준비를 하고 나와주십시오. 올라가세요."

남자 4명, 여자 5명이 바쁘게 움직이기 시작했다. 남자들이 여자들의 짐을 들어주겠다며 다가와 자연스럽게 말을 걸고 인사를 했다.

"곧 스태프가 휴대폰을 받으러 다닐 테니까, 전원 버튼 끄고 넘겨주세요."

이번엔 메가폰을 쥔 FD가 외쳤다. 여자 스태프가 돌아다니며 휴대폰을 전부 수거했다. 숙소 내로 들어가자 1층과 2층으로 분리되어 있고, 남자는 2층을 쓰고 여자는 1층을 쓰게 되어 있었다. 주방도 있고, 화장실도 각각 나누어져 있어서 나흘간 함께 살기엔 수월할 듯 보였다. 방 안에 들어오자마자 여자들은 인사를 시작했다.

"안녕하세요. 강혜림이에요."

가장 빼어난 미모를 지닌 여자가 먼저 분위기를 리드했다. 그러자 차례대로 자신의 이름을 말하기 시작했다.

"유지연이에요."

"서정아입니다."

"전 박선우라고 합니다."

"이진희입니다."

인사를 마치자마자 혜림이 바로 자신의 속내를 드러냈다.

"그 남자 봤어요? 이름이…… 정수현이라고 하던데……."

"봤어요! 완전 잘생겼죠! 훈남에 걸조남이에요."

걸조남이라, 걸어다니는 조각남을 줄여 말하는 본새를 보아하니 나이가 어릴 것 같았다. 방금 대답한 사람은 유지연이었다.

"뭐예요? 혹시 다들 정수현 씨 찜한 거 아니죠?"

다들 서로의 눈을 이리저리 살피더니 대답을 피했다. 사실 누가 누굴 선택하는 건 자유 아닌가? 굳이 자기 취향을 드러내 보이고 남의 앞까지 막을 필요는 없었다. 무엇보다 그 걸조남이 알고 보니 게을러터진데다 성격도 별로인 이상한 남자라면 어쩌려고 저러는지.

"완전히 멋있던데. 전 아주 첫눈에 반했잖아요. 정수현 씨, 직업 모델 쪽 같지 않아요?"

그러자 지연이 바로 대답했다.

"그럴지도 모르죠. 저도 처음 봐요. 그렇게 멋진 남자는……."

"하지만 남자가 너무 외모가 빼어나면 좀 그렇던데……."

이번엔 자기 개성을 드러낸 이가 있었으니 서정아였다. 지연은 키가 작고 아담해서 귀엽게 생긴 얼굴과 잘 어우러져 여성스러운 매력이 있었다. 정아는 마른 체형에 얼굴색이 유난히 하얀 편이었다. 처음 도착해서 말을 건넨 이가 바로 정아였다.

"이진희 씨는 어때요?"

"기왕이면 보기 좋은 떡이 먹기도 좋지 않아요? 성격이 궁금하군요."

다들 정수현에 대해 궁금해 했다. 하지만 선우는 신승호라는 남자에게 눈이 갔다. 외모가 두 번째로 좋았고 수수했지만 과묵해 보였다. 자신의 일에 대한 자신감으로 어깨가 활짝 벌어진 모습도 그랬고, 당당한 눈빛도 그랬고 매사 자신감 넘치는 타입 같았다. 하지만 그저 첫 느낌이 그럴 뿐, 그게 호감인지 어떤지는 자신할 수 없었다. 일단은 묻어가는 걸로.

"저도 정수현 씨 성격이 궁금해요."

그리고 외모 자신감으로 눈에 뵈는 게 없어 보이는 강혜림이 꽤히 밉상이었다. 잘생긴 남자는 무조건 세련되고 예쁜 여자를 선호할 거라는 근거 없는 확신에 차서 정수현이 무조건 자신을 선택할 거라는 자신감이 눈빛에 읽혔다.

"뭐, 어쨌든 다들 잘해보자고요!"

마무리를 이따위로 하고 있다. 선우가 얼굴을 굳히고 입매만 살짝 틀어올렸다. 나름 웃는다고 웃는데 남들 보기엔 썩은 미소가 되었다. 이렇게 표정에 티가 나서야.

노크 소리가 들렸다. 막 옷을 다 갈아입은 여자 출연자들이 모두 문쪽을 바라봤다. 당연히 스태프이겠거니 하고 거울을 들여다보느라 다들 여념이 없을 때였다.

"네!"

문이 열리더니 약간 살집이 있어 보여 덩치가 커 보이는 윤재혁이 얼굴을 내밀었다.

"나오시랍니다. 안녕하세요, 윤재혁입니다!"

재혁의 인사에 여자 출연진들이 일제히 거울을 손에서 내려놓고 그를 향해 최선을 다해 햇살 같은 미소를 띠었다. 전쟁 돌입이었다.

'아, 집에 가고 싶다. 너무 치열해.'

빤히 보이는 경쟁 속에서 자신을 감추고 눌러야 한다는 게 고달 팠다. 그래도 마지막까지 살아남아 적어도 좋은 성품이 돋보이는 사람은 곁에 남겨놓고 말겠다는 결의를 다졌다. 나이가 드니 점점 사람 사귀는 일이 하늘의 별 따는 것만큼이나 힘든 게 사실이었다. 좋은 인연을 맺을 수만 있다면 남자 하나쯤 가뿐하게 포기해줄 마음도 있었다.

승호가 옷을 갈아입고 선 정수현을 쳐다봤다. 몸이 그야말로 예술이었다. 운동깨나 한다는 그보다 더 근사한 몸매를 지니고 있었다. 근육도 덩어리근육이 아니라 잔근육이었고 키가 훤칠한데다 전체적인 비율이 월등했다. 같이 온 남자들까지 잔뜩 주눅이 들어 서로 눈치만 살피는 와중이었다.

"운동 뭐 하세요? 정수현 씨."

수현이 검은 라운드 니트에서 머리를 빼내더니 고개를 돌려 그를 바라봤다. 헤어스타일도 짧고 시크한 느낌이었다. 전형적인 도시 미남 스타일이었다. 그가 재빨리 니트를 입더니 웃으며 어깨를 으쓱했다.

"운동이라면 다 좋아합니다."

"얼마나 해야 그런 근육이 생기는 건가요?"

"하루도 쉬지 않고 운동하는 편이에요. 식이요법도 하고 있어서 더욱 유지가 잘 되는 걸 겁니다."

"식이요법까지 해요?"

"아침을 제외하고는 되도록 그렇게 하려고 하죠."

"여기선 어려울 텐데요."

"어쩔 수 없죠. 몸 좀 망가지면 어때요. 돌아가서 다시 운동하면 되니까 상관없어요."

성격까지 소탈한 편이었다. 운동에 미친 남자라면 대번에 닭가슴살까지 싸들고 다니면서 식이요법을 유지하려 애를 쓸 텐데, 살이 붙어도 개의치 않겠다는 걸 보니 그렇게 까다로운 성격을 가진 것 같지는 않았다. 잘생겼는데 성격까지 괜찮으면 곤란한데.

"정수현 씨는 연애 되게 많이 해봤을 것 같아요."

"왜 그렇게 봐요?"

"잘생겼잖아요."

"그래서 몇 번 못 해봤어요."

"네?"

그게 무슨 궤변이냐는 듯 쳐다보자, 윤재혁과 유현중이 동시에 시선을 들어 수현을 응시했다.

"여자들이 접근을 잘 안 해요. 당연히 사귀는 사람이 있을 것 같아 뵈는지, 접근도 안 하거니와 퇴짜를 맞을 것 같아 무서운지 말도 잘 안 걸어서 제 주변엔 온통 남자뿐입니다."

"그래도 몇 번은 해봤겠죠."

절대 믿을 수 없다는 얼굴로 말하자, 수현이 입가에 어색한 미소를 지었다.

"한두 번이야 했죠. 나이가 몇인데, 한 번도 안 했겠어요."

그냥 보면 20대 중반 정도쯤으로 보이는데, 말하는 투는 거의 30대 같았다. 진중하고 솔직한 면모를 드러내 보이는 걸 보면 연애전쟁을 하기 위해 왔다기보다는 연애게임을 하기 위해 온 듯한 느낌이었다.

승호는 여기에 전쟁 개념으로 왔는데, 이렇게 가벼운 마음으로 온 사람을 보면 어째야 할지 암담하다. 집안에서 결혼을 하라고 하도 닦달을 해서 견디다 못해 여기에 직접 신청을 했던 거였는데.

"참, 여러분들은 누가 신청해주거나 그런 건가요?"

"저는 사촌형이."

수현이 먼저 대답했다. 그러자 재혁은 누나가, 현중은 친구가 해줬다고 대답했다. 직접 자기 손으로 신청서를 쓴 사람은 자기뿐인가

보다. 그만큼 절실한 사람도 자신뿐인 듯했다.

"그런데 다들 누굴 좋게 봤어요?"

"수현 씨는?"

"전 아직……."

대답을 보류한다. 이럼 곤란하다. 잘생긴 수현이 먼저 여자를 지목해주는 게 마음 편한데, 이렇게 되면 다들 수현의 눈치를 보고 여성을 공략해야 할지도 모른다. 수현이 지목한 여성은 백프로 수현에게 마음이 갈 테니, 닭 쫓던 개 신세가 될 게 뻔하지 않은가. 그런 사태를 미연에 방지하려면 지금은 누구보다 수현의 마음이 중요했다.

"다른 두 분은?"

"전 일단 가장 미인이신 강혜림 씨한테 눈이 가던데요?"

"저도……."

현중과 재혁이 한 여자를 찜했다. 이러면 선택의 폭은 저절로 높아진다. 그렇다면 조금 마음 편하게 여자를 골라볼 수도 있겠다. 아직 이렇다 할만하게 눈에 차는 여자가 없으니.

짐을 올린다고 왔다 갔다 하거나 혹은 자신이 갖고 온 약이나 먹을거리를 냉장고에 쟁이는 일을 한다거나 하면서 수현은 자연스럽게 여자들과 눈인사를 했다. 그러다 선우와 계단 입구 쪽에서 어깨를 부딪쳤다. 그가 다른 데를 보다가 몸을 틀면서 앞으로 나가는 중이었기 때문에 그녀의 몸이 부딪치면서 뒤로 확 밀려나고 말았다. 놀란 수현의 손이 정확히 그녀의 가냘픈 허리를 억세게 움켜쥐었다. 수현이 하얀 낯빛으로 눈을 휘둥그렇게 뜨고 그를 바라봤다.

"박선우 씨?"

"네…… 미, 미안해요."

"아뇨. 제가 미안하죠."

그녀의 몸에서 따스하고 포근한 꽃향이 은은하게 퍼져 나왔다. 그는 아쉬운 듯이 천천히 그녀의 몸을 놓았다. 그녀가 은은한 미소를 지어 보이며 헝클어진 머리카락을 귀 뒤로 넘기고 수줍게 인사를 했다.

"그럼 저기 가볼게요."

그런데 이번엔 서로 가는 길이 꼬여서 두 사람이 동시에 같은 방향으로 전진하는 바람에 계속 부딪칠 뻔했다.

"먼저 가요."

수현이 멈춰 서서 가라고 제스처를 취하자, 선우가 그를 흘끗 보더니 볼을 붉히며 감사하다 말하고는 사라졌다. 이상하다. 그저 흔하디흔하게 벌어질 수 있는 해프닝밖에 안 되는 순간이었는데, 지나치게 선명했다. 마치 슬로우 비디오마냥 천천히 모든 게 전개되는 것 같았고 그녀의 잔향이 오래도록 후각 끝에 맴돌았다. 호기심이 일었다.

이때부터 그의 시선은 쭉 박선우라는 여자에게 꽂혀 있었다. 그녀는 혼자 남겨지면 여지없이 무표정에 가까운 얼굴로 굳어 있다가 누군가 다가오기라도 하면 훈련된 영업용 미소를 지어 보였다. 아이돌가수 훈련을 받으며 기본으로 배웠을 방송용 매너인 것이다. 그리고 그녀는 스스로 도드라지기를 원치 않는지 늘 다른 사람들보다 반걸음 정도 뒤로 물러서 있었다. 존재감 없이 있다가 조용히 사라지겠다는 의미가 아니고 무엇이겠는가.

그런데 이거 어쩌나? 이미 그의 눈에 띄어버린 것을. 그가 픽하고 속으로 웃음을 흘렸다. 이렇게 된 이상 박선우를 이 프로그램에서 단연 돋보이는 존재로 만들고픈 승부욕이 생겼다. 그러면 자신을 누르고 감추려 했던 그녀는 어떤 반응을 보일까?

식사를 준비하기 위한 팀을 짜기 위해 게임이 시작되었다. 게임은 한 마디로 '출발 드림팀'을 연상케 했다. 체육관만큼 커다란 공간에 제작진이 여러 기구들을 만들어 놓고 게임을 시작하는데, 가장 먼저 들어온 사람에게 좋은 기회들이 주어진다. 첫 번째 게임은 특수 제작된 세트 위를 달리는 게임으로 물 위에 떠 있는 스펀지 100여 개를 이용해 가장 짧은 시간 내에 도착하는 사람이 승자가 되는 게임이다.

게임이 시작되자마자 남자들 중엔 순위가 금세 정해졌지만, 여자들은 반 이상이 물에 빠져 허우적거리는 상황이 계속 반복되었다. 그렇게 게임을 이어가다가 여자들끼리는 다른 방식으로 식사를 만들 파트너를 지정하기로 협의를 했다. 제작진들은 커다란 박스를 갖고 와 남자 출연진들을 그 안에 감추고 고르는 간단한 게임을 제안했다. 물론 2위 안에 들어간 남자들만 박스 속에 숨고 탈락자들은 제작진들과 다른 곳에 몸을 숨긴다. 나머지 박스 속에는 제작진들이 몸을 감추고 있다. 여기서 뽑힌 남녀커플은 곧장 시장으로 장보기 데이트를 나가고 남은 사람들은 요리 준비를 하는 것이 게임의 룰이다.

강혜림이 1번으로 나갔다. 오랜 망설임 끝에 박스 하나를 고른 강혜림의 입가에 쾌재의 미소가 번졌다.

"박스 속 남자 나오세요."

황진우 PD의 음성에 박스가 열리더니 2위를 한 윤재혁이 나타났다. 그러자 혜림이 굳은 표정으로 입매를 비틀었다.

"어? 이상하네요? 향수 냄새가 다른데……."

"아, 제가 땀이 많아서 아까 정수현 씨 향수를 좀 빌려 썼거든요. 냄새가 좀 많이 났나요?"

"아, 아니에요."

혜림의 발언이 노골적으로 정수현을 찍었는데 엉뚱한 사람이 나왔다는 뉘앙스로 비쳐졌음에도 재혁의 입가에선 웃음이 떠나질 않았다. 다음 타자는 지연이었는데, 지연, 정아, 진희는 꽝, 마지막으로 박스를 연 선우는 별 긴장감 없이 게임에서 1위를 한 정수현을 만나게 되었다.

"안녕하세요."

수현이 그녀를 보자마자 인사를 했다. 선우도 뻣뻣하게 그에게 인사를 하고 입을 다물었다. 제작진이 메가폰에 대고 외쳤다.

"가위바위보로 설거지를 해야 하는 팀을 선정할게요. 장보기 데이트를 다녀온 팀 중에 한 팀으로 정하겠습니다."

"가위바위보 잘해요?"

수현의 물음에 선우는 잠시 망설이다가 고개를 저었다. 게임이라면 하는 족족 걸리는 블랙홀인 그녀였다. 다른 머리는 좋은데, 이상하게 센스 부족인지 게임만 하면 꼭 벌칙 수행이었다. 수현과 짝이 된 것도 약간 벌칙 같은 느낌마저 들었다. 자기가 갖지 못할 상대와의 시간은 낭비였다.

"그래도 잘해봐요. 이겨서 같이 장보러 가야죠."

당연히 잘생겼고 우월하니까 도도하고 오만할 것만 같았는데 그는 의외로 인간미가 넘쳤다. 잘 웃고 예의도 바르게 행동하고 있었다. 일부러 먼저 말도 건네고, 웃으며 화답하기도 하고. 예상했던 것과는 달라 조금 당황스러웠지만 방송용 미소일지도 모른다는 생각에 살짝 경계심을 품었다.

바로 가위바위보 게임이 시작되었다. 혜림의 눈빛이 수현에게 노골적으로 닿았다. 그런데 정작 수현은 혜림의 눈빛을 무시하듯 외면했다. 한 번쯤은 마주쳐 주고 눈인사라도 할 법하건만 어쩐 일인지 수현은 혜림에겐 칼같이 굴고 있었다.

'이상형이 아닌가?'

조금 쌤통 같다는 심정이 이는 걸 보면 선우는 자신의 마음속에 악마가 살고 있는 것만 같았다.

가위바위보 게임에서 선우네가 혜림네에게 졌고, 설거지는 선우 커플이 맡기로 했다. 두 쌍의 커플이 시장을 보기 위해 이동했다. 물론 차는 두 대로 나눠서 이동하게 되어 자연스럽게 데이트하는 분위기가 조성되었다. 혜림의 눈빛에서 과도한 빔이 발사되었지만, 이 또한 제 복이지 싶어 신경 끄기로 했다.

"운전 잘해요?"

"그럭저럭이요."

"그래도 제가 할게요."

수현의 말에 선우가 고개를 끄덕거리고 조수석에 올랐다. 차에 오르자마자 수현은 시동을 걸더니 안전벨트를 당겨 고정시켜 주었다.

"제가 해도 되는데……."

"프로그램 특성 알잖아요. 조금이라도 더 많은 매너로 여심을 녹여라! 콘셉트에 따르기로 했거든요. 제가……."

"아, 네……."

그가 안전벨트를 채워주더니 가만히 그녀를 아주 뚫어져라 바라봤다. 그녀가 입가를 팔뚝으로 슥 닦아내며 눈을 피하고 물었다.

"뭐, 뭐가 묻었어요? 추해요?"

"어디서 본 것 같아서요."

추파를 던지기 위해 한 말이라면 너무 질리도록 흔한 멘트다. 선우가 피식 입가를 휘었다.

"그럴 리가요. 수현 씨 같이 잘생긴 분이었다면 한 번에 기억했을 거예요. 제가……."

"고마워요."

수현이 입가에 단정한 미소를 짓더니 곧장 가속페달을 밟아 차를 움직였다. 나름 놀리는 재미도 좋았다. 하지만 그보다 더 좋은 건 그녀의 외모였다. 새하얀 얼굴, 흰 목덜미, 고운 선을 그리는 눈썹과 풍성한 속눈썹, 무엇보다 빨간 입술. 그가 뭐라 말을 걸면 당황스러운지 자꾸만 귓불을 발갛게 붉혔다. 발갛게 젖어버린 귓불과 우아한 곡선을 그리는 목덜미를 보고 있자니 심장이 쿵쿵 뛰기 시작했다. 볼수록 강한 매력을 지닌 여자였다. 그녀의 무릎 위에 놓인 손끝이 분홍빛인 기다란 손가락을 으스러지게 잡고픈 충동을 가까스로 억눌렀다.

그는 귀찮은 듯이 룸미러를 통해 뒤따라오는 촬영 차량을 흘끗 바라봤다. 괜히 촬영이라는 걸 하겠다고 허락했나 보다. 평소의 그라면 다짜고짜 박선우에게 들이대다가 덜컥 입을 맞춰 정복해버리고 얼이 빠지게 한 뒤, 섹스를 해버리고 말 텐데. 여기서는 차마 질풍같이 몰아치는 방식으로 여자의 마음을 뺏을 수는 없는 게 갑갑했다.

그의 시선이 앞을 향했다. 그의 차 앞에는 혜림네 조가 타고 있었다. 혜림이 자신들의 차를 뒤쫓아 오라고 해서 수현은 지금 앞차와의 거리를 팽팽히 유지하는 중이었다.

"날씨가 되게 춥죠?"

"12월 되면 아마 더 추워질 거예요."

"눈 좋아해요?"

"어릴 땐 좋아했는데, 운전 시작하면서는 별로예요."

"하루 동안 쉬는 경우엔 보통 뭘 하세요?"

의외였다. 수현이 질문을 하며 분위기를 끌어가고 있었다.

"쉰다면 아침에는 뒹굴거리면서 자는 편이에요. 늦은 아침 겸 점심 먹고 영화 한 편 다운 받아서 보고, 음악 들으면서 집 청소 끝내놓고 나가죠. 근처에 아주 큰 서점이 있어요. 거기 가서 한 시간 정도 눈호사를 누리다가 근처 슈퍼에서 맥주 두 캔 사 들고 유유히 집에 와요."

"혼자 살죠?"

"티 났어요?"

"혼자 사는 사람의 일상이잖아요. 영화는 주로 어떤 장르 좋아해요?"

"잡식성이에요. 액션, 스릴러, 공포, 멜로⋯⋯. 다 봐요, 최근엔 미국 시즌제 드라마에 꽂혀서 다운 받아 보느라 죽다 살았어요. 밤새워 보다 눈알 터지는 줄 알았다니까요. 수현 씨는 하루 쉬는 날엔 뭐해요?"

"거의 반나절은 곰이에요. 동면하는 곰처럼 자다가 나가서 두 시간 동안 운동해요. 그리고 좋아하는 와인 바에 가서 술 좀 마시다가 친구들 만나 클럽에서 좀 놀고 집에 돌아와 영화 한 편 보고 자죠."

수현이 입가에 미소를 엷게 띠었다. 여자와 일상적인 대화를 나누는 이런 평범한 순간을 갖게 될 줄이야. 초스피드 인스턴트식 연애만을 하던 그에게는 지금 이 순간이 매우 낯설면서도 묘한 감각을 일으켰다. 낯설면서도 뻐근하면서 심장에 자극이 되는 그런 순간이었다.

사람이 없는 데서는 표정을 얼려버리는 여자가 적어도 누군가의 시선을 의식하면 재빨리 예의 바른 여자인 양 연기를 한다. 이 여자의 가장 큰 특색은 바로 음성이었다. 노래하는 듯한 고운 음색은 듣고 있노라면 저절로 기분이 상쾌해지는 느낌이었다.

유독 그녀의 목소리를 좋아해 읊조리듯 부르는 노래를 많이 찾아 들었었다. 그런데 바로 옆에서 들으니 상상 이상이었다. 저 목소리가 음탕한 신음을 흘리며 야한 소리로 바뀐다면 어떨까? 갑자기 심장이 두근두근 뛰었다. 미치도록 해보고 싶었다.

"남자나 여자나 별반 다를 게 없군요. 수현 씨는 어떤 장르를 좋아하는데요?"

"전 주로 액션이죠. 스릴러도 아주 좋아하고요. 판타지도 좋아하지만 멜로는 체질상 못 보겠어요."

"드라마 쪽은요? 한 사람의 일대기를 다룬 감동적인 얘기들 있잖아요."

선우가 고개를 돌려 수현의 옆얼굴을 응시하며 물었다. 그는 핸들을 한 손으로 쥐고 운전에 집중 중이었는데, 왼손으로 운전을 했다.

"평가가 좋다면 보지만 졸릴 것 같으면 아예 안 봐요."

남자들이 대부분 저렇지 않나? 졸린 영화는 딱 질색이고 비명 나오고 피 나와줘야 하고 상대방 후려치는 파열음은 배경음으로 깔려야 몰입해서 보는 종족.

"음악은 뭘 좋아해요?"

"잡식성이죠. 다 좋아요. 클래식, 대중가요, 락 할 것 없이 한 번 꽂히면 질리도록 들어야 직성이 풀리는 타입이에요."

이런 부분이 호기심을 자극했다. 한 곡만 질리도록 듣는다니. 생각만 해도 진저리가 나는 습관이었다.

"가장 오래 들었던 노래가 뭐예요? 왜 한 번 꽂히면 오래 듣는다니까, 그 기간이 궁금해서요."

수현이 그녀를 흘끗 보더니 입매를 천천히 늘였다. 편안한 대화가 오고 가는 중이라 선우는 아까까지만 해도 느꼈던 어깨의 경직이나 긴장감이 사라져 아주 편하게 질문할 수 있게 되었다. 부담스럽게 인물이 좋아서 대화 내용도 별로일 줄 알았는데, 의외로 재밌다.

"아나 모르겠어요. 우리나라 아이돌그룹 〈포이즌〉이 부른 곡인데……."

쿵, 쿵, 쿵!

둔기로 뒤통수를 세 대 가격 당하고 정강이까지 걷어차인 이 기분은 뭔지. 지금 이 남자 입에서 왜 하필 아주 오래전에 덮어 놓았던 추억의 한 페이지가 열린 것일까? 그녀는 눈을 이리저리 불안하게 더듬거리며 대답도 못하고 우물쭈물했다.

"제목이 '내 가슴을 채운 너'예요. 1집 8번 트랙에 있는데, 한 6개월간 이 노래만 들은 것 같아요. 그렇게 길고 질기게 들은 곡은 없었던 것 같아요."

"그렇게…… 좋던가요?"

"목소리가 애절하고 깊이가 있어서 홀린 듯이 들었어요. 마치 내 여자친구가 곁에서 허밍으로 가볍게 노래를 불러주는 듯한 느낌이었죠. 당시 군대 입대와 집안 문제 때문에 많이 힘든 상황이었는데, 저에겐 그 노래가 치유제였죠."

진짜인가 보다. 농담으로 하는 그저 그런 인사치레 말이 아니었다. 하긴 그는 그녀가 〈포이즌〉의 '빅토리아'라는 걸 모른다. 그러니까 저런 말도 하는 거겠지만.

"그래도 6개월은 좀 심하군요."

"그만큼 좋아했어요. 그 멤버를……."

나이가 어린 걸까? 나이를 가늠할 수가 없으니, 언제 그녀를 그렇게 흠모했는지 알 길이 없다. 그가 자신을 좋아했다 말하니 가슴이 두근거리고 볼이 발갛게 달아올랐다. 딱히 고백을 들은 것도 아닌데 기분이 왜 이런 걸까? 아무렇지도 않게 한 단면만 보여주다 이 프로그램에서 하차하리라 마음먹었는데 어째 불길하다.

수현은 매너가 좋은 편이었다. 차에서 내리려 하자 그가 먼저 나와 차문을 열고 대기했다. 덕분에 그녀는 실로 오랜만에 호사를 누리는 기분이었다. 그가 보여주는 모든 행동이 상대방을 착각에 사로

잡히게 할 무기라는 걸 알면서도 아주 조금 그를 좋게 보고 말았다. 내려서자 혜림이 팔짱을 끼고 삐딱하게 서서 둘을 기다리고 있었다. 재혁이 웃으며 수현에게 다가왔다.

"무슨 대화가 그렇게 많아요? 재밌나 봐요."

"네, 재밌습니다."

수현의 대답이 단 1초도 망설이지 않고 나오자 혜림의 얼굴이 급격하게 푸르스름해져갔다. 재혁은 오히려 아주 즐거운 미소를 입가에 지었다. 혜림이 수현에게 추파를 던지려 하는데, 수현은 딱 잘라 선을 그어두고 다가오지 못하게 하고 있었다.

"식사 어떻게 할까요? 선우 씨? 좋아하는 거 있어요?"

선우의 입가에 엷은 미소가 번졌다. 그런데 대답은 승자의 쾌감에 젖은 그녀가 아닌 혜림이 했다.

"전 고기 빼곤 다 좋아해요. 수현 씨는요?"

혜림이 곁으로 바싹 다가오더니 수현에게 물었다. 수현의 미간이 확 구겨졌다. 개인적으로 이런 여자는 물리도록 상대해봤다. 그러다 결국 질려버린 게 그였다. 알아서 살랑거리는 여자 쪽은 공을 들일 필요도 없다.

남자란 무릇 공을 들일 필요가 없는 손쉬운 여자에겐 별 관심이 없다. 손만 뻗으면 금세 달려와줄 그런 여자에게 누가 시간 낭비를 하겠는가! 차라리 스스로 반걸음 물러나서 흔적을 지우려는 여자 쪽이 훨씬 흥미롭다. 저렇게 수수한 듯 우아한 미모를 지녔으면서도 어떻게 존재감을 지울 수 있다고 생각한 걸까? 그 발상마저 갸륵하지 않던가!

혜림이 눈을 똑바로 올려다보는 꼴이 자기를 한 번이라도 제대로 보게 해볼 요량 같았다. 수현은 흘끔 혜림을 곁눈질하듯 대충 보더니 다시 선우를 응시했다. 지금 그의 눈에는 박선우 외에는 들어오질 않았다.

"선우 씨는요?"

"전 아무거나 좋아하지만…… 이런 날은 아무래도 고기를 굽는 게 제일 좋지 않나요?"

"어머, 선우 씨! 전 고기 안 좋아해요."

혜림의 찌르는 바늘 같은 말에 선우가 입가에 미소를 교교히 짓고 말했다.

"그럼 혜림 씨는 따로 먹고 싶은 거 골라 오세요. 일단 제일 만만한 삼겹살과 야채를 준비하는 게 가장 효율적일 것 같아요. 재혁 씨는 어때요?"

"전 혜림 씨하고 같이 장 볼게요. 고긴 저도 좋아합니다. 삼겹살, 목살, 종류별로 부탁해요."

"넵!"

가볍게 인사를 하자, 재혁이 혜림의 팔을 잡아끌었다.

"혜림 씨, 뭐 먹고 싶은 거예요?"

말소리가 이어졌지만 뭐라는지 들리지는 않았다. 선우가 수현을 쳐다보며 물었다.

"수현 씨도 고기 괜찮은 거예요?"

"좋죠."

"그냥 회 종류로 할 걸 그랬나요?"

"남자가 넷이나 되는데, 회를 어떻게 감당해요? 참치 한 마리를 잡아 옮겨야 끝날 걸요."

혜림에게 너무 딱 잘라 단호하게 굴었나 미안한 마음이 들었는데, 수현이나 재혁의 반응 덕분에 한시름 돌렸다. 싫으면 역시 티가 나나보다. 이런 데까지 와서 자기 입맛만 강조하고 나서는 타입을 어찌 받아들여야 할지 암담했다. 결국 뭘 사올지 모르지만, 어찌 되었건 거치적거리는 혜림이 떨어져 나가자 아까처럼 다시 편안한 분위기가 되었다. 선우가 먼저 앞장서며 그에게 말했다.

"가죠."

시장 안으로 들어간 선우와 수현은 정육점에서 삼겹살 등 여러 종류의 돼지고기를 사고 육질 좋은 한우도 아주 조금 샀다. 그리고 쌈을 위해 각종 채소를 종류별로 구입하고 양파와 버섯을 구입했다. 그러다 마늘을 들고 사야 하나 말아야 하나 고민을 하는데, 그가 말했다.

"키스할 것도 아닌데, 뭘 고민해요. 돼지고기엔 무조건 마늘이 있어야 하지 않나요?"

"그렇긴 하죠?"

갈등이 해결되자 마음이 편안해졌다. 마늘도 적당히 넣고 무침용 파와 같이 마실 술도 몇 병 구입했다. 적당한 알코올은 되레 방송에 도움이 되기 때문에 연출진 측에서 술은 공급해주기로 했다. 단, 일정량 이상 마시는 건 금지였다. 주사를 부려 추태를 만방에 방송하는 사태를 벌여서는 곤란하기에.

"국거리 좀 살게요."

"요리 잘해요?"

"뭐, 그럭저럭이요. 자취생활을 오래했더니 느는 건 요리와 고독뿐이군요."

선우가 농담하듯 그리 말하자 수현이 입가에 미소를 띠고 그녀를 넌지시 바라봤다. 그녀의 눈부신 미소가 수현에게 묘한 설렘을 안겨주었다. 알고 있을까? 자신의 웃는 모습에서 눈부신 영채가 뿜어져 나온다는 사실을? 혼자 보기 아까울 만큼 웃는 모습이 아름답다. 그가 모아 놓은 카탈로그 속 억지 미소와는 완벽하게 다른 싱싱한 미소였다.

"조금 무뚝뚝하게 보였는데, 웃는 거 보니까 인상이 완전히 달라 보여요."

"제가요?"

"웃는 게 훨씬 좋아요."

왜 이러는 걸까? 사람 심장 두근거리게. 바로 곁으로 다가와 얼굴을 가까이 들이밀더니 저렇게 속삭이듯 한 마디 하고 확 멀어졌다. 아무래도 여자 킬러인 듯했다. 그게 아니고서야 저렇게 여자 가슴 벌렁거리는 포인트를 정확히 알고 있다는 게 말이나 되나? 우뚝 멈춰 있던 선우가 표정 없이 고개를 돌려 그의 뒤를 쫓았다. 그는 능숙하게 된장찌개를 끓일 재료들을 엄선해 고르더니 계산을 하고 슈퍼로 들어가 된장을 샀다.

"이 정도면 되죠?"

처음엔 몰랐는데, 이 남자 곁에서 들을수록 목소리가 너무 매력적이었다. 낮고 깊은 중저음의 음성으로 꼬박꼬박 존대를 하니 이상하게도 너무나 당연한데 존중 받는 기분이었다.

'와, 미쳤나보다.'

얼굴값 하는 것일 뿐이다. 정수현은 그저 끝내주게 잘생긴 미남일 뿐, 스쳐 지나는 바람 같은 존재다. 여기서 그와 엮일 일 따윈 손톱만큼도 없을 것이다. 그러니 더 이상 심장아, 뛰지 말아줘!

3.

수현의 입가에 미소가 번졌다. 처음에 선우를 봤을 땐 지적이고 냉정해 보이는 타입이라 파고 들어갈 데가 없어 보여서 방송에 나온 걸 조금 후회했다. 10년 전 자신이 좋아했던 그 목소리의 주인공일 거라고는 상상조차 할 수 없을 만큼 그녀는 수수해졌다.

웨이브진 검은 머리카락을 어깨 아래로 늘어트리고 있지만 10년 전과 많은 것이 변했다. 18살의 그녀 모습이 그에겐 완벽하게 각인 되어 있는데, 지금 그녀는 그때보다 더 많이 성숙했고 분위기도 좋 아졌으며 특유의 밝음은 내다 버리고 한층 가라앉은 모습이었다. 세 파에 찌든 것까지는 아니더라도 호된 세상을 맛본 표정이었다. 눈빛 은 잿빛 도시만큼이나 공허해 보였다.

그랬는데 우연히 커플이 되고 보니, 이 여자 정감 있다. 무표정하 던 얼굴이 여러 가지 애기를 꺼내기 시작하면서 생기를 띠고 두 볼 에 핏기가 돌아 발그레해졌다. 그리고 그가 예의를 차릴수록 그녀는 어쩔 줄 몰라 하며 귓불을 붉히는데, 그 모습도 귀여웠다.

10년 전 아이돌그룹 멤버였던 당시와는 다르지만 여전히 똑같은 목소리를 갖고 있었고, 그 목소리로 부드럽게 이런저런 얘기를 털어놓았다. 솔직했고 망설임 없는 표정이 당당해 보였다. 그리고 더 흥미로운 건 강혜림을 대할 때 보이는 그녀의 확고한 태도였다.

  딱히 혜림이 싫은 건 아니지만 노골적으로 관심을 드러내 보이는 여자도 별로 마음에 들지는 않았다.

  수현이 양손 가득 든 비닐들을 트렁크에 넣으며 윗부분을 꼼꼼히 묶고 선 선우를 내려다봤다. 그때 뒤에서 혜림과 재혁이 다가오는 소리가 들렸다. 뒤를 돌아보자 혜림과 재혁의 손에는 달랑 과일만 들려 있었다.

  "과일만 샀어요?"

  수현이 재혁을 보고 묻자, 혜림이 기다렸다는 듯이 다가오더니 장본 내용물을 이리저리 살폈다.

  "많이 샀네요?"

  "같이 먹어요."

  수현이 마지못해 말을 걸자 혜림이 환하게 웃으며 고개를 끄덕거렸다. 그는 얼른 시선을 들어 혜림의 등 뒤에 선 선우와 눈을 맞추고 말했다.

  "타요. 얼른 가죠. 사람들 배고프겠어요."

  그는 선우가 오기를 기다렸다가 차문을 열어주고 안전벨트도 꼼꼼히 채워줬다. 물론 그의 행동에 당황하며 저지하려던 선우의 손이 허공에서 허우적거리며 맴돌았지만, 그는 무시했다. 그 모습을 뒤에서 유심히 본 혜림이 인사치레마냥 말했다.

  "매너가 정말 좋으세요!"

"글쎄요. 아무한테나 이러는 건 아닙니다."

누구에게나 하는 매너라고 치부하고 싶어하던 혜림의 얼굴이 살짝 굳었다. 그는 외면하고 곧장 운전석에 올라 시동을 걸었다. 혜림도 재혁에게 가더니 차에 올랐다.

"저기 혜림 씨 같은 스타일 어때요?"

물론 별로다. 그런데 촬영 중이라는 걸 인식해서 속내를 밝히는 건 자제했다. 마음 같아서야 궁금해 죽겠는 박선우를 태우고 시키면 밤길 속으로 사라져버리고 싶었지만, 보는 눈이 너무 많아 그건 불가능하다. 하루 종일 앞에 앉혀 놓고 그녀의 얼굴을 마주 바라보기만 해도 재밌을 것 같았다. 쩔쩔매며 손에 땀을 쥐고 볼을 붉혔다가 파래졌다가 할 게 뻔했다.

"모르겠어요. 좀 더 있어봐야 알겠죠."

예의 바른 건 체질에 맞지 않는데, 예의 바르게 행동하려니 죽겠다. 원래 여자한텐 말을 편히 한다. 그런데 방송이라 체면치레 때문에 할 수 없이 예의를 지키는 중이었다. 사실 이런 모든 순간에도 어떤 식으로든 강한 스킨십을 해서 그녀를 천천히 자기 것으로 만들어버리고 싶었다.

"끼가 많아 보이지 않나요?"

"그래 보여요?"

"여자들끼린 딱 보면 척이거든요."

"남잔 끼 너무 많은 여자 별로 안 좋아해요."

"왜요?"

선우가 눈을 휘둥그렇게 뜨고 바라보는데 하마터면 그의 심장이 펑하고 터질 뻔했다. 10년 전에 그가 모아뒀던 카탈로그 속의 그

얼굴이 어렴풋이 보였기 때문이다. 그가 굳은 표정으로 시선을 돌리고는 대답했다.

"나한테만 부리는 끼라면 좋지만, 다른 남자들 앞에서도 부리는 끼는 별로거든요."

"아하, 그렇구나."

그가 곁눈으로 선우의 옆얼굴을 살폈다. 군더더기 하나 없이 예쁘장한 얼굴이었다. 그는 화려한 얼굴을 좋아하지 않는다. 저렇게 지적이고 우아한 생김새를 선호한다. 그가 다시 정면을 주시하고 물었다.

"마음에 드는 사람 있어요?"

"음, 네."

"저는 아닌가 보군요."

"쿨럭, 쿨럭!"

선우가 사레들린 기침을 터트렸다. 그러다 새빨갛게 물든 얼굴로 그를 보며 빙그레 면목 없는 미소를 띠었다.

"사실…… 너무 잘생긴 남자는 좀…… 부담이 돼서요."

"초반부터 자르깁니까?"

"그, 그런가요?"

"나흘째 되는 날 결정해요. 너무 빨리 마음 결정 내려두지 말고."

"네, 그건 그렇네요. 사람을 좀 더 알아야 하니까요."

"중요해요. 그건……."

선우가 환하게 웃던 미소를 지우더니 괜히 손바닥으로 무릎을 문질거렸다. 10년 전 그녀가 쇼프로에 나오면 한쪽에 앉아 늘 하던 습관이었다. 긴장감으로 몸이 굳으면 손에 땀이 차던지 그때마다 하던 행동 중 하나였다.

그녀를 보고 있는 게, 10년 전 그날 어딘가인 것 같아 묘한 기시감이 느껴졌다. 마치 그녀를 아주 오랫동안 알고 지낸 것마냥 마음이 편하고 즐거워졌다. 사실 여기 올 때까지만 해도 이렇게 몰입하게 될 줄은 몰랐다. 황진우 때문에라도 재밌게 촬영해줄 마음도 없었다. 황진우가 원하는 대로 해주고 싶지 않기 때문이다. 거 봐라, 내가 재미없을 거라고 하지 않았느냐고 보란 듯이 그런 짓을 시큰둥하게 남발하다 방송을 끝낼 참이었다. 그런데 선우를 만나고 마음이 변했다.

10년 전보다 외모는 더 농염하고 우아해졌고, 분위기마저 생겼다. 그가 그리던 이상형과 근접해 있었다. 표정이 조금 마음에 걸리긴 했지만, 대화를 해보면 꾸밈이 없었다. 이렇게 흥미를 유발시키는 여자는 실로 오랜만이었다. 이런 가치 있는 선물을 받아 놓고 정복욕을 갖지 않는 사내는 진정한 사내가 아니다.

마음을 정했다. 이 프로에서만큼은 그녀를 누구에게도 빼앗기지 않기로.

식사를 마치고 자연스럽게 선우와 수현이 설거지를 했다. 설거지가 끝난 뒤 수현이 잠시 나간 새 뒷마무리를 하고 있는데 정아가 곁으로 다가와 커피를 탔다. 둘은 이런저런 대화를 나누다가 맞선남들의 정보를 주고받았다.

"성격이 어때요? 정수현 씨는?"

"좋던데요? 전 괜찮게 느꼈어요. 매너도 좋고."

"어쩜 잘생긴 사람들은 좀 거만하던데, 전혀 그렇지 않았나봐요."

"안 그렇더라구요. 우리 나가 있는 동안 정아 씨랑 다른 일행들은 뭐 했어요?"

"제작진이 인기투표를 해야 된다고 해서 그거 답하고, 각자 인터 뷰 씬 따 가더라고요. 여기에 왜 오게 되었느냐, 마음에 드는 사람은 있느냐, 뭐 그런 거 물어보던데요?"

"아아, 제작진이 시장 보고 온 사람들도 이따 나와서 해야 된다고 하더라고요. 남자들하고는 얘기 좀 했어요?"

"신승호 씨하고 잠깐 짧게 얘기를 해봤어요. 나이가 좀 있을 것 같다는 생각이 들던데요."

"왜요?"

"좋아하는 노래에 대해 얘기하다가 조용필, 유재하, 김현식, 이런 사람들 얘기하고 그러던데요? 식성도 전혀 까다롭지 않고 잘 먹는 편이라 좋긴 한데 나이가 많으면 좀 곤란한데 싶어서요."

"몇 살까지 커버돼요?"

"전 4살 정도까지만요. 그 이후는 좀 부담되고…… 선우 씨는요?"

"전 뭐 나이는 연하만 아니면 돼요."

"아하하, 그렇구나."

"신승호 씨, 성격은 좋아 보이나요?"

"네, 매너까지는 아니더라도 리액션이 괜찮아요. 무슨 말을 하면 반응이 즉각 와줘서 괜찮더라고요. 단답형도 아니구요."

"대화는 이어지기 편하겠네요. 그건 수현 씨도 마찬가지예요."

선우가 식탁을 행주로 닦아내고 있는데, 혜림이 수현에게 다가가 뭐라 말을 하자 수현이 혜림의 뒤를 쫓아 나가는 모습이 눈에 들어 왔다. 그걸 본 정아가 곧장 말했다.

"혜림 씨가 수현 씨를 가만 안 두네요. 오자마자 바로 끌고 나가는데요?"

"열 번 찍어 안 넘어가는 나무 없다잖아요. 저러다 보면 잘 되겠죠."

"선우 씨는 수현 씨한테 관심 없어요?"

"잘생기면 아무래도 속 썩을 것 같아서요."

"그건 좀 그렇죠?"

"제가 음식물 쓰레기 밖에 버리고 올게요."

"고마워요."

선우가 봉지에 담은 음식물 쓰레기를 플라스틱 전용통에 넣고 뚜껑을 덮어 밖으로 나갔다. 점퍼를 입지 않고 나오는 바람에 얼어 죽을 듯이 추웠다. 그녀는 후다닥 달려가 플라스틱통을 바닥에 내려놓고 몸을 부르르 떨었다.

"으으, 추워!"

천천히 쓰레기를 집어올려 분리수거통에 쏟아붓는데, 갑자기 어깨와 등이 따뜻해졌다. 놀라서 뒤를 돌아보는데 검은 그림자가 얼굴 위로 드리워졌다.

"추운데 왜 점퍼를 안 입고 나와요."

듣기 좋은 목소리가 머리 위로 떨어졌다. 수혁이 점퍼를 입은 그녀의 어깨에 팔을 두르고 서 있었다.

"냄새 나요. 얼른 덮어요."

"아, 네!"

너무 놀라 어안이 벙벙해졌다. 분명히 혜림하고 같이 나간 걸로 기억하는데, 이게 대체 어떻게 된 일일까? 뚜껑을 덮은 그녀가 억지 미소를 지으며 점퍼를 벗으려 했다.

"됐어요. 이러다 수현 씨 감기 걸리겠어요. 전 괜찮으니까 얼른 입어요. 어서요."

"괜찮아요. 빨리 들어가죠. 추운데……."

아무리 두리번거려 봐도 어쩐 일인지 혜림이 보이질 않았다. 물어봐야 하나 말아야 하나 고민하다 그만뒀다. 남의 일에 너무 참견하는 것도 견제하는 듯이 보여 꼴사납다. 그녀는 얼른 입구까지 와서 그의 점퍼를 벗어 그에게 줬다.

"다른 사람들이 보면 의심해요. 여기서 드릴게요."

"의심하면 안 되는 이유 있어요?"

멍해졌다. 왜 이러실까? 그를 마음에 있어 하는 여자 출연진만 세 명이다. 그런데 그런 남자가 그녀에게 추파를 던지고 있다. 이 말도 안 되는 이상한 상황을 대체 어떻게 이해하란 말인가?

"이렇게 일찍 누군가에게 찜당한 걸로 되어버리면 더 알고 싶은 상대에 대해 알 수가 없게 되니까요. 그리고 수현 씨, 정말 제가 마음에 있는 건 아니잖아요. 그저 조금 호감인 거지."

"저한텐 조금 호감인 것도 대단한 건데요? 평소엔 그런 감정 자체를 못 느끼거든요."

너무 솔직하다. 다시 한 번 심장을 인두로 지져버린 감정에 뜨악해서 그를 바라봤다. 좋아해야 할지 울어야 할지 모를 막막한 상태였다.

"일단 선우 씨가 부담스러워 하니까, 여기까지만 할게요. 하지만 내일부터는 적극적으로 임할 겁니다. 경고했어요."

그가 문을 열고 뒤로 물러나 서서 그녀에게 먼저 들어가라 했다.

그녀가 수거통을 달랑거리며 안으로 들어오자 매운 시선이 화살처럼 박혀 들어왔다. 혜림을 비롯한 여성들의 시선이 따갑게 그녀에게 꽂혔다. 예상치도 못한 집중포화에 그녀는 쓰러지기 직전이었다.

'난 흐린 안개처럼 여기 머물다가 흔적도 없이 사라져버릴 생각이었어요. 이봐요들! 제 말 좀 믿어달라구요!'

마음속의 외침은 공허한 독백이 되었고, 그녀는 이미 저들에게 공공의 적으로 찍히고 말았다.

주변 정리를 마치자, 스태프들의 제안으로 방 안에서 클럽 분위기가 조성되었다. 스태프들이 사이키 조명과 미러볼 등을 설치해주고 노래방 기기를 사용할 수 있도록 해줬다.

"게임 시작합니다. 저녁 데이트권을 놓고 하는 게임이니까, 필사적으로 해주세요. 춤과 노래 실력을 보고 가장 우위에 있는 한 명씩에게만 데이트권을 드립니다. 투표를 할 거구요. 여기 있는 스태프들 70여 명이 이 중 가장 재밌게 잘 노는 것 같다고 판단된 남 1명, 여 1명을 뽑을 예정이니, 눈치 보지 말고 필사적으로 놀아 주세요."

메가폰을 쥔 PD의 말에도 불구하고 다들 어색한 분위기를 떨쳐버릴 수 없는 표정들이었다. 대낮에 술 한 잔 들어가지 않은 멀쩡한 정신으로 정신줄을 놓은 듯이 놀라는 요구는 똘끼가 충만하지 않고서는 불가능한 일이었다. 다들 눈치를 보는 와중에 가장 먼저 노래를 시작한 사람은 다름 아닌 혜림이었다.

그녀는 강렬한 댄스곡을 시작으로 섹시 웨이브를 남발해 남자들의 시선을 온통 빼앗고 쩍벌 댄스로 남자들을 코피 터지게 했다. 그렇게 지연이 발라드를 부르고 정아가 뻣뻣한 자세로 댄스곡을 열창한 뒤

진희가 만화 주제가를 부르며 신명 나는 막춤을 제공했다. 그리고 선우의 차례가 도래했다. 선우는 자주 부르던 댄스곡을 선곡했다.

'아이유'의 '잔소리'가 시작되었다. 남자 파트가 있고 여자 파트가 있어서 한 가지 음색으로 부르는덴 무리가 따랐지만, 무작정 시작했다. 그렇게 간주가 시작되고, 그녀가 첫 번째 파트를 부르는 중에 갑자기 웅성거리는 소란이 일었다.

수현이 마이크를 들더니 두 번째 파트를 능숙하게 소화하는 게 아닌가. 잠시 선우는 공황상태에 빠져 멍한 얼굴로 그를 바라봤다. 이런 상황을 만들자고 이 노래를 택한 게 아니었는데, 너무도 짠 것처럼 딱 맞아 들어가는 상황이 절묘해서 어처구니가 없는데다, 연출진의 반응이 너무도 뜨거웠다.

그녀도 방송생활을 1년 남짓 해봤기 때문에 연출진의 반응이 어떻냐에 따라 나중에 방송에 어느 부분이 나가고 편집되는지 정도는 분간이 가능한데, 이쯤 되면 그녀는 아마도 메인으로 등장해 온갖 여자들의 질타를 받게 될지도 모른다.

'나, 여우였던 거야?'

이 무슨 해괴한 상황인지 알다가도 모르겠다. 최대한 눈을 마주치지 않으려고 애를 쓰자 남자들이 박수를 치며 외치기 시작했다.

"눈 맞춰! 눈 맞춰!"

뭐래.

"선우 씨, 왜 저 안 봐요?"

노래 반주에 맞춘 갑작스러운 물음이었다. 노래를 부르듯 묻는 그의 물음에 선우는 애써 담담한 미소를 띠고 그를 바라봤다.

보죠. 봅니다.

억지 미소를 입가에 머금고 그를 바라봤다. 그런데 그의 환한 얼굴을 보는 순간 마법에라도 걸린 사람처럼 그녀의 입가에도 어느새 봄볕 같은 미소가 번지기 시작했다. 그를 마주 바라보며 그의 음성으로 부르는 노래를 들으니 이상하게 마음이 포근해지면서 조금 설레었다.

'아냐, 얼굴 때문이야. 이건 백프로 미남이기 때문에 이러는 걸 거야.'

마음의 흔들림을 그녀는 애써 부정했다. 노래가 모두 끝난 순간 수현이 그녀를 바라보며 입꼬리를 살며시 올리고 미소를 지어보였다.

"노래 잘하죠?"

그의 단정적인 물음에 선우는 일단 가수 출신이었으니, 그렇다고 대답을 하려다가 그만 뒀다. 잘난 척하는 듯이 보일 것 같아서 그저 희미하게 웃기만 하고 한쪽에 앉았다. 곁에 앉은 지연이 엄지를 치켜세웠다.

"노래 완전 잘해요!"

"고마워요."

혜림이 눈매를 무섭게 치켜올리고 바라보다가 남자들이 순서에 맞춰 노래를 끝나기 기다렸다가 다시 마이크를 쥐었다.

"수현 씨, 저랑 같이 노래 불러주실래요?"

혜림의 부탁에 남자들이 술렁거렸다. 수현은 군말 없이 일어나 마이크를 쥐고 그녀가 누른 곡은 '김범수, 박정현'의 '사람, 사랑'이었다. 여자 파트가 먼저 시작되었고, 혜림은 수현을 똑바로 바라보면서 애절한 눈빛을 보내 마음을 보여주려 애썼다. 그런데 정작 수현은 허공을 물끄러미 응시하고 있다가 아주 잠깐 혜림을 일별하더니 곧장 선우를 바라봤다.

선우가 흠칫 놀라서 얼른 시선을 내렸다. 그렇게 어쩔 줄 몰라 하는 와중에 1절이 끝나고, 이젠 수현이 다른 데를 보겠거니 싶어서 고개를 드는데 수현이 한쪽 무릎을 꿇고 그녀 앞에 와서 세상에서 가장 아름다운 미소를 지어 보이는 게 아닌가.

'와아, 이 요물!'

심장이 그 자리에서 펑하고 폭발음을 낸 것만 같았다. 기가 막혀서 넋을 놓고 있는데, 혜림이 마이크를 내리더니 천천히 선우에게 다가왔다.

"선우 씨가 마저 불러줄래요? 저, 화장실 좀……."

"어, 네?"

이미 손에 마이크가 쥐어졌다. 혜림은 일그러진 얼굴로 뒤도 돌아보지 않고 밖으로 나가버렸다. 멍해진 선우는 모두의 박수를 받으며 2절을 시작했고, 그녀만 바라보던 수현이 이번엔 장난기 가득한 얼굴로 남자 동료를 바라보며 노래를 불렀다. 그때 승호가 천천히 일어나 밖으로 나갔다. 혜림을 따라 나간 듯 보였다. 그러자 첫 번째로 커플을 했던 정아의 표정이 조금 굳었다. 여긴 정말 전장의 한복판이었다.

사랑이라는 현상금을 놓고 벌이는 헌터들의 격전지다.

즐거운 시간이 끝난 뒤 제작진에 의해 투표가 시작됐고 결과로 막춤을 추며 모든 이들을 흥겹게 만든 윤재혁과 이진희에게 돌아가 두 사람에게 데이트권이 지급되었다. 윤재혁과 이진희는 7시 이후부터 제작진이 제공해준 차량을 이용해 서울 근교에서 멋진 저녁과 데이트를 하고 10시 즈음해서 돌아왔다. 그런데 다녀온 이진희가 그리 표정이 좋지 않았다. 윤재혁이 내내 서정아에 대한 질문을 퍼부어서 뭘 하고 온 건지 모르겠다며 난감해했다.

잘 시간이 돼서 여자들이 둘씩 조를 짜서 욕실 순서를 정해 사용하기로 했다. 선우는 혜림과 맨 마지막으로 욕실을 쓰게 돼서 서로 등을 지고 앉아 화장을 지우기 시작했다. 말없이 클렌징 티슈로 얼굴을 닦아낸 선우는 클렌징 오일로 속눈썹에 묻은 마스카라 잔여물을 말끔하게 제거하고 머리에 세안용 머리띠를 둘렀다.

"선우 씨."

선우가 고개를 돌리자 혜림이 화장 지워진 얼굴로 바라보더니 우울한 눈빛으로 물었다.

"정수현 씨, 좋아해요?"

이 난감한 상황이 오는 게 싫었는데, 오고야 말았다.

"아직은 모르겠어요."

"하긴 저렇게 멋진 남자가 대시하는데, 싫었던 사람도 좋아하게 되겠죠. 그런데 전 처음부터 그 사람 마음에 든다고 했잖아요. 그런데 선우 씨는 얼굴 잘생긴 남자 별로라고 했었고요."

"그, 그랬죠."

"그럼 선우 씨가 똑 부러지게 마음을 정리해주는 게 상대에 대한 배려가 아닐까요?"

결국 그렇게 해주기를 바라는 건가? 정말 혜림은 여기서 그 남자를 결혼 상대로 뽑은 걸까? 고작 나흘만 보고 결혼할 마음이 생긴다는 게 말이나 될까?

"난 운명이라고 생각하는데, 지금 선우 씨가 내 운명적 만남을 이라이저처럼 훼방 놓고 있는 것 같거든요."

오랜만에 만화 〈캔디〉의 못된 지지배 이라이저 이름까지 들어보고. 절로 입가에 실소가 번졌다. 자신은 운명이라는데 남자는 그 운명을 온 힘껏 거부하고 있지 않던가. 그것조차도 운명이던가? 운명이라면 남녀가 동시에 큐피드의 화살에 꽂혀 눈만 마주쳐도 불꽃이 튀어야 정상 아닌가?

"아까 식사 후에 혜림 씨가 수현 씨 데리고 나갔잖아요."

"그랬어요."

"그때 무슨 얘기했어요?"

"그걸 왜 물어요?"

"데이트가 너무 빨리 끝난 것 같다 싶어서요."

한참 망설이던 혜림은 굳은 표정으로 시선을 내리더니 꽉 잠긴 음성으로 말했다.

"제가 이상형을 물어봤어요. 그랬더니 딱 한 마디 하더군요."

"뭐라고 해요?"

"말 안 할래요. 듣고 제가 기분 나쁠 말이었고, 그 말 때문에 마음이 상해서 몇 마디 하지 못하고 전 바로 방으로 돌아왔어요."

무슨 말을 했는지는 몰라도 수현은 계속 혜림에게 틱틱거리는 분위기였다.

"제가 빠지면 정말 자신 있는 거예요?"

선우가 재차 물었다.

"물론이에요."

"알았어요. 말할게요. 내일……."

"지금…… 그, 그래요. 내일이요."

지금 당장이라도 말했으면 하는 듯하다 화장을 다 지운 얼굴을 살피더니 혜림이 씁쓸한 미소를 지었다.

"다 씻었어요. 혜림 씨랑 선우 씨 들어가세요."

앞에서 미리 씻은 팀이 나오기에 혜림과 선우가 들어가 같이 세수를 하고 이 닦기를 시작했다. 한 사람씩 교대로 샤워를 하고 밖으로 나와 기초제품을 얼굴에 바른 둘은 불을 끄고 곧장 잠자리에 누웠다. 다들 낯선 장소에서의 긴장되는 첫날밤 때문에 힘들었던지 누군 빨리 잠이 들고 누군 연신 뒤척거리며 깊이 잠들지 못했다.

선우도 잠이 오질 않았다. 누군가가 내미는 호의를 다른 누군가 때문에 거절해야 한다는 상황이 조금 짜증스러웠다. 하지만 앞에 한 말도 있고, 자신에게 접근하는 수현의 의도를 간파할 수가 없어서 겁도 났다. 그를 받아들였다가 그에게 어느 순간 밀쳐질까 봐 두려웠다. 어쩌면 혜림의 말도 일리는 있었다. 당분간은 혜림이 하자는 대로 뒤볼 참이었다. 자신이 빠지면 자기 걸로 만들 수 있다고 자신하니까, 지켜봐주는 수밖에. 그녀는 뒤척거리면서 이불을 어깨 위까지 끌어올렸다.

그렇게 한 시간여를 뒤척거리던 그녀는 아무래도 안 되겠어서 몸을 일으켜 패딩을 슬며시 들고 방을 나왔다. 방을 빠져 나와 투박한 컨테이너 박스 형태로 지어 올린 숙소의 비상계단을 이용해 옥상으로 올라갔다.

잠이 오질 않았다. 아무래도 너무 긴장한 탓도 있고 신경을 쓴 통에 신경이 예민해진 탓도 있나 보다. 철문을 열고 밖으로 나가 난간 앞에 섰다. 바람이 을씨년스러웠다. 휘이이이이, 몰아치는 바람 소리가 천천히 잦아들었다.

"뭐해요?"

수현이 담배를 태우다 말고 갑자기 나타난 반가운 여자의 뒷모습에 금세 반색하며 물었다. 그런데 그의 목소리가 갑작스러웠던지, 선우가 흠칫 어깨를 떨며 놀랐다. 그가 담배를 끄고 그녀의 곁으로 다가섰다.

"잠 안 와요?"

"네. 수현 씨는?"

"나도 잠이 안 와서요. 예민하진 않은데, 오늘은 잠이 안 오더군요."

수현은 신이 나서 노래를 부르던 선우를 떠올리며 입매를 휘었다. 마음속으로 그녀가 이곳으로 오기를 얼마나 빌었는지 모른다. 그랬더니 잠이 안 온다며 그녀가 나타났다. 가슴 밑을 간질이는 감정을 감출 수가 없었다.

"방 말고는 카메라 전부 철수했죠?"

"네, 방에 이동식 카메라만 한 대씩 설치해놓고 전부 철수했더라고요."

"술 당기지 않아요?"

"네? 갑자기 웬 술타령?"

"난 선우 씨 보면 술 마시고 싶어요."

그때였다. 갑자기 계단 앞쪽에서 통화하는 소리가 들렸다. 놀란 선우가 갈피를 잡지 못하고 갈팡질팡하는데, 수현이 선우의 손을 확 잡아채더니 홀로 서 있는 옥탑방 안으로 그녀를 끌고 들어가 문을 잠갔다. 둘은 재빨리 몸을 숙이고 앉아 바깥 상황을 살폈다. 스태프

중 하나가 누군가와 통화 중이었다. 추워서 문을 열고 옥상으로 나오지는 않고 옥상 출구 근처에서 통화를 하고 있었다.

"배터리를 갈러 왔다가 통화하고 있나 봐요."

"여기까진 안 오겠죠?"

"그럴 것 같아요."

둘은 안도의 한숨을 내쉬고는 바닥에 풀썩 주저앉았다. 안은 창고로 쓰는 듯 텅 비어 있고 폐박스만 척척 쌓여 있었다. 바닥에도 박스들이 잘 접어진 채로 깔려 있었다.

"일단 소리가 사라질 때까진 여기 갇힌 신세군요."

절호의 찬스였다. 하늘이 드디어 그에게 오매불망 고대하던 박선우를 맛볼 찬스를 주신 것이다. 그렇다면 사양 말고 맛있게 맛보면 그뿐이었다. 그의 시선이 뜨겁고 격렬한 기운을 담아 이글거리며 그녀를 바라봤다. 그걸 아는지 그녀가 흠칫 놀라더니 더듬거리며 시선을 다른 데로 피하려 했다. 그는 재빨리 그녀의 시선을 붙들기 위해 말을 걸었다. 욕정이 줄줄 흘러넘치는 음성으로.

"키스…… 해봤어요?"

뜬금없는 그의 물음에 선우가 어안이 벙벙한 얼굴로 그를 쳐다봤고, 그 순간은 그에게 일격의 찬스가 되었다. 그는 그녀의 턱을 감싸 쥐고 저돌적으로 그녀의 입술을 앙하고 물어 입 안에 머금었다.

"흡!"

지금 그는 짐승이었고 오직 일차원적인 목표로 머리가 가득했다. 입술, 그리고 가슴, 그리고 다리 사이……. 1번인 입술을 장악했다. 아연한 그녀가 입술을 멍하니 벌려준 덕분에 혀와 매끈한 치아도 그의 혀에 일일이 스캔되었다.

그는 열렬히 혀로 리본도 묶었다가 삼각형도 만들었다가 꽈배기도 만들고 풀기를 반복하며 정성을 다해 혀의 테크닉을 구현했다. 사실 목적은 아이돌가수 출신 박선우를 정복하고 말리라, 였지만 막상 입술이 닿고 보니 잔뜩 흥분해버린 육체를 스스로 통제하기 어렵게 되어버렸다.

"저, 저기……."

입술이 떨어지는 순간을 노렸다가 그녀가 가까스로 한 마디 했다. 그는 통제할 수 없는 흥분 때문에 잔뜩 쉬고 허스키해진 음성으로 말했다.

"지금…… 아무 소리도 안 들려."

미쳤나보다. 어떻게 방송 출연 중에 남자와 키스를 하고 있단 말인가! 정말 이 안에 카메라가 없긴 한 걸까? 선우는 불안한 듯 눈을 이리저리 굴리며 누가 볼세라 심장을 죄며 그의 어깨를 꽉 움켜쥐었다. 그런데 왜 정수현은 이토록 키스를 빼어나게 잘한단 말인가! 가뜩이나 아까 여자들이 중얼거리던 얘기가 기억났다.

-남자들이 그러는데 정수현 씨 몸매가 거의 배우 수준이래요. 옅은 구릿빛의 탄탄한 근육질 몸매를 가진 분이라고 하더라고요. 그리고 초콜릿 복근이 네모반듯하게 탁탁탁 박혀 있다는데, 어휴! 남자가 봐도 섹시하다고 그러던데요?

그 말에 가슴이 벌렁거렸다. 몸에 달라붙는 옷을 입어도 수현의 몸매가 얼마나 빼어난지 알 수 있었다. 상체가 군살 없이 탄탄한데다 유독 섹시한 부위는 바로 목 부분이었다. 목이 보기 좋게 굵은데다 결후가 두툼하고 길쭉해서 망고같이 보였다. 뭐 하나 버릴 데 없이 섹시한 남자가 키스까지 압도적이니. 뼛속까지 녹신녹신 녹아나고 있었다. 도무지 빠져나갈 출구가 보이질 않았다.

'어떻게 멈추는 거야! 어떻게!'

어느새 발라당, 상자더미들 위에 눕혀지고 말았다. 수현은 당연히 그녀의 몸 위에 올라타고 그는 너무도 차분하게 다음 단계로 넘어가기 위해 그녀의 상의 속으로 손을 쑥 밀어 넣었다.

"무슨!"

하지만 여전히 입술을 그에게 물린 채라서 더 이상 긴말은 무리였다.

"윽!"

가슴이 붙들렸다. 그의 손은 마법이었다. 젖가슴을 어루만지는 동작이 마치 지휘를 하듯 노련하고 절도 있었다.

"키스…… 재밌지?"

수현이 그녀의 혀를 깊게 빨아 당기면서 젖가슴을 손안에 쥐고 제 것인 양 주물거렸다. 이렇게 따스하고 사이즈가 흡족한 유방은 처음이었다. 손에 쥐자 터질 듯이 움켜쥐어지는 감촉이 상상을 초월했다. 10년을 견딘 건가? 물론 그녀에게 환호했던 기간은 짧지만 당시 그녀를 떠올리며 몽정을 하기도 했었다. 그녀를 입 안에 가두고 가슴을 손안에 붙들고 보니 무언가가 사르르 녹아버리는 듯했다.

쾅!

"아니라고 하잖아요!"

여전히 통화 중인 스태프가 문을 닫고 옥상으로 나오더니 버럭 소리를 지르는 통에 선우와 수현의 움직임이 우뚝 멈췄다. 놀란 선우는 재빨리 옷매무새를 수습하고 벽 쪽에 몸을 붙였고, 수현은 아쉬움과 미련이 깃든 눈빛으로 그녀의 곁에 다가앉아 그녀의 가슴을 응시했다.

'아직 맛까진 못 봤는데……'

밖에서 스태프가 누군가와 고래고래 소리를 질러대고 싸우더니 앙하고 울어버렸다. 그러다 5분쯤 지나 다시 문 닫히는 소리가 들렸다. 내려갔나 보다. 선우는 훅하고 그제야 참고 눌렀던 숨을 내쉬었다. 선우가 일어서면서 냉정하게 말했다.

"이건 돌발적인 사고였던 거예요. 두 번 다시 이러지 말아요."

"글쎄, 난 그럴 마음이 없는데?"

그가 뒤에서 그녀를 확 끌어안았다가 놓아주더니 앞장서서 걸어가버렸다. 심장이 터질 듯이 두근거렸다. 얼굴은 화끈거리고 숨결은 아까부터 계속 거칠었다. 이젠 의식하지 않으려고 해도 의식이 될 수밖에 없었다.

✳

촬영 둘째 날.

새벽 5시부터 혜림이 분주하게 움직인다는 보고를 받은 진우가 입가에 미소를 머금고 여자 게스트 방 쪽을 유심히 살폈다. 그리고 VJ를 곧장 투입했다. 그는 지시를 하기 위해 방에 들어온 척 혜림을 보고는 킥킥 웃고 말았다.

혜림이 누군가를 위해 열심히 아침 식사를 준비하는 게 아닌가. 누구를 위한 만찬이겠는가! 혜림은 첫 순간부터 수현에게서 눈을 떼지 않았다. 보나마나 수현을 위한 만찬이리라. 그렇다면 박선우는 대체 뭘 하는 걸까? 이러다 혜림에게 수현을 빼앗길지도 모르는데 속 편히 잠만 자고 있어서야 곤란하지 않던가? 그는 다른 스태프에게 물었다.

"선우 씨는?"

"자요. 사실 시간이 좀 이르기도 하구요."

담당 VJ의 대답에 그는 강혜림, 정수현, 박선우 세 사람을 집중적으로 찍으라는 당부를 하고 밖으로 나와 담배를 꺼내 물었다. 잠시 뒤 뒤쪽 문이 열리더니 선우가 모습을 드러냈다. 자는 줄 알았더니 깬 건가?

"어? 박선우 씨! 어디 가요?"

"운동 좀 하려구요. 머릿속도 좀 복잡하구요."

"왜요? 마음에 드는 사람이 있어요?"

"장난치지 말아요. 이런 상황이 되기를 바라고 계시죠? PD님은……."

"당연하죠."

"쳇, 황 PD님 되게 얄미운 타입이군요. 저는 갑니다!"

그녀가 손을 살랑살랑 저으며 모자를 깊게 눌러쓰고 달려 나가자 그가 턱짓으로 VJ에게 빨리 쫓으라 명령했다. 그는 고개를 들어 남자 쪽 방을 쳐다봤다.

'헐, 저 자식 봐라?'

창문 쪽에 수현이 서서 옷을 입고 서 있는 모습이 눈에 들어왔다. 3분도 안 돼서 수현이 내려오더니 부리나케 선우의 뒤를 쫓기 시작했다.

"저기, PD님!"

숙소 출입문이 열리더니 혜림이 국자를 들고 난처한 얼굴로 물었다.

"지금 뛰어나간 사람 누구예요?"

"아, 정수현 씨요."

"나갔어요?"

"네, 막 달려 나가던데요?"

"와아, 황당!"

혜림이 입을 헤벌리고 어처구니가 없다는 듯 허공을 바라보다가 정처 없이 문을 닫고 안으로 들어갔다. 흥미진진하게 돌아가는 상황이 그를 흡족하게 했다. 안에 있던 스태프 하나가 나오더니 웃으며 말했다.

"재밌는데요?"

"뭐가?"

"이번엔 신승호 씨가 내려와서 혜림 씨를 도와주고 있어요. 다른 남자 주려고 만드는 음식을 돕는 남자의 심정은 대체 뭘까요?"

"그렇게 해서라도 마음을 얻고 싶은 거겠지. 대충 그림 나오네. 이젠 사각 멜론가?"

"더 지켜봐야죠. 좀 더 복잡한 양상을 띠게 될지도 모르구요."

"왜?"

"서정아 씨가 신승호 씨한테 마음이 있는 것 같다는 담당 VJ의 짧은 소견이 있었거든요."

"헐, 그럼 오각 멜로야? 대박! 시청률 20프로 찍겠다!"

물어뜯어라. 최대한 흥미롭게 가기만 하면 된다. 나중에 흙탕물

80 맞선의
품격

싸움을 하든지 말든지 그건 저들의 몫인 거고. 그런데 수현이 놈이 의외였다. 그렇게 누구한테 저돌적으로 나설 놈이 아닌데. 처음엔 상당히 시큰둥해서 방송 내내 잠만 자다 끝나는 게 아닌가 노심초사 했던 그였다. 그런데 드라마 속 주인공이라도 된 듯 하루 종일 펄펄 날고 있지 않은가!

'저놈 속을 모르겠어. 뭐지? 맘에 든 거야? 뭐야?'

선우가 숨을 몰아쉬며 뛰고 있는데 뒤에서 누군가 달려오는 소리 가 들렸다. 무시하고 머릿속 생각을 정리하기 위해 온 힘을 다해 더 세게 뛰었다. 순간 시커먼 트레이닝복을 입은 남자가 그녀의 앞을 가로막았다.

"와아, 선수예요? 왜 이렇게 잘 달려요?"

아, 머릿속의 카오스가 모습을 드러냈다. 당황했던 그녀의 얼굴 이 일순 굳었다. 저 남자는 어젯밤 사건을 완벽히 까먹은 사람의 얼 굴이었다. 카메라가 따라다니는 상황이라 차마 어제 있었던 일에 대 해 따져 묻기도 애매한 순간이다. 그가 멋지고 섹시한 남자인 건 안 다. 자신이 그에게 끌리고 있음도 인정한다. 하지만 애초에 이 방송 에 나오겠다고 한 건 취업 때문이었다.

3개 국어를 하고 학점도 우수한 편임에도 불구하고 취업난 때문 에 갈만한 회사가 없었다. 지방 대학을 나왔다는 점 때문에 업체들 이 그녀를 외면했다. 그래서 가장 빨리 일을 시작할 수 있는 방문교 사를 선택했다. 방문교사를 시작하고 얼마간은 아이들이 예뻐서 그 힘으로 버텼지만, 점점 학부모들과의 보이지 않는 신경전 때문에 머 리에 땜통이 생길 지경이었다. 취업, 하나만 생각하기로 했다.

좋은 인맥을 쌓기 위한 곳으로, 혹은 여기 나온 그녀를 인상 깊게 봐줄 어느 업체의 임원진들이 있기를 고대하면서 나온 자리였다. 정말 연애를 할 생각도, 이렇게 집중 조명을 받고 싶지도 않았다.

마음을 정한 그녀가 시선을 올려 그를 바라봤다. 그가 짙은 눈썹을 살며시 들어 올리고 매력적인 얼굴로 그녀를 바라봤다. 이런 봉황 같은 남자를 걷어차는 게 미치도록 아쉽긴 했지만 목적을 명확히 해둘 필요가 있었다. 이로써 어젯밤 키스나 스킨십 따윈 별 의미도 없는 거라는 단호한 쐐기를 박아 넣을 수 있을지도 모른다.

"정수현 씨, 제가 마음에 드세요?"

"행동 보면 알잖아요."

"좋아요. 그런데 전 사실 첫날 여기 오자마자 수현 씨가 아닌 다른 분이 눈에 들어왔어요. 제가 잘생긴 남자를 좀 부담스러워 하거든요."

웃음기가 걷힌 정수현은 무서웠다. 심장 한쪽이 무지근하게 죄어왔다.

"제가 싫다는 말인가요?"

수현이 일그러져버린 얼굴로 그녀를 응시하며, 비릿한 미소를 지었다. 키스를 해보면 상대가 호감인지 아닌지 정도는 알 수 있는데, 어제 키스로 그는 확신했다. 선우가 그에게 마음이 있을지도 모른다는. 그런데 어제 그 일로 선우는 되레 반대되는 결론에 도달한 듯 보였다.

낭패다. 이런 결과를 내자고 그렇게 접근했던 것은 아닌데. 그렇다면 이 여자를 어떻게 유혹해야 하나? 은근 손이 많이 가고 골치가 아픈 타입이었다. 차라리 첫눈에 반해 살랑대는 여자 쪽이 편할지도 모르겠다. 선우는 종잡을 수 없는 타입이었다.

"······그렇지는 않구요. 이거 어장관리 하려고 하는 발언이 아니라 저한테 올인하지 마시고 다른 분들도 눈여겨봐주십사 하는 마음에서 꺼내는 말이에요. 저 하나를 쫓느라 다른 분들의 매력을 놓치고 있는 것 같아서요."

"그런 건 다른 분들이 와서 제게 어필해야 할 부분이지, 선우 씨가 오지랖 떨 일은 아닌 것 같은데요."

입이 딱 다물어졌다. 이제 여기서 무슨 말을 어떻게 최대한 '친절하게' 해야 하나 골몰하고 있는데, 그가 갑자기 그녀의 팔목을 잡더니 당겼다.

"어?"

"일단 그냥 뛰죠. 머리나 식히게. 나, 지금 멘탈붕괴 상태예요."

상처 같은 건 하나도 안 받을 것 같이 생긴 남자가 설핏 웃으며 저런 말을 하니 아무렇지 않을 줄 알았던 그녀의 심장이 조금은 버석거렸다. 다시 그와 같이 달리기 시작했다. 그렇게 10분 정도 아무런 말이 없던 그가 낮게 가라앉은 음성으로 말했다.

"그런데 어떻게 하죠? 일이 좀 번거로워졌는데······."

"뭐가요?"

수현이 결심했다. 그렇다면 여기서 오도 가도 못하게 쐐기를 박아 영영 눈앞에 압정을 박아 넣는 수밖에. 이렇게 하지 않으면 선우는 아마도 다른 남자들에게 대시를 할지도 모른다. 자신이 하지 않는다면 그들의 대시를 받아들일 수도 있다. 미연에 그 모든 비참한 상상을 제거하려면 일단 막아야 했다. 원하던 대로 되기는커녕 현재로서는 상황이 어그러져가고 있었다.

"내가 여기서 선우 씨를 포기하면, 저 아마 이대로 짐 싸서 나가지 싶은데요?"

컥! 달리던 그녀가 초강력 본드가 달라붙은 것마냥 그대로 붙어버렸다. 그리고 수현이 그녀에게 바싹 붙더니 카메라에 들리지 않게 작게 속삭였다.

"어제 일 난 장난 아니었어. 잊지 마. 전국 시청자들에게 당신이 내 거라고 공표할 수 있는 방법이 있는데도 지금 참는 거야. 그게 두렵다면 제대로 처신하는 게 좋을 거야."

수현이 사악한 미소를 짓더니 앞장서서 빠르게 걸어갔다. 속도를 내려던 그가 점차 속도를 줄이더니 몸을 돌려 뒤처진 그녀를 물끄러미 바라봤다.

농담 아니다. 지금 저 남자, 얼굴에 웃음기라고는 하나도 없었다. 북풍한설, 시베리아 칼바람이 지금 그의 눈동자에서 제대로 뿜어져 나와 그녀를 얼리려 하고 있었다. 그녀의 입술 끝이 힘없이 부들부들 떨리기 시작했다. 그런 건 그녀의 예상안 속에 들어 있지도 않았다. 그가 순순히 '그래요? 그럼 할 수 없죠.'라고 말한 뒤 쿨하게 다른 여자에게 대시해주기를 바랐다. 그런데 뭐? 간다고! 처신 제대로 하라고!

'나보고 뭘 어쩌라고!'

울고 싶어진 선우가 아랫입술을 꽉 물고 그를 쳐다봤다. 방송에서 그런 짓을 다 하겠다는 건가? 하긴 저 남자는 갑자기 그녀의 목덜미를 당겨 입을 맞추고도 남을 눈빛을 지니긴 했다. 무엇보다 방송을 두려워하는 그녀가 아닌가. 그가 그렇게 핵폭탄급 이슈를 제공하면 그녀는 이제 완벽하게 매체에서 키스를 해버린 여자로 각인되고 말 것이다. 그것만은 막아야 한다. 그녀가 울상이 되어 물었다.

"저한테 왜 그러세요? 저…… 그렇게 매력 넘치는 여자 아닌데요."

"본인이 본인 매력을 모른다니 제가 할 말이 없군요. 제 눈이 독감이라도 걸린 모양이죠. 제 눈엔 한없이 재밌게만 보이는데요. 박선우 씨 보고 있음 자꾸 웃음이 나는데 어쩌죠?"

나는 개그맨이 아니라고요. 대체 왜 웃는 건데요? 뭐가 웃긴 데요? 난 정말 하나도 안 웃기다고요.

피가 심장에서 곧장 발바닥으로 쭉 떨어져 바닥을 적시는 것만 같았다. 위험한 사내였다. 치명적인 매력으로 상대를 흔들며 적극적으로 대시하는……. 상상도 못했던 방식으로 사람을 당황시켜 허점을 찢고 들어와 심장 속에 파고드는 남자였다.

'어쩌니?'

혜림의 두 눈에 불꽃이 타오르고 있었다. 일대를 서너 바퀴 돌고 수현과 같이 숙소에 들어와보니 혜림은 식은 밥과 국을 준비해두고 오직 수현이 오기만을 애태우며 기다리는 중이었다. 그런데 수현과 나란히 들어오는 선우의 모습을 본 혜림이 자리를 박차고 일어나더니 식탁에 놓인 음식들을 망연히 내려다보다가 그대로 나가버렸다.

수현은 무시하고 곧장 방으로 올라갔고, 남은 선우만 살얼음판 위에 홀로 서서 북풍을 맞는 기분으로 깊은 한숨을 내쉬었다. 모른 척하고 싶었지만 그게 뜻대로 되지도 않았다. 상황이 예상치 못한 방향으로 흘러간다는 걸 알려야 할 것 같았다. 문을 열고 밖으로 나오자 쪼그려 앉은 혜림이 벌떡 몸을 일으켰다.

"혜림 씨."

이름을 부르자 혜림이 고개를 돌리더니 무시무시한 눈빛으로 그녀를 태워 버릴 듯 바라봤다. 선우는 되도록 무심함을 유지하려 애를 썼다. 마음이 어찌 마음대로 되는 일인가? 그 마음을 자기 뜻대로 못한다 해서 상대방에게 화를 내선 안 되는 거다. 그건 어른이 해서는 안 되는 실수다.

"수현 씨랑 얘기해봤는데…… 잘 안 됐어요."

갑자기 혜림이 눈물을 흘리더니 재빨리 눈가를 닦아내고 새빨개진 눈동자로 그녀를 응시했다.

"밉게 굴어야죠. 싫게 굴어야죠. 그렇게 무심한 얼굴로 관심 없다고 말하면 어떤 남자도 안 떨어져 나가요."

이게 지금 뭔 소리지? 왜 너 때문에 내 이미지까지 망쳐가면서 네 마음을 들어주기 위한 발판으로 내가 희생되어야 하는 건데?

이런 마음이 불쑥 비집고 올라왔다. 하지만 속엣말을 다 할 수 있는 성격이 못돼서 침잠된 눈빛으로 혜림을 응시했다.

"전 혜림 씨를 배려해서 해볼 만큼은 해봤지만 원하는 대로 결과가 나와주지 않았어요. 이젠 더 이상 할 수 있는 게 없어요. 이제부턴 혜림 씨가 정수현 씨의 눈을 붙들기 위해 노력하는 수밖에요. 미안해요."

미안하다는 마음은 전혀 들지 않았지만, 의례적으로 이 상황을 종결짓고 싶은 마음에 그리 말하고 몸을 돌리려는데 혜림이 발걸음을 붙들었다.

"자기가 되게 매력적인 줄 아나 봐요?"

혜림의 한 마디에 멀리서 쓰레기를 정리하고 있던 승호가 잰걸음으로 다가오더니 혜림의 팔을 붙들었다.

"혜림 씨, 나랑 같이 가죠."

"놔 봐요!"

혜림이 붙들린 팔목을 비틀어 가면서 풀어내더니 고약한 눈빛으로 선우를 향해 독기 어린 한 마디를 쏘아붙였다.

"매력 하나도 없어요. 밋밋하고 개성 없고, 눈길을 끄는 점이라곤 특유의 목소리뿐이에요. 대체 뭘 믿고 그러는 거예요?"

"강혜림 씨!"

당황한 승호가 혜림의 몸을 돌리게 한 뒤 선우를 보고 미안해했다.

"미안해요. 선우 씨, 혜림 씨가 아침 내내 기분이 별로였어요. 이해해줘요."

괜찮게 봤던 남자가 마치 자신의 여자 편이라도 들 듯이 서서 자기 여자의 변호를 하는 걸 보고 있자니 마음이 착잡해졌다. 결국 그녀가 가장 먼저 눈에 들어 하던 남자는 강혜림을 선택했고, 그녀는 엉뚱한 남자와 얽히게 생겼다. 승호의 제재로 뭐라 하려던 그녀는 입을 다물고 몸을 돌렸다. 몸이 축축해서 그런지 한기가 들었다. 오한이 일었다. 가서 샤워를 하고 싶었다.

"제정신이에요? 지금 방송 촬영하잖아요. 말도 가려가면서 해야 하는 거 아니에요?"

승호가 뭐라 타박하는 소리를 하자 혜림이 울음기 섞인 음성으로 쏘아붙였다.

"신승호 씨가 나랑 뭐라고 이래요? 왜 나서요? 미치겠어요. 저 사람, 너무 미워요!"

"지금 박선우 씨 붙들고 그럴 게 아니라 정수현 씨를 붙들고 마음을 표현해도 시간이 모자란 거 아니에요? 지금 강혜림 씨는 타깃을 잘못 잡았어요."

현관문이 열리도록 두 사람의 실랑이 소리가 계속 들려왔다. 참담해진 기분으로 그녀는 문을 닫았다. 제작진이 분주하게 준비해둔 아침 도시락을 출연진들에게 나눠주고 자신들도 식사 준비를 하고 있었다. 도시락을 받아든 선우는 가만히 찬밥을 내려다봤다. 입맛이 딱 떨어졌다.

난 대체 여기에 뭘 하려고 온 것일까? 갑자기 목적지를 잃어 미아가 된 기분이었다.

4.

　오늘 하루도 데이트권을 목표로 강력한 게임이 준비되어 있었다. 제작진이 몇 날 며칠을 공들여 만든 특수 제작된 장애물 경기가 시작되었다. 첫 번째는 총을 쏘면서 줄을 타고 이동하다 표적에 총알이 맞으면 하나하나 문이 열리면서 다음 타깃이 나타나는 게임이었다. 두 번째는 5단으로 설치된 장애물을 기어서 통과한 후 움직이는 사다리에 매달려 반대편 존으로 점프를 하면 되는 게임이었다.

　남자들이 이 게임에서 치열하게 접전을 하는 동안 여자들은 훌라후프를 돌리면서 100미터 거리를 달려 가장 먼저 깃발을 획득하는 사람이 우승하는 게임과 지압판이 깔린 레이스장을 달려 철봉에 매달려 과자를 먹고 내려와 먼저 도착해 우승버튼을 누르면 이기는 게임을 시작했다.

　남과 여가 데이트권을 갖기 위해 치열한 접전을 벌이는 동안 선우는 몸의 긴장을 풀었다. 달리는 건 자신 있지만, 철봉에 매달린다든가 하는 건 젬병이었다. 팔에 근육양이 많지 않아서 잘 버텨줄지 모르겠다. 그렇게 한 시간여 동안 치열한 게임이 이어지고 이 게임에서 신승호가 1위를 하면서 여자팀 1위를 한 강혜림과 두 사람은 데이트권을 가졌고 신승호가 강혜림에게 데이트권을 사용했고, 강혜림은 정수현에게 데이트권을 사용하기로 했다.

그리고 한 시간 정도 휴식타임을 가진 뒤 다음 게임이 바로 이어졌다. 두 번째 게임은 남녀가 한 팀이 되어 하는 게임으로 뽑기를 해서 커플이 된 남녀 한 쌍이 게임에서 이기면 커플이 된 두 사람이 데이권을 확보하는 게임이었다.

이긴 사람이 파트너를 고를 수 있는 게임으로 다들 필사적으로 게임에 응했다. 커플 게임으로 시작된 것은 내부 스튜디오에 마련된 수영장 안에 설치된 수상부표 위를 달려 가장 끝지점에 도달한 사람이 둥근 원형 부표에서 같은 팀인 여자를 등에 업고 30초간 버티면 이기는 게임이다.

이 게임에서 유지연과 윤재혁이 데이트권을 확보했는데, 두 사람은 서로에게 데이트권을 사용해 커플이 되었다. 커플이 된 사람들은 저녁 식사를 밖에서 할 수 있는 특권이 주어졌다. 그리고 선우는 시름시름 앓기 시작했다. 이른 새벽에 나가 뛴데다가 게임 중에 물속에 들어갔다 나오는 일이 잦아지면서 아무래도 문제가 된 모양이었다. 열이 나기 시작하는 것이다. 다른 사람들에게 말하기 그래서 그녀는 정아에게 도움을 요청했다.

"혹시 해열제 가진 거 있어요?"

"어? 열나는 거예요?"

정아가 손을 뻗어 그녀의 이마를 짚더니 심각한 얼굴로 가방을 뒤졌다. 해열진통제를 그녀에게 주더니 물수건을 해서 그녀의 이마에 올렸다.

"조금 누워 봐요."

"미안해요."

"아니에요. 괜찮아요."

선우가 이불을 뒤집어쓰고 눕자 약과 물을 가져온 정아가 옆에서 약 먹는 걸 지켜보더니 물었다.

"병원 안 가도 되겠어요?"

"괜찮아요."

"날씨가 참 오락가락하니까 더 그래요. ……아까 혜림 씨랑 말다툼했죠. 왜 그런 거예요?"

"말다툼은 아니고…… 의견 차이가 좀 있었을 뿐이에요."

"혜림 씨가 수현 씨 혼자 독점하고 싶어하죠?"

선우가 엷은 미소를 띠었다.

"아니, 이런 데 와서 자기 마음대로만 하려고 하면 어떻게 해요. 마음 가는 대로 하는 거지. 일방적으로 자기 마음에만 맞추라고 하는 게 무슨 억지예요."

정아가 불평 가득한 얼굴로 한 마디 하더니 쉬라면서 불을 끄고 문을 닫았다. 잠시 뒤, 문이 열리더니 다시 누군가 들어왔는데, 열 때문에 정신이 점점 몽롱해졌다. 스트레스 때문에 잠을 푹 못 잔데다 하루 종일 시달렸던지 졸음이 왔다. 그때 찬 손이 그녀의 목덜미를 만졌다.

"으음…… 누구?"

"많이 아파?"

남자 목소리에 놀란 그녀가 눈을 휘둥그렇게 떴다.

"어?"

"정아 씨가 선우 씨 아픈 것 같다고 해서 와봤어. 열이 심한데, 일어나. 병원 가자."

"아니에요. 해열제 먹어서 곧 떨어질 거예요."

수현은 낮게 가라앉은 무서운 눈빛으로 그녀를 바라봤다. 아파서 곧 죽을 듯이 새카맣게 질려 있으면서도 끝끝내 그와 거리는 넓히려는 선우가 못내 야속했다.

"가서 주사 한 대 맞자. 열이 높아. 해열제로 금방 떨어질 것 같지 않아. 그리고 여기까지 와서 종일 누워 있다가 갈래?"

그가 억지로 선우를 일으켜 세웠다. 그러더니 그는 두툼한 패딩을 입혀주고 그녀를 등에 업으려 했다. 무안해진 그녀가 얼른 그의 등을 밀어냈다.

"오바하지 마요, 혼자 잘 걸을 수 있어요."

"괜찮겠어?"

"네, 정말이에요. 그런데 혜림 씨가 데이트권 수현 씨한테 쓰지 않았어요?"

"혜림 씨한테 양해 구할게. 빨리 갔다 와서 하면 돼."

수현이 그녀를 부축하고 거실로 나가자 도란도란 대화를 나누던 다른 사람들이 둘을 보고 놀라는 눈빛으로 쳐다봤다.

"병원 가요?"

가장 먼저 물어온 사람은 정아였다. 선우가 고개를 끄덕거리며 열에 들뜬 눈빛으로 쳐다보자 다들 걱정스러운 얼굴을 했다.

"미안해요. 분위기 이상하게 만들어서……."

선우의 말에 진희가 한 마디 했다.

"이상할 거 없어요. 아프면 아프다고 말하고, 싫으면 싫다고 말하라고 교육 받으면서 자랐잖아요. 자기주장 확실하게 하면서 살아요. 우리가 남 눈치 보면서 살 필요는 없잖아요? 다들 한집안에선 세상 누구보다 귀한 자식일 텐데? 안 그래요?"

에둘러 말하곤 있지만 강한 혜림의 성격에 휘둘리지 말라는 의미 같았다. 선우는 입가에 엷은 미소를 지어 보이고 수현의 도움을 받아 밖으로 나왔다. 그는 바로 보조석에 그녀를 태우고 시동을 걸었다.

"얼른 혜림 씨한테 연락해요. 제가 찜찜해서 그래요. 차라리 다른 사람하고 갈게요. 네?"

선우가 한사코 거절하자, 수현이 깊어진 눈빛으로 그녀를 응시하다가 차창을 내리더니 어딘가를 향해 누굴 불렀다.

"혜림 씨 어디 있어요? 좀 불러 줄래요?"

잠시 뒤, 혜림이 후다닥 달려 나왔다.

"어? 데이트 가야 하는데 어디 가요?"

"아, 혜림 씨! 미안한데, 데이트권 한 번 킵 하면 안 될까요? 선우 씨가 많이 아파서 지금 응급실 가려고요. 다른 사람하고 가도 그만이긴 한데, 내가 데려가고 싶어서 그래요. 혜림 씨가 이번 한 번만 좀 봐줄래요?"

혜림의 눈에 독기가 번졌지만, 수현에게 그런 눈빛을 하는 게 아니라 시름시름 앓는 선우에게 가는 눈빛이었다. 잠시 말없이 아랫입술을 물어뜯던 혜림이 대답은 하지 않고 고개를 끄덕거리더니 불만 가득한 손동작으로 가보라고 했다.

"고마워요. 혜림 씨!"

차창을 닫은 수현이 선우에게 이젠 됐냐는 눈빛을 던지자, 선우는 억지로 입매를 휘었다.

"아아, 체할 것 같아요. 혜림 씨랑 수현 씨 때문에."

"양해 구했으니 됐어. 일단 빨리 가자!"

수현이 곧장 세단을 움직여 시내에 있는 응급실로 그녀를 데리고 갔다. 이미 해가 져서 새카만 밤이었다.

응급실에 들어가자마자 한자리를 차지하고 열을 재고, 여러 가지 질문에 대답을 했다. 그러는 내내 수현은 가슴 앞에 팔짱을 끼고 보호자 노릇을 자처했다.

"열이 높군요. 39도가 넘어가니까, 수액 한 대 맞고 항생제 드릴게요. 엉덩이 주사요."

"어…… 그렇게는……."

안 된다고 말하려는데, 수현이 엄한 표정으로 고개를 저었다. 그리고 그가 의사를 쫓아가더니 이런저런 얘기를 하고 다시 그녀에게 왔다.

"2시간 정도만 맞고 가래. 처방전 줄 테니까 약도 받아가래."

선우가 베개를 베고 누워 미안한 표정으로 그를 바라봤다.

"미안해요. 저 때문에 사람들하고 보낼 시간을 낭비하게 되었군요."

"난 이게 더 좋은데? 선우 씨 옆에 이러고 앉아 있는 거 좋아요."

그가 씩 웃으며 말하더니 접이식 의자를 펼쳐 그녀의 옆에 앉아 무안하도록 그녀를 빤히 바라봤다.

"저기…… 제가 혼자 택시 타고 갈 테니까 먼저 가요. 혜림 씨 기다리겠어요. 괜히 이번 일로 혜림 씨한테 죄인 신세로 눈치 보고 싶지 않아요. 그러니까 제발 부탁인데, 가줄래요?"

불편해서 꺼낸 말인데, 그는 한사코 거절했다.

"왜 신경 써? 이렇게 막 불편하게 빚을 만들어둬야 선우 씨도 나한테 미안한 마음이 생기겠지. 그래야 나한테 막 못 하지. 그리고 혜림 씨하고의 데이트는 내일로 미루든지 내일 아침에 일찍 일어나서 하든지 할게. 제작진 쪽에 미리 언질을 해뒀어요. 그러니까 마음 편하게 있어."

은근슬쩍 말이 좀 짧다? 그런데 내가 언제 말을 그렇게 막 했다고 저래?

"저…… 예의 바른 사람이거든요."

"누가 뭐래?"

뭐래 놓고? 선우가 눈매를 가늘게 좁히고 그를 노려봤다. 그가 갑자기 킥킥 웃더니 몸을 앞으로 구부렸다.

"그런 표정도 괜찮네."

"저기…… 너무 그렇게 들이대지 마세요."

혜림 때문에 마음이 불편해서 미치겠으면서도 그가 곁에 있는 지금이 나쁘지 않았다. 가라고는 하면서 그가 계속 혜림을 거절해주기를 바라는 이 속마음은 또 뭔지 모르겠다. 혜림을 거절하는 그를 보면서 묘한 희열감을 느끼는 자신이 참으로 못나게 느껴졌다.

"왜?"

"자꾸 그러니까 이젠 장난치는 것 같거든요. 저 놀리는 거 재밌어서 계속 그러는 것처럼 느껴지잖아요."

수현이 회의적인 눈빛으로 선우를 물끄러미 응시했다. 지금은 어떤 말을 해도 곧이들으려 하지 않을 것이다. 방송 안에서 하는 모든 건 '위선'이라고 배운 그녀가 아닌가. 그러니 이 상황극이 그녀에게는 죄다 조작된 듯 보일 수도 있다. 하지만 지금 그는 그녀가 무척 갖고 싶었다.

문젠 그가 수많은 여자들에게 했듯이 그녀에게도 가볍게 접근했을 것이고, 결국엔 그녀를 버리고 떠나 버릴 것이라는 비이성적인 상상으로 두려움에 떨고 있는 것이리라. 그런데 그녀의 생각이 아주 틀리지도 않았다. 그도 사람인지라 흥미가 사라지고 지루하면 언제 그랬냐는 듯 싸늘하게 상대를 쳐내는 사람이었다.

"그런 거 아닌데? 어떻게 해야 이 여자가 내 속을 조금이라도 이해를 해줄까?"

카메라가 있으니 구구절절 긴 이야기를 할 수도 없다. 다만 지금 그녀가 이토록 절박하게 그를 밀어내려는 것은 이미 그에게 끌리고 있기 때문이다. 그의 입가에 미소가 옅게 번졌다 지워졌다.

"말 좀 길게 하세요. 점점 짧아지는데, 좀 듣기 그런데요. 저보다 완전 어려 보이는데……."

어려 보이지만, 사실 그의 눈빛에서 풍기는 깊이감은 서른을 훨씬 넘은 그런 것이었다. 그런 품위가 그의 행동이나 말투에서 느껴졌다. 그는 여자들에게 말을 걸 때와 남자들에게 걸 때 완전히 달랐다. 남자들과의 대화에서는 박학다식함을 유감없이 발휘했다.

대화를 오래하다 보면 어느 부분은 못 알아듣기 때문에 뒤로 처져 있게 마련인데, 네 명의 남자 중 신승호와 정수현 두 사람은 대화가 너무도 잘 통했다. 어찌 되었건 그가 입을 다물고 다른 생각에 빠져 있을 땐 다들 쉽게 다가가 말을 걸기가 어렵다고 말들 했으니까.

"그럴까? 상상만 해도 좋은데? 내가 누나라고 부르는 상상을 하면."

무슨 말을 해도 그는 이미 그런 말을 다 들은 사람처럼 반응하고 있었다. 어떤 말을 해도 충격 따윈 먹지 않는다는 듯한 저 노련한 눈빛과 대범한 언사. 더 말하면 입만 아플 것 같아 말은 그만 하기로 했다.

"좀 자둬요."

"그래도 돼요?"

"옆에 있을게요."

심장이 쿵 하고 떨어졌다. 어떻게 저런 말을 아무렇지도 않게 하는 걸까? 이러다 나흘째 되는 날 그녀가 그의 노예가 되어 제발 좀 사귀어 달라 가랑이 붙들고 오열하는 사태가 벌어지는 건 아닌지 염려가 되었다. 저렇게 대놓고 자신은 사랑 받기 위해 태어난 사람이라고 주장하는 눈빛은 처음 본다. 인정하긴 정말 싫지만, 그 남자에게 꽤 많이 흔들리고 있나 보다. 그렇지 않고서야 그의 마음이 이렇게나 부담스럽고 동시에 두려울 수 없지 않을까? 받아들일 필요가 없는데 두려운 건 결국 마지막이 해피엔딩이 아닐 것이라는 걸 예감하기 때문 아닐까?

그녀는 얼른 이불을 뒤집어쓰고 눈을 감으려는데, 이불이 슬슬 아래로 당겨졌다.

"네?"

"열나는 사람이 이불을 너무 깊게 눌러쓰잖아요. 내가 볼까 봐 그래요?"

그럼요. 잠자는 숲 속의 공주마냥 아름다운 얼굴이라면 기꺼이 보여드리겠지만, 이 평범한 얼굴을 보이는 건 조금 민폐라서요.

선우가 입꼬리를 슬며시 휘었다.

"그냥 보여줘요. 뭘 창피해하고 그래요. 내숭 떠는 건가? 나한테 매력 어필하려고?"

별소릴! 기가 막힌 선우가 더는 대화 따위를 하지 않겠다는 얼굴로 눈을 질끈 감았다. 처음엔 그의 반응을 보려고 한 행동이었는데, 눈을 감고 나니 점차 졸음이 몰려왔다. 물밀듯이 몰려오는 졸음 덕분에 눈 감은 지 30초도 되지 않았는데 까마득한 어둠 속으로 빨려 들어갔다.

같이 온 담당 VJ가 수현에게 휴대폰을 내밀었다.

"황 PD님이세요. 밖에 나가서 통화하고 오세요."

"아, 네."

수현이 휴대폰을 들고 밖으로 나가자 진우의 음성이 들려왔다.

[야! 어떻게 된 거야?]

"열감기."

[그래서 지금은?]

"한두 시간 정도 주사 맞고 가려고. 왜? 문제가 돼?"

[그렇진 않은데…… . 너, 뭐냐?]

수현이 벽면에 등을 기대고 심드렁한 눈빛으로 허공을 응시했다.

[지금 박선우 씨한테 하는 거 그거 뭐냐고!]

"작업."

[왜?]

"무슨 질문이 그래? 형이 의도한 거 아니야?"

[나야 그랬다만…… 넌 처음엔 별로 관심 없어 했잖아.]

"그 여자가 날 움직이게 하던데?"

[와아, 하여튼 너 때문에 좋은 화면은 많이 건져 나야 좋다만, 이거 잘하면 박선우 씨 대중들한테 질타 받는 거 아닌지 모르겠다.]

"형이 편집만 이상한 방향으로 안 잡으면 돼. 누군 천사로 만들고 누군 악마로 만드는 식의 유치찬란한 구도로 만들어서 일명 '악마의 편집'이라는 지적만 안 받는다면 질타 받을 일도 없겠지."

진우가 킬킬대고 웃어젖히더니 바로 욕지거리를 날렸다.

[이 새끼, 그동안 계속 한국 인터넷만 뒤졌나, 왜 이렇게 모르는 게 없어?]

"옷 장사를 하려면 트렌드를 파악해야 하고, 특히 한국 패션 피플들은 유행에 첨단을 걷기 때문에 예의주시해야 할 대상이기도 하지. 한국 여자들이 세계 어떤 여자들보다 패션 감각이 뛰어난 거 알지?"

[하여간에 너, 진심으로 해야 한다. 여기서 장난질인 거 티 나면 나중에 안 좋다. 그리고 지금 혜림 씨 표정 장난 아닌데, 저대로 뒤도 되겠어? 네가 아침에 데이트하자는 말을 전하기는 했는데, 계속 말 한 마디 안 하고 눈에 독기 뿜고 장난 아니야.]

선우가 아픈 것 때문에 아무것도 눈에 뵐질 않는 상황이었다. 그런데 관심도 없는 여자 때문에 치이는 상황이 몹시 마뜩찮았다. 씩씩거리며 열이 나는 여자는 프로그램에 민폐를 끼칠까 봐 온전히 앓는 소리도 내지 못하고 눈치를 보는데, 한 여자는 자기 맘대로 못한다고 당당히 화를 내고 있으니 기가 막힐 노릇이었다.

"그냥 뒤. 어떻게 일일이 다 신경 써. 내가 마음 가는 사람 하나한테만 잘하면 되는 거 아닌가? 여기 전쟁터야. 데이트권 놓고 무시무시한 차력 게임을 펼치게 하면서 다른 사람 마음까지 신경 쓰라고 하는 건 무리다. 프로그램 진행 방식을 좀 바꾸지 그래? 이건 무슨 해병대 지원하는 게임도 아니고, 게임이 왜 이래?"

[여자들은 체력적으로 강인한 남자에게 끌리게 마련인 거고, 데이트권을 놓고 사생결단을 내는 여자들의 내숭 제로인 모습을 보면서 남자들도 여자들에게서 진심을 보게 되는 거고. 이 바닥이 그런 거 아니겠냐? 잘하고 와라.]

"알았어. 분란 나지 않도록 편집 신경 써!"

통화를 끝낸 그는 다시 병실로 들어가 담당 VJ에게 휴대폰을 내밀었다. 그는 다시 화면 속으로 들어가 선우의 곁에 앉았다. 그가 팔을 뻗어 선우의 이마를 짚어 봤다. 열은 조금 내려 있었다. 그의 찬손이 닿자 그녀가 가지런하고 단정한 눈썹을 살며시 팔자로 휘었다. 그 모습이 재밌어서 또 웃었다.

자꾸 그녀의 어렸을 때의 모습과 지금의 모습이 교차되었다. 연예 프로그램에 나왔을 때 하던 몇 가지 버릇을 눈여겨본 적이 있는데 그와 비슷한 행동 몇 개가 아직 습관으로 남아 있었다. 당시 스타와 팬으로서 먼 곳에 있는 성스러운 존재였던 그녀가 이렇게 가까운 데서 그와 같이 호흡하고 있다는 게 신기했다.

'이 여자, 볼수록 매력 있어.'

자꾸만 그의 심장이 그녀로 물들어가고 있었다.

눈을 떴다. 두 시간이 훌쩍 지나갔고, 눈을 뜨자 두들겨 맞은 것처럼 묵직하고 쑤셔대던 몸살기가 가시고 몸도 개운해져 있었다. 시선을 돌리자 곁엔 여전히 수현이 앉아 있었다. 두 시간이나 저러고 있었던 건가? 선우가 천천히 몸을 일으키며 하나로 묶었던 머리카락을 다시 한 번 매만지고 침상에서 내려섰다.

"왜요?"

"그만 갈래요."

"기다려요. 주삿바늘 빼달라 할게요."

수현이 마침 지나던 간호사에게 주삿바늘을 빼달라 말하자, 간호사가 소독약을 들고 와 주삿바늘을 빼주고 바늘이 빠진 부위에 밴드를 감아주었다.

"2~3분 정도 지혈하고 떼어내도 좋아요."

"네, 수고하셨어요."

선우가 인사를 하고 패딩점퍼를 잡아당겨 입으려 하자 그가 얼른 팔을 뻗어 패딩을 빼앗더니 직접 입혔다. 하나부터 열까지 사사건건 참견하면서 그녀를 아이 취급하고 있었다. 이런 대접이 너무 오랜만이라 어색하고 어렵고 이렇게 격이 없이 다 받아들여도 되는 건가 싶어 무섭기까지 했다.

'난 근자감이 부족한 여잔가 봐.'

애들 말로 '근거 없는 자신감'이라는 말의 줄임말로 요즘 어른들 중에 이런 걸 가진 사람들이 몇몇 있긴 해도 대부분 평범하게 살아가지 않나? 이런 걸 안 갖고? 익숙지 않은 걸 받다 보니 어렵고 어색한 것일 뿐. 결코 자신감이 부족한 건 아닐 것이다.

그가 먼저 앞장서서 걸어갔다. 차에 오른 그는 얼른 시동을 걸고 히터를 틀어 차를 데웠다. 그녀는 보조석에 앉아 부르르 몸을 떨었다. 한기가 엉덩이에 닿자 뜨거운 것에 덴 것만 같은 착각마저 일었다.

"일단 여기서 기다려요. 난 처방전으로 약 타 올게요."

"네, 여러모로 정말 고마워요."

그는 가만히 눈가에 웃음기만 머금고 그녀를 바라보더니 곧장 뒤어서 응급실 지하에 있는 약국으로 향했다. 이런 밤엔 응급실 내에 약국이 열린다. 며칠간 휴대폰도 하지 말아야 하다 보니 혼자 어떤 공간에 놓이면 뭘 해야 할지 몰라 막막해진다. 멍하니 정면을 주시하고 있는데 수현이 달려 나오는 모습이 눈에 들어왔다.

'저 사람은 늘 달리는구나……'

태평하게 걷진 않는 것 같았다. 가슴 한구석이 왠지 저릿했다. 마음을 다잡듯 단단하던 그녀의 눈동자가 흔들렸다. 그는 계속 분주하게 움직이고 있었다. 그녀와 있는 동안은 계속 그랬다. 차에 오른 그가 안전벨트를 하고 그녀의 벨트를 확인하고는 바로 가속페달을 밟아 후진해서 차를 틀었다. 도로로 접어들자 그가 물었다.

"배 안 고파요?"

"그러고 보니 저녁도 안 먹었는데요?"

"약 먹어야 하니까, 간단하게 요기라도 하죠. 한식 먹어야죠? 잠시만요."

수현이 제작진에게 휴대폰을 달라고 해서 FD에게 물었다.

"그런데 식사는 어떻게 해야 하는 거죠? 원래는 삼첩반상으로 먹어야 하는 거죠?"

[그렇죠. 데이트권을 확보해서 데이트 나간 사람만 번드르르한 밥상을 경험한다는 게 게임 승패를 결정지은 이유니까요. 아프신데, 죄송하지만 그래도 룰은 룰이니까 삼첩반상으로 식사 부탁드립니다.]

"그럼 여기서 식사 좀 하고 돌아갈게요."

[네, 촬영 팀이 모습을 다 담으니 반찬 제하고 드세요.]

휴대폰을 제작진에게 돌려준 그가 한숨을 푹 내쉬었다.

"우와, 아파도 소용없다는데요. 무조건 삼첩반상이래요. 반찬 세 가지로 놓고 먹어 달라는데요? 형평성에 위배된다고……."

"물론 그렇게 해야죠. 전 상관없어요. 좋아하는 거 드세요."

"됐어요. 한식이 최고죠."

수현이 유유히 차를 몰아 상가들이 몰려 있는 시장 골목으로 들어가 주차장에 차를 세우고 그녀 쪽 차문을 열어주었다. 그가 한 걸음 비켜서며 그녀에게 팔을 내밀었다.

"네?"

"팔짱 껴요."

"괜찮아요. 중병 앓는 것도 아닌데……."

"말 되게 안 듣네."

수현이 그녀의 팔목을 낚아채더니 그대로 끌고 다녔다. 한 번 거절했는데, 또 팔을 놓아달라고 딱 잘라 거절하면 수현이 화를 낼 것 같아서 이번엔 가만있기로 했다. 그런데 참으로 희한하게도 그의 이런 퉁명스럽지만 따스한 손길이 그리 나쁘지 않게 받아들여지는 건 왜일까?

"저기 찌개전문점 있다. 저기로 가죠."

"네. 그래요."

그의 손에 이끌려 식당으로 들어가 둘은 마주 보고 앉았다. 식탁에서 먹고 싶었는데, 그가 굳이 방 안에 들어가 먹자는 바람에 신발을 벗고 들어가 앉는 곳에 자리를 잡았다. 점퍼를 벗고 앉아 주인아주머니에게 주문을 했다. 그녀는 된장찌개, 수현은 청국장찌개를 시켰다. 그리고 반찬은 딱 두 개만 달라고 부탁을 했다. 벌칙 중이라는 설명과 함께 말하자 주인도 금세 알아듣고 알겠다며 나갔다. 둘은 음식이 나오기를 기다리며 잠시 침묵했다.

"몸은 어때요?"

"아까보단 많이 좋아요. 고마워요. 아마 병원에 가지 않았더라면 계속 끙끙 앓고 있었을 거예요."

"기분 좋은데요? 선우 씨가 내 덕분에 좋아진 거니까."

그가 하얗게 이를 드러내 보이며 웃더니 숟가락과 젓가락을 꺼내 그녀 앞에 내밀었다. 선우는 물컵에 물을 따르고 잠시 시선을 아래로 내렸다. 아주머니가 밑반찬을 꽁치구이, 김치만 내놓았다. 선우는 젓가락으로 꽁치를 먼저 푹 찔러 살점을 발라냈다. 가만히 보고 있던 수현이 한 마디 했다.

"생선 가시 잘 바르는군요."

"재밌잖아요."

선우가 능숙하게 젓가락질을 하며 대답하자, 그가 신기한 듯 그녀를 바라봤다.

"난 그게 귀찮아서 생선 잘 안 먹게 되던데요."

"그럼 생선 발라내는 게 취미인 여친 만나면 되겠어요."

"굳이 멀리 갈 거 있어요? 바로 앞에 있는데?"

갑작스러운 말에 그녀의 얼굴이 확 달아올랐다. 이런 식으로 치고 들어올 줄은 몰랐다. 한 번씩 진담인지 농담인지 모를 말로 사람을 당황시켰다.

"사람 자꾸 놀리지 말아요."

"진심인데, 놀린다고 하니까 속상한데요?"

선우가 두 손 두 발 다 든 얼굴로 그를 바라보며 고개를 저었다. 반쯤은 그를 믿고픈 마음과 반쯤은 이 방송이 끝나면 저 호의가 언제 그랬냐는 듯 살벌한 냉소로 바뀔지 모른다는 불안감에 더는 따지고 들지 않기로 했다.

그가 만약 이 모든 상황을 영악하게 자신을 위한 이미지 메이킹으로 쓰기 위해 이용하는 거라면 그는 대단한 연출가다. 그녀를 완벽하게 그의 입맛에 맞게 감독이라도 된 양 이끌어 가고 있지 않은가. 그녀는 마리오네트처럼 놀아나고 있는 건지도 모른다. 그러니 이런 막무가내식 친절에 마냥 해맑게 웃을 수도 없었다.

이미 방송에서 이런 상황은 여러 번 예고되지 않았던가. 그때마다 그녀는 사내들에게 농락당해 바보처럼 멍한 표정을 짓는 걸로 유명했다. 18살의 그녀가 캡쳐되어 돌아다니는 장면들 태반이 남자들의 친절과 과대망상을 키우는 듯한 묘한 행동이나 스킨십에 홀로 몰입되어 그가 정말 자신에게 고백이라도 할까 전전긍긍하는 바보짓을 했고 그런 장면은 네티즌을 아주 즐겁게 했다. 그런 식으로 몇 번 놀림을 받고 나서인지, 지금은 바보처럼 헤벌쭉 좋아할 수만도 없었다.

식사를 마치고 약을 먹은 뒤 다시 그가 운전을 해서 숙소 입구에 도착했다. 밖에서는 와인 파티가 조촐하게 벌어져 모두가 모닥불을 펴놓고 이야기꽃을 피우고 있었다. 다들 친해진 분위기인데, 선우와 수현만 그 자리에 없었다는 이유로 그 자리가 어색하게 느껴졌다.

"선우 씨, 괜찮아요?"

가장 먼저 물은 건 정아였다. 정아가 선우에게 다가오더니 이마를 짚어 보는 등 자상한 행동을 하자 다른 이들도 하나씩 물었다.

"웬 열감기예요? 이런 데 와서 아프면 서러운데. 괜찮은 거죠?"

"네, 미안하고 고마워요."

미안해져서 모든 시선이 자신에게 꽂히는 게 싫어 재빨리 아니라고 말하고 후다닥 방으로 들어갔다. 방 안까지 따라 들어온 수현이 이부자리를 펴주기 시작했다.

"아니에요. 수현 씨, 나가서 같이 어울리세요."

"그냥 여기 있을게요. 그게 내 마음이 편해요."

수현은 철저히 박선우 바라기를 자처했다. 다른 여자가 파고들어올 공간 같은 건 아예 만들려고 하지도 않았다. 다시 한 번 입을 열어 그를 밀어내려 했지만 선우는 그만두었다. 그는 이미 마음을 정한 듯 그녀의 곁에 쿠션 두 개를 갖고 와 편히 앉을 자세를 잡았다.

"혜림 씨한테 가서 양해라도 한 번 더 구해야 하는 거 아닌가요? 나중에 내가 중간에서 입장이 어색해지니까, 혜림 씨 기분 좀 살펴보고 오세요. 제발요."

"하아, 난 괜찮다는데 선우 씨 때문에 할 수 없이 가는 겁니다. 알겠죠?"

선우의 닦달에 할 수 없이 수현이 아래층에 내려갔다가 10분 정도 뒤에 다시 돌아왔다. 수현의 표정엔 별 변화가 없었다.

"뭐래요?"

"괜찮다고 하잖아요."

물론 수현에게는 괜찮다고 하겠지만 데이트권을 획득하고 그를 혼자 소유하고 싶은 혜림의 입장에서 볼 때 선우는 원수같이 보일

대상이었다. 미안해서 가시방석에 앉은 기분인데도 수현은 쿨했다. 하지만 그를 계속 밀어내기만 하는 건 오히려 그를 자극하는 짓인지도 모르겠다 싶어 그만두었다.

수현은 관심을 두고 곁을 지키려 하는데, 평범하기 짝이 없는 여자가 멋진 자신을 밀어낸다 생각하면 자존심이 상할 테고, 어떻게든 버티고 싶어질 것도 같았다. 그녀는 체념하고 몸을 옆으로 돌려 누웠다. 베개를 한 손으로 꽉 움켜쥐고 멍한 눈빛으로 벽 쪽을 바라봤다.

"기타, 칠 줄 알아요?"

수현의 질문에 그녀가 고개를 살짝 돌려 그를 보다가 입가를 휘었다.

"조금이요."

기획사에서 3년간 가수가 되기 위한 트레이닝을 받으며 피아노와 기타, 드럼 연주를 배웠다. 덕분에 실력은 고수까지는 아니더라도 어느 정도 이상은 했다. 갑자기 기척이 사라졌다. 고개를 돌리자 그가 방을 나가고 있었다. 문이 닫히고 잠시 뒤, 그가 기타를 들고 나타났다.

디리링.

기타를 치는 소리가 들렸다. 그녀는 눈을 감고 모른 척했다. 그러다 그가 '내 가슴을 채운 너'를 연주하기 시작했다. 심장이 철렁 내려앉았다. 그녀가 솔로곡으로 불렀던 곡을 그가 연주를 하더니 노래를 부르기 시작했다.

'크악, 맙소사!'

남자가 그녀의 노래를 부르자 온몸이 근질근질 거리고 견딜 수 없이 창피했다. 그녀가 바싹 긴장해서 눈을 꼭 감고 있다가 절정으로 고조되는 그의 목소리에 천천히 몸을 일으켰다.

진심으로, 정말, 환상적으로 노래를 잘 불렀다.

아주 오랫동안 불러서 입에 딱 맞아떨어지는 듯 감정이 그대로 살아 움직이는 멋진 노래였다. 무엇보다 그는 음성이 좋은 편이기 때문에 노래를 부르는 것 자체가 흡인력 있게 들렸다. 2절 마지막 부분이 끝나자 기타 연주도 끝이 났다. 그가 웃으며 그녀를 바라봤다. 심장이 미친 듯이 뛰었다.

저 남자, 정말 왜 저러는 걸까?

"자, 잘 부르는데요?"

"말했잖아요. 6개월 내내 귀가 닳도록 듣고 따라 부르고 했다고. 하도 불러서 나중엔 제 노래 같더군요. 가사도 '빅토리아'가 직접 썼다고 하더군요. 좀 아까운 게 이 정도 노래 실력이면 솔로로 나가서 활동했어도 살아남았을 거예요. 그리고 이 정도의 작사 실력이라면 자기가 부를 곡을 직접 작사해서 불렀어도 됐을 테고……"

그게 그랬다. 실력이 아무리 있다 한들, 이슈가 되지 않고 유명세가 없다면 지금은 그녀를 외면하고 등을 보인다. 그룹 해체 이후 여러 소속사의 문을 두드렸지만 그녀에게 흥미를 느끼는 투자가가 없었다. 그렇게 흐지부지 놀고만 있을 수가 없어서 학교를 졸업한 뒤 대학에 들어갔고, 결국 지금에 이르게 되었다.

"전 뭐 별로던데……"

선우는 시침을 뚝 떼고 대꾸했다.

"노래 백날 잘해도 소용없어요. 유명세가 없다면 투자가는 관심 없어 해요. 이미 한 차례 이미지를 사용했던 아이돌그룹 리드보컬 따위……"

"잘 아네요?"

그가 기타를 디리링 팅기더니 다시 반주를 시작했다. 이번엔 그녀가 작사한 또 다른 곡으로 멤버들과 같이 부른 발라드곡이었다. 또다시 손발이 오글거려 이불을 뒤집어쓰고 눕고 싶어졌다.

"같이 불러요."

"제가 지금 목이 좀……."

"같이 해요."

그가 먼저 첫 소절을 시작했다. 정말 놀랍도록 잘 부른다. 상상 이상으로 잘 부르는 그의 음성에 그녀가 할 수 없이 세 번째 소절부터 그와 같이 부르기 시작했다.

그때 방문이 열리더니 여자들이 안쪽으로 들어오기 시작했다. 남자들도 안으로 들어오더니 '누가 이렇게 노래를 잘해?' 라며 안에 들어와 자리 잡고 앉았다. 수현은 몸을 좌우로 자연스럽게 흔들면서 그녀의 노래에 맞춰 반주를 했다.

"……꿈에서도 우리 만나지 말아요. 그대 때문에 슬픈 날은 이제 멈추고 싶으니까. ……안녕, 그대여."

마지막 소절이 끝났을 때 동료들의 우레와 같은 박수가 터져 나왔다. 승호가 엄지를 세우며 말했다.

"이건 뭐, 거의 가수 같은데요? 선우 씨 목소리가 굉장히 감미롭고 듣기 좋아요. 수현 씨도 잘하지만……. 두 분 듀엣으로 음반 내면 대박 나겠어요."

수현이 씨익 웃으며 하얗게 이를 드러내 보이자, 선우는 멋쩍은 미소를 지었다. 자기 노래를 잘 불렀다는 거야 그리 칭찬이 될 수 없지만 수현은 정말 대단한 남자였다. 대체 잘하지 못하는 게 뭘까?

"신청곡 받아요?"

진희가 웃으며 신청을 하겠다고 하자 수현이 흔쾌히 고개를 끄덕거렸다.

"겨울이고 하니까, 〈Wham〉의 'last christmas' 듣고 싶어요."

"그건 제가 곡을 다 모르는데…… 선우 씨, 연주할 수 있어요?"

수현이 기타를 선우 쪽으로 돌리더니 물었다. 선우가 머뭇거리다가 어차피 며칠 있음 다 밝혀질 테니, 내숭 떨지 말고 받아들이자 했다. 손을 뻗어 기타를 받은 선우가 간주를 시작했다. 다들 손을 들어 올려 반 만세 자세로 몸을 좌우로 흔들며 분위기를 탔다.

수현이 노래를 시작했고, 선우가 듀엣으로 노래를 부르는데 멀찍이 서서 그 모습을 보던 혜림이 같이 노래를 하기 시작했다. 다들 혜림을 응시하는데, 노래 솜씨가 예사롭질 않았다.

다들 더욱 흥겨워하며 아는 부분은 같이 부르고 흥겨워하며 노래가 끝났다. 선우가 이번엔 혜림에게 일부러 말을 걸었다. 혜림의 눈동자에서 냉기가 흘러나왔지만 수현은 할 만큼 했고, 그녀가 무슨 짓을 해도 수현은 계속 자신의 곁에 있었을 것이기 때문에 이젠 체념했다. 욕을 하려면 하라지.

"혜림 씨도 이쪽에서 같이 어울려요."

"기타 잘 치네요?"

"좀 배웠어요."

혜림이 수현의 곁으로 가더니 앉았다.

"신청곡이요. 이번엔 〈Mariah Carey〉의 'All I Want For Christmas Is You' 연주해주세요."

선우가 기타 반주를 시작했고, 혜림이 먼저 첫 소절을 시작했다.

그렇게 선우와 혜림의 듀엣곡이 시작되었다. 발성이 좋고 발음이 정확한 혜림이 마치 연기라도 하듯 발랄한 표정으로 노래를 부르자, 선우가 부러운 듯 혜림을 바라봤다.

혜림은 노래를 부르면서 짓는 표정이 예사롭질 않았다. 지금까지 봤던 예민하고 까칠한 혜림이 아니라 완전히 다른 사람 같아 보여 보기 좋았다. 노래가 끝나자 다들 박수갈채를 보내며 입술을 오므려 삐익 소리를 냈다. 연예인들에게나 보낼 법한 반응이었다.

"대박! 대박! 여기 왜 이렇게 재주 많은 사람들이 많은 거예요?"

재혁이 박수를 치며 혜림, 수현, 선우를 칭찬했다. 모처럼 모두가 한마음 한뜻이 되어 즐거운 하룻밤을 보냈다. 이런 즐거운 시간이라면 열이 펄펄 끓고 아파도 견딜 수 있을 것만 같았다.

선우의 입가에 환한 미소가 흐뭇하게 번졌다. 그런 그녀의 모습을 선우가 깊어진 눈빛으로 바라본다는 건 까마득하게 모르고.

잠자리에 들기 위해 모두들 어수선한 상황이었다. 남자들은 전부 잘 준비를 완료했고, 자기 전에 담배 한 대씩을 태우겠다며 두 명은 베란다에 나가 있었다. 수현은 샤워를 하고 밖으로 나와 드라이기로 머리를 말렸다. 노크 소리가 들려 고개를 돌리자 혜림이 서 있었다. 그가 드라이기를 멈추고 혜림을 응시했다.

"잠깐, 시간 좀 내줘요."

"내려가 있어요. 머리 말리고 내려가죠."

"고마워요."

혜림이 내려가자마자 승호가 베란다 문을 열고 들어와 수현을 바라보더니 물었다.

"혜림 씨한테 너무 쌀쌀맞게 대하지 말아 주세요."

이런 걸 두고 오지랖이라고 해야 하나?

"제가 쌀쌀맞게 대합니까?"

"그래 보여요. 물론 의도적으로 그렇게 하는 거겠죠. 일방적으로 해바라기 하는 여자를 견제하는 덴 이만한 게 없을 테니……."

"잘 아시네요. 마음에 없는 분께 매너라는 어정쩡한 친절을 베풀어 상대에게 더 큰 착각을 불러일으킬 바에는 딱 잘라 행동하는 게 좋은 것 같아서요. 물론 생각 나름이겠지만요."

"그래요. 말한 대로 개인마다 가진 의견이 다르니 제 생각을 강요할 수 없지만 전 혜림 씨가 더 이상 수현 씨 때문에 울지 않았으면 좋겠어서 말하는 거예요."

"신경은 쓰도록 하죠."

"고마워요."

승호가 다시 밖으로 나가더니 같이 담배를 태우던 현중에게 이런저런 말을 건넸다. 수현은 다시 머리를 말리고 옷을 편한 차림으로 갈아입었다. 네이비 트레이닝을 아래위로 맞춰 입은 그가 웃옷에 달린 모자를 쓰고 아래로 내려갔다. 점퍼 주머니에 손을 넣고 혜림을 바라봤다.

"잠깐 나가죠."

"점퍼 갖고 오죠."

다시 위로 올라간 수현이 패딩점퍼를 입고 내려오자 혜림은 이미 밖에 나가 있었다. 밖으로 나가 현관문을 닫자 혜림이 하늘을 올려다보고 있었다. 눈이 내리고 있었다. 함박눈이었다.

"눈이 오네요."

혜림의 말에 그가 입가에 사무적인 미소를 띠었다.

"근처 좀 걸을까요?"

그녀가 대답도 안 듣고 앞장을 섰다. 수현은 패딩점퍼 주머니에 손을 넣고 느릿느릿 그녀의 뒤를 쫓았다. 둘은 마당에서 좀 더 걸어 나와 자동차가 겨우 하나 빠져나갈 수 있는 골목길로 걸었다. 한참을 말없이 걷던 혜림이 뒤를 돌아보더니 대여섯 걸음 정도 멀찍이 떨어져 선 그의 옆에 나란히 섰다.

"제가 너무 일방적인 거였죠?"

그는 대답 대신 그녀를 응시했다.

"그러면 안 되는 거였는데…… 그래서 부담스러웠던 거죠?"

무슨 말을 하려고 저런 말을 꺼내는지 예상하기 힘들었다. 그는 지그시 그녀를 바라보기만 했다.

"다른 데 마음 가는 거 알아요. 그런데 제가 포기가 안 되네요. 누가 보더라도 전 괜찮은 여자일 텐데, 왜 수현 씨 마음엔 들지 않는지 좀 이해 안 되고 답답해요. 그래서 제 스스로 이해가 될 때까지 부딪치려고요. 다칠 각오는 했어요. 수현 씨가 쌀쌀맞게 대해서 처음엔 좀 겁도 나고 했는데, 그냥 다치려고요. 얼마나 피를 흘리게 될지는 모르겠지만, 이 모든 시간이 다 지난 뒤에 후회를 할 바에는 노력이라도 해보고 이해해보려고요."

"전 상관없지만…… 정말 다칠 거예요."

그가 가라앉은 음성으로 건조하게 말했다.

"각오는 했어요. 전 열심히 게임에 임해서 계속 우승을 할 거고 우승할 때마다 당신에게 데이트권을 쓸 거예요. 그래서 어떻게든 불편하더라도 밀어붙여서 수현 씨가 조금이라도 절 보도록 할 거예요."

"알아들었어요."

"됐어요. 제가 이렇게 각오를 밝히지 않으면 수현 씨가 귀찮은 존재로만 저를 인식할 것 같아서 이렇게 말해두는 거예요."

"이해했어요."

"그럼 들어가죠. 내일 아침 일찍 데이트권을 써야 하니까, 새벽 5시에 일어나서 두 시간 정도 데이트를 하는 걸로 하죠. 제작진 측에서 그렇게 하는 게 좋을 것 같다고 했어요. 이후엔 계속 게임이 진행되어야 하니까. 기상미션에선 제외될 거라고도 했구요."

"알았어요."

혜림이 애써 담담함을 유지하면서 앞장서서 걸었다. 그는 허공을 지그시 응시하면서 그녀의 뒤를 쫓아갔다. 앞장서서 씩씩하게 걷던 그녀가 우뚝 멈추더니 뒤를 돌아보며 그를 향해 물었다.

"그분, 뭐가 그렇게 마음에 들었던 거죠?"

"……목소리요."

혜림이 입술 끝을 들어올리며 자조했다.

"그건 제가 어쩔 수 없는 거네요. 알았어요."

다시 혜림이 몸을 돌리고 숙소 쪽으로 걸어갔다. 그는 고개를 들어 올려 내리는 눈을 올려다봤다. 눈이 와서 그런지, 선우를 데리고 나와 돌아다니고 싶어졌다. 같이 마주보고 웃고 노래 부르고, 끝도 없는 이야기를 나누며 밤을 지새우고…….

'미친놈.'

브레이크 없는 폭주 차량에 오른 사람처럼 고작 이틀 만에 박선우라는 여자에게 완벽하게 함몰되고 말았다. 처음엔 남자들이라면 누구나 갖는 여자를 향한 승부욕이었는데, 선우를 곁에 두고 지켜보면서 그녀가 인간적으로 좋았다. 사람들을 향해 웃음 짓고 노래 부르는 순간만은 그녀가 연습생 시절 물리도록 배운 영업용 스마일이 아니었다.

그녀가 진심으로 웃으며 행복한 모습을 보고 있으면 그는 그 미소를 지켜주고 싶어졌다. 그녀가 하는 행동 하나하나마다 새로운 반응을 일으키게 한다. 처음부터 그의 시선을 사로잡아 여태 머물도록 만들었다는 것만 봐도 그녀에겐 감출 수 없는 매력이 있다는 의미일 테지.

5.

이른 새벽부터 혜림과 수현이 데이트권을 사용하기 위해 인근 산자락으로 데이트를 갔다. 혜림이 새벽 4시부터 방송용 메이크업을 하는 바람에 다른 사람들도 잠을 잘 수 없을 정도로 부산했다. 이리저리 왔다 갔다 하고 드라이기로 몇 번이나 머리를 감았다 풀고, 그 바람에 다른 사람들이 짜증을 내며 이불을 뒤집어쓰고 자는 사태도 벌어졌다.

새벽 6시에 다들 기상미션을 시작하는데, 이 미션에서 1등을 한 남녀에겐 다음 게임에서 혜택이 주어진다. 그렇기 때문에 다들 예민해져 있는데 혜림은 눈에 뵈는 게 없는 듯했다. 그 바람에 선우도 잠을 깼다. 일어난 김에 다시 잘 바에는 차라리 병원에 오간 덕분에 데이트권을 사용하지 못해 새벽부터 고생하는 수현에게 미안한 마음이 들어서 뭐라도 해보자 싶었다.

일찌감치 일어난 선우가 부엌으로 들어가 냉장고를 열고 섰다. 수현에게 계속 받기만 한 것 같은 기분에 뭐라도 해야겠다 싶어서 아침 준비를 하기로 했다. 그녀는 냉장고에서 스태프들이 사둔 각종 채소와 해물의 상태를 파악했다. 두 가지만 해서 내놓기로 했다. 시원한 해물탕과 오이생채를 하기로 결심하고 팔을 걷어붙였다.

"뭐 좀 도와줘요?"

유현중이 다가왔다. 키가 작은 편이고 눈썹이 유난히 굵은 남자로 전체적인 인상이 살짝 산적 느낌이 난다. 그런데 웃으면 한없이 푸근한 이미지를 주는 사람이었다. 무엇보다 여기서 대부분의 조리를 그가 담당하고 있었다. 요리를 끝내주게 잘했다.

"와아, 저야 도와주시면 아주 감사하죠."

"재료 씻는 것 정도는 도울 수 있어요. 관심 표현용 만찬인 거죠?"

"그보단 감사 인사를 위한 만찬이에요."

"어찌 되었건 본인의 정성이 담겨야 하니 전부 다 돕긴 그렇고, 조금만 도울게요."

"고마워요."

그가 팔을 걷어붙이고 파와 마늘, 양파 등을 씻고 다듬기 시작했다. 그녀는 능숙하게 해물을 손질하고 물을 끓여 멸치 다시 육수를 내고 그 안에 씻은 해물을 집어넣었다. 각종 재료를 넣고 양념으로 간을 보기 시작했다.

"노래를 되게 잘하시던데요? 배우신 거예요? 프로 같더라고요."

"그런가요? 감사해요."

자세한 얘기를 하다 보면 과거의 일부가 드러날 것 같아 말하는 건 그만뒀다.

"언제 시간 되면 노래 듣고 싶어요. 선우 씨가 직접 부르는 노래를 들으면서 제가 한 요리를 먹어보는 것도 뜻깊은 것 같아요."

아무 생각 없이 들으며 웃던 그녀가 우뚝 표정을 굳히고 말았다. 저 말은 지금 은근히 데이트를 신청하는 것인가? 여기선 매 순간이 긴장의 연속인 것 같았다. 그녀는 그저 웃기만 하고 잘 썬 오이를 고춧가루와 각종 양념으로 조물거려 오이생채를 완성했다. 밥솥에 따로 안쳐 두었던 밥도 뜸이 다 들었고, 이젠 수현만 돌아오면 되겠다 싶어서 뿌듯한 마음으로 기다렸다. 그동안 유현중이 그녀의 곁에서 이런저런 수다를 떨었다. 서울 유명한 맛집에 대한 이야기부터 시작해 음식과 관련된 이야기가 태반을 이루었다. 그녀는 마음속으로 수현이 오기만을 기다리며 현중과의 대화를 묵묵히 이어나갔다.

[기상 미션 시작합니다!]

메가폰을 쥔 제작진이 큰 소리로 노래를 틀고 미션을 예고하자, 출연진이 일제히 패딩점퍼에 손을 끼워넣고 졸린 눈을 비비며 뛰어내려왔다. 밖으로 나가자 제비뽑기용 상자가 마련되어 있었다.

[뽑기 상자에 손을 넣어 뽑힌 종이를 확인하고 제시된 물건을 소품실로 이동해 가장 먼저 찾아오는 사람이 승리하는 게임입니다.]

다들 빠르게 달려 나가 제비뽑기 상자에 손을 넣고 쪽지를 뽑아들더니 미친 듯이 소품실을 향해 달리기 시작했다.

기상미션이 모두 끝났다. 가장 빠른 사람을 이길 도리는 없었지만, 가장 먼저 정신을 차린 선우가 우위를 선점했나보다. 그녀가 여자팀 1위를 해서 유리한 점수를 획득했다. 기분 좋은 얼굴로 숙소에 도착했다. 아직 수현과 혜림은 도착하지 않은 모양인지 내부가 고요했다. 그러자 유현중이 다시 곁으로 다가와 그녀의 승리를 같이 축하해주며 그녀의 식사를 그가 직접 받아왔다며 내밀었다. 수현을 위해 음식을 장만하는 걸 빤히 보고도 현중은 별 망설임이 없어 보였다.

"저기 저는 이따 수현 씨가 오면……."

"아아, 전 신경 쓰지 말아요. 저도 알아요. 지금 여기 있는 여자분들 태반이 정수현 씨한테 관심 있다는 거 잘 아는데, 남자들도 마음에 드는 사람이 있으면 행동은 해보고 방송을 마무리 지어야 하는 게 아니냐는 결론이 나서 저도 뭐든 해보려는 거예요."

"제가 괜히 미안해서요."

"정말! 정말, 신경 쓰지 말아요. 혹여 조금 신경이 쓰인다면 가끔씩 제 얘기 받아주고 그러면 되는 거죠. 안 그런가요? 하하! 저는 올라가서 식사할게요."

유현중이 도시락을 들고 위로 올라갔다. 선우가 입가에 쓴웃음을 지으며 몸을 돌리는데 멀찍이 소파에 수현이 앉아서 잔뜩 노여운 얼굴로 그녀를 쳐다보고 있었다. 언제 온 걸까? 오는 기척도 느끼지 못한데다, 아직 혜림이 숙소에 도착하지도 않았는데. 그런데 대체 표정은 왜 저러는 걸까? 심장이 쩡하고 얼어붙었다. 잠시 멈칫했던 선우가 수현에게 다가가 어색한 미소를 띠며 말했다.

"아침, 먹어야 하잖아요. 제가 수현 씨한테 고마워서 아침 준비했는데, 드실래요?"

수현이 가만히 그녀를 바라보더니 소파에서 일어나 식탁 앞에 섰다. 수현은 굳은 표정으로 의자에 앉더니 그녀가 끓인 해물탕을 가만히 내려다봤다.

"제가 직접 끓였어요."

"유현중 씨는 계속 여기 있었어요?"

찌르는 듯이 날카로운 질문에 선우가 웃으며 대답했다.

"재료 준비하는 것만 돕고 싶다 하셔서 그래 달라 했어요."

수현의 표정이 계속 굳어 있었다. 선우는 그의 눈치를 살피다가 현중이 챙겨준 도시락을 놓고 수저를 놓았다.

"같이 먹어요."

선우는 냉장고에 있던 김치와 몇 가지 밑반찬을 꺼내놓고 같이 마주보고 앉아 식사를 시작했다. 수현이 아무 말도 하지 않고 밥을 떠먹고 있었다. 이런 땐 남자 쪽에서 뭐라 반응을 보여야 하는 거 아닌가? 맛이 있다, 없다 식의 뭔가 리액션이 있어야 하는데 아무것도 안 하자 마음이 좋지 않아졌다.

"맛이…… 별론가요?"

간도 잘 맞았고, 재료가 싱싱해서 맛도 좋았다. 하지만 사람마다 입맛이라는 게 조금씩은 다르니까. 선우가 그를 물끄러미 바라보자 수현이 갑자기 피식 웃더니 대답했다.

"맛있어요. 지금 제 눈치 보는 거예요?"

수현이 울컥해서 그녀를 치켜뜨고 바라봤다. 마음 같아서는 그녀가 다른 놈들하고는 말도 못 섞게 모두가 보는 앞에서 입을 강제로 막아버리고 싶은 욕구가 강했지만 자제 중이었다. 그가 그런 짓을 하면 선우에게 돌이킬 수 없는 상처를 남긴다는 걸 아니까.

마음엔 없지만 가끔 그녀를 압박하는 용도로 사용을 할 의사는 분명 있었다. 지금은 카메라도 여러 곳에 설치된데다 VJ도 달라붙어 있어서 모든 얘기를 자유롭게 할 상황이 아니었다. 답답해서 가

숨이 터질 것만 같았다.

"네? 아, 그게…… 화가 나 있는 것 같아서……."

"화났어요. 아니, 삐쳤다고 하는 편이 맞을 것 같군요."

"에? 삐쳐요?"

"속상해서요. 선우 씨가 다른 남자분이랑 있는 거 보니까 기분이 좋지만은 않아서요."

이 사람은 그녀와 있는 내내 솔직했다. 가식, 내숭 이런 건 없는 사람 같았다. 지금도 오롯이 자신의 솔직한 감정을 전하고 있었다. 수현의 진심에 선우의 입가에 미소가 번졌다.

"여기 상황이 어쩔 수 없잖아요. 다 같이 고생하는데, 싫다고 벌레 씹은 얼굴로 사람들을 대하는 건 아니라고 생각해요. 그래서 최소한의 예의는 지키려 하는 것뿐이고요."

"알아요. 아는데도, 마음이 이해를 안 하려고 해요."

그가 오이를 아삭아삭 씹으면서 그녀를 깊어진 눈빛으로 바라봤다.

"진짜 맛있어요. 요리 정말 잘하는군요."

"맛있게 먹어줘서 고마워요."

선우가 그를 향해 웃으며 대답하자, 그가 잠시 굳은 표정으로 그녀를 보더니 시선을 내리고 마지막 밥을 숟가락으로 떠서 입 안에 넣기 전에 말했다.

"자꾸 웃지 말아요. 예뻐서, 어떻게 해버리고 싶으니까."

쿨럭, 쿨럭!

선우가 얼굴이 벌게지도록 기침을 연거푸 뱉어내자 그가 냉장고에서 생수통을 꺼내 물컵에 따랐다. 물을 마신 그녀가 손부채질을 하며 고개를 다른 데로 돌렸다. 가식이 아닌 게 분명하긴 한데, 어떻게 며칠 만에 이런 상황이 되는 걸까? 이 합숙소의 마력인가? 그게 아니고서는 28년을 살면서 단 한 번도 일어나지 않았던 일이 왜 하필 만인이 보는 매스컴 안에서 벌어지는지 이해할 수가 없었다. 갑자기 밖에서 메가폰을 든 제작진이 공지사항을 알렸다.

[게임 시작을 한 시간 뒤쯤으로 미룹니다. 특수 제작한 실내 기구에 문제점이 발생해서 급하게 고치고 있는데 시간이 좀 걸릴 것 같아요. 여러분은 자유롭게 시간을 할애해주시기 바랍니다. 미숙한 처리에 대해 양해 말씀드립니다.]

덕분에 자유 시간이 생겼다.

"밥 먹고 잠깐 나가요."

"어딜 가려고요?"

"한 시간 정도 뒤에나 게임하니까, 그전까지는 시간을 활용해도 되는 거잖아요. 나가서 할 일이 있어요. 내일 자기소개 하잖아요. 준비해야 하지 않아요?"

"뭘 하려고 그래요?"

"대충 입으로만 할 생각이었는데, 좀 더 재밌게 해보고 싶어졌어요."

"의욕이 충만해서 보기 좋은데요?"

"선우 씨도 방법을 달리 해봐요. 인상을 깊게 남겨 놓으면 아무래도 좋지 않을까요? 방송 시작하고 나서 일이 훨씬 잘 풀리면 나쁠 게 없잖아요."

잠시 잊고 있었다. 이 자리에 하게 된 목적을 말이다. 그의 말이 맞다. 제대로 자신이 얼마나 괜찮은 사람인지 어필해야 한다. 그래야 좁아터져 바늘구멍 같은 취업의 구멍을 뚫고 들어갈 차별성을 확보한다.

"같이 가요. 뭘 준비하려고 그래요?"

"뭐, 아무거나."

그가 하얗게 이를 드러내 보이며 반듯한 미소를 지었다. 저절로 따라 웃게 만드는 힘이 그에겐 있었다.

"미안해요. 선약이 있어서요."

예상치도 못한 사람이 선우에게 외출을 할 수 있느냐는 제안을 했다. 이미 수현과 약속을 잡아둔 터여서 양해를 구했다. 그러자 유현중이 입가에 어색한 미소를 짓더니 말했다.

"그럼 10분 정도만 시간 내주세요. 사실은 선우 씨랑 얘기다운 얘기를 해본 것 같질 않아서 시간을 좀 같이 보내보고 싶었어요."

"그건 그래요. 잠시만요. 점퍼 갖고 올게요."

선우는 고개를 갸웃했다. 안으로 들어가자 진희가 아리송해하는 선우에게 다가오더니 말했다.

"처음부터 현중 씨는 선우 씨 마음에 들어 했다고 하던데요?"

"네?"

"저하고 몇 번인가 대화를 나눴는데, 그렇게 말했어요. 저한테 관심 있는 분 있냐 묻더니 자긴 선우 씨 같은 타입이 이상형이라고 하더라고요."

말도 안 돼. 남자들은 처음에 전부 강혜림을 선망의 눈빛으로 바라봤다. 하나같이 꼬셔보고 싶은 늑대의 눈빛으로 봤는데, 이게 대체 무슨 소리지?

"하지만 대부분 강혜림 씨한테 마음 있어 보이지 않았나요?"

혜림이 보이지 않자, 선우가 진희에게 말했다.

"처음엔 그랬는데, 혜림 씨가 워낙 강하게 한 사람만 노리잖아요. 그러니 남자들도 슬슬 다른 길을 찾기 시작하는 눈치예요. 아까 전엔 정아 씨한테 재혁 씨가 데이트 신청해서 점심 전에 잠깐 나갔다 온다고 하더라고요."

사랑의 화살이 난무하는 전쟁터가 되었다는 말이었다. 남자들의 시선이 한 여자, 혜림에게 꽂혔을 때만 해도 마음이 조금은 편안했는데 이렇게 되고 보니 혼란 그 자체였다. 어렵기도 했고, 두렵기도 했고 어떻게 반응을 해야 좋을지 난처하기도 했다.

"잘 다녀와요. 아, 저…… 잠깐 수현 씨 빌려도 되죠?"

"네?"

이건 또 뭔 소리?

"사실은 수현 씨랑 대화를 해보고 싶었는데, 수현 씨가 틈을 안 줘서 못 했거든요. 다른 분이 선우 씨 꼬여냈을 때 얼른 수현 씨랑 얘기 좀 해보고 싶어서요. 그래도 되는 거죠?"

"그, 그걸 저한테 허락 받으실 필요는……."

"고마워요."

진희가 생긋 웃으며 달리듯 나가자마자 이번엔 유지연이 곁으로 다가와 물었다.

"선우 씨, 정수현 씨랑 언제 데이트 있어요?"

"네? 지금 밖에 다녀오기로 했는데……."

"이후엔 따로 스케줄 없는 거죠?"

"그, 그렇죠."

"저도…… 수현 씨에 대해 좀 알고 싶은데, 그래도 되죠?"

"아니, 제게 허락 받을 일은 아니죠."

"그런데 여기 오자마자 계속 두 분이 커플처럼 화기애애한 분위기를 조성해서 다들 커플 확정이라고 수군대는 상황이거든요. 그래서 남의 남자 뺏는 기분이라 이렇게 할 수밖에 없어요."

"아니에요. 전부 서로를 알아 가야 하는 거잖아요. 아무것도 모른 채로 나흘이라는 시간을 허비하는 건 아까운 것 같아요. 후회 없게 하세요."

"고마워요. 그럼 저도 수현 씨한테 가서 시간 좀 잡아야겠어요."

다들 적극적으로 수현에게 마음을 어필하기 시작했다. 그녀에게 수현이 하는 행동을 봤다면 그는 아주 달콤한 스윗가이였다. 그런데 그가 혜림에게 하는 행동을 보면 냉철하기 짝이 없어서 사실 성격 자체를 종잡을 수가 없었다. 수현이 지연과 진희에게는 어떤 태도를 보일지 알 수가 없긴 하다.

선우가 패딩점퍼를 입고 밖으로 나가자 지연과 진희가 입가에 미소를 그리며 나타났다. 약속을 잡은 모양이었다. 차라리 안도가 되었다. 이렇게 다른 여자들과도 대화를 하다보면 다른 여자의 매력에 그가 흔들리게 될지도 모른다. 심장이 약간 서걱거렸다. 그가 흔들려 그녀를 뒤돌아보지 않고 싸늘하게 대하면 만감이 교차할 것만 같았다.

'마음의 준비를 해야지.'

너무 일찍감치 단맛만 봐버려서 나중에 찾아올 쓴맛과 떫고 매운맛을 잘 참아낼 수 있을지 걱정되었다. 보나마나 얼굴 근육을 흉하게 일그러트리며 마음을 드러내 보이는 건 아닌지. 밖으로 나가자 현중이 웃으며 그녀를 맞았다.

"동네 한 바퀴 간단하게 돌죠."

"네, 그래요."

밤새 내린 눈이 10센티 이상 쌓여 발이 푹푹 잠겼다. 그나마 어그 부츠를 신고 있어서 다행이었다. 차도 쪽은 차들이 지나다니며 길을 만들어 놔서 다니기가 훨씬 수월했다. 그를 쫓아 마을 입구까지 갔다. 현중이 수백 년 된 편백나무를 올려다보더니 말했다.

"사실은 처음부터 선우 씨가 마음에 들었는데, 다른 분들의 성격도 좀 알아보고 싶어서 다른 분들과 많은 얘기를 했어요. 그러면서 조금 후회한 게 진즉 선우 씨랑 대화다운 대화를 했더라면 어땠을까 했죠. 선우 씨는 형제가 어떻게?"

"혼자예요."

"아, 저는 외동아들인데 누나가 위로 두 명 있어요. 문젠 누나들이 전부 해외로 시집을 가서 부모님을 제가 모셔야 한다는 거예요."

그런 건 크게 문제 되지 않았다. 남자를 사랑한다면 그를 낳아 주신 부모 역시 존경하고 사랑해야 한다 생각했다.

"그런데 요새 시대에 어떤 여자가 시부모와 같이 살려고 하겠어요. 그래서 저도 연애가 몇 번 깨졌어요. 딱히 제가 마마보이도 아닌데, 부모님 일에는 극성스럽게 구니까 여자들이 못 견뎌 하더라고요."

"그런 얘길 다 하시면 저한테 점수 깎을 수도 있는데요?"

선우가 웃음기를 머금고 말하자, 그가 피식 웃었다. 키는 170센티인 그녀보다 조금 큰 정도였다. 하지만 웃는 모습이 귀여워서 호감 가는 타입이었다. 몸은 적당히 살이 있지만 보기 흉할 정도의 비만은 아니었다.

"혼자 사세요? 아니면 부모님이랑?"

그의 질문에 선우는 잠시 망설이다 입을 열었다.

"혼자 살아요. 그리고 부모님은 사고로 돌아가셨어요."

잠시 그가 하얗게 질린 얼굴로 그녀를 바라봤다. 묻지 말았어야 할 얘기를 물은 얼굴이었다. 그녀가 부모가 안 계시다고 하면 대부분의 사람들이 이런 반응이었다. 하지만 그녀는 고등학생도 아니고 이미 성인이었다. 부모의 보살핌을 받아야 할 나이는 훨씬 넘어간 나이였다.

"저, 아직 미성년자 아니거든요. 너무 놀라지 않으셔도 돼요."

"아아, 네! 어떻게 반응해야 할지를 모르겠어서…… 미안해요."

현중이 볼을 붉히며 머쓱해했다.

"어른 모시고 사는데는 큰 반감이 없지만, 살다가 성격적으로 너무 맞지 않는다면 아마 남편 붙들고 하소연은 할 거예요. 저도 마냥 참기만 하는 성격이 못 되거든요."

"그래요. 사람인데, 어떻게 다 참으라고만 하겠어요. 완전히 다른 남이 모여 사는 걸 텐데……."

선우가 손목시계로 시간을 체크했다.

"얼추 10분이 다 되어 가는데요? 이만 갈까요?"

선우가 몸을 돌리며 말하자 현중이 잔뜩 아쉬움이 담긴 얼굴로 앞서는 그녀의 뒤를 쫓았다.

"키가 어떻게 되세요?"

"170센티미터예요."

"하아, 진짜 크다. 전 176센티미터예요. 그런데 여긴 다들 키 크신

분들만 신청하시나 봐요. 남자 분들 평균이 180센티미터인 것 같던데요."

"그렇진 않은 것 같던데요. 키가 뭐 문제 되나요? 사람 좋고 됨됨이 좋으면 콩깍지는 자신도 모르게 씌고 그러던데요."

선우가 사람 좋은 미소를 지으며 말하고 다시 시계를 살폈다. 수현이 또 화를 낼까 겁이 냈다. 그를 화나게 하고 싶지 않았다. 그가 늘 기분이 좋았으면 좋겠다고 그녀는 생각하다 말고 대체 이 감정은 뭘까 의아했다.

"정수현 씨, 마음에 들죠? 선우 씨."

선우가 우뚝 멈춰서 고개를 돌렸다. 현중이 굳은 얼굴로 그녀를 뚫어져라 바라봤다.

"음, 아직은 똑 부러지게 말씀 못 드리겠는데요."

"전 어때요?"

"이거 되게 난처하네요. 어장관리를 하기 위해 하는 말은 아니에요. 현중 씨도 나름 매력적인 분이신 것 같아요. 그런데 아직 전 현중 씨에 대해 아는 게 하나도 없어서 뭐라 말씀을 못 드리겠어요. 하지만 친분이 오래 유지되었으면 좋겠다는 마음은 있어요."

"하하하, 정말 어장관리 차원의 말처럼 들리는데요. 일단 알아들었어요. 무슨 말씀이신지……. 남은 사흘간 열심히 해보죠."

선우가 다시 몸을 돌려 숙소로 들어갔다. 마당에 수현이 나와 기다리고 서 있었다. 선우가 그에게 달려가자, 수현이 뒤로 허리를 살며시 젖히더니 선우의 뒤를 쫓아 들어오는 현중에게 눈을 보냈다. 현중이 멋쩍게 웃으며 수현에게 말했다.

"잠시 시간 좀 뺏었습니다. 수현 씨!"

수현이 피식 웃더니 고개를 한 번 끄덕거렸다. 수현은 현중이 숙소 안으로 들어가자 선우를 돌아보며 말했다.

"타요. 이동합시다."

선우는 혹시 수현이 마음 상했을까 염려가 되었지만 티는 내지 않기로 했다. 그를 향해 쩔쩔매는 모습을 보여주는 것 자체가 약점 잡힐 일 같았다. 수현이 보조석 문을 열고 서 있었다. 그녀는 그의 시선을 피해 보조석에 오르자마자 곧장 안전벨트를 잡아당겼다. 그가 대신 채워주지 못하게 먼저 손을 썼다. 그가 가만히 허리를 굽히더니, 입술 끝을 올렸다.

"안 잡아먹어요. 긴장 풀어요."

이 늑대 같은 남자는 여유만만한 미소를 머금고 운전석에 앉아 시동을 걸었다. 점심 전까지만 돌아오면 된다는 스태프들의 확인과 담당 VJ의 동승을 확인하고 세단이 출발했다.

재래시장 안에 의외로 재미난 것들이 많았다. 수현은 달콤한 초콜릿 여러 개를 샀다. 그리고 유리병을 몇 개 구입했다.

"여성분들에게 선물로 드리면 좋아할 것 같아서요."

"오호, 괜찮은 생각인데요? 저도 뭔가 선물할 것 좀 알려주세요. 남자분들은 뭘 좋아하나요?"

"부담스럽지 않게 껌 어때요? 자일리톨 들어간 껌 같은 거, 매너를 유지하는데도 필요할 테고……."

"괜찮은데요? 전 그럼 껌을 여러 개 살게요. 포장해 넣어서 기념 삼아 하나씩 드리는 것도 좋을 것 같아요."

둘은 분주하게 슈퍼 내에서 각자 선물을 할 만큼 군것질거리를 고르고 포장해 넣을 유리병과 박스 등을 엄선했다. 두 사람은 일단 근처 카페로 들어가 열심히 포장을 시작했다. 수현은 앙증맞은 유리병 속에 초콜릿을 하나씩 밀어 넣고 뚜껑을 덮었다. 그러면 선우가 뚜껑 주변에 리본을 예쁘게 묶어 가위로 뾰족하게 모양을 내서 잘라냈다.

그녀가 껌을 작은 상자에 넣으면 그가 일일이 박스 뚜껑을 덮어 고정하고 그녀가 다시 작은 장미 모양 포인트를 상자 위에 양면테이프를 붙여 고정시켰다. 그리고 손수 글자로 '이렇게 시작된 인연, 오래 이었으면 좋겠어요.' 라고 적었다. 20여 분 정도 선물 포장을 하며 소란스럽던 선우와 수현은 그제야 한숨 돌리며 커피를 마시기 시작했다.

"뭔가 준비해서 나눠줄 생각을 하니까 흥분되고 그러는데요? 별 것도 아니지만……."

"그렇다니 다행이군요. 전 사실 뭘 할 생각이 없었는데 사실 선우 씨 데리고 밖으로 나오려고 일부러 이런 핑계를 댄 거였어요."

"네?"

선우가 눈을 끔벅거리며 그를 바라봤다. 그가 슬며시 미소를 띠더니 말했다.

"같이 있고는 싶은데, 계속 데이트 가자고 하면 부담스러워 할 것 같고 적당히 목적을 만들어 붙이면 선우 씨도 거기에 적당히 휩쓸려 나와줄 것 같아서 나름 머리를 쓴 거라고요."

"그렇게 다 드러내 보이면 나중엔 무슨 핑계를 대려고 그래요?"

"그땐 솔직하게 말하죠. 박선우 씨, 같이 있고 싶으니까 따라와요! 이렇게!"

심장이 두근거리고 미치도록 설레서 귓불이 빨개졌다. 얼굴로 드러나 보이는 즐거운 모습이 너무도 싫어서 괜히 한 마디 했다.

"어후, 손발 오글거리게 왜 그러세요."

어쩔 줄 몰라 하며 그렇게 말하자 그가 찻잔을 들어 입가에 대면서 피식 웃었다. 그 앞에서는 어지간한 거짓말은 통하지 않는 눈치였다. 아예 대놓고 연기를 정말 빼어나게 잘하는 게 아니고서야, 이래서는 그에게 다 들키고 말 것만 같았다. 좋음이 드러나 보이는 게 너무 싫었다.

"부모님은 어디 사세요?"

그의 질문에 그녀가 그를 쳐다보던 시선을 내리고 찻잔을 응시했다.

"부담 느끼지 말고 들어줬으면 좋겠어요. 전 정말 괜찮아요. ……부모님은 사고로 돌아가셨어요."

그가 입가를 슬며시 말아 올리더니 말없이 그녀를 응시했다.

"저도 아버지가 안 계세요. 어머니가 재혼하셔서 지금은 계부가 계시긴 하지만……."

그가 웃는 것처럼 보여서 순간 '뭐 저런 남자가 다 있지?'라고 생각했던 게 순식간에 사라졌다. 그도 아버지가 안 계신다는 건 돌아가셨다는 의미겠지?

"돌아가신 건가요?"

그래도 잘못 이해할 수 있으니 정확히 물었다.

"네, 지병을 앓다가 떠나셨죠. 그런데 선우 씨는 그럼 누구랑 계속 살았어요?"

"이모요. 이모가 절 딸처럼 애지중지하면서 키워주셨죠."

"다행이군요. 주변에 좋은 분이 계신 건 축복이에요."

그녀가 입가를 천천히 말며 찻잔을 살살 손끝으로 만졌다. 그가 상체를 앞으로 당기더니 턱을 괴고 그녀를 뚫어져라 응시했다.

"그래서 나랑 같은 분위기가 어렴풋이 느껴졌던 모양이군요."

"제가요?"

"네, 그늘이랄 것까진 아니더라도 묘한 분위기가 있어요. 그 아픔을 겪어본 사람이라면 읽을 수 있는 그런······. 친절하고 명랑하게 잘 웃지만 가만히 먼 곳을 볼 때면 선우 씨 묘하게 아련해요."

"에이, 설마요. 너무 좋게만 말하시는 것 같은데요?"

웃으며 대답했지만, 그는 웃지 않고 있었다. 저렇게 밑도 끝도 없이 깊고 검은 눈동자로 하염없이 바라볼라치면 그녀는 시선을 어디에 둬야 할지 알 수가 없었다. 그대로 전신이 스캔이라도 당하는 듯한 강렬한 눈빛이었다. 달콤한 듯 보이면서 어떤 땐 감당할 수 없게 위압적이라 그럴 땐 괜히 기가 죽었다.

"이만 가볼까요? 게임 시작하겠어요."

마음이 급해진 그녀가 서둘러 일어났다. 그때 수현이 그녀의 팔목을 움켜쥐었다. 찌르르한 전기가 팔목에서 시작되어 전신을 감전시켰다. 그녀가 귓불을 발갛게 물들이고 고개를 돌리자 그가 일어서더니 손에 무언가를 쥐어 주었다.

"잘 어울릴 것 같아서 아까 담배 사러 가면서 하나 샀어요. 시장에서 파는 거라 비싼 건 아니에요."

손엔 가죽띠를 얽어 만든 팔찌가 들어 있었다. 포장지로 싸지 않은 팔찌가 손안에 고스란히 느껴졌다. 받아야 하나 말아야 하나 한참 망설이던 수현은 말없이 그걸 팔목에 끼워넣었다. 싼 거니까 끼지 않는다는 오해를 받고 싶지도 않았고, 그녀가 부담을 느낄까 봐 일부러 과한 포장을 하지 않은 그의 마음이 읽혔기 때문에 착용했다. 섬세한 그라면 분명 지금 같은 기수들의 선물을 포장하듯 정성을 다 했을 것이다. 그런데 그녀에게 주는 것만 포장을 하지 않고 준다는 건 어째 정황상 앞뒤가 맞지 않아 보였다.

도착하자마자 10분 정도 휴식시간을 갖고 실내 스튜디오 내부에서 곧장 데이트권을 확보하기 위한 게임이 시작되었다. 이번에는 2미터 깊이에 여자들의 사인이나 그림이 담긴 티셔츠를 병 속에 집어넣고 남자가 잠수해 들어가 집어온 대상과 무조건 데이트를 해야 하는 강제데이트권이 발동되었다. 골고루 만나볼 수 있는 기회를 딱 한 번 제공하는데, 지금 이 시점이 딱 그때였다.

그렇게 게임이 시작되었다. 여자들은 자신이 받은 티셔츠에 그림을 그리고 사인을 했다. 그걸 제작진이 받아 병에 담는 작업을 시작했다. 남자들이 트렁크 팬츠를 입고 반팔 티셔츠를 입은 채 입수 시기를 보고 있다. 제작진이 호루라기를 불자 남자들이 일제히 물속으로 다이빙해 들어갔다. 신승호를 시작으로 남자 네 명이 잠수해서 물병을 꺼내 왔다. 물 위로 올라온 남자들은 한 명씩 병 뚜껑을 열어 카메라 앞에서 내용물을 확인했다.

"저는…… 박선우 씨와 커플이 되었습니다."

승호가 선우와 짝이 되었다. 승호와 선우가 한쪽에 나란히 서자 이번엔 수현이 병뚜껑을 열었다.

"저는, 강혜림 씨와 커플이 되었습니다."

혜림의 입가에 환한 웃음이 번졌다. 그러자 승호가 묘한 눈빛으로 혜림을 응시했다. 선우도 착잡한 얼굴로 수현을 응시했다가 얼른 시선을 돌렸다. 그를 자기만의 남자로 정해놓은 것도 아닌데 다른 여자와 있다는 사실을 너무 의식해선 안 될 것 같았다. 안 그래도 수현이랑 혜림이 새벽 데이트를 나간 일이 마음에 걸리던 차였지만, 일부러 수현에게 그날 일에 대해서는 묻지 않았었다.

쿨해지려고 안간힘을 쓰는 중인데, 또 한 차례 무너질 일이 생겼다. 점점 사랑의 짝대기가 어쩐 일인지 혜림과 수현 쪽으로 기우는 듯한 불길한 예감이 들었다. 애초에 수현과는 절대 눈도 마주치지 않으리라 맹세해놓고 이젠 그가 아니면 다른 사람과는 상대도 하기 싫은 이 간사한 마음은 대체 뭐람.

이후 윤재혁은 이진희와 커플이 되고, 유현중은 유지연과 커플이 되었다. 서정아만 혼자되어 제작진과 같이 숙소로 돌아가야 했다. 네 커플은 제작진이 마련해준 장소에서 1시간 동안 데이트를 할 수 있는 시간이 주어졌다. 이젠 내일이면 프로그램이 완료되기 때문에 마지막을 앞두고 서로에 대해 조금이라도 더 깊게 알아보라는 의도에서 마련해준 시간 같았다.

선우와 승호가 간 곳은 통나무를 이어 붙여 다리를 만든 산책로에서의 데이트였다. 둘은 나란히 걸으며 주변 풍광을 살폈다.

"선우 씨는 수현 씨 어때요?"

"그건 왜 갑자기?"

"혜림 씨가 수현 씨를 되게 신경 쓰잖아요. 그래서 묻는 거예요."

"승호 씨는 혜림 씨가 어떤데요?"

"전 마음에 들어요. 같이 있으면 좋고……."

이렇게 솔직하게 자신의 마음을 드러내는 걸 보니 조금은 부담감이 덜어졌다.

"그렇게 좋으면 그저 열심히 달리면 되는 거잖아요. 주변 사람들 눈치를 굳이 볼 필요가 있을까요? 제 마음이 어떻든, 혜림 씨의 마음이 어떻든 승호 씨는 혜림 씨한테 진심만 전하기 위해 열심히 달리면 되는 거잖아요. 그런 모습이 상대방에게 열정적으로 비춰서 호감으로 바뀔 수도 있는 거고……."

"그런가요? 저도 그렇게 생각하는데, 마음 한구석에서는 혜림 씨가 정말 행복하려면 좋다는 남자에게 보내주는 게 맞는 거 아닐까 하는 의구심도 좀 있어요. 절 좋아하지도 않는 여자한테 계속 들이대는 것도 모양새가 안 좋아 보이구요."

"열 번 찍어 보라는 말 있잖아요. 그래야 나무가 넘어가죠. 안 그래요?"

"그런가요? 정수현 씨 보니까 선우 씨한테 아주 적극적이던데, 첫눈에 반한 사람처럼 행동하더라고요. 그래서 너무 신기하고 궁금해서 선우 씨랑 같이 있게 되면 한 번은 묻고 싶었어요. 물론 선우 씨가 여러 매력을 다 가진 분이긴 하지만 그 매력이라는 게 며칠 있다 보면 보이는 거잖아요. 첫날부터 보이는 매력은 별로 없잖아요."

"아, 저기 앉을래요? 햇살이 따스해 보여요. 바닷가도 보이고……."

선우가 손가락질로 벤치를 가리켰다.

"그럴까요?"

둘은 벤치로 이동해 앉았다. 절벽가에 마련된 벤치 앞에는 철제 난간이 설치되어 있었지만 풍광이 무척이나 보기 좋았다. 둘은 거리를 조금 두고 나란히 앉아 바닷가를 바라보며 다시 대화를 이어나갔다.

"그건 저도 좀 의아해요. 그게 워낙 개인 취향 차가 있다 보니까……"

"그러게요. 아무튼 좋으시겠어요. 우리 기수 여자분들 태반이 정수현 씨한테 아주 반해버린 눈빛이더라고요."

"그런가요?"

대화는 이런 식으로 시작되어 세상 돌아가는 이야기로 마무리되었다. 승호는 혜림이 자신이 좋아하는 수현과 같이 있는 게 아무래도 마음이 쓰이는지 자꾸만 산만해진 얼굴로 사방을 훑었다. 근처 어딘가에 두 사람이 같이 있을 것만 같은지 집중하질 못하고 있었다. 그래서 할 수 없이 대화 30분 만에 둘은 숙소로 돌아가기로 했다.

제작진과 같이 밴에 오른 두 사람은 가는 동안 별 대화를 나누지 않았다. 처음엔 승호가 마음에 들었는데, 이렇게 되고 보니 조금 아쉬움이 남았다. 승호의 마음이 혜림에게 갔음이 확고부동해져서인지 그녀에게 전혀 호감을 표현하고 있지 않았다.

"혜림 씨랑 수현 씨는 벌써 숙소에 가 있다는데요?"

담당 VJ의 말에 가장 먼저 기뻐한 사람은 승호였다. 선우는 왜 그렇게 일찍 돌아갔을까 의문이 들었지만 승호는 기쁜지 연신 만면에 웃음을 머금었다. 그를 보면서 자신에게 느껴지던 약간의 반가움을 부러 억눌렀다. 이렇게 마음을 조절할 수 있는 걸 보면 아직 수현에게 푹 빠진 것 같지는 않았다. 그나마 다행이라고 위로라도 해야 할까?

혜림이 자리에 드러누워 버렸다. 방 안으로 들어가 옷을 갈아입으려던 선우는 캐리어를 아예 들고 나와야 하나 갈등하다가 문을 닫기로 했다. 문을 닫으려는데 이불이 젖혀지더니 혜림이 선우를 불렀다.

"선우 씨, 잠깐 들어와 줄래요?"

방 안으로 들어가자 미약하게 스며 들어오는 빛이 혜림의 얼굴을 비춰 주었다. 울었나보다. 눈가가 퉁퉁 부어 있고 코도 막혀 있었다.

"불 켜지 말아 줄래요?"

열병이다. 그깟 사랑이 뭔데…….

"네."

울었느냐 확인하는 것도 상대방에게 예의가 아닌 것 같아 선우는 문가에 주저앉았다. 누가 오면 잠시만 못 들어오게 할 요량이었다.

"저 웃기죠?"

"왜요?"

"그렇잖아요. 혼자 안달복달하다가 내 마음대로 안 되니까 바보처럼 엉엉 울어버리기나 하는 바보…….""

"그렇게 생각 안 해요. 충분히 자신의 감정에 솔직해 보여서 전 보기 좋아요."

"좋게만 말하구…… 선우 씨, 별로예요."

"저두 딱히 혜림 씨가 좋은 건 아니니까, 비긴 셈 치죠?"

혜림이 킥킥 웃었다.

"내일 나이 밝혀지면 되게 웃긴 그림 나오겠는데요? 선우 씨는 행동하는 거나 말하는 게 꼭 저한테 언니 같아요. 신중하고 조심스럽고…….""

"그래 보인다니 다행이네요."

다시 말이 없었다. 혜림이 훌쩍거리다 팽하고 코를 풀었다.

"아무래도 전 아닌가 봐요. 열심히 다가서 보려고 했는데, 수현 씨는 선우 씨랑 있을 때와는 천양지차로 달라요. 저한텐 너무 무뚝 뚝하다 못해 성의 없이 굴어요. 아까 나가서도 대답만 짤막하게 할 뿐 이렇다 할만한 대화가 이뤄지질 않았어요. 제가 입을 다물면 계속 적막……. 점점점, 말줄임표의 향연이더라고요. 흥미가 없으면 상대방에게 궁금한 게 없다고 하던데 수현 씨가 딱 그랬어요. 아무 것도 묻지를 않더라고요."

혜림이 이번엔 아예 접은 무릎 위에 고개를 처박고 엉엉 울어버 렸다.

"저, 정말…… 으흐흑…… 자존심 상해요. 한 번도 남자한테 이렇 게 까여본 적 없단 말이에요. 이런 거 처음이란 말이에요. 으흐흐 흑……."

달래줘야 하는데 무슨 말을 어떻게 꺼내야 할지 암담했다. 혜림 은 한참을 그렇게 소리죽여 울더니 울음을 뚝 그치고 고개를 번쩍 들더니 숨을 골랐다. 이제 그만 해야지 싶었나보다.

"미안해요. 추태를 보였어요."

"아니에요. 치열하게 빠져들지 못하는 제가 좀…… 냉혈한같이 느껴졌어요. 반성도 좀 하고 그랬어요."

"풉! 말도 안 돼. 선우 씨, 냉혈한 아니에요. 하는 행동 보면 알잖 아요. 소리는 없지만 잔잔하게 사람들에게 얼마나 다정하게 하는데 요. 수현 씨만 아니었더라면 아마 전 선우 씨한테 친하게 지내자고 손 내밀었을지도 몰라요. 그리고 이제 와서 하는 말이지만, 노래 부르는 거 보고 기절했어요. 저도 어디 가서 노래깨나 한다는 소리 듣는데, 선우 씨 노래 스타일은…… 자연스러우면서 부드럽고 그러다가 강력한 한 방이 있는…… 소울이 느껴진 달까요? 어렵네……. 하여간에 그랬어요. 내일이 되어봐야 알겠지만, 선우 씨 프로 아닌가 싶어요."

선우는 대답 대신 미소를 띠었다.

"신승호 씨랑은 어땠어요?"

"재미없었어요."

"왜요?"

"뭐 계속 혜림 씨 얘기만 하니까요. 그 얘기 들어주다 할 얘기가 없어져서 숙소로 돌아왔죠."

"쳇, 어떤 면에서는 조금 속이 후련하기도 하군요. 쌤통 같기도 하고. 나를 이렇게 홀대했으니, 선우 씨도 홀대 좀 받아야죠. 안 그래요?"

"이랬다 저랬다, 어쩌라는 건지 모르겠는데요?"

선우가 한 마디 툭 뱉자, 혜림이 훌쩍거리더니 킥킥대고 웃었다.

"수현 씨한테 가봐요. 아마 기다리고 있을 거예요."

"안 갈래요."

"왜요?"

"다른 두 분과 선약이 잡혀 있어서 아마 바쁠 거예요. 그리고 다른 분들에 대해서도 좀 알아보고 싶구요. 방송 내내 수현 씨랑 붙어 있는 거 노출되는 것도 좀 별로구요."

"도전정신은 높이 살게요."

"헐, 그런 소리 혜림 씨한테 별로 듣고 싶지는 않은데요? 이제

됐음, 가서 세수하고 와요. 사람들 들어올 시간 되어가요."

"그래요."

혜림이 욕실로 들어가 문을 닫자마자 선우는 옷을 갈아입기 위해
문을 닫았다. 터틀넥 스웨터로 갈아입고 크림색 스키니진으로 입은
그녀는 머리카락을 한데 모아 도르륵 말아 하나로 조여 묶었다. 창
밖을 내다보니 다른 커플들이 화기애애한 분위기를 자아내며 숙소
쪽으로 걸어 올라오고 있었다.

똑똑.

노크 소리에 선우가 고개를 돌리자 현중이 모습을 드러냈다.

"선우 씨, 시간 있어요?"

지연과 커플이 되어 나갔다 왔는데 오자마자 그녀를 부르는 것
이다.

"네, 왜요?"

"내려와요. 간식 준비해줄게요."

"간식이요?"

"슬슬 출출해질 시간 아닌가요? 많이는 아니고 1인분 좀 안 되게
스파게티 만들어 드릴게요. 집에서 재료를 좀 챙겨갖고 왔거든요."

갑자기 부담스러워졌다. 자신만을 위한 요리를 해보고 싶다던 현
중이 기어이 결심을 실행할 모양이었다.

"네, 내려가요."

선우가 현중을 따라 거실을 가로질러 부엌에 당도했다. 현중은
재료 준비를 하고 물을 끓이기 시작했다.

"제가 뭐 도울까요? 어떤 거 하는 거예요?"

"봉골레 스파게티요."

"모시조개나 다른 조개 미리 해감해두신 거예요?"

"네, 아침에 미리 손 좀 썼죠. 봉골레 스파게티 할 줄 알아요?"

"네, 현중 씨보단 못하지만 하는 방법은 알고 있어요. 제가 마늘, 볶은 잣, 바질 준비할게요. 절구에 찧는 건 현중 씨가 직접 하는 게 나을 것 같구요."

"그래 줄래요? 전 그냥 선우 씨가 곁에 있어주기만 해도 좋은데요."

"제가 원래 가만히 뭘 받아먹고 그럴 성격이 못 돼요."

웃으며 말하자 현중도 졌다는 듯 재료들을 담아 놓은 일회용 봉투를 그녀에게 내밀었다. 선우는 봉투를 열어 재료들을 준비해놓고 씻거나 깨끗하게 다듬는 역할을 도맡아 했다. 그동안 그는 분주하게 팬에 마늘 편으로 썬 것과 홍고추, 파슬리 줄기, 올리브유를 넣고 볶은 후 조개들을 넣어 볶았다. 면도 삶고 분주하게 움직인 끝에 드디어 요리가 완성되었다. 그는 집에서 가져왔다는 접시를 닦아내 거기에 스파게티를 담아 냈다. 수제 도자기에 담긴 스파게티는 무척이나 먹음직스러워 보였다.

"이젠 드세요."

그가 맞은편 식탁 의자를 빼내며 곁에 앉았다. 선우는 젓가락으로 스파게티를 집어 돌돌 말은 후 입에 넣고 후루룩 빨아 당겼다. 아무래도 이 남자 요리사 같다. 전문가의 맛이 느껴졌다. 선우가 놀란 토끼마냥 눈을 휘둥그렇게 뜨고 엄지를 세우자 그가 볼을 발갛게 물들이며 멋쩍은 미소를 지었다.

"다행이에요. 맛없다고 할까 봐 심장이 아주 조마조마했거든요."

"맛있어요."

"안심되는군요. 배부르면 굳이 다 먹지 않아도 돼요."

"맛있어서 다 먹고 싶은데요?"

선우가 눈매를 둥글게 휘며 맛있게 스파게티를 먹어 치웠다. 워낙 담백하고 깔끔하게 만들어서 느끼하질 않아 먹는데 부담이 느껴지지 않았다. 다 먹은 후 선우가 직접 뒷마무리를 하겠다고 우겨서 설거지는 그녀가 하게 되었다. 뒤에서 그 모습을 지켜보던 현중이 웃으며 말했다.

"선우 씨는 키 작은 남자 별로죠?"

"좋으면 별로 상관은 안 해요."

"그래도 여자분들은 키에 많이 예민하잖아요."

"무슨 대답이 듣고 싶어서 그렇게 묻는 건데요? 희망 한 줌 찾고 싶으신 거예요?"

선우가 웃음기를 머금고 물었다. 자기가 답을 정해두고 묻는 질문을 굳이 할 필요가 있을까?

"뻔히 정답이 정해져 있는데, 이런 거 묻는 게 오히려 좀 잔인한가요? ……제가 실수한 거군요."

"정색하고 사과하실 일은 아닌 것 같아요."

"이따 또 게임한다고 하던데, 누구랑 커플이 되었으면 좋겠어요?"

"글쎄요. 정수현 씨랑은 많이 대화를 해봤으니 패스, 유현중 씨랑도 몇 번 대화를 했으니 패스, 신승호 씨는 이미 마음이 결정된 것 같아 패스, 윤재혁 씨가 궁금한데요?"

"나름 공평한 것 같은데, 전 아직 흡족하게 선우 씨와 대화를 나눈 기분은 안 드는데요?"

선우가 피식 웃어 보이고는 설거지를 마무리 지었다. 마른 수건에 손을 닦고 있는데, 지연이 다가오더니 선우를 불렀다. 그렇게 현중과의 대화가 중단되고 선우는 지연과 베란다에 서서 대화를 시작했다.

"수현 씨가 특별히 좋아할 만한 거요?"

지연이 한 질문을 잠시 곰곰 씹어봤다. 그러다 그녀가 입매를 휘며 대답했다.

"저도 잘 모르겠는데요? 일부러 감추려고 하는 말이 아니라······ 사실 제가 일방적으로 수현 씨한테 받기만 해서 그분이 뭘 원하는지 모르겠어요. 저도 그건 궁금한데요?"

"아, 그래요? 마음 얻기가 정말 힘들군요."

지연이 시무룩한 얼굴로 깊게 한숨을 내쉬었다.

"사실은 정수현 씨가 좀 냉정해 보이잖아요. 입 딱 다물고 먼 곳을 쳐다볼 때 보면 함부로 말 걸기가 사실은 좀 무서워요. 웃고 있을 땐 한없이 스위트 해보이지만······. 그래서 되도록 대화가 끊이지 않고 계속 이어지기를 바라는데······. 뭘 어떻게 해야 할지 잘 모르겠어서 이렇게 묻는 거예요. 알겠어요."

"수현 씨, 지금 어디 있어요?"

"아까 이진희 씨랑 나가던데요? 진희 씨 완전 신나서 펄펄 날더라고요."

선우가 이를 조금 드러내 보이며 웃었다. 그렇게 괜찮은 건가? 사실 외모만 보고 어떻다고 판단하는 건 좀 이른 감이 있었다. 상대를 온전히 알려면 그가 지금껏 쌓은 스펙을 보는 것도 중요하다 생각한다.

그것은 곧 인생을 앞으로 어떻게 살겠다는 자신만의 이력이 드러나 보이는 것이기 때문이다. 미래도 그 안에서 아주 조금은 볼 수도 있다. 의욕 없는 남자라면 스펙 안에서 흐지부지한 결과를 보여줄 것이다. 그와 동시에 그가 가진 생각이나 태도도 중요했다.

나흘간 다른 출연자들은 수현의 그런 모습을 다 본 걸까? 그의 매력을 온전히 아는 건 어찌 보면 계속 매력을 어필했던 자신뿐인지도 몰랐다. 참으로 복잡하고 어려운 문제였다. 어떻게 이렇게 얽히고설킨 걸까?

6.

　수현이 진희와 나란히 시골 동네를 산책하고 있었다. 수현은 아까 나오다가 현중이 선우와 같이 있는 모습을 봤다. 현중이 선우에게 요리를 해서 대접하며 화기애애한 분위기를 연출 중이던데, 선우가 누구한테 뭘 하든 개의치 말고 무조건 선우에게 마음을 집중하기로 했었다. 그런데 선우가 정작 다른 남자들에게 호의적인 모습을 보니까 속이 좋지 않았다.

　이쯤에서 잠시 거리를 두면서 선우의 속내를 파악해야 좋을지, 하던 대로 쭉 밀어붙여야 할지 고민이 되었다. 사실 선우는 그에게 이렇다 할만한 감정을 드러낸 적이 없었다. 그가 보여준 호의에 그저 감사로 화답했을 뿐, 이성으로서 무언가를 내준 건 없었다. 그래도 멈출 생각은 없지만 말이다.

　"저기…… 정수현 씨!"

　상념에 젖어 있는데, 부르는 소리가 그제야 그의 뇌리 속으로 파고들어 왔다. 수현이 시선을 돌리자 진희가 그를 노여운 시선으로 바라봤다. 자신이 무슨 실수를 했는지조차 자각이 되질 않았다.

"미안해요."

"조금 서운하긴 해요. 사람이 바로 옆에 있는데, 어떻게 그렇게 다른 생각을 할 수 있는지 모르겠어요. 정수현 씨는 자기가 흥미를 갖지 않는 일에는 완벽하게 무관심한 타입같군요. 그렇죠?"

"아무래도……."

"그리고 한 번 이거다 싶고 목표가 설정되었으면 바꾸지 못하는 성격이죠? 끝을 봐야 다른 데 신경을 쓸 수 있는 여유가 생기고……."

"잘 알면서, 저를 왜 불러내셨어요?"

수현의 싸늘한 물음에 진희가 피식 웃었다.

"나중에 나이 밝혀져서 제가 누나인 거 드러나면 딱밤 한 대 놔줘도 되나요?"

"그럴 것 같진 않은데요. 아마 딱밤 맞을 일은 없을 거예요."

진희가 의아한 눈빛으로 그를 보더니 기가 막힌 얼굴로 물었다.

"설마 동안인 거예요? 나이 되게 어려 보이는데. 딱 봐도 20대 중후반일 것 같은데……."

그는 말없이 입가에 엷은 미소만 띠었다.

"좋아하는 음식이나 과일 있어요?"

"미안한데, 누구도 저를 위해 무엇도 준비하지 말아줬으면 합니다."

"네?"

"전 이미 정해둔 분이 있고, 절대 마음이 기울 일이 없거든요. 그러니 쓸데없는 시간 낭비를 막고 싶어요."

진희가 얼굴을 벌겋게 물들이고 난색을 표했다.

"이렇게 딱 잘라 말하시다니……. 그래요. 어찌 보면 그게 가장 현명한 판단일지도 모르죠. 그런데 수현 씨가 너무 잘생겼어요. 사실 보자마자 첫눈에 반해서 팬심 비슷한 게 생기고 말았어요. 여기서 이성이고 뭐고 그런 얘기를 하고 싶은 건 아니고 좀 친하게 지내고 싶어요. 사실 제 주변에 수현 씨처럼 말도 안 되게 잘생긴 분이 없거든요."

수현이 입술 끝을 휘어올리며 겸연쩍은 미소를 지었다.

"아주 시원하게 속내를 밝히시니까 대하기도 편하군요. 그 정도 배려는 해드릴 수 있어요. 어렵지 않아요."

"그러니까 사진을 같이 찍어준다든지, 문자나 톡에 답글을 해준다든지 하는 식의 인사 정도는 나누는 사이이고 싶은데, 해주실 수 있어요?"

"우리 기수분들과는 그런 관계를 유지하고 싶다는 생각은 했어요. 그럼 이제 됐나요?"

진희가 이제야 만족스러운 얼굴로 몸을 돌렸다. 그는 진희를 뒤를 따라가다 입구에서 그를 기다리고 있던 지연을 맞닥뜨렸다. 진희가 지연에게 인사를 간단히 하고 숙소로 돌아가자 이번엔 지연이 그의 앞에 섰다.

"10분 정도면 돼요."

지연의 손에는 뭔가가 들려 있었다. 뭘 사들고 온 모양인데, 그는 마음을 받을 생각이 없는 사람에게서 절대 선물을 받지 않는다. 쓸데없는 짓이기 때문이다. 지연과 같이 이번엔 반대편으로 산책을 갔다. 이동하는 동안 별말이 없던 지연이 5분 정도 아무런 말도 없다가 대뜸 물었다.

"저 어때요?"

그가 몸을 돌려 지연을 내려다봤다. 키가 아주 작아서 그와 서면 그가 고목나무 같았다. 지연은 딱 매미 같았고.

"어떤 의도로 묻는지 모르겠어요."

"아, 뻔하잖아요. 데이트 상대로 어떤지 궁금해서요."

"잘 모르겠어요."

"우와, 인사치레로라도 한 마디 해주실 줄 알았는데……."

"인사치레 잘 못해요."

"일단 이 안에서는 박선우 씨 외엔 관심 없다는 거죠?"

"그렇죠."

그녀는 마치 그에게 사랑 고백을 했다가 차인 사람처럼 갑자기 고개를 푹 숙이더니 발을 이리저리 꼬며 잠시 말을 잇지 못했다. 그러다 그녀가 결심이 선 얼굴로 고개를 들더니 그에게 쇼핑백을 내밀었다.

"부담스러운 건 아닌데, 제 마음을 표현하는 거니까 받아주셨으면 해요."

"미안한데, 전 마음 가지 않는 분에겐 절대로 선물을 받지 않습니다. 갖고 있어봐야 결국 무용지물이고 그러다 보면 결국 잊혀지거든요. 그런 취급을 받으라고 주는 선물은 아니잖아요."

가차없이 확 자르는 말에 누구보다 당황한 지연이 어쩔 줄 몰라 하더니 억지로 입가에 미소를 띠었다. 웃음기를 띤 입가가 경련을 일으켰다.

"아아, 그렇죠. 그러고 보니 그런데…… 제가 거기까지는 생각을 못 했어요. 그저 제가 고른 무언가가 수현 씨에게 가 있으면 참 좋겠구나, 그런 생각만 했지. 잘 이해했어요. 수현 씨가 지금 어떻게 저를 거절하는 건지⋯⋯."

수현은 입을 다물고 굳은 얼굴로 그녀의 손을 가만히 바라봤다. 겁에 질린 듯 손끝이 하얗게 질려 있었다.

"추워 보이는데, 이만 들어가죠?"

수현이 먼저 앞장을 섰다. 뒤를 따르는 지연의 걸음이 점점 느려지고 있었지만, 그는 부러 무시했다. 이 상황에서 그녀를 동정이라도 하듯 행동하면, 오히려 여자는 자존심이 상해 더 크게 다칠 수도 있다. 이런 땐 혼자 있게 두는 게 상책이었다.

그는 좀 더 잰걸음으로 숙소 안에 들어와 담배 한 대를 물고 베란다로 나갔다. 그리고 아래층을 내려다보자 선우가 커피를 손에 쥐고 서서 허공을 응시하고 서 있었다. 2층 베란다에 선 그가 아래쪽을 내려다보며 담배를 깊게 빨아들이고는 물었다.

"뭐해요?"

갑작스러운 질문에 놀란 선우가 고개를 들더니 그를 올려다봤다. 눈동자가 천연기념물이나 산다는 샘물처럼 맑았다.

"어, 왔어요?"

"커피, 맛있어요?"

"타드릴까요?"

"좋죠."

"내려오세요."

수현이 담배를 끄고 계단을 내려가자, 선우가 부엌 쪽으로 이동하는 모습이 눈에 들어왔다. 역시 선우와 같이 있는 게 좋았다. 다른 누군가와 있는 순간보다 설레고 기대되었다. 둘은 말없이 마주보고 앉아 커피를 마셨다. 마치 이 숙소에 단둘만 있는 듯 고요하게 느껴졌다. 그의 입가에 천천히 미소가 번졌다.

다시 한 차례 게임을 하고 딱 한 커플이 데이트를 할 수 있는 권한을 얻었다. 이진희와 유현중이 데이트권을 차지하고 저녁 식사를 단둘이 할 수 있게 되었다. 그리고 제작진의 특별 배려로 마지막 밤 저녁은 호화찬란하게 먹는 것도 추억이 될 거라며, 음식값을 지불해 주었다. 많지는 않았지만 다들 좋아 죽는 얼굴이었다.

데이트를 하지 못하는 남은 사람들은 시장을 봐서 저녁 식사를 해야 하는데 다들 장보러 혜림과 수현, 선우를 추천하는 게 아닌가! 별수 없이, 세 사람은 장보기 팀이 되어 밖으로 쫓겨났다. 그렇게 두 개의 팀을 더 나눠 음식 만드는 팀과 뒷마무리 팀까지 사다리게임으로 정리를 하고 장보기 팀이 시장을 보기 위해 차에 탔다. 수현이 운전을 하고 뒷좌석엔 여자 둘이 탔다.

혜림은 가는 동안 아무런 말도 하지 않고 분위기만 살피더니 정작 선우와 수현조차도 별 대화를 하지 않자, 되레 무안했던지 한 마디 먼저 꺼냈다.

"왜 이렇게 조용히 가요. 뭐든 좀 말해요. 숨 쉬는 소리까지 다 들리는 것 같네."

혜림의 투덜거림에 선우가 쿡하고 웃었다.

"뭐가 웃겨요?"

"할 말이 없으니 그냥 조용히 있었던 것뿐이에요. 굳이 사회 보려고 하지 않아도 돼요."

"사회 보려는 게 아니라, 꼭 우리 셋이 싸운 것 같잖아요. 이런 거 화면에 나가봐요. 다들 오해한단 말이에요."

"그런가요? 흠, 수현 씨! 뭔가 좀 화기애애한 분위기를 낼 수 있는 방법 없을까요?"

"누가 노래라도 불러 보던지, 안 되면 말도 안 되는 병맛 코미디라도 해봐요."

"노래는 질리게 들었는데요, 뭘 더 해요. 병맛 코미디를 해볼까요? 딱 병맛이니까, 안 웃겨도 창피할 것도 없구요."

선우가 대답하고는 흔쾌히 하나를 꺼내 말했다.

"요즘 유행한다는 톡 대화에서 본 건데요. 잘 들어봐요."

(남자) 일요일에 누나 집에 놀러 갈게요.

(누나) 와서 뭐해?

(남자) 놀죠, 뭐!

(누나) 여자 집에 함부로 오고 그러는 거 아니야.

(남자) 에이, 이상한 짓 안 해요.

(누나) 네가 당할 수도 있어.

"미안해요. 심하게 병맛이라……."

잠시 적막이 흐르더니 가장 먼저 반응을 보인 건 혜림이었다.

"푸흡! 그 어린 녀석 참 당황스러웠겠는데요?"

"그렇죠? 뭐, 그래도 나 같음 호기심 때문에라도 더 가고 싶었을 거예요. 제가 남자 입장이었다면……."

"그런 대범한 면이 선우 씨한테 있단 말이에요?"

선우가 킥킥 웃고는 시선을 돌려 운전석에 앉은 수현을 응시했다.

"재미없었어요?"

"대충 예상은 되더군요."

"그래도 매너가 아니네. 재미없어도 웃는 시늉이라도 해줘야죠. 무표정하게 운전만 하기는…… 수현 씨는 센스가 너무 없는 것 같아요."

"지금 구박하는 거예요?"

수현이 맞받아치자, 선우가 고개를 저었다.

"제가 어떻게 수현 씨를 구박해요. 수현 씨가 알고 있는 재미난 얘기 없어요?"

"전 그런 거 별로 안 좋아해서요."

혜림이 수현과 선우를 유심히 관찰하더니 침울한 얼굴로 차창을 응시했다.

"저렇게 자연스러운데……."

"네?"

혜림의 중얼거림에 선우가 고개를 갸웃하며 물었다.

"그냥 혼잣말이었어요. 그런데 저녁은 뭐로 준비하려고요?"

"아까 식사 준비팀이 몇 가지 정해줬어요. 오늘은 수제비 해먹자 하던데요? 계속 고기만 먹다간 돼지 되겠다고……."

"밀가루를 많이 준비해야겠는데요? 계란이랑……."

저녁 식사에 대해 대화를 나누다 보니 어느새 시장 입구였다. 차를 주차한 후 세 사람은 마트에 들어가 장을 보기 시작했다. 커다란 카트는 수현이 밀고 혜림과 선우는 밀가루와 계란, 각종 채소를 구입했다. 필요한 물건이 있다며 적어준 사람들의 다른 물건들도 구입을 하고 나니 40분이 훌쩍 지나갔다.

"아이스크림 하나씩 먹을래요?"

선우가 '31' 매장에서 아이스크림을 먹자고 제안하자, 셋이 자기 입맛에 맞는 아이스크림을 고르기 위해 섰다. 수현은 녹차맛, 선우는 초코맛, 혜림은 요거트맛을 골랐다. 세 사람은 아이스크림을 손에 들고 각자의 손에 쇼핑봉투를 바리바리 들고 차로 이동했다. 차에 오른 셋은 아이스크림을 먹으며 잠깐 대화를 나눴다.

"윤재혁 씨는 이미 서정아 씨랑 마음 정한 것 같았죠?"

혜림이 아이스크림이 담겨 있던 과자를 와삭와삭 씹으며 물었다.

"그랬던 거예요? 재밌네. 왜 난 몰랐던 거지?"

"선우 씨가 좀 둔한 것 같네요. 유현중 씨는 선우 씨 마음에 들어하는 눈치고. 수현 씨도 알고 있죠?"

혜림이 약이라도 올리겠다는 눈빛으로 말하자, 수현이 과자를 아삭아삭 씹으며 뒤를 흘끗 보더니 고개를 끄덕거렸다.

"신경 안 쓰여요?"

"조금, 쓰이죠."

"조금만 쓰이지는 않을 텐데요? 유현중 씨 요리 완전 맛있게 하는데다, 내 보기엔 되게 유명한 요리사 같던데요."

"긴장해야 하는 건가요?"

수현이 입가를 휘며 묻더니 휴지로 입가를 닦아내고 차에 시동을 걸었다. 수현은 자신만만하고 당당한 미소를 지어 보이고 있었다. 뭐가 저리 당당할까? 딱 보기엔 모델 같은 느낌이긴 하지만 딱히 직업은 뭐일지 전혀 예상이 되질 않았다. 대체 뭐 하는 사람일까? 직업에 대해서 전혀 감이 안 잡히는 사람 중 한 명이었다.

"난 정수현 씨 직업이 제일 궁금해요. 그렇죠? 선우 씨?"

"그러게요."

"날 밝으면 밝혀질 일이니까, 조금만 차분히 기다려요. 하루 종일 방 안에 갇혀 있고 싶진 않으니까요."

수현이 말하자 혜림이 과자를 다 먹고 입가를 닦아내더니 선우를 바라봤다.

"선우 씨는 현중 씨 어때요?"

"네?"

갑자기 불통이 그녀에게 튀었다. 선우가 당혹스러운 얼굴로 어버 버거리자 룸미러로 그녀를 살피는 수현과 눈이 마주쳤다. 심장이 철 렁 내려앉았다가 가까스로 제자리에 찾아 들어갔다.

"좋은 분 같지만, ……남자로서 매력은 아직 잘……."

"수현 씨는 매력 있고요?"

선우가 그를 흘끗 쳐다보고는 의미심장한 미소를 지었다. 수현에 게 말해주고 싶지는 않았다. 아직 사흘밖에 안 됐는데 벌써부터 자 신감을 고취시켜줘야 할 필요는 없으니까.

"왜 대답 안 해요?"

수현이 물었다. 그냥 지나칠 줄 알았던 수현이 물어오자, 선우가 차창을 응시하며 대답했다.

"매력이 과해서, 걱정이죠."

대답을 하고 고개를 살짝 숙였다. 수현이 어떻게 들었을지 궁금 하기도 했지만, 혜림의 시선도 의식할 수밖에 없었다.

"수현 씨는 이 대답이 마음에 드나 봐요?"

"싫어할 이유가 없죠. 지금 처음으로 선우 씨가 속내를 밝혔으니 까."

그가 하얗게 이를 드러내 보이며 시원하게 웃자, 혜림이 홀린 듯 그를 바라봤다. 그가 그렇게 웃는 건 처음 본 모양이었다. 그런데 괜히 심장이 까끌거렸다. 저런 모습을 다른 이가 보는 게 그리 좋은 기분은 아니었다.

'나, 왜 이러니?'

※

촬영 넷째 날.

드디어 스태프들을 통해 휴대폰이 주인의 손에 들어왔다. 아침 식사를 하고 8시 반쯤 된 시간이었다. 이 날은 자기소개를 해야 되기 때문에 7시 기상, 모두 잘 차려입느라 한바탕 난리가 벌어졌다. 마치 대학 졸업사진을 찍기 위해 한껏 멋을 부리고 차려입는 듯 보였다.

선우도 친구들과 백화점에서 골라 준비한 옷을 꺼내 입었다. 검은 터틀넥 니트가 몸매를 드러내 보이고 H라인 스커트로 단아함을 드러냈다. 허리라인을 강조한 겨자색 하프코트를 입어 포인트를 줬다. 머리카락은 단정하게 빗어 내리기만 했다. 브래지어 라인쯤에서 반듯하게 잘려나간 머리끝이 단정해 보였다.

메이크업은 되도록 눈매만 도드라지도록 아이라인과 마스카라만 하고 은은하게 했다. 선우가 다 차려입고 한 바퀴 둘러보니 혜림이 가장 강하게 입었다. 가죽 치마에 화려한 호피무늬가 인상적인 블라우스, 퍼코트를 입었다.

지연은 롱니트 카디건을 입고 두툼하게 목도리를 감아 따스한 인상을 강조했다. 정아는 체크무늬 코트에 지그재그 무늬가 일정한 패턴 스커트에 하얀 니트를 입었다. 밝고 화사한 느낌이었고 진희는 전체적으로 버건디 계열로 차려입고 왔다. 나이를 도통 가늠할 수가 없었다. 어쨌든 다들 스태프들의 감시를 받으며 자기소개를 하기 위해 셔틀버스에 올랐다. 자기소개를 하고 나면 몇 시간 뒤에 남자들의 마음 고백이 시작되고 프로그램은 여기서 마무리를 짓는다. 물론 여자 쪽에서 남자에게 호감이 있어서 연락되면 다시 촬영은 지속되겠지만 말이다.

셔틀버스는 남녀가 각각 타고 이동하게 되어 있었다. 버스가 도착한 곳은 체육관 시설이었다. 마을 사람들을 위해 마련한 곳으로 시골답지 않게 규모도 큰 편이었고 내부 관리도 잘되어 깨끗했다. 여자들이 먼저 차에서 내려 스태프들의 안내를 받아 안으로 들어가고, 뒤를 따라 남자들이 도착해 안으로 들어왔다.

여자들과 남자들을 위한 의자가 일렬로 쭉 놓여 있고 자신을 소개할 수 있는 둥근 연단이 마련되었다. 메가폰을 쥔 황 PD가 출연진들을 향해 말했다.

"지금부터 자기소개 순서를 정할 겁니다. 스태프가 뽑기권을 드릴 거예요. 하나씩 뽑으시고, 번호 확인하신 뒤에 1번부터 차례대로 나오시면 됩니다."

스태프가 검은 봉투를 들고 나타났다. 여자들이 먼저 순서대로 뽑기권을 뽑고, 남자들도 뽑기권을 뽑아 쥐었다. 그리고 한 명씩 번호를 확인했다. 스태프가 1번부터 9번까지 확인하더니 순서대로 앉게 했다. 맨 마지막이 수현이었고, 선우는 7번째였다.

"제가 1번이네요. 저 먼저 소개하겠습니다. 안녕하십니까! 저는 윤재혁입니다. 30살이구요. 태권도장을 경기도에서 운영하고 있습니다."

재혁은 형제 관계와 자신의 일에 대한 자부심 등을 간단하게 설명하고 내려왔다. 다음은 서정아였다.

"안녕하세요. 저는 28살이구요. 대전 기쁨유치원 교사입니다. 아이들을 굉장히 좋아하구요. 집안에서 결혼을 재촉하셔서 겸사겸사나오게 되었습니다."

다음은 유현중이었다.

"……28살입니다. 호텔에서 주방장으로 3년간 근무했고, 꿈이 있어서 제 식당을 차려 현재는 오너셰프로 일하고 있습니다. 이태원에 2층짜리 건물에 자리를 잡고 성황리에 요리하고 있습니다. 저는 시부모님을 모실 수 있는 분과 만나고 싶습니다. 어렵다는 건 잘 알지만, 저는 꼭 모시고 싶습니다."

현중의 말에 잠시 장내가 조용해졌다.

유지연이 나와 25살이고 대학 졸업을 앞둔 화가 지망생이라고 밝혀 일대 파란을 일으켰다. 오늘 나온 출연진 중 가장 어린 것으로 밝혀졌기 때문이었다. 이진희는 28살이고 현재 서울에서 피아노 학원을 운영 중인 원장으로 혼자 산 지 10년이 넘었다고 밝혔다.

신승호는 자동차부품제조업체를 경영 중인 대표로 개인사업을 하고 자신이 살 집은 이미 두 채나 마련했다며 재력을 과시했다. 이번에 몰고 온 차도 여기 온 사람들 중 가장 고가로 보이는 해외브랜드의 고급 세단이었다. 선우가 간단히 자신을 소개했다.

"미대를 졸업해서 지금은 방문학습교사로 활동 중입니다. 그리고 특이 사항이 하나 있는데, 10년 전에 1년 정도 아이돌그룹에서 리드보컬로 활동한 전적이 있습니다."

다들 경악의 눈으로 그녀를 바라봤다. 그녀에게 가장 흥미를 보이던 현중이 손을 들어올리더니 물었다.

"그렇다면 왜 계속 가수활동을 하지 않았어요?"

"여건이 여의치 않았어요. 학교를 졸업해야 하는 상황이었고, 부모님이 계시지 않아 이모가 저를 키워주셨는데 아무래도 계속 폐를 끼칠 수가 없어서 대학 입학을 하기로 결심하면서 연예계와는 멀어졌습니다."

"그럼 춤은 잘 추시겠는데요? 혹시 아직도 연예계에 미련이 있습니까?"

현중의 다른 질문에 선우가 피식 웃었다.

"춤은 다 잊어버렸지만, 연습하면 감은 돌아올 것 같구요. 연예계에 대한 미련은…… 글쎄요. 길거리에서 우연히 캐스팅을 당해 제 의지와는 상관없이 연예계에 들어간 케이스라 미련이 없을 줄 알았는데 아니더라고요. 한 번만 더 무대라는데 서보고 싶다는 마음은 아직도 조금 남아 있어요."

현중이 난처한 표정을 지었다. 시부모와 같이 살기를 바라는 그의 입장에서 연예인 끼가 있는 며느리는 아무래도 무리일 테니까. 선우가 내려오자 이젠 혜림이 올라갔다.

"안녕하세요. 이거 참, 제가 여자분들 중에 나이가 제일 많나보네요? 서른입니다. 저는 사실 아주 유명하진 않지만 뮤지컬배우로 활동하고 있구요. 선우 씨처럼 참한 분도 연예인일 수 있다는 사실에 조금 경악했어요. 게다가 저보다 더 오래전에 활동을 했더군요. 저는 뮤지컬배우가 된 지 이제 5년 차이구요. 결혼을 하더라도 뮤지컬을 아니면 연극을 계속 하고 싶습니다."

승호가 질문했다.

"그렇다면 결혼했을 때 남편의 내조를 어떻게 할 생각이세요?"

"아무래도 제가 스케줄이 불규칙하기 때문에 내조는 좀 무리겠지만, 적어도 일이 없는 동안에는 최선을 다해 남편을 내조할 생각이에요. 그리고 전 남편의 외조도 받고 싶어요. 저만 일방적으로 주는 사랑이 아니라 남편에게도 제가 계속 일을 할 수 있도록 지원을 받고 싶은 게 솔직한 심정이에요."

승호 역시 난처한 눈빛으로 고개를 숙였다. 자기소개가 나오자마자 남자들은 머릿속이 조금 복잡해진 듯 보였다. 그리고 수현이 연단 위에 올라섰다. 수현은 블랙 슈트 차림이었고, 진고동빛 셔츠에 블랙 넥타이로 멋을 냈다. 헤어스타일이 깔끔하고 단정해서 누가 보더라도 CF촬영 나온 배우 같았다. 그를 바라보는 여자들의 눈동자에 하트가 차오르는 것이 느껴졌다.

"정수현입니다. 나이는…… 34살이구요."

"헉! 나보다 많네."

승호를 비롯해 현중까지 그의 무시무시한 동안에 놀란 얼굴이었다. 수현이 웃으며 뒷짐을 지더니 몸을 꼿꼿이 세우고 갑자기 영어로 인사를 했다.

「저는 현재 미국에서 살고 있습니다. 하는 일은 K&Y라는 의류브랜드 미국 본사의 부사장입니다.」

그의 발언에 영어를 알아들은 일부의 입이 딱 벌어졌다.

"뭐래요?"

혜림이 묻자 선우가 말했다.

"미국 거주, K&Y 미국 본사의 부사장이래요."

"네? K&Y면 글로벌 의류브랜드로 기업이⋯⋯."

"대기업이죠. 부사장이라는 건 재벌이라는 소린데⋯⋯."

다들 입을 딱 벌리고 충격 받은 얼굴로 수현을 바라봤다.

"현재 휴가 중이어서 지인의 소개로 우연히 참여하게 되었구요. 사실 제 이상형이 〈포이즌〉이라는 아이돌그룹의 리더 '빅토리아' 입니다. 그런데 여기서 그분을 뵙게 되었죠."

수현의 시선이 선우에게 닿자마자 여자들의 시샘 어린 시선도 같이 따라왔다.

"아니, 그럼 결혼 시에는 미국으로 나가 살아야 하는 겁니까?"

현중의 질문에 수현이 고개를 저었다.

"전 세계에 지사가 있으니까, 어디든 일할 곳은 있을 것 같습니다."

"혹시 후계자로 지목되신 건 아닌가요?"

이번엔 승호가 물었다.

"아직 합의된 건 없습니다."

"우와, 이거 뭐⋯⋯ 연애 프로그램에 이런 초재벌님까지 출연해 주는 사태가⋯⋯. 우리 같은 사람들은 대체 어쩌라고!"

재혁이 우는 소리를 했다. 직업이 조금 더 일찍 밝혀졌더라면 아마 상황이 이상하게 돌아갔을지도 모르겠다. 이런 생각을 하는 건 아마 선우를 비롯해 남자 출연진 전부 다 일 것 같았다. 소개가 다 끝나자 곧바로 점심 타임이 되었다. 게임 없이 바로 식사를 하고 체육관에서 20분 정도 쉬었다가 마지막 데이트권 사수를 위한 게임에 들어간다는 공지가 스태프에 의해 전해졌다. 수현은 남자 출연진들에게 둘러싸여 여러 질문에 답변을 하고 있었다. 여자 출연진들도 한데 모여 식사를 기다리면서 수런거렸다.

"K&Y그룹이면 주식상장도 되어 있고, 미국 쪽에서 아주 대단한 기업 아닌가요?"

"거기다 세계 패션 시장을 손안에 넣고 주물주물 하고 있는 곳인 대세 기업이기도 하죠."

지연과 진희가 눈매를 가늘게 좁히고 수현을 응시하며 욕심나는 얼굴로 말했다.

"문젠 정수현 씨 마음이죠. 왜, 어쩌다, 선우 씨가 이상형이 된지는 모르겠지만…… 저희는 그저 새로운 신데렐라가 될 선우 씨가 마냥 부럽기만 한데요?"

지연이 질투심 가득한 눈빛으로 선우를 바라봤다.

"글쎄요. 신데렐라, 별로 되고 싶진 않은데요? 내가 가진 능력이 있다면 충분히 펼쳐보고 싶고, 남자를 선택했는데 우연히 재력가라면 땡잡은 거지만 재력가이기 때문에 그를 선택하겠다는 건 좀 아닌 것 같아요. 현재로서 전 정수현 씨라는 사람이 가진 배경이 부담스러운데요?"

사실이었다. 혜림도 곁에서 듣더니 고개를 끄덕거렸다.

"난 일단 영어가 안 돼서 해외파 남자는 별루. 거기서 그냥 확 접어지던데요. 굉장히 똑똑해 보이지 않나요? 정수현 씨……. 하아, 학벌이 막 하버드 이런 거면 감당 안 돼요. 그냥 바로 포기!"

혜림이 고개를 절레절레 저으며 두 손을 번쩍 들자 다들 그 부분에 대해서만은 고개를 끄덕거렸다.

"하긴 저도 서울에 있는 대학은 나왔지만, 사업하는 남자와 사귄다는 건 아무래도……."

지연이 이리저리 눈을 굴리더니 입술을 쭉 내밀며 고개를 저었다.

"그렇다고 해도 한 번 찔러는 보고 싶어지는 이 마음을 어찌할까요?"

수현이 고개를 돌려 선우를 응시하더니 입매를 휘어올렸다.

"으흐, 정수현 씨 이젠 아예 대놓고 선우 씨한테 애정공세 하는데요?"

지연이 부르르 몸을 떨며 말하더니 부러운 눈빛으로 선우를 올려다봤다.

"능력자세요."

"자, 식사 준비되었습니다! 바깥에 나가시면 밥차가 와 있을 거예요. 마음 가는 대로 요기하시면 됩니다."

스태프가 큰 소리로 말하자 출연진들이 바쁘게 움직이기 시작했다. 선우는 물통들이 즐비한 곳에 가서 생수통 작은 걸 하나 들고 병뚜껑을 땄다.

"안 나가?"

자기한테 예사말을 할 사람이 없어서 선우가 고개를 돌려 옆을 보자 수현이 입가에 미소를 띠고 서 있었다. 말끔한 블랙 슈트가 너무도 잘 어울려서 심장이 터질 것 같았지만, 최대한 침착하려 애썼다.

"왜 말을 놓죠?"

"나보다 한참 어리던데? 28살이라며? 난 자그마치 34살이라고."

"나이 많은 게 무슨 유세라고……."

"당신한테 말은 놓을 수 있잖아. 그것만으로도 대단하게 생각하는데?"

"그렇게 좋은 직장 다니면 굳이 이런 데 안 나와도 되는 거잖아요. 왜 나왔어요?"

"음, 당신 때문에."

이 남자는 입만 열면 사람 착각하게 만드는데 일가견이 있었다. 딱 그 말을 믿어버리고픈 무시무시한 충동을 꿀꺽 삼키고 그녀는 비릿한 냉소를 머금었다.

"그렇게 달콤한 말로 꼬셔도 절대 안 넘어갈 거거든요."

"왜 안 넘어와?"

"전 평범한 사람이에요. 수현 씨의 배필로 보기엔 많이 부족하죠."

"누가 배필하래?"

헐, 요물일세. 아주 사람을 들었다 났다 난리다. 좋다고 쫓아다니는 게 결혼과는 상관없다는 건가? 그럼 엔조이를 원해서 이토록 온갖 친절을 베푸는 건가?

"그럼 뭐예요?"

"연애, 그게 조건인 거지. 그러다 안 맞으면 헤어질 수도 있는 거고……."

"그야 그렇지만."

"나가자. 밥 먹어야지."

수현이 손을 뻗어 그녀의 팔을 잡아당겨 끌고 나갔다. 그의 직업이 드러나기 무섭게 대기 중인 40명 가까운 스태프들 중 여자 스태프들의 눈에 선망의 빛이 서리게 되었음을 깨닫는덴 그리 오랜 시간이 걸리지 않았다. 외모가 워낙 수려해서 직업만은 번듯한 게 아닐 거라 예상했던 사람들이 많았다고 들었다. 그런데 수십억 원의 연봉을 챙기는 위치에 있는데다 장차 후계자가 될지도 모른다는 소리까지 나돌고 있었다.

모두가 체육관 내에 마련된 식탁과 의자에 앉아 마주봤다. 승호는 계속 혜림의 곁에 달라붙어 이런저런 걸 묻고 있었고, 지연은 수현을 연예인 바라보듯 설레어 하며 곁에 앉아 있었다. 정아는 윤재혁과 이야기가 잘 진행되는지 분위기가 화기애애했고, 현중은 분위기가 많이 다운되어 보였다. 진희는 마음 가는 이가 없는지, 말없이 식판만 내려다보고 있었다. 수현이 상념에 잠긴 선우의 식판을 툭툭 쳤다.

"왜 안 먹어?"

선우가 고개를 돌려 그를 뚫어져라 바라봤다. 마지막 날엔 결국 누군가 하나를 선택해야 하는데, 그를 선택해야 할까, 말까 고민이 되었다.

"먹어야죠."

선우가 먹기 시작하자, 수현은 그녀의 옆모습을 갑자기 휴대폰 카메라로 찍었다. 놀란 선우가 눈을 휘둥그렇게 뜨고 그를 바라봤다.

"어머니한테 보내려고."

"네? 왜요!"

놀란 선우가 그의 휴대폰을 향해 손을 뻗었다.

"마음에 드는 여자 찾았다고. 결혼하라고 집에서 깨 볶듯이 볶거든."

그가 두 팔을 멀리 뻗어 전송 버튼을 눌러버렸다. 선우가 경악한 얼굴로 입을 딱 벌리고 그를 쳐다봤지만 이미 늦어버리고 말았다.

"기왕 이렇게 된 거 이따 사진이나 다들 같이 찍을까요?"

승호가 제안을 했다. 다들 좋다는 표시로 손가락 사인을 했다. 식사가 모두 끝난 후 모두들 한쪽에 둥글게 모여 서서 사진 촬영이 시작되었다. 먼저 여자들끼리, 남자들끼리 찍은 뒤 여자 남자 출연진 전체가 모여 사진 한 장에 담겼다.

수현의 제안에 수현과 선우가 나란히 같이 찍는 돌발 사태도 벌어졌고, 팬클럽이라도 되는 양 남자들 역시 수현과 따로 사진 찍기를 원해서 수현은 정신없이 사진에 찍혀야 했다. 그리고 여자 출연진들 역시 언제 재벌 인맥 자랑해보겠느냐며 사진 촬영을 요청했고 수현이 가장 분주했다. 그래도 그는 매너 좋게 그들의 제안에 모두 응했다. 그리고 다시 게임을 하기 위해 대기하고 있는데 수현이 선우에게 다가오더니 휴대폰 번호를 달라했다.

"지금요?"

"연락하지 마?"

"어, 그게……."

"빨리 내놔."

수현의 으름장에 휴대폰을 내놓자 패턴잠금을 풀라고 하더니 그는 바로 자신의 번호를 찍었다. 통화 연결을 해보고 번호가 뜨는 걸 본 그가 직접 자신의 이름을 저장했다.

"정수현, 곧 사귈 예정. 이렇게 썼으니까 지우지 마라. 나중에 검사한다."

커헉. 무슨 진도가 이렇게! 당황해서 어버버거리는데, 게임을 시작한다며 출연진들을 불러 모으기 시작했다.

7.

　수현과 선우가 바닷가로 산책을 나왔다. 게임 결과는 윤재혁과 유지연이 커플이 되면서 끝났고 마지막 날인만큼 남은 시간은 자유롭게 쓰라는 제작진의 말에 남은 사람들에겐 두어 시간 정도 시간을 마음대로 쓰게 되었다. 그러기 무섭게 수현이 선우를 낚아채 밖으로 데리고 나왔다.

　수현은 편한 블랙 야상패딩에 블랙진, 목까지 덮는 니트 터틀넥을 입고 블랙 워커를 신었다. 슈트를 입었을 때랑은 또 다른 느낌이지만 블랙을 아주 잘 소화하는 남자 같았다. 선우는 엉덩이까지 내려오는 진그레이 니트에 기모블랙 팬츠, 패딩부츠를 신고 롱한 패딩 점퍼를 입었다.

　두 사람은 누가 보더라도 커플 같은 차림으로 걷고 있었다. 선우는 괜히 한 걸음 떨어져 섰다. 그가 자신을 이상형으로 찍었다고 해도 역시 그의 말을 전부 믿을 수가 없었다. 그의 배경까지 알게 된 마당에 의심은 더욱 커질 수밖에 없었다.

"눈 온다."

수현이 고개를 들어 하늘을 올려다보자 눈이 하늘에서 소리도 없이 묘하게 느린 동작으로 떨어져 내리고 있었다. 선우가 고개를 들어올려 눈을 바라보자 그가 휴대폰 카메라로 그녀의 모습을 또 찍었다. 선우가 눈에 쌍심지를 켜고 그를 노려보자, 그가 피식 웃었다.

"여기서 2주 정도 채우면 미국 가야 하는데, 이런 사진이라도 보면서 위안이라도 삼아야지. 당신은 나한테 별로 관심도 없어 뵈고."

"관심은 있어요."

"그런데 내가 부담스럽잖아."

"다짜고짜 말을 놓아서 더 그래요!"

선우가 딱 잘라 야단치듯 내뱉자, 그가 쿡하고 짧게 웃더니 말했다.

"당신의 그런 점이 정말 마음에 들어. 그리고 정 불쾌하다면 호칭은 예의 차려서 해줄게."

"마음에 들라고 한 거 아닌데."

"내가 선우 씨를 정말 많이 좋아했어. 24살이나 먹은 남자가 여자 아이돌이 좋다고 잡지 사 날라, 포스터 사다 벽에 발라대, 온갖 연예프로 다운 받아 보고 무한으로 되감아 본다는 거 사실 어렵다. 게다가 음악 프로그램까지 한 번 찾아갔었더랬지."

조금은 충격적인 고백이었다.

"정말 빅토리아 폐인이었어. 선우 씨의 일거수일투족을 사생팬처럼 하나도 남김없이 모아서 봤거든. 당시 난 그럴만한 사정이 좀 있었다."

"무슨?"

그가 가만히 그녀를 응시했다. 깊고 따스한 눈빛이 그녀의 가슴을 녹였다.

"아버지가 지병을 앓다가 돌아가신 시점이었어. 난 당시 군대에 있었고……. 소식을 듣자마자 바로 상을 치러야 했다. 아마 그 일 때문에 마음이 헛헛해졌는데, 우연히 선우 씨가 부른 노래를 듣고 꽂혀서 도망칠 곳으로 박선우라는 사람을 선택했던 모양이야."

아주 이해가 되지 않는 말은 아니었다. 부친의 죽음에 대한 슬픔을 극복하기 위한 대안으로 다른 것에 미친 듯이 매달려 보는 것도 좋은 방법이긴 할 테니. 그녀는 어땠나?

"그러고 보면 전 뭔가에 빠져들지 못했던 것 같아요. 연습생 시절도 그랬고, 가수 생활을 할 때도 그랬고 양쪽 발을 전부 다 들여놓은 게 아니라 한 발만 어정쩡하게 걸치고 선 느낌이었던 것 같아요. 뭐, 그만큼 열정적으로 부딪친 건 아니었으니까 끝낼 때도 미련없이 갔던 것 같아요."

"그런데 아까 노래 부르고 싶다며?"

"그러게요. 무대가 그리울 때가 많아요. 아마 그때 전부 다 걸고 달렸더라면 미련도 후회도 남지 않았겠죠. 그런데 말했듯이 반만 걸쳤던 게 문제였던 것 같아요. 자꾸 이렇게 뒤를 돌아보면서 미련 품는 걸 보면……."

"한국에서 오디션프로가 성행하고 있다던데, 그런 거에 한 번 나가보는 건 어때?"

"제가요?"

상상도 못한 진로였다. 취미로 노래방에서 혼자 조용히 부르는

거 아님, 길거리에서 기타 들고 흥얼흥얼거릴 생각은 해봤지만 오디
션에 나가 실력을 겨뤄본다는 건 상상도 못했다. 나이도 어린 편도
아니어서 결심을 하기엔 대단한 각오가 필요할 듯싶었다.

"말도 안 돼요."

선우가 자조 섞인 미소를 지으며 고개를 저었다.

"왜 그렇게 생각해? 노래 부르는 거 들어보니까 예전 못지않은데
다 이젠 연륜도 생겨서 노래가 가진 의미를 곱씹으면서 부를 테니
깊이감도 있을 테고……. 해봄직한 것 같은데?"

잠시 할 말을 잃었다. 별생각도 없이 지내던 그녀를 갑자기 나타
난 어떤 남자가 마구 흔들어대는 모양새였다.

"생각은 해볼게요. 망신에 대한 뒷감당도 해야 할 것 같고요."

"여기에 나왔을 때도 어느 정도 여파를 감당할 마음으로 나온 거
아닌가?"

듣고 보니 그의 말이 틀리진 않았다. 이 프로에 나오는 것 또한
대단한 용기를 갖고 나오지 않으면 곤란했다. 이제 돌아가면 방문학
습소에서 연예인이었느냐 질문이 쏟아질 게 뻔했다.

"여기 나온 것만으로도 이슈가 될 테고, 오디션프로에서도 이슈
가 된 선우 씨를 마다할 이유가 없을 텐데……."

"나이가 걸려요. 아무래도……."

"난 선우 씨가 가진 재능이 너무 아까워. 개인적으로 너무 아끼는
가수였기 때문에 더더욱!"

"진짜 팬 맞군요. 이거 연애 감정이 아니라 팬심 아닌가요?"

선우의 장난스러운 말에 그가 웃으며 고개를 저었다.

"그날에서 다시 10년이야. 선우 씨가 나온다고 듣긴 했지만 그땐

시큰둥했어. 그런 느낌 알아? 첫사랑은 기억 속에 있을 때가 가장 아름답다고 하잖아? 선우 씨가 딱 그랬어. 만나서 실망하면 어쩌나 걱정이 좀 됐거든."

"그런데 실망이 안 됐나 보군요."

"볼수록 궁금해졌어. 내가 모르는 무언가가 많이 생긴 눈빛이었지. 그리고 결정적으로 노래를 부르면서 행복에 겨워 웃던 모습이 내 눈에 오래도록 각인되었어. 역시 선우 씬 노래를 불러야 가장 아름답게 빛이 나."

선우가 복잡한 눈빛으로 그를 흘끗 봤다가 자신의 앞쪽을 바라봤다. 이런 말을 해주는 사람이 과연 몇이나 될까? 그녀를 오랫동안 지켜봐온 사람이 아니고서는 절대 발견할 수 없는 점이다. 그는 오래전에 그녀를 팬심으로 지켜봤던 사람이다. 10년의 템이 있긴 하지만 그 뒤에 변화된 그녀를 보고도 그녀가 무엇을 원하는지 그는 정확하게 간파해냈다. 이런 충고는 마음 깊이 새겨둘 필요가 있었다.

바닷바람을 맞으며 두 사람은 해변 끝까지 걸었다. 그러다 보니 너무 멀리 온 것 같아서 뒤를 돌아봤다. 둘이 찍어 놓은 발자국이 바닷가에 점점이 찍혀 거리가 멀수록 점차 흐릿해져 가고 있었다.

"되게 멀리 왔어요."

"천천히 다시 돌아가든지 하면 돼. 저기 시내로 들어가는 길목으로 올라가서 카페에 들어갈까? 추워?"

"춥다기보단 슬슬 다리가 아픈데요."

"그럼 들어가자."

그때 수현의 휴대폰이 울어대기 시작했다.

"여보세요?"

[야! 너 어디야?]

"지금 선우 씨랑 있는데요. 왜요?"

[빨리 들어와. 여기 뒤집어졌어.]

"네?"

수현이 휴대폰을 끊고 선우의 손을 꽉 잡더니 무작정 뛰기 시작했다.

"왜요?"

"숙소에 사고 터졌대."

이게 대체 무슨 일인가? 그녀는 눈을 휘둥그렇게 뜨고 그와 함께 정신없이 주차장 쪽으로 달리기 시작했다.

도착하니 숙소 분위기는 그야말로 시베리아 벌판 그 자체였다. 진우가 선우와 수현에게 다가와 어떻게 좀 해보라 했다. 혜림과 승호가 말다툼을 하다가 언성이 높아졌고 기어이 혜림이 울음을 터트리고 짐을 싸서 가겠다고 했다는 것이다. 촬영이 앞으로 몇 시간이나 남았다고 이런단 말인가! 제작진들도 다들 패닉상태였다.

원인이 정확히 뭔지 알 수가 없으니, 그저 혜림에게 묻는 수밖에 없는데 혜림이 순순히 말해줄 것 같지는 않고 마음이 심란했다. 우선 수현은 승호에게 가고, 선우는 혜림에게 가보기로 했다. 방에 들어가니 혜림이 짐을 다 싸놓고 주저앉아 멍하니 넋을 놓고 앉아 있었다.

"혜림 씨."

혜림이 흠칫 놀라더니 고개를 들어 선우를 올려다봤다. 혜림의 얼굴이 평소와 달리 발갛게 상기되어 있었고 눈가가 발갛게 물들어 있어 보기 안쓰러웠다.

"왔어요?"

혜림이 억지 미소를 띠고 대답했다.

"무슨 일이에요? 가겠다고 했다던데……."

"도대체 전 여기 왜 나온다고 했는지 모르겠어요. 사실 마음 가는 사람이 하나도 없거든요."

"승호 씨가 계속 적극적으로 어필했잖아요."

"그게…… 직업 밝히고 나니까 승호 씨가 계속 틱틱대더라고요. 일을 왜 그만둘 생각을 하지 않느냐고, 유명해지길 기다리기엔 이미 나이가 좀 있는 거 아니냐고. 남의 꿈을 왜 자신이 재단하려 드는지 이해가 되질 않아서 한 마디 했다가 말싸움이 됐어요."

"승호 씨는 아마도 혜림 씨가 어떻게든 자신에게 맞춰져서 자신이 편하게 선택할 수 있는 사람이길 바란 모양이군요."

혜림이 길게 한숨을 내쉬더니 눈물 한 줄기를 흘렸다.

"유명하지 않은 것도 서러운데, 낯선 남자한테 무시까지 당하니까 견딜 수가 없었어요. 휴우……."

혜림은 자신의 마음을 다독이기라도 하듯 깊게 한숨을 쉬며 치미는 눈물을 억눌렀다.

"그래도 선우 씨나 다른 분들과의 인연은 너무 좋은데. 수현 씨도 아직 미련이 좀 남구요. 나중에라도 사석에서 더 많은 얘기를 나눠 보고 싶은 남자이기도 해요. 그리고 조금 더 수현 씨를 보고 싶다는 마음도 있고……."

"그럼 그냥 있어요. 승호 씨랑은 불편해졌지만, 다른 분들이 좋다면 억지로 갈 필요 없잖아요. 하나 때문에 좋은 인연 전부를 버리는 건 좀 아닌 것 같아요."

혜림이 깊게 한숨을 쉬더니 고개를 저었다.

"그렇다고 해도 수현 씨는 선우 씨만 보잖아요. 저한텐 곁도 안 주고……. 가는 게 맞는지, 남는 게 맞는지도 잘 모르겠고……. 내가 왜 여기서 나흘씩이나 시간 허비를 하고 있나 회의가 들어요."

"재밌는 MT에 왔다고 생각하면 안 될까요? 사실 나이 서른쯤 되면 낯선 사람들하고 여행 가는 거 어려운 일이잖아요. 이렇게 몇 날 며칠 얼굴 처음 보는 사람들하고 같은 장소에 갇혀서 서로에 대해서만 알아가는 일 쉽지 않잖아요. 다들 돈 벌기 바쁜 나이고……."

혜림이 고개를 끄덕거렸다. 그때 문이 열리더니 지연, 정아, 진희가 들어왔다.

"혜림 씨, 조금만 참으면 끝나잖아요. 같이 있다가 끝마무리 같이 해요."

다들 합창하듯 말하며 혜림의 캐리어를 한쪽 벽에 밀어붙여 두었다. 다들 혜림을 붙들고 못 가게 하기로 합심한 얼굴이었다. 선우는 기분 좋은 미소를 짓고 혜림에게 말했다.

"안 가는 걸로 알게요. 혜림 씨가 빠지면 우리 다 되게 우울할 것 같아요. 그냥 여기 있어줘요."

똑똑, 노크소리가 들리더니 수현이 고개를 내밀었다. 다들 놀란 토끼 눈을 하고 수현을 바라봤다.

"혜림 씨, 잠깐 나 좀 봐요."

혜림이 당황스러운 눈빛으로 선우를 봤다. 선우가 얼른 나가 보라는 제스처를 하자, 혜림이 엉거주춤 일어나더니 패딩점퍼를 입고 수현의 뒤를 따라 나갔다. 문이 닫히자 진희가 긴 한숨을 내쉬었다.

"와아, 죽다 살았어요. 분위기 완전히 살벌해서 다들 입도 벙긋 못하고 눈만 깜빡거리고 있던 상황이었어요. 수현 씨랑 선우 씨 아니었음 정말 이거 수습 안 됐을 거예요."

선우가 멋쩍은 미소를 지으며 고개를 저었다.

"역시 선우 씨는 약간 언니 같은 매력이 있어요. 다들 은근히 선우 씨한테 기대는 거 알아요?"

몰랐다. 자신에게 그런 면이 있을 줄은.

"사실 선우 씨가 별로였다면 수현 씨가 선택했을 때부터 계속 딴지를 걸었을지도 몰라요. 여자들이 은근 질투도 많고 시기하는 마음도 강해서 가만 보기만 하지는 않거든요. 그런데 선우 씨를 보고 있으면 수현 씨가 저렇게 좋아할 만하구나, 이해되는 부분이 많아요."

"제가요?"

"물론이에요. 노래 잘하지, 음식도 잘하지, 조용히 집안일 하고 돌아다니고 잘 웃고 그러면서도 주변 사람들 살뜰히 챙겨주잖아요. 이 안에 어떤 사람도 선우 씨하고 갈등을 만드는 사람이 없잖아요. 다들 선우 씨에 대해서는 좋은 감정을 갖고 있어요."

정아의 말에 선우가 볼을 발갛게 물들였다. 이렇게 좋은 평가를 받게 될 줄이야. 애초에 여기 도착하면 되도록 많은 움직임을 보여 다른 이들이 손 쓸 일이 없게 만들자, 그랬다. 그 목표 때문에 그리 했던 것이고, 선천적으로 남에게 싫은 소리를 듣고 잘 지내는 타입이 아니어서 되도록 주변인들에게 친절하게 구는 편이었다.

'내가 싸우고 다닌 학부모들이 보면 거품 물겠는데?'

입가에 미소가 번졌다. 잠시 뒤 혜림이 입가에 미소를 띠고 들어왔다. 다들 어리벙벙한 얼굴로 혜림을 올려다보자, 혜림이 웃으며 말했다.

"수현 씨가 내 손을 잡아당겨서 억지로 승호 씨랑 악수하게 했어요. 참 내, 나도 되게 웃기지 않아요? 수현 씨가 손잡아준 게 좋아서 잠시 넋 놓고 있다가 용서할 마음도 없었는데 벌써 승호 씨한테 웃으며 '됐어요.' 라고 하고 있는 거 있죠?"

다들 쿡쿡 웃어버렸다. 정수현의 페로몬에 도취되어 벌어진 상황이니 웃길 수밖에.

"정수현 씨, 되게 요물 같아요."

다들 맞다며 파안대소했다. 이젠 별 얘기도 아닌데 서로 눈을 맞추면 괜히 웃음이 터져 나왔다. 아무래도 오늘 선우는 이들과의 이별을 괴로워하며 눈물을 찔찔 흘리고 있을 것만 같았다. 불안하다.

드디어 당일 저녁.

모두들 모여 고기 파티가 벌어졌다. 이제 곧 남자의 결정이 끝나고 이젠 숙소에서의 합숙이 완료되기 때문에 제대로 유종의 미를 거두자는 게 출연진들의 말이었다. 선우는 사람들 사이에서 오랜만에 동료애라는 걸 느꼈다.

처음엔 더 많은 매력을 드러내기 위해 애를 쓰는 사람들 때문에 신경이 극도로 예민해져서 머리가 지끈거릴 지경이었다. 그런데 차츰 시간이 흐르면서 긴장감이 사라지고 서로의 성격을 알게 되면서 지내는 게 조금 편안해졌다. 이렇게 서로 알아가는 것 아니겠는가.

혜림은 승호와 크게 싸운 이후 한 시간 정도는 말도 안 하다가 승호가 한 마디씩 말을 걸기 시작하면서 지금은 다시 예전처럼 스스럼없이 대하고 있었다. 조만간 혜림이 뮤지컬 공연을 하게 된다면서 초대장을 보내줄 테니 꼭 와달라는 말을 했다. 다들 흔쾌히 대답하고는 한 달에 한 번씩 모임을 만들어서 유대 관계를 유지하자는 말도 나왔다. 왁자한 가운데 수현이 기타를 들고 나왔고, 수현이 첫 번째 노래를 시작했다.

"비 내리는 호남선~."

첫 구절이 터지자마자 출연진들이 파안대소 웃어젖히면서 즐거워했다. 다들 합창을 하면서 몸을 좌우로 흔들며 서로 눈을 맞췄다. 선우가 신나게 노래를 부르는 수현을 보면서 깊어진 눈빛으로 그를 바라봤다.

참, 뭐라 정의를 내릴 수 없는 남자였다. 재벌가의 후계자라는 사람이 저렇게 소탈하고 건전한데다 대인관계까지 원만하다니. 사실 저런 식으로 모든 걸 다 가진 사람이 어디에 있단 말인가! 하나씩은 모자라기 마련인데, 그는 완벽했다.

"선우 씨, 나랑 노래 부르자. 마지막을 장식하는 노래로 선우 씨의 솔로곡 한 번은 들려줘야지."

수현의 갑작스러운 부름에 놀란 선우가 눈을 휘둥그렇게 키우고 그를 바라보자 다들 박수를 치며 나가라고 했다. 얼결에 앞에 나간 선우는 수현을 가늘어진 눈매로 노려봤다. 그는 본체만체하더니 '내 가슴을 채운 너'의 간주를 시작했다.

그녀는 할 수 없이 목청을 가다듬고 첫 소절을 시작했다. 눈을 감고 오래전에 이 노래에 가사를 붙이고 이 노래를 부르며 바랐던 희망과 소원을 다시 한 번 되새겼다. 그리고 노래를 마치고 눈을 떴을 때 사위가 적막해졌다.

"……눈물……."

선우가 놀라 눈가를 닦아냈다. 울지 않겠다고 했던 약속은 깨졌다. 어렸던 당시가 떠오르면서 마음이 아파왔고 그 순간을 제대로 즐기지 못했다는 사실이 뼈아팠다. 사무치는 아픔에 자신도 모르게 눈물이 흐린 모양인데, 한 번 터진 눈물은 걷잡을 수 없이 흘러내렸다.

그녀가 잰 동작으로 달려가 숙소 문을 열고 안으로 들어가 숨었다. 주저앉고 말았다. 다리에 힘이 풀렸고, 돌아갈 수도 없는 어린 날이 너무도 그립고 아파서 눈물을 멈출 수가 없었다. 문이 열리고 등 뒤에 선 수현이 말했다.

"미련, 많네."

선우가 고개를 돌려 그를 올려다봤다. 눈물을 그렁그렁 담은 선우의 얼굴을 보는 순간 수현은 걷잡을 수 없는 가슴 통증을 느꼈다. 그가 어둠으로 젖어든 눈빛으로 선우를 응시했다. 두 팔을 열어 눈물 따윈 그치도록 거칠게 끌어안고 입술을 비벼버리고 싶었지만, 보는 시선이 얄궂었다.

"내가 여기서 안아주면 그림 너무 그런가?"

담당 VJ를 바라보며 묻자, 되레 VJ가 웃으며 대답했다.

"자유의지에 맡기고 싶습니다."

"선우 씨, 일어나봐."

선우가 고개를 들고 한참 동안 그를 올려다보다 천천히 몸을 세웠다. 그리고 그를 향해 표독스러운 얼굴로 내뱉었다.

"안지 말아요. 두고두고 캡처돼서 돌아다닐 것 같단 말이에요."

"안 해."

수현이 곁으로 다가오더니 선우의 뺨에 흘러내린 눈물을 조심스럽게 닦아줬다. 선우가 잔뜩 굳어서 그의 손이 닿을 때마다 흠칫거렸다. 이 여자가 사람을 미치게 할 모양이었다. 짐승 같은 소유욕을 누르고 또 누르는 것도 힘겨워서 모든 신경이 파열될 것 같은데, 이 여잔 사슴 같은 눈망울에 물기를 머금고 육식동물을 보기라도 한 듯 소스라치게 놀라기만 하고 있다. 제발, 그녀가 그의 손길에 익숙해지도록 바꿔놓고 싶었다. 그는 그녀가 정겹고 익숙한데, 그녀는 여전히 촉각을 곤두세우고 그를 경계했다.

"제가 이래서 안 부르려고 했던 거예요. 이 노랜 저에게 봉인 해제를 의미한단 말이에요. 이럴 줄 알았어요."

"난 듣기 좋던데? 10년 전보다 훨씬 분위기를 잘 살려서 부르더군."

매정하게 자르기만 하는 여자. 그는 그럴수록 더욱 그녀에게 달라붙고 싶어 달콤한 밀어를 뱉어냈다. 처음엔 뭐 대단한 흥미를 유발할까 관심 없이 억지로 떠밀려 나왔던 프로였다. 그러다 그녀를 보고 여전하구나 싶으면서도 세월의 간극을 이해하고 싶어서 쳐다보게 되었다. 고작 며칠인데 어떻게 이렇게 빨리 이런 감정에 사로잡히게 된 것인지 그도 의아했다. 이 프로그램 자체가 만든 독특한 설정이 만들어내는 분위기 때문인가?

"자, 이제 치우고 마무리 준비합시다!"

현관문이 열리고 출연진들 전부 물밀듯이 들어오기 시작했다. 선우는 수현과 같이 거실 텔레비전 앞에 앉았다. 혜림이 곁으로 다가

오더니 선우를 걱정스럽게 바라봤다.

"이제 가라앉았어요?"

"네, 괜찮아요."

"누구에게나 금기시되는 노래가 한 곡쯤은 있는데, 선우 씨한테는 그 곡인가 보군요."

"네, 그래요."

"하긴 세상에 사연 없는 사람이 어디 있나요? 다 사연 있고 가슴 안 아픈 사람 없죠. 선우 씨는 안 그래 보이는데, 나름 사연이 많아요."

선우가 피식 웃으며 몸을 일으켰다.

"세수 좀 하고 올게요."

선우가 일어나는 모습을 수현이 눈을 떼지 않고 지켜봤다. 그는 아기 병아리마냥 그녀에게서 한 시도 눈을 떼지 못하고 있었다. 그러자 혜림이 수현에게 한 마디 했다.

"제가 어지간하면 이런 소리 안 하고 싶은데요. 수현 씨, 너무 반한 티를 줄줄 흘린다. 수현 씨가 워낙 인상도 좋고 그래서 되도록 좋은 인상을 남기고 헤어지고 싶었는데 쓴소리 좀 해야겠어요."

"제가 뭘 그렇게 잘못 했는데요?"

"수현 씨, 너무 한 여자만 바라봤어요. 다른 분들한테도 공평하게 기회를 줬어야죠."

"그게 무슨 잘못 축에 끼나요?"

"은근 얄밉고 되게 실속파예요. 쓸데없는 행동은 절대 안 하죠? 필요 없는 말도 안 하고."

수현이 입매를 휘자, 혜림이 볼을 발갛게 물들이며 선우의 뒤를 쫓아왔다. 욕실에서 들어가려는 선우를 쫓아온 혜림이 징징거리는 소리를 했다.

"정말 어지간해서는 편히 대하고 싶었는데, 안 되네."

"왜요?"

"수현 씨가 웃으면 심장이 얼어붙어요. 아, 정말 저런 남자 처음이네. 존재감도 대단하고, 외모도 우월한데다 인간성까지 갑이니……. 제대로 짜증나려고 하네."

혼잣말처럼 중얼거리던 혜림이 선우를 노려보며 말했다.

"선우 씨, 나 같음 앞뒤 안 가리고 그냥 붙들고 보겠어요. 지금 이런저런 거 따질 필요 없을 것 같아요."

"네?"

"정수현 씨는 하늘이 두 쪽 나도 선우 씨 포기 안 할 인물이에요. 그냥 마음 받아들이고, 연애 한 번 해봐요. 나 같음 해보겠다. 수현 씨에 대해 조금 더 알게 되는 계기가 될 수도 있잖아요. 더 알고 싶지 않아요?"

마음이야 굴뚝같기는 하다. 하지만 마음 좀 알아보려고 하다가 자기 심장을 통째로 맡겨버리게 될까 겁이 나기 때문에 주춤거리는 것이다. 지금도 수현이 너무도 매력적이라 볼 때마다 50퍼센트의 마음이 그를 받아들이라 외치고 있다.

"계속 고민하지 말고 이젠 결단을 내려야 할 때잖아요. 당장 결론 내야 하는데, 어쩔 거예요? 밖에 스태프들은 내기하고 난리예요."

"네?"

"선우 씨가 수현 씨를 선택한다, 안 한다를 두고 내기한다고요. 그만큼 모든 관심이 선수커플에게 집중되어 있다고요."

"선수커플은 또 뭐래요?"

"선우, 수현에서 따온 선수 줄임말이에요. 스태프들은 이틀째부터 선수커플이라고 부르던데요?"

자기들 마음대로 별칭까지 만들어 부를 줄이야. 그런 말을 들으니 더 오도 가도 못하는 신세가 된 기분이었다. 울어버리는 바람에 화장을 다시 해야만 했다. 클렌징을 하고 세수를 마친 선우는 기초제품을 바르고 긴 머리카락을 둘둘 말아 올려 비녀로 고정시켰다.간단하게 메이크업을 마치고 거울을 응시했다. 하루가 정신없이 지난 것 같은데, 마음속은 헛헛한 것만 같았다. 이제 이 왁자지껄한 시간이 지난 뒤엔 마음을 결정해야만 한다.

'어쩌니?'

거의 나흘간 그녀는 수현에게 많은 도움을 받았고 심적인 위로 또한 받았으며 많은 추억도 만들었다. 수현이 그렇게 적극적으로 나서지 않았더라면 그녀는 그저 나흘간 여기서 좀 '착한 애' 라는 말을 들었을지도 모르겠다.

애초에 연애가 목적이 아니라 이력서를 대신해 나온 자리였으니까. 어딜 가든 이 방송프로에 나왔다는 사실이 스펙이 되어줄 거라 자부했기 때문에 짧은 망설임 뒤 빠르게 행동을 보이기 시작한 거였으니까. 그런데 어쩌다 보니 이 프로그램을 이끌어가는 메인 재료가 되고 말았다.

"어휴, 이젠 끝이네요."

정아와 지연이 들어오며 아쉬운 티를 냈다. 다 같이 모여 기념촬영하자면서 정아가 카메라를 꺼내 들었다. 다들 모여서 한데 앉았고, 정아가 첫 장을 찍고 진희가 둘째 장을 찍어줬다. 그렇게 유종의 미를 거두는 밤, 드디어 제작진으로부터 공지가 전해졌다.

[남자분들, 20분 뒤에 최종 결정을 합니다. 모두 짐을 갖고 밖으로 나와주세요.]

선우는 방 안에서 짐을 정리하면서 사람들의 얼굴을 연신 바라봤다. 며칠이나 된다고 그새 정이라는 게 든 모양이었다. 헤어진다는게 실감 나질 않는데다 이젠 다시 현실로 돌아가야 한다는 사실이마음을 무겁게 했다.

한 번 놀아보니 계속 놀고만 싶어지는 마음의 간사함이란. 그녀는 소개 당시 주지 못했던 껌 포장박스를 여자 출연진 머리 위에 하나씩 올려두고 밖으로 나와 원두커피를 한 잔 내려 마셨다. 커피잔을 들고 밖을 응시했다. 바깥쪽도 제작진들이 마무리를 하느라 분주했다.

"선우 씨."

뒤를 돌아보자 현중이 떼꾼해진 얼굴로 그녀의 뒤에 서 있었다.

"잠시 얘기 나눌 수 있어요?"

"네, 커피 드릴까요?"

"좋죠."

선우가 커피 한 잔을 머그컵에 따라 그에게 내밀고 그가 앉은 소파 끝자락에 앉았다. 현중이 커피로 목을 축이더니 입을 열었다.

"……나중에 누굴 선택할지 이미 잘 알고 있어요. 스태프들 분위기도 그렇고, 내부 분위기도 그렇고……."

"그런가요?"

자신도 아직 확답이 떠오르지 않았는데, 현중이 단정 짓고 말하자 괜히 웃음이 났지만 참았다.

"저는 그래도 마지막이니까, 두 번 다시 만날 기회가 없을 거라 생각하고 할 말은 해야겠어서요. 계속 선우 씨를 잊지 못할 겁니다."

"네? 아아……."

선우가 당황해서 대답을 하다 말고 어색한 미소를 입가에 지었다.

"부모님을 모시고 살아야 한다는 것도 제 스스로를 의기소침하게 만들었나 봐요. 그리고 작은 키 또한……. 무엇보다 절 움츠리게 한 건 선우 씨가 다시 노래를 부르고 싶어한다는 사실이었어요. 그걸 포기해달라고 하면서까지 제 감정을 강요할 만큼 선우 씨가 절 좋아해준 것도 아니구요. 그래서 여기선 제가 물러나는 게 맞는 것 같다 생각해요. 그렇죠?"

선우가 쓰린 미소를 입가에 지었다. 무슨 대답을 어떻게 해야 좋을지 모르겠어서.

"좋아했어요. 많이요. 하지만 가고자 하는 길이 서로 다른 것 같아요. 그렇죠?"

"고마웠어요. 악수나 할까요?"

그가 일어나더니 그녀의 손을 꽉 잡고 살짝 흔들더니 눈가에 비친 물기를 재빨리 닦아내더니 밖으로 나가버렸다.

선우는 망망대해 같은 검은 눈빛으로 허공을 응시하며 머그컵을 기울였다. 착한 사람이었다. 그녀의 마음이 무거울까 봐 자기가 직접 상황을 정리해주고 나갔다. 그것만으로도 부담 하나를 덜어냈다. 감사한 사람이었다. 하지만 수현에겐 뭐라 해야 할까?

난, 어쩌고 싶은 걸까?

고민하던 선우가 몸을 일으켜 수현의 방으로 갔다. 수현이 2층 베란다에서 담배를 물고 서 있는 모습이 눈에 들어왔다. 선우를 본 그가 담뱃불을 끄고 꽁초를 버리더니 문을 열고 실내로 들어왔다. 그가 처음 여기에 왔을 때처럼 편한 차림으로 옷을 갈아입고 그녀에게 다가와 물었다.

"나 찾아왔어?"

"할 얘기가 있어서요."

"나갈래?"

"그게 좋겠죠?"

둘 다 패딩코트를 들고 나와 입고 마당으로 나왔다. 선우가 가슴 앞에 팔짱을 끼고 바닥을 툭툭 쳤다.

"좋지 않은 얘기구나."

"예상했어요?"

선우가 피식 웃으며 말했다. 어느새 그가 편안해졌다. 며칠 같이 있었다고 그가 편하다.

"말해. 듣고 이해가 되면 나도 내 행동을 어떻게 해야 할지 답을 세울게."

잠시 입을 다물고 있던 선우가 시선을 내리고 일정한 어투로 담담히 말했다.

"저…… 선택 안 할 것 같아요."

"뭐?"

"사실, 저 여기…… 오기 싫은 거 억지로 왔어요. 좋은 데 취직하고 싶은데, 뭔가 부족한 것 같아서 여기 나왔다가 취업자리 알아보면 조금 도움이 될까 싶어서 나왔어요. 그래서 존재감 없이 대충 있다가 집에 가자, 그랬거든요."

"그런데 나 때문에 망했구나."

선우가 입매를 휘며 부드럽게 웃었다.

"그래도 재미있었어요. 누군가가 그렇게 정신없이 몰아쳐준 거 정말 처음이었거든요. 고맙고 감사한데요. 그런데요."

"선택은 안 하겠다고?"

"못하겠어요. 기간이 짧다 그건 좀 핑계 같고…… 세상 시선이 부담스러워요. 제가 연예인 생활을 아예 안 해봤다면 몰라도 1년이라도 해봤기에 아는데, 세상 시선 정말 부담스럽거든요. 수현 씨가 말한 대로 이미 여기에 나와서 얼굴 팔렸으니까, 겁 안내도 그만인데 연애는 다른 문제예요. 수현 씨의 일거수일투족에 제가 따라다니죠. 저의 행동에도 수현 씨가 따라다니기 때문에 책임은 배가 돼요. 그게…… 어떤 건지 아니까, 못하겠어요."

"어설픈 연예활동이 되레 연애를 결정하는데 독약인 셈이군. 만약 우리가 밖에서 만났더라면 조금 더 달랐을까?"

"달랐겠죠. 비공개로 만났을 테니까. 하지만 수현 씨는 너무 대단한 배경을 지닌 남자고, 전 너무 평범해요."

"이해했어. 무슨 말인지. 알아들었고, 선우 씨의 선택 역시 존중하도록 하지."

"악수하고 헤어질까요?"

"미안한데, 기왕 그렇게 마음먹었다면 나를 좀 더 이용하는 건 어때? 취직을 하고 싶다며? 나와 있는 모습이 조금 더 세상에 노출된다면 선우 씨가 바라는 그 취직이 오히려 잘 풀릴 수도 있어."

"하지만 역시 방송이라는 매체가 부담스러워요."

"나도 매체의 시야 속에서 하는 연애가 좋을 리 없지만, 당신이 아직 가수에 대한 미련이 남아 있다는 걸 간과하지 말았으면 좋겠어. 다시 가수 생활을 하고 싶다면 이건 천우신조의 기회라 생각해. 일주일간 선우 씨와 내 모습을 촬영할 테고 고작 하루기는 하지만 방송을 탄다고 생각해봐. 일반인이 메인으로 두 차례나 방송에 나오는 건 결코 흔한 일이 아니야."

선우는 잠시 고민에 빠졌다. 가수를 할 생각이 없다고 말을 하긴 했지만, 현재로선 마음속에 갈등이 일고 있는 것도 사실이었다.

"일주일 촬영은 무조건 우리 시간에 맞춰서 촬영을 해주는 거기 때문에 당신과 내가 만나는 시간은 고작 저녁 시간대가 전부겠지. 일주일만 나한테 더 기회를 줬으면 해. 만약 일주일을 나한테 투자했음에도 내게 호감을 느끼지 않는다면 더 이상 선우 씨한테 지분거리지 않겠어."

저 말 또한 매력적이었다. 다시 일주일간 오롯이 둘만의 감정에 집중해서 만날 수 있다는 게 메리트가 있었다. 이젠 다른 사람들 눈치 볼 것 없이 원하는 순간 그를 불러낼 수 있고 함께 할 수 있는 시간을 확보한다. 망설이며 대답을 보류하자, 그가 그녀의 양 어깨를 단단히 쥐었다.

"난 선우 씨를 선택할 거야. 이후는 선우 씨한테 맡길게."

그가 손등으로 그녀의 볼을 부드럽게 스쳤다. 청량한 냄새가 손등에서 퍼져나왔다. 가슴이 두근두근 설레었다. 헤어지고 싶지는 않았다. 그를 여기서 놓는다는 건 큰 아쉬움을 남길 것 같았다.

'아, 나…… 어떻게 해?'

드디어 나흘간의 모든 촬영이 끝났다. 이젠 12시간 안에 여자 쪽에서 남자 쪽에 전화를 걸어 '당신에게 기회를 주겠어요!' 라는 멘트를 날리면 일주일간의 촬영이 다시 재개된다. 하지만 여자가 결정을 하지 않으면 고백을 했다고 해도 남자에겐 더 이상 여자를 만날 기회가 없다.

※

오후 10시, 스태프에게서 확인 전화가 왔다.

[어떻게 하실 거예요? 결정하셨어요?]

"네…… 정수현 씨한테 전화할게요."

[정말이요? 좋습니다! VJ 대기시킬 테니 전화하세요.]

선우의 옆에 앉은 이모가 팔짱을 끼고 앉아 선우를 노려보고 있었다. 당장 연락하지 않으면 가만두지 않겠다는 단호한 결의가 도사리는 눈빛이었다. 결정을 하지 않겠다고 하자 밤새 준화는 그녀를 붙들고 잔소리를 늘어놓았다. 모처럼 상대가 호감을 가졌는데, 상대가 가진 부와 명예 때문에 거리를 둔다는 건 말도 안 된다.

지금 당장 수현이 결혼을 하자는 것도 아닌데 괜히 오버할 필요가 있느냐. 고작 일주일간 연애를 해보는 것뿐이니, 겁내지 말고 도전해봐라. 너도 모를 너의 매력이 감춰져 있기 때문에 수현이 발견한 걸 수도 있다 등등……. 귀에 딱지가 앉도록 잔소리를 늘어놓았고, 듣다 보니 그 말도 일리는 있었다. 괜히 비약적으로 부정적인 상상만 해서 물러서는 게 능사는 아닌 듯했다. 선우가 휴대폰으로 수현의 번호를 누르고 기다렸다. 그러자 곧장 수현이 전화를 받았다.

[정수현입니다. 말씀하시죠.]

급 정색한 어투로 하는 말이 괜히 웃겨서 선우가 피식 웃었다.

"당신에게 기회를 주겠어요!"

주위에서 우레와 같은 함성이 터졌다.

"왜 이렇게 시끄러워요?"

[스태프 열댓 명이 여기서 대기 중이었어요. 나한테 선우 씨 연락이 꼭 올 거라면서…….]

"흥, 보나마나 내기를 한 게 있어서 확인해보고 싶었던 거겠죠."

[훌륭한 결정 내려줘서 고마워요. 후회하는 일 없게 일주일간 여왕처럼 모실게요.]

"제 스케줄 먼저 얘기할게요. 지사 측의 도움을 받아서 퇴근은 7시에 하기로 했어요. 하지만 오전과 오후 중에는 일 때문에 바빠서 만나는 건 힘들 거예요. 수업 중이기 때문에 연락도 어려울 거구요."

[알았어요. 전 2주 정도는 시간이 프리하니까, 아무 때나 콜해요. 되도록 자주 보는 게 피차 좋잖아요.]

그런데 방송에 나가는 거라서 그러나 갑자기 존대를 하고 있었다.

"말 편히 해요. 내가 어리기도 하고……. 편하게 말해야 오고 가는 정도 쌓일 거고……."

[그럴까? 그럼? 이렇게 연락해줘서 너무 황송하고 고마워서 그러지. 이따 저녁때 보자.]

"위치 정해서 문자해요. 그쪽으로 갈게요."

인사를 하고 통화를 끝내자, 준화가 호들갑을 떨었다.

"내가 제일 먼저 보고 싶어. 남자는 자고로 어른들이 먼저 봐야 알아. 그러니까 내가 멀리서라도 볼 수 있게 해줘."

"며칠 만나 보고. 첫날부터 이모를 데리고 나가면 그 사람이 부담스러워할 거야."

"그런가? 이제 좀 한시름 놓는다. 방송이다 뭐다 그런 거 신경 쓰지 말고 너는 네 실속만 챙기겠다는 일념으로 그 남자에 대해 꼼꼼하게 알아보려고만 해."

선우가 고개를 푹 숙였다.

"이러다 안티만 오백만 이끄는 비호감의 대명사가 될까 봐 정말 두려워. 만약 그렇게 되면 이모가 다 퇴치해줘야 돼! 내 안티팬들⋯⋯."

"말이라고. 이모가 독수리타법이고 좀 느리긴 해도 자판 두드려서 일일이 답글 달아줄게."

준화가 곁으로 다가와 토닥거리더니 우유를 따라 건네며 말했다.

"이제 얼른 출근해야지."

"어, 갈게."

우유를 마신 선우는 심란한 얼굴로 창밖을 응시했다. 오늘따라 하늘이 구름 한 점 없이 맑았다. 마음이 두 갈래다. 연락하기를 잘했다, 하지만 역시 세상의 시선과 평가는 두렵다. 그래도 이겨내야 하리라. 그녀가 한 선택이니까.

7시에 모든 일을 마감하고 선우가 약속장소인 청계광장으로 이동했다. 서울에서 야경이 가장 아름답기로 유명한 곳이라 촬영장소로는 최적일 것이다. 차를 몰고 이동하지 않고 대중교통인 버스를 이용했다.

청계광장 입구 근처에 도착해서 버스가 멈춰 섰고, 그녀는 휴대폰을 들고 버스에서 내리자마자 수현에게 전화를 걸었다. 그때 무언가가 등을 툭 하고 쳤다. 놀라 뒤를 돌아보니 새빨간 장미 꽃다발이 하나 가득 그녀의 눈에 담겼다. 소스라치게 놀란 그녀가 한 걸음 뒤로 물러나자 비로소 꽃다발의 주인이 눈에 들어왔다. 수현이었다. 세련된 헤어스타일에 댄디한 캐주얼 차림으로 나타난 그가 꽃다발을 그녀에게 다시 내밀었다.

"이게 뭐예요?"

당황한 선우가 웃으며 어쩔 줄 몰라 했다. 그러자 수현이 멋쩍은 미소를 지으며 말했다.

"여자한테 꽃선물은 또 처음 해보네. 좀 적극적으로 좋아해 주면 안 돼?"

"아, 이렇게 무거운 꽃다발은 나도 처음이라……."

"무거운가? 백 송이를 다 채우고 싶었지만 무게가 꽤 된다고 해서 50송이만 한 거야. 저기 죄송한데……."

수현이 꽃을 스태프에게 맡겨 놓고 선우의 손을 쥐었다. 놀란 선우가 너무 적극적이고 자연스러운 그의 행동에 잠시 멈칫했다. 저절로 그녀의 시선이 카메라에 닿았다.

"괜찮아. 카메라가 선우 씨를 잡아먹을까 봐?"

선우도 무안한 미소를 짓고 그와 같이 청계천로를 따라 걷기 시작했다. 콸콸 물이 흐르는 소리가 시원하고 개운했다. 날씨가 추워서 쏟아지는 물소리에 오한이 올 지경이었지만 워낙 밤 야경이 아름다웠다. 색색으로 켜진 조명이 눈을 사로잡았고 어깨를 꽉 끌어안고 걷는 연인들의 모습에서 시선을 뗄 수 없었다.

사랑하는 연인이 추울까 봐 온 힘을 다해 안는 남자들의 애틋한 마음이 전해지는 모습들이었다. 그 안에서 여자는 행복한 미소를 짓고 있었다. 하지만 선우와 수현은 이제 겨우 손을 맞잡은 사이였다. 좀 더 봐야 할 것도, 해야 할 얘기도, 느껴야 할 것도 많은 이제 막 시작하는 사이.

"아무 생각 없이 휴가를 왔는데, 어째 이번 휴가는 온통 선물 같아."

"왜요?"

눈치 없이 묻자, 그가 웃으며 그녀와 맞잡은 손을 들더니 그녀의 손등을 부드럽게 쓸어내렸다.

"당신을 만났잖아."

순간 얼굴이 벌겋게 달아오를 만큼 창피하고 견딜 수 없이 손발이 오글거렸지만, 가슴에 뜨끈한 화인이 찍혔다. 좋으면서도 싫은 척할 수밖에 없는 게 여자 아니던가.

"에이, 무슨 그런……."

"진짠데? 배 안 고파? 여기 한 바퀴 돌고 근처에서 식사나 하자."

"마다할 이유가 없죠."

선우가 눈매를 휘며 그를 바라보자, 그가 쥐고 있던 그녀의 손을 자신의 점퍼 주머니 안에 넣었다.

"손 시리지?"

사실 한겨울이니, 손을 잡았다고는 해도 바람에 금세 온기를 빼앗기고 말았다.

"고마워요."

인근 호텔 안 고급 레스토랑으로 안내를 받아 들어가 창가 쪽에 자리했다. 도심의 야경이 한눈에 들어오는 명당자리를 맡은 걸 봐서는 아무래도 레스토랑 주인이 카메라를 의식해서 좋은 자리를 내준 듯 보였다. 주변에 카메라가 서너 대 놓이고 스태프들의 모습 뒤로 두 사람을 희한하게 바라보는 사람들의 시선이 보였다.

"박선우 씨!"

갑자기 부르는 소리에 선우가 고개를 돌려 수현을 바라봤다.

"네."

"긴장 풀어. 내가 괜한 짓을 벌인 건가 싶기도 하고……."

"왜요?"

"불편해 하잖아."

"방송생활 하면서 이런저런 일들이 많았어요. 그래서 마음 편히 카메라 앞에 서는 게 어려워요. 나도 내가 이 정도로 의식할 줄은 몰랐어요. 이젠 카메라 앞에 선 지 나흘이나 지났으니 익숙해질 법도 한데, 왜 이렇게 적응이 안 되는지 모르겠어요."

"스튜디오 촬영이었기 때문인데다 거긴 야외 촬영 때도 VJ 두 명만 뒤를 따라다녔잖아. 이렇게 많은 인원이 나와 선우 씨한테 몰려 있지는 않았으니까 부담이 좀 덜 했겠지."

수현은 그녀의 얼어붙은 마음을 풀어 주려 노력하고 있었다. 잠시 뒤 주문한 식사가 식탁 위에 놓이기 시작했다. 애피타이저를 시작으로 스테이크와 샐러드, 와인 등이 놓였다. 선우는 말없이 식사를 하다가 고기를 반쯤 잘라 그에게 내밀었다. 그러자 그가 웃으며 말했다.

"내가 해주려고 했는데……."

"아니에요. 받아요."

수현이 그녀가 내민 접시를 받더니 자신이 자르다 만 스테이크를 그녀에게 내밀었다. 선우는 말없이 스테이크를 먹기 좋게 잘라 한 입 물고 샐러드도 맛봤다. 음식 맛은 최고였다. 반쯤 먹어치우자, 그가 와인잔에 와인을 따라 내밀었다. 잔을 채우는 그의 손놀림은 매우 능숙해 보였다. 와인을 한 잔 다 비우도록 말이 없던 선우가 다시 잔을 채워주는 그를 빤히 바라봤다.

"내가 수현 씨를 힘들게 하는 거죠?"

"왜 그렇게 생각해?"

"즐거워해야 하는데, 자꾸 카메라를 의식하니까."

수현이 고개를 저었다.

"그런 거 없어. 이런 모습조차도 선우 씨의 일부니까 난 최대한 받아들이려고 해. 어느 부분이 싫어서 그 사람이 싫어진다는 건 애초에 호감은 아니었을 테고. 내가 이렇게까지 연연하게 되지는 않았겠지."

"원래 모든 사람에게 잘해주는 타입은 아니죠?"

"내가 갖고 싶은 사람에게만 공을 들이는 편이지. 여자건, 남자건 말이야. 여잔 주로 사랑일 테고, 남잔 주로 사업적인 파트너이기 때문일 테고."

"일주일 동안 뭘 하면서 지낼 생각이에요?"

"생각해둔 게 있는데, 주로 저녁 타임밖엔 시간이 안 나니까 주말 전까지는 이런 식으로 서울의 멋진 포인트를 찾아다니면서 맛있는 걸 먹을 예정이야. 주말엔 시외로 빠져나가는 것도 좋을 것 같고."

"미국에 돌아가면 눈코 뜰 새 없이 바쁘겠네요?"

"사실 한 달도 무리해서 빼낸 일정이야. 그동안 미친 듯이 하나만 보고 달리다 보니 정작 나는 나를 위해서 뭘 하고 있는 건가 하는 의문이 들었어. 그래서 무리해서 시간을 뺐고 도망치듯이 한국으로 나온 거야. 쉰다는 개념보다는 사실 경영과 연관된 것만 생각하면서 치열하게 살았더니 머릿속이 지독하게 건조해져서 한 달간 그런 걸 좀 떨쳐내 보고 싶어져서 여기 왔지."

"그래서 조금은 해소가 되었나요?"

"혼자 멍하니 백수마냥 천장 벽지 무늬만 바라보고 있을 때는 사실 한국에 온 걸 좀 후회했어. 한 끼도 안 먹고 잠만 자보기도 했는데 그렇게 하면 뭐가 다를 줄 알았는데 딱히 그렇지도 않았어. 그런데 선우 씨를 보니까 자꾸 무언가를 채워나가고 싶은 생각이 들더라. 선우 씨라는 사람과 함께 내 시간을 같이 채워나가는 건 어떨까, 그런 생각도 하게 되고……."

"에이, 얼마나 봤다고 그런 생각까지 해요."

"모르는구나. 박선우 씨가 웃는 모습이 얼마나 시원하고 예쁜지."

선우가 웃다 말고 얼굴을 굳히고 볼을 발갛게 붉혔다. 놀리는 소리인지 진심인지 모르겠다. 그렇게 말한 수현이 빙글빙글 웃으며 턱을 괴고 그녀를 바라봤다. 깊고 뜨거운 눈빛이 오래도록 그녀를 옭아매듯 빨아당기고 있었다. 후끈 귓불이 달아오르고 숨이 거칠어지는 것 같아 얼른 와인잔을 들어 입에 댔다.

'볼 때마다 느끼는데, 저런 눈빛은 위험해.'

욕정이 깃든 눈동자였다. 그 눈빛을 받으면 그녀조차도 내부 깊은 곳에 감춰 두었던 감정 하나가 둥실 떠올라 그녀를 괴롭혔다.

'안기고 싶어.'

주중이 지나고 주말이 시작되었다. 이른 아침부터 수현이 차를 몰고 그녀의 동네 입구에서 대기하고 있었다. 선우의 집이 방송에 드러나면 좋지 않을 것을 우려해 되도록 상호가 없는 곳에서 만나기로 했다. 수현이 차 밖에서 고개를 쭉 빼고 선우를 기다렸다. 저기 멀리서 입김을 뿜으며 옐로 패딩을 입은 수현이 종종걸음쳐 내려오고 있었다. 선우가 캐리어를 끌고 내려오는 그녀의 곁으로 달려갔다. 그가 캐리어를 빼앗아 끌고 그녀의 손을 덥석 쥐더니 손깍지를 끼었다.

"기분 좋아 보이는데요?"

"좋지. 그런데 걱정도 좀 돼. 마지막 결정을 선우 씨가 어떻게 내릴지 조바심도 나고."

그 부분은 선우도 여전히 고민하는 부분이었다. 선우가 깍지 낀 손을 내려다봤다. 이제 수현은 선우를 만지는데 거리낌이 없어 보였다. 이런 모든 장면이 방송에 다 나가는 건 아니겠지만, 두고두고 영상으로 남게 된다는 게 마음에 걸렸다. 내일은 선택을 해야 하는데, 선택을 앞두고 마음이 혼란스러웠다.

수현이 차문을 열고 섰다. 선우가 오르자 그는 능숙한 동작으로 안전벨트를 해줬다. 문이 닫히고 수현이 차에 올라 시동을 걸었다. 차는 곧 따스해졌고, 차가 움직이자 뒤에 서 있던 승합차도 둘의 뒤를 따라 이동했다. 둘만 나와 있는 모습에 잠시 둘만의 여행으로 착각을 해버렸나보다.

"식사는 어떻게 할 거예요?"

"아침은?"

"물만 마시고 나왔어요."

"중간에 휴게실에 들러 한 끼 때우고 이동하자. 여기서 네 시간 정도 걸리는 거리니까. 도착해서 대숲삼림욕장 돌고 근처에서 밥 먹으면 되겠다."

"이모가 되게 섭섭해 하세요."

"이모님이?"

"얼굴 한 번도 못 봤다고요."

"그럼 찾아뵈지, 그게 뭐 어렵나?"

선우는 편하게 말해주는 수현이 고마웠다. 거의 일주일은 한없이 퍼주기만 하던 남자였다. 물론 그때마다 고마움을 표현하기는 했지만, 그가 보여주는 매너가 정말 자신에게 해주는 매너인지 방송을 의식한 매너인지, 혹은 바람기로 인해 무의식중에 하는 매너인지 아리송했다. 그녀는 여전히 그를 의심하고 있었다. 한 번 빠지면 격정적으로 몰두하고 마는 성격이기 때문에 예민해질 수밖에 없었다. 이것저것 따져 보고 완벽하게 안전함이 판단되어야만 믿고 마음을 여는 타입이었다. 그렇게 해도 다치는 순간이 허다한 게 연애 아니던가.

"박선우……."

"네……."

"아직도 날 모르겠어?"

"……다 안다고 자신은 못 하겠어요."

"경계심이 강하군."

"겁이 많은 거겠죠. 상대방의 조건이 최상일수록 여자는 '이 남자가 대체 나의 뭘 보고?'라는 의구심을 갖게 돼요. 그리고 즉흥적인 감정 때문에 시작된 거라면 그만큼 빠른 속도로 싫증도 날 수 있기 때문에 섣불리 마음을 허락할 수 없는 거예요."

"이해는 돼. 그런데 섭섭해. 내가 누구한테 이렇게 간이고 쓸개고 내줄 정도로 잘해준 적이 없거든."

여태 방송을 의식해 어릴 때부터 쌓아 두었던 사교적인 미소를 입가에 짓고 있던 선우가 천천히 입매를 무너트렸다. 일주일 내리 카메라와 눈싸움을 하면서 억지로 웃고 있자니 입가도 당기고 얼굴 근육도 아픈데다 마냥 사람 좋은 미소만 짓고 우아를 떨 수만도 없다 싶었다. 이제부턴 속속들이 드러내야만 하는 거다. 그녀는 휴대폰을 들어 황 PD에게 전화를 했다.

[네, 무슨 일 생겼어요?]

"죄송한데, 여기 카메라 전원 좀 꺼주실래요? 이동하는 모습 찍었으면 됐죠?"

[아니, 그게…….]

"진짜 묻고 싶은 게 있고, 거기에 대한 대답을 들어야 제 마음도 확실해질 것 같아서 그래요. 이렇게 계속 틀에 박힌 채로 대화를 이어가면 저나 수현 씨는 시간 낭비를 하는 꼴이 될 거예요."

[하지만 그럴수록 저는 더 양보하기 어려운데요.]

가만히 듣고 운전을 하던 수현이 딱 한 마디 했다.

"차를 세울게."

[저기…… 이러면 곤란해!]

수현이 가까운 휴게소에 들어가자마자 차를 세우더니 그녀의 팔을 잡아당겼다. 그는 그녀를 붙들고 도망치듯 휴게소 건물 뒤쪽으로 뛰었다. 휴대폰이 요란하게 울어대고 있었지만, 수현은 들은 척도 하지 않고 그녀만 붙들고 달릴 뿐이었다. 그렇게 나무들이 벽을 이룬 뒷산에 들어섰다.

"이제 그만 놔도 돼요."

선우가 팔을 잡아당기자, 수현이 우뚝 멈춰 서서 그녀를 돌아봤다. 수현의 눈동자가 깊게 가라앉아 마노석처럼 빛났다.

"할 얘긴?"

"솔직해져보기로 해요. 정수현 씨가 나한테 원하는 게 대체 뭐죠? 진짜 원하는 게 뭔가요? 수현 씨는 이제 곧 미국으로 돌아가요. 사실상 이런 상황이라면 원거리연애가 될 가능성이 큰데다 수현 씨의 위치가 시간적 여유를 허락하지 않을 게 뻔해요. 내가 생각해볼 수 있는 모든 가능성을 집약해봤어요. 이 남자가 나한테 뭘 원하는 걸까? 일시적인 흥미? 아니면…… 원나잇스탠드?"

"뭐?"

"그렇잖아요. 남자는 여자가 갖고 싶다고 말하죠. 그 말뜻엔 오직 하나의 목표가 있죠. 완벽한 정복을 의미하는 섹스. 남자들에겐 과시거리밖에 안 될 섹스겠지만, 여자에겐 놀이가 아닌 인정의 과정 중 하나가 섹스라고 생각해요. 몸을 열어 남자를 받아들이는 과정이니까."

"충격적이야. 박선우 입에서 이런 말이 나올 줄은. 너무 솔직해서 숨이 다 거칠어질 지경인데?"

말이 끝나자마자 선우가 그녀의 입술을 강탈했다. 무섭게 달려들어 서로의 치아가 서로 부딪치는 소리가 날 만큼 강한 소음을 냈다. 놀란 선우가 속눈썹을 파르르 떨면서 그의 가슴팍을 양손으로 움켜쥐었다. 거친 키스는 마치 그녀의 입 안을 난도질하듯 강렬하고 매정했다. 그가 질척한 소리를 내며 그녀의 입술에서 입을 떼어내더니 입술 끝을 휘었다.

"정말 좋단 말이지. 이 숨결……."

그는 그녀의 허리를 완강하게 끌어안고 말했다.

"맞아. 아마 가장 최종 목표는 결국 섹스일지 모르지. 그래서 당신 생각은?"

"그렇다면 가증스러우니까 더 이상 나한테 잘해주지 말아요. 적당히 해둬요."

"왜? 설레기라도 하나?"

"……이제야 본모습을 드러내는 건가요?"

"아니, 남자에겐 한 가지 모습만 있는 게 아니야. 어수룩한 여자들이나 그런 모습에 속는 거지. 당신은 내가 감춰 놓은 본 모습을 어렴풋이 느끼고 있었던 모양이군. 내 본모습을 밝혀내서 뭘 어쩌려고? 그런다고 해도 달라질 건 없을 텐데?"

그가 그녀의 목덜미에 코를 박고 깊게 흡입했다. 그녀가 몸을 부르르 떨면서 그에게서 벗어나려 발버둥을 쳤지만 부드럽게만 보이던 남자가 한 번 옭아매기로 작정을 하자 옴짝달싹할 수 없게 되었다. 눈가에서 물기가 차올랐다.

"내일 긍정적으로 대답하는 게 좋을 거야."

"나한테 왜 이래요?"

"말했잖아. 안고 싶다고."

수현이 그녀의 귓불을 혀로 핥더니 다시 그녀의 입술에 그의 입술을 내렸다.

"나한테서 도망치려고 하지 마. 내가 가진 모든 걸 다 버리면서라도 널 잡아 내 옆에 앉힐 거니까."

그가 그녀의 입술 속으로 혀를 밀어 넣어 깊게 키스를 했다. 수현은 아무리 잡으려고 안간힘을 써도 도망갈 궁리만 하는 그녀의 태도에 불뚝 화가 치밀었다. 그래서 이젠 마냥 하해와 같은 좋은 모습만 보여주는 건 그만두기로 했다. 그는 정말 갖고 싶은 게 생기면 난폭해졌다.

지금 당장 가져야 하는데, 갖지 못해 조바심이 점점 커지면 점차 포악해져 갔다. 너무 갖고 싶은데, 왜 이렇게 그를 밀어내려고만 하는 것일까? 물론 그녀를 차지하고 나면 그는 금세 그녀에게 흥미를 잃을지도 모른다. 어찌 되었건 지금 당장의 심정은 그랬다. 그녀를 갖지 않고서는 온몸의 피가 타들어가는 듯 갈증이 날 것만 같았다. 그러게 애초에 왜 이렇게 사람을 조바심 나게 만들고 애를 태우게 하느냐 말이다.

숙소에 도착한 선우는 황 PD에게 이 모든 사실을 알리고 이 모든 걸 끝내고 싶다고 말해야 하나 말아야 하나 골몰했다. 하지만 그리 쉽게 처리될 일이 아니었다. 앞부분에 나온 그녀의 부분을 죄다 들어내야 하는 사태가 벌어지니, 황 PD 입장에서는 절대 그녀의 뜻을 들어주지 않으려 할 것이다.

두려웠다.

선우는 입술을 매만졌다. 강렬한 파괴력을 지닌 키스였다. 그녀의 심장에 균열이 일었다. 그가 지금껏 보여줬던 호감 때문인지 그의 입맞춤이 싫지 않았다. 지금 그녀는 그게 고민이었다. 어떻게든 거절해서 그와의 인연이 끊어지길 바라는데, 그가 그녀의 전신에 흔적을 새기기 시작했다. 절대 떨어지지 않겠다고 못이라도 박듯이.

그녀의 불안함을 그는 이미 인지했고, 그래서 적극적으로 나서 흔들리는 그녀의 마음을 다잡아 주는 듯 보였다. 그가 무섭기는커녕 강하게 품 안에 안고 입을 맞춘 그의 행동에 오히려 숨을 몰아쉬며 즐기지 않았던가.

"촬영 들어갑니다."

스태프가 문을 두드렸다. 문을 열고 나가 그녀는 시치미를 뚝 떼고 수현과 연인이라도 되듯 자연스러운 연기를 펼쳤다. 어릴 때부터 배워왔던 가식적인 연기는 결국 이런 순간 빛을 내고 있었다. 그와 마주보고 웃으며 삼림욕장에 가서 맑은 공기를 마시고 대나무로 주걱을 만드는 체험도 해봤다. 죽순밥도 먹고 저녁땐 바닷가에 가서 불꽃놀이도 하고 조개구이에 소주를 먹기도 하며 화기애애한 분위기를 자아냈다. 시종일관 수현은 한결같은 모습을 보였다. 딱히 연기라고 볼 수 없을 만큼 자연스러운 모습을 연출해서 그녀를 경악하게 했다.

'연기나 하지.'

혼자 이런 생각까지 했으니까. 그리고 밤 10시가 되어서야 모든 촬영이 마무리되었다. 내일은 아침 일찍 마지막 선택을 해야 한단다. 그녀가 스태프들이 마련해준 꽃길로 들어와 수현이 내민 꽃을 받으면 연애가 시작되는 것이고, 꽃길에 오지 않으면 그걸로 촬영은 종료된다.

다시 방 안에 홀로 남아 있는데 문 두드리는 소리가 들렸다. 심장이 철렁 내려앉았다.

"누, 누구세요?"

"나."

수현이었다. 놀란 그녀는 문을 열지 않고 버텼다.

"문 열어. 아니면 여기서 우렁차게 술주정이나 해버린다."

선우가 할 수 없이 문을 열었다. 그러자 그가 얼른 안으로 들어오더니 그녀의 침대 위에 벌렁 누웠다. 선우는 최대한 그와의 거리를 유지하며 티테이블 의자를 한쪽으로 끌고 가서 앉았다.

"왜요?"

"내일 어쩔 거야?"

"미안한데, 수현 씨는 내 타입이 아닌 것 같아요."

"선택하고 깔끔하게 끝내는 건 어때?"

수현이 몸을 옆으로 굴려 한 팔을 세우고 머리를 받친 채로 그녀를 바라보며 말했다. 물론 말은 이렇게 했지만 꼼수였다. 선택 받았으니 이제부터 잘해보자며 그녀 앞에 알짱댈 예정이었다.

"고민 중이에요."

지금 당장 뭐라 대답을 했다가 아까같이 입술로 응징을 당할 것 같아진 선우가 입을 가리고 대답하며 눈을 다른 데로 돌렸다.

"고민도 길다. 나, 여기서 잔다."

"왜요? 정말 안하무인에다 대책 없는 사람이군요!"

울컥 화가 치민 선우가 벌떡 일어나 그를 향해 분노의 감정을 드러내 보이고 말았다. 그러자 수현이 피식 웃었다.

"이제 화도 내네?"

흠칫 놀란 그녀가 어깨를 움츠리며 다시 앉았다. 자신도 모르게 터져 나온 말이었다.

"역시 카메라가 없고 볼 일이야. 그렇지?"

그녀가 미간을 좁히고 심술 맞은 그를 노려봤다.

"그런 표정 하지 마. 확 덮치고 싶어지니까."

절로 한숨이 불거졌다.

"욕정에 눈먼 색마!"

"아하하하!"

그가 큰 소리로 파안대소했다. 살다 살다 처음 들어 보기 때문이었다. 막 웃던 그가 다시 정색하고 말했다.

"나, 정말 여기서 잘 거야. 이리 와!"

그가 옆자리를 툭툭 쳤다. 혹시나 밤새 선우가 야반도주라도 하는 날엔 큰일이다. 그래서 옆에 두고 자는 걸 지켜보다가 아침에 나가 최종 결정을 받을 참이었다. 보이지 않는 끈이 있다면 팔목을 묶어서 끌고 나가 최종 결정을 억지로 받고 싶지만……. 사람을 참으로 이상한 방법으로 불안하고 초조하게 만든다. 왜 자기 같은 남자를 거절하는 걸까? 이리 보나 저리 보나 완벽한데. 그렇게 까이는 게 두렵나?

"빨리 와. 누워."

"바닥에서 잘 거예요."

"그러기만 해. 상의 탈의 시켜놓고 사진 찍어버릴 거니까."

최, 최악! 갈수록 태산이었다. 기가 막힌 그녀가 할 수 없이 그의 곁으로 가서 거리를 최대한 떼고 침대 끄트머리에 누웠다.

"이리 와. 떨어져."

"안 가요."

"내가 가서 확!"

"가요!"

더는 듣기도 싫은 말이었다. 덮친다는 둥, 입술을 어떻게 한다는 둥, 문젠 그런 막무가내식 협박에 옳다구나 다 해주는 자신이었다. 자괴감이 들어 죽고 싶었다. 왜 저런 남자의 말에 일일이 반응하며 놀아나는 건지. 그가 옆으로 바싹 붙더니 그녀의 머리통을 들어 자신의 팔 위에 놓았다. 그가 그녀를 꼭 끌어안더니 말했다.

"손끝 하나 안 델게. 대신 약속해. 내일 꼭 나오겠다고."

"……그, 그럴게요."

글쎄. 과연 그럴까?

그리고 멋들어진 네이비 슈트를 입고 선 수현은 아름드리 꽃다발을 들고 꽃길을 망연히 바라보고 서 있었다. 이제나 오려나, 저제나 오려나 기다리는데 스태프 하나가 혼비백산해서 달려왔다.

"없어요!"

황 PD도 경악해서 스태프 쪽으로 달려가고, 수현도 그쪽으로 다가갔다.

"도망갔어요."

뭐? 아니! 지금 뭐라고? 천하의 정수현을 상대로 대국민 개망신 쇼를 벌인 건가? 수현이 얼굴을 종잇조각처럼 확 구기고 어금니를 뿌득 갈았다.

'전쟁 시작이지. 이렇게 되면…….'

안고 싶은 충동을 겨우 누르며 그녀의 말 한 마디만 믿고 그녀를 끌어안고 잤다. 그런데 선우가 샤워도 해야 되고 예쁘게 꾸미고 나가고 싶다는 말에 기분이 좋아져서 방을 빠져 나왔고 그는 자신의 방으로 돌아가 옷을 차려입고 준비가 끝난 스태프들과 여기서 대기했던 건데, 결국 이런 식으로 뒤통수에 100톤급 해머를 날렸다는 건가?

'갈 데까지 가보자. 박선우!'

이렇게 되면 완전히 차지할 때까지 도끼질을 해대는 수밖에. 그가 서슬 퍼런 눈빛으로 꽃길을 노려보는 바람에 황 PD가 하얗게 질려 귀신이라도 본 듯 허허허허 헛웃음만 터트렸다.

"미안하다. 수현아…… 대국민 개망신…… 어떻게 하냐?"

"알아서 아름답게 수습해줘. 난 바로 서울로 갈 테니까. 잡아야 되는 여자가 있어서."

수현이 성난 소처럼 말하고 들고 있던 꽃을 바닥에 던져 구둣발로 확 짓이기는 걸 본 황 PD가 더 새파랗게 질려 오들오들 떨었다.

'성부와 성자와…… 부디 목숨만은…….'

8.

다시 일주일이 흐르고 어제 텔레비전에서 '맞선의 품격'이 방송
했다. 선우와 수현은 단박에 실시간 검색어 1위를 장식할 만큼 엄청
난 관심과 인기의 대상이 되었다. 하루 종일 선우의 휴대폰은 폭발
직전이었고, 선우는 새 직장을 위해 며칠 전에 일도 그만두었다. 누
군가를 지독하게 의식한 나머지 현재는 집 근처 카페나 도서관 등을
전전하며 살고 있다. 그리고 지금은 열심히 이력서를 작성하는 중이
었다.

인터넷에서는 수십 개의 기사가 정수현에 대한 내용으로 도배가
되었다. 여성들에게 폭발적인 지지와 관심을 받으며 그의 사진과 직
업, 경력 등이 연일 회자되고 있었다. 그에 비하면 그녀에겐 정수현
을 거절한 정신줄 놓은 박선우라는 별칭이 생겼다. 일부는 그녀를
옹호하며 충분히 이해가 된다고 말하고 있었고, 일부는 방송이 장난
이냐, 속 보인다는 비난을 했다.

선우는 아침부터 바빴다. 화장을 막 끝내기 무섭게 아침 커피 한

잔을 마시고, 밖으로 나가려는데 휴대폰이 울어댔다. 뭔가 싶어 번호를 확인한 그녀가 푸흡 웃어버렸다. 번호에 남겨진 닉네임을 보고 빵 터진 것이다.

'정수현, 곧 사귈 예정.'

웃음도 잠시뿐, 금세 그녀는 나이트메어의 살인귀라도 본 듯 하얗게 질린 얼굴로 통화 거절 문자메시지를 그에게 보냈다.

[바쁜 일로 인해 통화가 어렵습니다. 나중에 전화 드릴게요.]

메시지가 가자마자 답문이 들어왔다.

[내가 집 앞에 가서 시위라도 하길 바라는 거라면 그렇게 해주고. 이렇게 통화만 하고 마는 게 좋을 텐데? 피차 얼굴 보면 좋을 게 없지 않나?]

갑자기 등줄기로 소름이 쫙 끼쳐왔다. 다시 벨이 울렸다.

"여보세요?"

[뭐가 바쁜데? 나 피해 다니느라 툭하면 집을 비우는 눈치던데.]

헉, 집까지 왔었던 건가? 방송 당시에는 방송에 노출되는 걸 막기 위해 집에서 좀 더 먼 거리에서 약속을 잡곤 했었다. 마음만 먹으면 못 알아낼 일도 아니지만 어떻게 한 거지? 하지만 확인하지는 않기로 했다. 그가 집근처까지 왔었다는 걸 아는 순간 이사해 버리고픈 충동을 느낄 것 같으니까.

"이력서 뿌리러 다니느라 분주해요. 방송 봤어요?"

[봤어. 편집을 왜 그렇게 했어? 그 PD 손 좀 봐줘야겠던데?]

"왜요?"

[왜 그렇게 나랑 선우 씨 위주로 편집을 했는지 이해할 수가 없어서. 우리 얘기가 그렇게 재밌었나?]

"아무래도 수현 씨가 비주얼 갑이었으니까."

그런데 왜 그날 도주 건에 대해서는 묻지 않는 것일까?

[집으로 택배 하나 갈 거야.]

갑자기 심장이 터질 듯이 뛰었다. 그가 주소를 알고 있다는 얘긴가?

"우리 집, 주소 알고 있어요?"

[박선우 씨가 도주한 날부터 며칠간 이 여자를 두고 어찌해야 하나 고민하면서 인근에서 잠복을 했거든.]

소름이 쫙 끼쳐왔다. 그런데 왜 아무런 행동도 하지 않은 것일까?

"태, 택배는 뭘 보내겠다는 거죠?"

집을 안다면 직접 찾아와도 될 텐데, 저리 말하는 게 어째 수상쩍었다.

[그건 받아보면 알 거야. 나, 오늘 급하게 미국으로 나가. 마음 같아서야 당장이라도 박선우한테 찾아가 난동이라도 피우고 싶지만 여의치 않게 됐어. 그래서 섭섭한 김에 이별 선물이라도 보내려고.]

설마 선물박스 안에 고양이 시체라든가, 그게 아니라면 사제폭탄이라든가 그런 거 들어가 있는 거면 어떻게 하지? 그녀가 푸르스름해진 낯빛으로 주절거렸다.

"안 보내도 괜찮은데요."

[내가 직접 들고 가면 소름 끼칠 텐데? 그런데도 이렇게 예의를 지켜줄 때 얌전히 받는 게 피차 좋을 텐데?]

매사 협박이었다. 선우는 할 수 없이 먼 곳을 노려보며 가라앉은 투로 대꾸했다.

[안 바쁘면 한 번 보자. 나, 안 보고 싶어?]

"왜 보고 싶어야 하는데요?"

[뭐야, 난 박선우 보고 싶은데.]

가슴이 쿵하고 거칠게 뛰었다. 어떻게 이렇게 솔직히 말할 수 있는지 모르겠다. 왜 그날 일에 대한 원망이나 타박 같은 건 하지 않는 것일까? 어쩌 폭풍전야 같아서 더 두려웠다.

"곧 미국 간다고 하니, 앞으로 하는 일 잘되길 빌게요."

[알았어. 나중에 정규모임 하게 되면 나와야 한다?]

"네, 그럴게요."

[그럼 건강히 잘 지내고. 조만간 또 봐.]

간략하게 인사를 하고 전화를 끊었다. 이젠 정말 안녕이구나. 무서웠는데 이젠 차라리 안도가 되면서 어쩐지 허전했다. 가슴에 구멍이 난 것처럼 바람이 휘휘 통과했다.

'아, 가슴에서 바람 소리가 난다.'

갑자기 뭔가를 하고 싶다는 의욕 자체가 완전히 사라졌다. 이력서고 뭐고 다 귀찮아졌다. 가슴 안에서 단단히 조여 두었던 무언가가 스르륵 풀려버린 것만 같았다. 그녀는 소파에 벌렁 누워버렸다.

'아, 귀찮다. 만사가……'

그리고 다음 날, 떠나는 수현에게서 과일박스만 한 선물이 도착했다. 선물을 연 선우는 웃기고 슬픈 선물에 눈물을 흘리며 낄낄대고 웃었다.

상자 안에는 그녀의 10년 전 모습을 고스란히 담아 놓은 포스터와 사진들이 즐비했다. 그가 정말 미친 듯이 집착하며 모았다는 얘기를 증명이라도 하듯 그녀와 관련된 기사와 사진 스크랩 파일 등이 박스 안에 가득했다.

그녀조차도 처음 보는 사진이나 기사들이 허다했다. 인터넷 뉴스에 난 건 일일이 출력을 해서 모아두었다. 그녀의 1년 활동이 그에 의해 정리되어질 줄이야.

"아, 정말! 나쁜 남자네!"

이렇게 사람 흔들어놓고, 있는 대로 헤집어놓고 자기는 홀랑 미국으로 날아가버리고. 그녀는 그에게 연락을 해야 하나 말아야 하나를 두고 치열하게 고민하다가 간단하게 문자메시지만 보내기로 결정했다.

[고마워요. 잘 받았어요. 보물로 간직할게요.]

그에게 곧장 답문이 날아왔다.

[잘 간직해. 그리고 너무 좋아할 거 없어. 나한텐 최후통첩장 같은 거거든. 그게……. 나한테 무슨 짓 했는지 잊은 건 아니겠지? 이젠 과거의 박선우는 지우고 '맞품'의 박선우를 뇌리에 선명하게 박아두려고. 기대해. I'll Be Back!]

그러면 그렇지. 그냥 넘어갈 남자가 아니었다. 그런데 심장이 개구리마냥 폴짝댔다. 그가 자신을 잡기 위해 다시 돌아온다는 말이 왜 싫지 않은 걸까? 아무래도 제정신이 아니지 싶다. 돌아온 그가 얼마나 악마같이 굴지 뻔히 예상하고 있으면서.

미국 K&Y 미국 본사의 부사장실.

문자를 확인한 수현이 휴대폰을 내려놓고 먼 곳을 지그시 응시했다. 회사 내에서 그가 미리 지시를 해둔 기획안에 큰 착오가 벌어졌고, 그 일을 수습해야 했기에 그는 급하게 미국으로 돌아와야만 했다. 쉬고 싶은 일정을 다 채우지도 못하고 급하게 호출된 것이다.

회장의 아들인 존이 업무를 처리하다가 수현이 낸 기획안을 잘못 처리하는 바람에 사건이 커졌다. 전 임원진은 실수가 잦은 회장의 아들인 존을 이사직에서 내쫓고 회장이 빨리 수현을 차기 회장 후계자로 지목이 되기를 기대하는 눈치였다. 그는 정리된 파일들을 살피고 존이 만든 오류를 찾아내 모두 수정한 뒤 기획팀과 마케팅팀 쪽에 확인하도록 일러두었다.

존은 총 100여 개 이르는 원단 넘버링을 잘못 넣어 기존에 MD와 디자이너가 기획해 두었던 옷과 완벽하게 다른 도안을 만들도록 하는 사고를 저질렀다. 제대로 확인만 했더라면 벌어지지 않을 참사였는데, 잠시 한눈을 판 새 벌어진 일이었다. 늘 이런 식의 실수를 만들어 늘 그가 수습할 수밖에 없었다.

똑똑.

노크 소리가 들리더니 비서가 모친이 왔다고 말했다. 사무실 내로 들어온 이 여사가 그를 안타까운 눈빛으로 바라봤다.

"존이 뭐라고 해요?"

"뭘, 미안하다고만 하지. 면목도 없다고……. 자기 성격이 꼼꼼하질 못해서 자꾸 그런 실수를 벌이는 것 같아 할 말도 없고……."

그의 실수 하나로 백여 개의 업체가 당장 일을 멈추게 되었다. 그리고 업무가 하나씩 밀려 다른 스케줄까지 타격을 주게 되었다.

"전 계속 여기 못 있어요. 어머니가 하라는 결혼하려면 한국으로 가야겠어요."

"뭐?"

"차라리 어머니가 전면에 나서세요. 부회장직을 맡고 계시니, 충분히 하실 수 있을 거예요. 이미 모든 업무 상황을 파악하고 계시잖아요. 저한테 기대지 마시고 어머니가 하고 싶은 대로 해보세요. 물론 그 일로 인해 벌어질 사태는 제가 능력이 된다면 수습해 드리도록 할게요. 절 한국 지사로 파견근무 보내주세요."

"갑자기 네가 한국으로 가버리면 이 회사는 제대로 돌아가기 어려울 거야. 네가 감각적으로 골라내는 트렌드도 그렇고, 그런 것들이 지금은 유행이 되어 순환하고 타 회사마저 네가 뭘 관심 갖는지를 궁금해하고 있잖니. 그래서 더더욱 지금 시점에서는 네가 한국에 가는 건 반대야. 여기서 네가 한국에 가도 좋을 만큼의 체계를 잡아놓은 뒤에 가는 게 낫지 않을까?"

짜증스러웠지만 맞는 말이기도 했다. 이런 상태에서 그가 빠져나가면 실질적으로 경영 능력이 50%도 없는 존은 회사를 서서히 곪게 만들게 뻔했다. 회장인 제임스도 수현이 존의 단단한 보호벽 노릇을 해주기를 바라는 눈치였다. 하지만 아무리 가르쳐도 안 되는 머리도 있다. 존이 딱 그랬다. 경영능력 제로인 남자였다. 나이 지긋한 회장은 경영감각은 탁월할지언정 정작 최신 트렌드를 한 발 앞서 읽는 능력에서는 감이 현저히 떨어졌다. 그렇기 때문에 한국에서도 그가 원격지원할 수 있는 시스템을 구축해놓고 나가는 편이 좋다.

"앉으세요."

마호가니 데스크 앞에 다가와 그의 손을 쥐고 말을 하던 이 여사에게 자리를 권하자, 그녀가 고개를 젓더니 그의 손을 더 꽉 쥐고 말했다.

"미안해. 너한테 회사 운영을 다 맡겨놓고 어른들은 이렇게 손 놓고 있는 것도 그렇고. 그나마 너라도 있어서 정말 다행이야. 참, 방송 녹화본 봤다. 그 아가씨, 아주 당돌하더구나. 너한테 넘어온 것처럼 굴더니 나중에 도망을 쳐버리다니. 왜 그랬다고 하든?"

"모르죠. 저도 그게 궁금해서 따져 묻고 싶은 걸 겨우 참아내고 있는 중이에요. 이 일이 어느 정도 수습되면 한국에 다시 나가려고요. 한 달에 사흘 정도는 한국 출입을 자유롭게 해주세요. 그것마저 못하게 하면 잠수 타버릴 거예요."

"오호호, 알겠다. 재미난 사람 같더구나. 마음을 도통 드러내 보이질 않아서 모르겠는데, 한 번씩 널 바라보는 눈빛이 아련해지는 게…… 마음이 없는 것 같지도 않고. 아무튼 난 그 사람 마음에 든다. 널 찰 수 있다는 것 자체가 그저 놀랍더구나. 그런 사람은 그리 흔하지가 않잖아."

"그렇죠. 아주, 드문 케이스죠."

그가 눈동자에 독기를 품고 허공을 노려봤다. 그래서 꼭 한국행을 결심한 것이다.

⁂

3월이 되었다. 새로 다니는 회사는 문구를 디자인하는 업계 최상위 기업이었다. 일하는 것도 재밌고 배울 것도 많아서 하루가 어떻게 가는지 모르게 그렇게 바쁜 신입사원 역할을 해내고 있었지만 계약직이었다. 2년 계약직으로 근무하고 실적을 평가 받아 기간을 더 늘린다고 한다. 정규직은 어지간해서는 구하지 않는다는 말과 함께 이런 들으나 마나 한 위로의 말을 들었다.

적어도 2년은 안심하고 다닐 수 있다고는 해도 그 이후는 다시 허공에 뜬 것처럼 되니, 앞날이 걱정스럽기는 했다. 하지만 그나마 그녀가 3개 국어가 가능하다는 점과 연예인 출신이었다는 신기한 스펙 때문에 그녀를 뽑았다는 얘길 듣고 어이없어 웃었다.

회사 구석에 처박혀 업무만 보는 사람에게 불필요한 스펙이 대체 무슨 소용인지. 언젠간 필요할지 모르니 일단 취하고 보자는 식의 사고인지도 모르겠지만, 취직된데 의의를 두기로 했다.

눈코 뜰 새 없이 바쁜 매일의 연속이던 어느 날이었다. 점심을 먹기 위해 식당으로 이동하는데 여직원들이 그녀에게 다가오더니 대뜸 물었다.

"'맞선의 품격'에 나왔던 거 맞아요?"

"네?"

"우린 영업팀 쪽인데요. 제가 그 프로를 봤는데, 너무 재밌게 봐서요. 며칠 전에 재방송으로 하더라고요. 그 남자, 아직도 연락하고 있어요? 재벌이라면서요. 완전 훈남에 매력 돋던데요!"

"여, 연락은 끊겼어요."

"에이, 왜 결정 안 했어요. 나 같음 얼른 붙들겠더만. 너무 아쉽더라고요. 두 분 너무 잘 어울리던데요."

식판을 들고 선 네 명의 여자가 그녀를 에워싸고 묻는 바람에 그녀는 꼼짝없이 갇힌 신세가 되고 말았다. 결국 같은 부서 선배가 그녀를 구해줬다.

"우리 후배, 식사 좀 하실게요!"

전미숙 선배가 선우를 잡아끌더니 식당 쪽으로 끌고 갔다. 뷔페 식으로 놓인 음식들을 식판에 담던 미숙이 고개를 돌려 선우를 보더니 씩 웃었다.

"저런 관심, 지겹지?"

"아니에요."

"그래도 방송 끝나고 좀 지났기에 망정이지 방송 직후였더라면 난감했을 거야."

"그러네요."

"나도 그 프로 봤어. 남자가 이름이…… 정수현이라고 했던가? 동안인데 나이가 꽤……. 아주 인상깊게 봤지. 그런 남자가 성격까지 좋기는 사실 힘들거든? 그런데 선우 씨한테 하는 거 보니까 대박이더라고. 나도 막 연애를 하고 싶어질 만큼 근질근질했었지."

미숙이 선우를 데리고 같은 부서 선배들이 앉은 쪽으로 데리고 갔다. 선우는 경직된 자세로 앉아 식사를 시작했다.

"미치겠어. 결혼을 해야 하나 말아야 하나, 고민이야."

서른둘의 노처녀 유 선배가 결혼을 두 달 앞두고 징징거렸다.

"왜 또!"

마당발에 성격 좋고, 싹싹한 미숙이 한 마디 하자 유 선배가 대놓고 불평을 토로했다.

"아니, 자기 집안만 왜 그렇게 강조해? 난 부모 없어? 남자들 사고방식 진짜 이상해! 왜 여자한테만 일방적으로 맞추라고 하는 거지? 열 받아서 원! 대놓고 우리 부모님 무시하는 거잖아. 이것도 한두 번이어야 참지."

유 선배와 미숙은 동갑내기라서 말을 편하게 했다.

"그럼 하지 마!"

"아, 어떻게 안 해! 지금까지 내가 그놈한테 들인 시간과 정신적인 에너지와 돈이 아까워서라도 난 무조건해야겠다. 아주 내가 결혼해서 악의 구렁텅이가 뭔지 뼈저리게 느끼게 해줄 거야! 아주!"

선배들의 대화에서 선우는 결혼을 해야 하나 말아야 하나 고민에 휩싸이고 말았다. 이젠 29살이 되었는데, 결혼은 먼 산이고 이제 겨우 신입사원이 되어서 선배들 뒤치다꺼리하느라 바빴다.

"선우 씨는? 아직 남자 없어?"

"네? 아, 네……."

유 선배가 갑자기 선우를 이야기 속으로 끌고 들어갔다. 선우가 굳은 표정으로 유 선배를 보자 미숙이 어깨를 툭툭 치며 씩 웃었다. 힘을 빼라는 소리였다.

"그래, 인물도 좋고 몸매도 빼어나고…… 그냥 혼자 멋지게 살아라. 인생 즐겨! 결혼은 올가미요, 감옥이다. 막상 결혼하려고 보니까 눈치 봐야 하는 데가 왜 이리 많냐? 우리 집안 눈치 봐야지, 시댁 쪽 눈치 봐야지. 어휴, 내 시간이 아예 없다. 주말을 번갈아 가며 양가 집안 어른들 일정에 끌려다니느라 정작 데이트할 시간도 없어. 이게 뭐야? 이게!"

"거기다 애라도 낳아봐라, 난리 난다."

미숙이 한 마디 더 붙이자, 유 선배가 타령처럼 한 마디 덧붙였다.

"애들 양옆으로 끼고 시댁 가랴, 친정 가랴 내 정체성에 붕괴 오겠다. 난 뭘까?"

무엇일까? 원래 여자란 존재는 그러려고 태어난 게 아니지 않던가? 소중한 자신의 미래를 개척하겠다고 대학까지 갔을 테고, 열심히 학점 따고 스펙 쌓겠다고 무리해서 학원도 다녔을 테고. 미친 듯이 연습해서 취업도 했을 텐데, 막상 결혼하면 왜 다시 80년대 어머니들처럼 깊은 한숨을 내쉬면서 무기력해져야 하는 것일까?

"선우 씨, 그 남자 연락처 있어?"

유 선배가 난데없이 물었다. 선우가 화들짝 놀라 젓가락으로 조갯살을 집어 입에 넣었다가 눈을 휘둥그렇게 떴다.

"네?"

"사진 찍은 거 없어? 보고 싶다. 실물이 어떤지……."

"아, 하, 하! 몇 달이나 연락하질 않다가 갑자기 연락하는 건 좀……."

"뭐야! 아직 연락처 안 지운 거야? 그건 미련 남았다는 거 아닌가?"

"아니, 그게……. 저희 기수들끼리 한 달에 한 번씩 모임을 갖고 있어서요."

"그럼 그 남자, 정수현 씨는?"

"미국에 있으니, 아무래도 시간 내기 어렵죠. 간단하게 이메일만 주고받는데, 제가 아니라 남자 쪽에서 체크하고 있어서요."

선우는 수현과 거리감을 유지하고 싶어서 모든 일을 기수의 조장이 된 윤재혁에게 떠맡겨 두었다. 계속 연락을 하게 되면 마음이 혼란스러워할 것 같기도 하고 그와 얽혀 복잡해질 것만 같아서.

"에이, 일부러 피하는 거구나?"

눈치 빠른 선배들이 한 마디 하자, 남자 선배들이 한 마디씩 했다.

"왜 그렇게 물러서? 차라리 확 붙들지. 남자가 어지간해서는 자기 마음 잘 표현하지 않는데, 방송에서까지 그렇게 성실하게 매달렸다면 정말 마음에 있다는 소릴 텐데."

"맞아. 재벌이라니까, 부담스러웠던 거겠지."

남자 선배들은 정수현이라는 남자가 몸담고 있는 기업의 자산가치가 몇 백억 이상이라는 둥의 얘기를 나누다가 증권이 어쩌고로 대화를 옮겼다. 덕분에 그녀는 잠시나마 집중되던 시선에서 벗어날 수 있었다.

선우가 먼저 식판을 들고 일어났다. 가서 선배들이 시켰던 업무를 마무리 지어야 해서 마음이 바빴다. 식판을 퇴식대에 놓고 서둘러 엘리베이터로 향하는데, 휴대폰이 진동으로 울어댔다. 그녀는 휴대폰을 내려다보다 말고 우뚝 멈춰 섰다.

'정수현?'

그녀의 눈동자가 휘둥그렇게 커졌다. 그녀는 엘리베이터 대신 비상구 문을 열고 계단참에 섰다. 휴대폰을 쥐고 바라보다 통화 버튼을 눌렀다. 피한다고 피할 수 있는 남자도 아니고, 정면 돌파다.

[박선우 씨!]

심장이 터지기 직전이었다. 왜 전화했을까? 왜?

"네, 저예요."

[퇴근이 몇 시?]

"음, 7시 반은 넘어야 할 것 같은데 뜬금없이 그건 왜 물어요?"

[잠깐 볼 수 있어?]

너무 반가워서 얼른 대답을 하려다가 꿀꺽 침을 삼켰다. 여기서 옳다구나 하고 반응해버리면 내내 그를 기다린 모양새가 되니까, 그래선 안 된다. 한 번 호흡을 참고 차분하게 물었다.

"저를 왜요?"

[이유를 구구절절 말해야 하나? 내가 왜 왔을 것 같은데? 누구보다 본인이 잘 알면서⋯⋯. 이따 찾아갈 테니까, 정신무장 단단히 하고 오는 게 좋을 거야.]

심장이 정신없이 뛰었다. 볼은 발갛게 물들고 몸에서 열이 나는 것 같았다. 그는 더 이상 말하고 싶지 않다는 듯 통화를 종료했다.

선우가 멍하니 휴대폰을 응시했다. 적극적이고 불도저 같은 행동력은 좋은데, 그동안 피하겠다며 용쓴 자신은 대체 뭐가 되는 건가? 남의 3개월이라는 시간을 이 남자는 단 한 순간에 별것도 아닌 걸로 만들어버렸다. 그녀가 미간을 슬쩍 좁히고 비상구 문을 열었다. 엘리베이터에 오르도록 머리가 후끈거렸다. 찜질방에 있다가 나온 듯이.

수현이 휴대폰을 끊고 입매를 사악하게 휘었다. 그는 공항에서 나오자마자 곧장 선우의 집으로 차를 몰았다. 차를 그녀의 집 근처에 세워두고 선우를 만나면 어떻게 잡아먹는 게 좋을지를 고민했다. 여유롭게 부드러운 표정을 짓고 웃으며 먹어줄지, 성난 짐승처럼 잔혹하게 먹어줄지를 고민했다. 그러다 점점 즐거워지기 시작했다. 어떻게 그녀를 요리해줄지를 고민하는 이 순간이 즐거웠다.

한 달에 한 번은 한국에 나와 그녀를 만날 생각이었지만, 회사 일이 그렇게 녹록하지 않았다. 결국 3개월 동안 일에 치여 옴짝달싹 못하고 일에만 매달려야 했다. 한 달 자리를 비웠을 뿐인데, 구멍은 6개월치 구멍이 나 있었다. 그래서 그걸 메우고 그가 한국 지사로 올 수 있는 발판을 마련해두기 위한 기초 작업을 시작했다. 원거리 연애로는 저 도도한 박선우의 마음까지 빼앗기는 어려울 듯 보였다. 그래서 기초를 완벽히 다져 놓는 기간을 최대한 빨리 단축시키기 위해 혼자 고군분투 중이었다.

그런 여러 상황을 그녀가 알 리 없지만, 어쨌든 모처럼 그녀 앞에 나타나고 보니 감회가 남달랐다. 적어도 미친 듯이 일한 보상을 받는 기분이었다. 하루도 선우를 생각하지 않은 날이 없었다. 미국에 도착한 뒤 얼마간은 '왜?'라는 말을 달고 살았고 그 분노의 감정이 지나가자 이젠 '보고 싶다.'로 바뀌었다. 그러다가 자존심도 없는 놈 같아서 잊어 보려 혼자 온갖 쇼를 해봤다. 여자도 만나봤다. 문젠 세상에 박선우는 하나라는 사실이었다. 여자를 만나면 그가 요구하는 건 하나였다.

-박선우처럼 해봐.

여자들은 일단 박선우가 누군지도 모르는데다 방법을 알려줘도 어이 상실한 얼굴로 그를 바라볼 뿐이었다. 상관없었다. 술을 마시면 그의 진상짓은 하늘을 찔렀다.

-박선우우우우우우, 왜 날 차버린 거야! 뭐가 모자란대애애애!

늑대의 하울링 같은 울음을 토해내며 그녀를 원망했다. 이런 작태를 지켜보던 이 여사는 보다 못해 빨리 한국으로 가라며 비행기표를 끊어줬다. 하늘을 찌를 듯하던 그의 자존심을 일시에 휴지조각으로 만들어버린 박선우를 대체 어떻게 응징해줘야 속이 후련할까? 이미 답은 정해져 있었다.

갖는다.

여자를 가장 빨리 효율적으로 정복할 수 있는 방법은 육체를 먼저 장악해 점점 길들여서 감정에 혼란을 주는 것뿐이었다. 그는 핸들을 손끝으로 툭툭 치며 사악한 미소를 입가에 그렸다. 침이 꿀꺽 넘어갔다.

은회색 마티즈를 몰아 집 앞에 도착하자 8시였다. 저녁을 먹기에도 어정쩡한 시간이었다. 선우는 그에게 답문이 왔나 체크했다. 회사에서 나오면서 그에게 문자를 보냈는데, 답문이 없었다. 아직도 답문이 없는 걸로 봐서는 다른 모임에 간 것 같기도 하고.

차를 주차장에 세우고 문을 잠그는데, 등 뒤에서 헤드라이트 불빛이 번쩍거렸다. 놀라 뒤를 돌아보며 뭐라 욕지거리라도 해주려는데, 차문 열리는 소리가 들리더니 키가 훤칠한 남자가 내려섰다. 그녀는 홀린 듯이 그쪽을 바라보고 서 있었다.

"박선우, 오랜만!"

익숙한 중저음의 목소리에 그녀는 숨을 멈추고 말았다. 보고 싶다고 한 번도, 아니 세 번쯤, 아니 수십 번쯤 생각했었나보다. 그의 음성을 실제로 듣고 보니, 자신이 그를 무척이나 마음에 들어 했음을 깨달았다. 왜 왔을까? 왜? 두근거리는 심장을 끌어안고 그에게 다가갔다.

그는 검은 슈트 차림으로 다가왔다. 라이트는 꺼졌고, 은은한 가로등 불빛 아래 그와 마주보고 섰다. 그의 머리카락은 그새 많이 자라 약간 웨이브가 졌고, 스타일링을 멋있게 해서 보기 좋았다. 여전히 모델 같은 느낌이 강했다. 전보다 더 핸섬해진 것 같은 건 기분 탓일까?

"변함없이 그대로네?"

"그럼, 뭐가 변해요?"

"퉁명스럽기는."

"집 앞에서 기다릴 줄은 몰랐어요."

"초대 안 해? 여기까지 왔는데. 그것도 미국에서."

"무슨 그런 억지소리를!"

"손 하나 까딱 안 할 테니까, 겁내지 말고."

"거짓말!"

"안 들여보내면 내일 회사까지 따라가서 진상 부려줄게. 내가 이젠 눈에 뵈는 게 없어서. 오늘부터는 내 말을 고분고분 잘 들어주는 게 좋을 거야. 내가 무섭게 지키던 자존심이 오래전에 누구 때문에 걸레조각이 되어버렸거든."

울고 싶어졌다. 그가 씹어 뱉듯 내뱉는 말투에서 살기가 뿜어져 나와 정말 여기서 그를 밀어낸다면 무슨 짓이든 하지 싶었다. 그녀 하나만 바라보고 미국에서 날아왔을 그였다. 이젠 그를 제대로 납득시키지 않아선 곤란했다. 그녀는 결심한 얼굴로 따라오라 말하고 앞장섰다.

그를 데리고 아파트 안으로 들어가 엘리베이터에 올랐다. 막힌 공간에 서자 그의 짙은 향기가 콧속으로 스며들어왔다. 특유의 맑은 내음이었다. 그와 함께 시원한 스킨향이 섞여 가슴을 뛰게 했다. 엘리베이터 문이 열리자마자 복도를 가로지른 그녀는 문 앞에 서서 비밀번호를 눌렀다. 안에 들어가 방불을 켜면서 말했다.

"집이 좀 좁아요. 아마 수현 씨가 사는 집에 비하면 많이 작을지도 몰라요. 욕하지 말아야 해요!"

"지금 그런 게 뭐가 중요해?"

그는 거실로 들어오더니 재킷을 벗어 소파 한쪽에 걸쳐 놓았다. 그리고 두리번거리며 거실 내부를 이리저리 살폈다.

"아기자기하군. 인형들도 좀 보이고?"

검은 셔츠 차림의 그는 무척이나 섹시했다. 탄탄한 근육질의 몸이 마치 피부처럼 셔츠 바깥쪽으로 도드라져 보였다.

"식사 어떻게 해요?"

"선우 씨는?"

20평짜리 방 안에서 들리는 남자의 음성은 묘한 여운을 줬다. 그리고 190센티미터에 육박하는 남자가 방 안에 서 있는 것 또한 집 안을 꽉 채우는 기분이었다. 낯선 기분에 마음이 붕붕 뜨는 것만 같았다.

"안 먹었어요."

"그럼 뭐 시킬까?"

"한식 있고, 중식 있는데요."

"한식으로 해줘. 미국에서 질리게 양식 먹었거든."

"네, 찌개 시켜요?"

"된장."

"네, 잠시만요."

선우는 바로 주문을 하고 소파 아래 바닥에 앉았다. 수현은 소파에 앉아 다리를 꼬고 있었다. 그의 곁에 앉는 게 좀 이상할 것 같아서 약간 거리를 두고 앉았다.

"잘 지냈어?"

"뭐, 그럭저럭이요."

선우가 치마를 입고 있어서 다리를 쭉 뻗고 앉아 있었다. 그런데 갑자기 그가 소파에서 내려오더니 그녀의 맞은편에 앉아 양반다리를 하는 게 아닌가. 그는 상체를 앞으로 조금 굽혀 그녀와 눈을 똑바로 맞췄다.

"왜 눈 피해?"

갑자기 열이 확 오르더니 말문이 막혔다. 선우가 숨이 안 쉬어지는 것 같아서 재빨리 고개를 돌리고 허공을 바라봤다.

"어휴, 오랜만에 봐서 그런지 되게 이상해요!"

볼이 홍당무처럼 벌겋게 달아올라 미치게 창피스러웠다. 그가 피식 웃더니 긴 다리를 쭉 뻗고 상체를 뒤로 살짝 젖혀 편하게 앉았다.

"이 집 좋다. 박선우 냄새로 가득하니까, 더……."

미치겠다. 제발, 그런 식으로 좀 말하지 말았으면 좋겠는데…….
난처한 표정으로 허공을 보다가 마음을 다잡고 다시 고개를 돌렸다.
시선을 들어올리는 순간, 다시 숨이 멎고 말았다. 그가 그녀를 짙고 깊은 눈빛으로 주시하고 있었다.

"왜요?"

뭐라도 하지 않으면 분위기가 오묘해질 것 같아 적막을 깼다.

"반가워서."

"그렇게 막 쳐다보니까, 제가 좀 불편한데요."

마른침이 꼴깍 넘어가는 소리가 들렸다.

"그래? 그럼 옆으로 가야겠다."

아니, 그렇게 안 해도……. 하지만 이미 수현이 일어나 그녀의 옆에 앉았다. 너무 바싹 앉아서 옆에 두었던 그녀의 손이 그의 손에 닿고 말았다. 선우가 얼른 손을 움직여 무릎 위로 옮겼다. 수현이 이번엔 고개를 돌려 그녀의 옆얼굴을 지그시 바라봤다. 숨이 막혀

왔다. 침 삼키는 소리도 세세히 들릴 것 같고, 심장 뛰는 소리며 혈관 내로 피가 흐르는 소리마저 다 들릴 것만 같은 적막이 흘렀다. 이러다 숨을 쉬지 못하고 죽을지도 모르겠다 싶어서 선우가 몸을 일으키려 했다.

"계, 계산하려면 돈을 먼저 꺼내놔야……."

일어나려는데, 수현이 그녀의 팔목을 잡아당기더니 그대로 주저앉혔다. 그리고 그의 손이 그녀의 턱을 강인하게 움켜쥐더니 코앞에 얼굴을 들이대더니 물었다.

"왜 사람 자꾸 긴장시켜?"

선우가 숨을 멈추고 눈만 굴려 그를 쳐다봤다.

"나한테 마음 없는 거 아니었어?"

선우는 말없이 그의 팔을 쥐고 턱을 놓도록 한 뒤, 천천히 시선을 돌려 쓸쓸하게 미소를 지었다.

"마음, 있어요."

"지금 나 가지고 장난해?"

수현이 기가 막힌 얼굴로 입술 끝을 볼썽사납게 비틀어올렸다. 그랬더라면 그 방송에서 대국민 망신을 주지 말았어야 했다. 그 때문에 울화가 치밀어 몇 날 며칠 잠도 못 자고 벌떡벌떡 일어나 앉았던 날만 생각하면!

"마음 있는데, 참는 사람도 있고 참지 않는 사람도 있고 각자 표현하는 방식이 다 다른 거예요. 전 참는 것뿐이구요."

"왜 참아?"

선우가 시선을 돌려 그를 똑바로 바라봤다.

"남는 장사가 아니니까."

"뭐?"

"누가 보더라도 이 장사, 밑지는 장사거든요. 저만 다 빼앗기고 잃고 너덜너덜해져서 이 집에서 홀로 남아 당신을 그리워하면서 아파하겠죠. 싫어요. 그런 거……."

"비관적이군. 그래, 내가 사람에게 금세 싫증을 내는 타입이긴 해. 그렇다고 해도 사람들은 용기를 내보지. 그 달콤함을 맛보고 싶어서……. 당신은 너무 쓸데없이 겁이 많아. 좌절을 해도 다시 일어날 줄 아는 게 사람이야. 난 박선우를 그렇게 나약한 사람으로 보지 않았는데?"

선우가 고개를 돌려 정면을 응시하면서 싸늘하게 말했다.

"전 가족이 이모뿐이에요. 그나마 이모한테는 말하지 못하는 얘기가 더 많죠. 이모한테는 늘 행복하고 기쁘고 즐거운 얘기만 하고 있어요. 제 생활이 늘 즐겁고 유쾌하지 않은데도 이모한테 얘기를 해야 하니까, 그런 부분을 억지로라도 찾아내야만 해요. 그런데 이런 내가 누군가와 만나고 사귀면서 다칠 경우엔 어떻게 되겠어요? 억지로 붙든 행복이 날아가 나락으로 떨어져버릴 거예요. 저 스스로를 지탱하기 어려울 정도로 많이 아파할 거예요. 그만큼 많이 의지했다는 얘기도 되겠지요. 많이 부족하고 모자라서 한 번 인연을 엮으면 그를 온통 흡수하고 싶어할 거고, 그러다 보면 욕심을 주체할 수가 없어서…… 아플 거예요."

눈물이 뺨을 타고 흘러내렸다. 겁이 났다. 혼자니까, 어떻게 풀어야 할지 몰라 홀로 고립되어 시커먼 감옥 속에 스스로를 가두고 한없이 나약해져버릴 것만 같았다. 누군가 붙들고 잡아당겨 주기 전까진 어둠 속에서 나가지도 못하고 그렇게…….

"각오 없이는 곁에 남을 생각은 하지도 말라는 경고처럼 들리는 군. 그런데 어쩌지? 난 당신을 어떻게든 내 걸로 만들고 말아야겠는 데!"

선우가 눈물이 그렁거리는 눈빛으로 그를 쳐다봤다. 그가 일그러진 눈매로 그녀를 보더니 뺨을 거칠게 움켜쥐고 그녀의 입술에 그의 입술을 포갰다. 거친 키스가 소란스럽게 이어졌다. 받아들이지 않으려 밀어내려는 그녀와 어떻게든 갖고 말겠다는 집요한 남자의 실랑이가 계속됐다. 결국 선우가 졌다. 벌어진 입술 새로 그의 혀가 밀려들어왔고, 그는 그녀의 목덜미를 감싸고 고개를 살짝 틀어 격렬하게 혀를 빨아당겼다.

딩동, 딩동.

벨소리가 두 사람의 움직임을 멈추게 했다. 선우가 재빨리 그를 밀어내고 일어나 입가를 수습하고 현관문을 열었다. 심장이 터져 나와 바닥으로 떨어질 듯 뛰었다. 배달원에게 돈을 건네고 잔돈을 수습하는 동안 귀가 먹먹하고 주변이 일렁댔다. 배달원이 나가자마자 선우는 멍하니 한자리에 서 있었다. 수현이 곁으로 다가와 음식을 들어 식탁에 상을 차렸다. 포장을 전부 뜯은 그가 선우의 팔을 잡아당겨 빼낸 의자에 앉히고 그녀의 손에 숟가락을 들렸다.

"먹자."

선우가 멍한 눈빛으로 찌개를 내려다봤다.

"어쩌려고…… 나를 자꾸 흔들어요. 네?"

선우가 눈물을 한 방울 툭 떨어뜨리면서 그를 원망스럽게 바라봤다.

"흔들리기는 하고? 반가운 소리군. 일단 밥 먹자. 먹을 마음도 안

들겠지만, 일단 먹어. 네가 배불러야 나도 마음이 편하니까."

수현이 반찬을 집어 그녀의 숟가락 위에 얹어 놓았다. 선우는 눈가의 물기를 닦아내고 숟가락을 입 안에 밀어 넣었다. 수현은 밥을 다 먹도록 아무런 말을 하지 않았다. 선우가 마지막 밥을 입 안에 넣었을 때, 그가 말했다.

"나도 내가 왜 이러는지 모르겠어. 촬영이 모두 끝난 뒤에 미국에서 단 하루도 당신을 생각하지 않은 날이 없었어. 폐인처럼 박선우 생각만 하고 있더라. 내가 지금 하는 게 뭔지 나도 잘은 모르겠는데, 한 가지 고백할 건 이런 적이 처음이라는 거야. 난생처음 여자 때문에 잠도 못 자고 여자 때문에 분하고, 여자 때문에 그리워서 사는 게 지옥이었다. 박선우 당신 때문에……."

그가 주는 눈빛이 그냥 장난으로 보내는 눈빛이 아니라는 걸 아니까. 가득한 진심과 빨려 들어갈 것 같은 애정과 깊은 신뢰가 뚝뚝 흘러넘치는 눈빛이니까.

"그래서 뭘 하자는 거예요?"

"연애."

"그리고요?"

"미국에 가자."

선우가 놀라서 그를 쳐다봤다. 다 버리고 그를 쫓을 만큼 자신은 그를 사랑하느냐에 대해 묻는다면, 글쎄였다.

"저 취직한 지 이제 한 달도 안 됐어요."

"난 벌써 서른다섯이야. 결혼도 서둘러야 할 나이야. 하루가 아깝다구. 그렇다면 최대한 매일 당신과 마주 앉아 많은 대화를 나눠야 돼. 그래야 당신이 어떤 사람인지 더 구체적으로 파악할 수 있겠지."

엄청난 속도로 밀어붙이고 있었다. 안 보면 그립고, 막상 만나면 숨이 막혀 거리를 두고 싶고, 대체 이 심정이 뭘까? 이 남자의 페이스에 휘말려 결국 수현이 하자는 대로 다 하고 있을 것만 같아 두려웠다. 내 감정과는 별개로 그의 감정만 존중한 채로 떠밀려 가는 건 싫다.

"미국에 오지 않겠다면 내가 몇 개월 내로 한국 지사에 파견근무를 나올 수도 있어."

선우가 멍한 눈빛으로 그를 바라봤다.

"왜?"

수현이 그녀를 뚫어져라 바라봤다.

"대단한 사람이에요. 당신은."

"비꼬는 건가?"

"아니에요. 엄청난 추진력에 그저 입만 딱 벌어질 따름이에요. 좋아요. 일단 연애를 먼저 해봐요. 사실 사석에서 만난 건 오늘이 처음인 거잖아요. 우린 아직 서로에 대해 정확히 아는 게 없어요. 그러니까 6개월만 연애를 해봐요."

죽어도 곁을 주지 않을 듯 고집을 부리던 선우가 비로소 그에게 기회라는 걸 줬다. 원거리연애가 되겠지만, 그렇게 연애라도 해주겠다고 해서 얼마나 마음이 놓이는지. 그동안 혼자 괴로웠던 원망의 시간이 거품처럼 녹아내렸다. 진작 이렇게 마음을 편하게 해줬더라면 어땠을까?

아니, 마음을 편하게 해줬더라면 아마 그가 미국에서 굳이 이렇게 한국까지 나와 그녀를 설득하겠다고 저돌적이진 않았을 것이다.

그녀가 밀어냈기 때문에 당황한 그의 마음이 좀 더 자신의 마음을 들여다볼 수 있는 계기도 되었고, 그녀에 대한 마음 또한 더욱 짙어진 것도 사실이었다.

"듣던 중 다행이군. 기쁜 소식을 들어서 다행이야. 난 일단 자신 있어. 진심을 다해서 노력할 거야. 네 마음 얻기 위해서라면 뭐든 다 할 거야."

수현이 몸을 일으키더니 그녀의 팔뚝을 잡아 일으켜 품 안에 안았다. 그가 그녀를 꼭 안고 말했다.

"이러고 싶었어. 합숙 기간 내내 널 안아보고 싶었어. 어떤 기분일까, 어떤 느낌일까, 혼자 계속 상상만 했어."

"안아보니 어때요?"

"굉장해. 상상 이상으로 좋아. 큰일이다. 이런 거 맛보면…… 나 미국 돌아가서도 한동안 몸살 날 텐데……."

"언제 가요?"

"월요일 아침 비행기. 그동안 여기서 먹고 자고 할 건데……."

놀란 선우가 그의 몸을 떼어내고 경악한 눈빛으로 그를 올려다 봤다.

"뭐예요? 미리 다 짜고 와서……. 저는 그 손에서 놀아난 거예요? 바보처럼 막 울면서?"

그가 피식 웃었다. 잘생긴 얼굴로 웃자 그녀의 가슴이 아프게 두근거렸다.

"설마! 나 그렇게 치밀한 사람 아니야. 안 재워줌 근처 호텔서 자고 새벽부터 쫓아와 괴롭힐 생각이었지."

"황당하네. 제가 일이 있었음 어쩌려고 그래요? 자기 맘대로 찾아와서 자기 맘대로 자겠다고 하고……."

"자기……라고 하는 소리, 듣기 좋다."

선우가 볼을 벌겋게 물들이고 고개를 홱 돌렸다. 괜히 설거지라도 할 듯이 식탁 위를 정리하고 비닐에 먹었던 그릇들을 착착 쟁여 복도에 내놓은 뒤, 물컵 몇 개밖에 없는데 고무장갑에 손을 끼어 넣었다. 수현이랑 오래 대화를 하다 보면 놀림 당하는 것만 같아서 말문이 막히는 순간이 허다했다. 갑자기 수현이 등 뒤에서 그녀를 끌어안았다. 그녀의 심장이 철렁 내려앉았다.

"설거지하는 여자 뒷모습이 왜 이렇게 섹시하지?"

"자, 장난치지 말고 얼른 떨어져요. 이러다 그릇 깨요."

"싫은데."

선우가 억지로 몸을 떼어내려 안간힘을 쓰는데도 그는 절대로 떨어지지 않았다. 거기까진 좋았는데, 엉덩이 위쪽에서 낯선 이물감이 느껴졌다. 그가 그녀를 꼭 끌어안으면서 말했다.

"나, 오래 못 참아. 안고 싶은 여자 있으면 적어도 이틀 내론 안아야 돼."

"그런 말을 왜 해요?"

"넌 자그마치 석 달이나 참아줬어. 이젠 못 참아."

"미안한데, 무슨 말인지 못 알아듣겠거든요."

시침을 뚝 떼고 모른 척 그냥 넘어갈 요량이었다. 그러면 그도 더는 얘기하지 않을 거라 생각했다. 하지만 그건 그에 대해서 그녀가 얼마나 무지한지를 깨닫는 계기가 되었다.

"알아듣게 말해줘?"

수현이 그녀의 귓불에 대고 뜨겁게 쉰 음성으로 말했다.

"섹스하고 싶어. 너랑……."

바, 방송할 때가 훨씬 좋았다. 카메라 앞이라 이 늑대 같은 남자가 본능을 억누르고 있었나보다. 그게 아니라면 만난 지 고작 한두 시간 만에 이런 멘트를 하는 게 가능하단 말인가!

"저기…… 수현 씨, 저랑 만난 지 아직 하루도 안 됐는데 이건 좀…… 자전거 타고 고속도로로 달리는 것 같달까요?"

"뭐?"

하핫! 그가 웃더니 천천히 몸을 떼어내고 싱크대에 몸을 비스듬히 기대더니 가만히 그녀를 바라봤다.

"지금 우리 자전거 타는 중?"

"뭐, 그런 속도가 가장 좋죠. 연애 속도가 너무 빠르면 뒷감당도 안 되고……."

"좋아. 인내심을 가져보도록 하지."

"영화 볼래요?"

"금요일 밤이니까, 영화?"

"혼자 있을 때는 주말 내리 못 본 영화 찾아보거든요. 요즘은 IPTV라서 바로 결제하고 보기도 편하구요."

"알아서 해."

수현이 태블릿PC를 들고 왔던 케이스에서 꺼내 놓더니 그걸 쳐다봤다. 선우는 비로소 그의 관심에서 벗어났음에 안도하며 설거지를 마무리 짓고 씻기 위해 욕실로 들어갔다.

샤워 중인데, 노크 소리가 들렸다. 지레 겁을 먹은 선우가 소리를 죽이고 문 쪽을 응시했다. 머리카락에서 물방울이 똑똑 떨어져 내렸다.

"나, 잠깐 나갔다 올게."

"아아, 네!"

안도의 한숨을 뱉어낸 그녀가 다시 샤워기 물을 틀었다. 가슴이 놀란 토끼마냥 정신없이 뛰었다.

'무슨 생각을 하는 거냐? 에비!'

고개를 휘휘 저은 그녀는 머리카락을 말리고, 몸의 물기를 닦아 낸 뒤 바디 오일을 전신에 바르고 잠시 흡수되길 기다렸다가 갖고 들어온 옷을 챙겨 입었다. 밖으로 나가자, 조용했다. 드라이기를 들고 머리카락을 건조시키는데 벨소리가 들렸다. 선우가 드라이기를 놓고 문을 열자 그가 웃으며 안으로 캐리어를 끌고 들어왔다.

"금세 씻네?"

"짐 가지러 갔었어요?"

"옷이 불편해서……. 안방에서 옷 좀 갈아입어도 되나? 난 아무 데서나 갈아입어도 상관없는데."

"들어가요. 안방 가서 갈아입어요."

선우가 엄한 음성으로 딱 잘라 말하자, 그가 재킷을 벗어 의자 위에 놓고 안방으로 들어갔다. 선우의 시선이 저절로 그의 재킷에 닿았다. 검은 슈트 재킷의 질감이 아주 고급스러워보였다. 그녀는 홀린 듯 그가 입고 있던 재킷에 손을 올려놓았다.

아직도 따스하다. 그의 온기가 고스란히 느껴졌다. 그녀는 재킷을 들어 가만히 냄새를 맡아 봤다. 수현의 체취가 짙게 배어 있었다. 그녀는 재킷을 옷걸이에 잘 걸어 스탠드옷걸이에 걸어 두었다. 남자의 옷이 걸려 있는 걸 보고 있자니 감흥이 새로웠다.

문이 열리는 소리가 들렸다. 그녀는 짐짓 아무렇지도 않은 얼굴로 텔레비전을 켜고 영화를 고르는 척했다. 그리고 천천히 고개를 돌려 그를 바라봤다. 블랙 트레이닝 바지에 크림색 니트를 입고 있는데 아주 편안해 보였다.

"뭐 보려고?"

그가 그녀의 곁에 바싹 붙어 앉더니 고개를 돌려 그녀를 빤히 바라봤다. 코앞에서 그의 얼굴을 가까이 보게 되자 마음이 견딜 수 없이 두근거렸다.

"최근에 개봉한 영화 톱3가 있는데, 혹시 본 거 있나 봐요."

선우가 목록을 보여주자 그가 다 고개를 저었다.

"안 봤어. 저거 볼까? 송강호 나오는 시대사극."

"좋죠. 관객이 많이 들어갔다고 하더라고요. 잠시만요. 결제를 해야 하니까요."

선우가 너무 바싹 붙어 앉은 그에게서 떨어지려고 몸을 일으키려는데, 그가 얼른 그녀의 팔목을 잡아 다시 앉혔다.

"내가 갖다 주지."

"아니, 제가……."

어느새 수현이 일어나 리모컨을 그녀에게 주었다. 선우는 벌겋게 상기된 얼굴로 리모컨을 조작해 결제를 했고 영화가 그렇게 시작되었다. 수현이 흘끗 그녀를 보더니 한 마디 했다.

"제주도에 말이야."

"네."

"코를 만지면 아들을 낳게 해준다는 조각상이 하나 있잖아?"

"그렇죠."

이게 무슨 뜬금없는 소린가 싶어서 선우가 수현을 빤히 바라보자 그가 피식 웃으며 말했다.

"그거 이름이 아마 돌하르방인가 그렇지?"

"그럴 걸요?"

"너, 딱 그거 같다."

"돌하르방은 좀 웃기게 생긴 거 아닌가요?"

"네가 그래. 내가 잡아먹어? 왜 그렇게 석상처럼 굳어서 어쩔 줄을 몰라 해? 나도 최선을 다해 의식하지 않으려고 애쓰고 있는데, 네가 그렇게 나오면 자꾸 찔러보고 싶어진다고."

"내, 내가 어쨌게요? 아주 프리하잖아요. 완전 프리!"

수현이 눈매를 가늘게 좁히고 지그시 바라보다 말고 빈정거리듯 그녀의 말을 따라했다.

"프으으리?"

"프리!"

갑자기 수현이 상체를 그녀 쪽으로 슬금슬금 기울이기 시작했다. 그와 함께 자석의 서로 같은 극이 밀어내듯 그녀의 상체도 뒤로 젖혀졌다.

"왜, 왜!"

"그러니까 내가 잡아먹느냐고! 왜 이렇게 도망가?"

"으악!"

선우가 결국 못 참고 몸을 일으키더니 몸을 부르르 떨었다. 귓불부터 시작해 목덜미까지 벌겋게 물든 그녀가 신경질적으로 한 마디 했다.

"맞아요. 저 정말 미칠 것 같아요. 수현 씨가 옆에 찰싹 달라붙어 있으니까, 심장 발작으로 당장 사망 직전이에요. 좀 떨어져 앉음 안 돼요?"

속사포처럼 쏟아낸 그녀가 헉헉 숨을 몰아쉬며 벌게진 얼굴로 그를 바라봤다. 그러자 그가 배를 움켜쥐고 파안대소했다.

"와하하하, 뭐래?"

"하나도 안 웃긴데, 왜 웃는 거예요?"

"날 별로 안 좋아한다고, 아니 아주 조금의 호기심만 갖고 있다고 생각했는데 그렇게 내가 좋았던 거였어? 말을 하지! 몰랐잖아."

"헐!"

선우가 입을 허 벌리고 그를 노려봤다. 그가 다시 팔을 뻗어 선우의 팔을 잡아끌더니 옆에 앉혔다.

"심장 터진다고 했는데요!"

"심장이 터지겠다고 하면 터지게 돼. 보자! 그 심장이 터지면 어떤 일이 벌어지나! 혹시 막 광적으로 난폭해지고, 막 섹시해지고 그래? 궁금하다. 그 심장 터지는 거!"

와, 이 남자 말로는 해결이 안 되네.

선우가 입을 딱 벌리고 어이없어서 그를 바라보는데, 그는 더 신난다는 듯 그녀의 어깨에 팔을 감고 머리를 그녀의 머리에 기댔다. 이젠 쉽게 스킨십까지 하고 있었다.

"박선우."

"뭐요."

그녀가 샐쭉해져서 한 마디 했다.

"나도 지금 미칠 것 같아. 네가 내 옆에 앉아 있다는 사실이 믿기지 않아서 설레고 두근거리고 미칠 것 같아. 널 어떻게 해버리고 싶

은데, 나 정말…… 초인적인 인내심으로 견디는 중이거든. 그 사실
만 알아줬음 좋겠다.”

　선우가 마른침을 꿀꺽 삼켰다. 그렇게 선우는 매미같이 찰싹 붙
은 그를 곁에서 떼어내지도 못하고 얼어붙은 채로 영화를 감상해야
만 했다.

9.

　잠을 자긴 잔 건가? 고개를 돌리자 침대 옆 바닥에 수현이 잠든 모습이 눈에 들어왔다. 주말에 늦잠을 자는 게 취미이긴 하지만 이렇게 일어났을 때 남자가 있었던 적은 처음인 것 같았다. 그것도 남자와 나란히 누워 늦잠이라니. 하긴 어제 새벽까지 영화를 봤기 때문에 늦게 일어난 것도 있지만 둘 다 서로를 의식하느라 뒤척거리며 오랫동안 잠들지 못했다. 선우는 두 팔을 교차시켜 턱을 괴고 그를 흐뭇하게 내려다봤다.

　"그만 쳐다보지?"

　선우가 흠칫 놀라 이불에 얼굴을 묻었다. 안 잤나?

　"쳐다보니까, 못 자겠잖아."

　수현이 뒤척거리더니 등을 보이고 누웠다.

　"안 쳐다봤어요."

　"시선이 다 느껴졌거든."

　"조금 봤네요. 뭐!"

"먼저 씻어."

선우가 몸을 일으켜 욕실로 들어갔다. 샤워를 하고 칫솔질을 하는데 노크소리가 들렸다.

"네!"

"잠깐 나갔다 올게."

"네!"

차에 또 뭘 가지러 가나 싶었다. 옷을 입고 밖으로 나와 드라이를 다 한 뒤 아침밥을 안치는데 벨소리가 들렸다. 문을 열고 나가자 그가 슈퍼에 갔다 왔는지 양손 가득 봉지를 들고 나타났다.

"뭐예요?"

"아침이랑 점심 먹을거리?"

"오늘은 나가서 외식하죠?"

"그 다음 날까지 있어야 하니까, 계속 신세만 지는 거 좀 미안하기도 하고. 나도 솜씨 좀 발휘해보고 싶어서."

"요리하는 남자였어요?"

"조금은."

선우가 그를 의외라는 듯이 바라보자 그가 피식 웃더니 봉지 안에 담긴 내용물을 꺼내기 시작했다. 샐러드 재료와 싱싱한 초록빛의 나물재료들이 가득했다. 나물도 할 줄 아나? 놀란 눈으로 그를 보자, 수현이 선우의 볼을 살짝 쥐고 흔들었다.

"잘하는 수준은 아니야. 그냥 먹을 만한 실력이지. 어머니가 요리를 잘 못하셔서 뭔가 먹고 싶을 땐 내가 직접 해서 먹어 버릇해서 간단한 밑반찬 같은 건 할 줄 알아."

"일단 씻어요."

"그럼 재료만 간단하게 다듬어줄래?"

수현은 선우에게 콩나물과 시금치, 느타리버섯, 양파, 마늘 등을 준비해달라 말하고 욕실로 들어갔다. 선우는 말없이 그가 시킨 일들을 척척 해서 대바구니에 그것들을 착착 쌓아 두었다. 밥이 다 되었다고 스팀 뿜는 소리를 냈다. 욕실에서 수현이 나오더니 드라이기로 머릴 재빠르게 말리고 그녀의 곁에 와서 재료들을 살피더니 선우의 팔을 잡아당겼다.

"이젠 앉아서 쉬어. 이제부턴 내가 할게. 참, 기본 조미료는 어디 있어?"

"거기 가스레인지 아래 열어봐요."

그가 확인해보더니 곧장 팔을 걷어붙이고 요리에 들어갔다. 시금치 일부는 덜어 놨다가 시금치된장국을 끓이고 나머지는 나물무침과 볶음을 하는 등 손을 분주하게 움직이더니 순식간에 뚝딱 서너 가지의 반찬을 완성해 상 위에 놓았다.

"밥 풀까요?"

"그러자."

선우는 수현의 음식을 직접 맛본다는 사실에 흥분돼서 떨리는 음색으로 물었다.

"먹어도 돼요?"

"먹으라고 한 거니까, 맛있게만 먹어줘."

선우는 얼른 국을 한 숟가락 뜨고 눈을 휘둥그렇게 키웠다. 그리고 나머지 반찬들을 하나씩 맛본 뒤에 엄지를 치켜세웠다.

"우와, 정말 맛있어요!"

쌍엄지를 남발하자 수현이 웃으며 고개를 저었다.

"자꾸 그러니까 놀리는 것 같은데?"

"아니에요, 정말! 대단해요. 남자가 무슨 대장금에 나오는 이영애처럼 척척 음식도 하고 대단해요!"

신나는 아침 식사였다. 음식을 그가 했으니, 설거지는 자신이 하겠다며 그를 식탁 앞에 앉혀두고 그녀는 신나게 설거지를 했다.

"박선우!"

그가 부르면 왜 이렇게 그녀의 이름조차 낯설고 설레게 들리는 걸까? 선우가 뒤를 돌아보자 그가 진중해진 눈빛으로 물었다.

"오디션 안 나갈래?"

회사 잘 다니고 있는 여자에게 할 소리는 아닌 것 같았다. 선우가 고개를 저었다.

"제가 자그마치 29살이에요. 어린 애들 나와서 실력 겨루기 대회하는 데 나가서 무슨 망신을 당하라고 그래요?"

"반응 못 봤구나?"

"무슨 반응이요?"

"선우가 '맞선의 품격'에서 노래 부르는 거 보고 댓글 반응이 상당히 좋았어. 다들 다시 노래하지 왜 안 하느냐고 할 정도고. 아는 형 말에 따르면 선우의 노래 부분만 따로 따서 누가 유튜브에 올렸다고 하던데 조회수가 엄청나다고 하더군."

"네?"

"한 번 찾아볼게. 나도 보진 않았는데, 반응이 그렇다고 하니까……."

갑자기 심장이 두근거렸다. 잊고 살아야지, 그랬다. 나이가 어린 것도 아닌데다 이젠 곧 서른인데 이제야 뭔가를 처음부터 시작한다는 게 너무도 두려웠다. 이제 막 사회초년생이 된 것만으로도 앞날이 캄캄해 어둠 속인데 다시 또 뭘 도전한다는 건 그녀에게 무리였다. 하지만 그렇지만 음악은 또 다른 이야기였다. 주변에서 그녀를 자꾸 고무시키면 그녀 또한 이런 상태를 계속 유지할 수 있을지 자신할 수 없었다.

노래만은, 왜 이렇게 여전히 그녀를 설레게 하고 피를 끓게 하는 것일까?

"여기 있다. 올라온 지 좀 됐는데, 조회수가 상당하다. 백만 건 조회됐어."

동요하지 않으리라. 그녀가 억지로 마음을 먹고 있는데 갑자기 수현이 댓글을 읽기 시작했다.

"화려한 반주 하나 없이 부르는 노래인데도, 음색이 너무 듣기 좋아요. 이거 싱글로 내 주세요. 자꾸 귀가 잡아당겨요. 이러는데?"

"저기…… 수현 씨, 저 정말 힘들게 마음 눌러놓고 있거든요. 그런 반응 읽어주는 건 저한테 별로 큰 도움이 안 돼요. 최근에 나온 모든 방송에서 1등을 하고 가수로서의 모든 기회를 얻은 사람들은 대부분 나이가 어리거나 그도 아니면 남자였어요. 제가 해낼 수 있을 리가 없잖아요."

"내가 도와주면 얘긴 달라질 거야."

"네?"

"내가 전면에 나설 생각이야. 네 연인으로."

선우가 손에 쥐고 있던 머그잔을 그대로 내동댕이쳤다. 깨지진 않았지만 이건 좀 심각한 얘기라 설거지가 중요한 게 아니었다.

"잠시만요. 두 개만 씻으면 끝나요. 잠시만 기다려줘요."

선우가 서둘러 설거지를 마치고 고무장갑을 뒤집어 빨래집게로 고정시켜두고 그의 곁에 와서 앉았다.

"지금 뭐라고?"

"너랑 나랑 사귄다는 거 전면에 내세우면 결과가 다를 거야. 일단 매스컴에서는 아주 재밌는 소재거리를 잡은 셈이 되니까……."

선우가 그의 입을 막았다.

"와아, 수현 씨 지금 꼭 소속사 대표 같은 거 알아요? 사업하는 사람이라 그런지 마인드가 제가 아는 대표님들과 크게 다를 게 없어요. 그렇게 하면 유리한 고지는 먼저 차지하겠죠. 하지만 좀 졸렬한 방법 같지 않나요?"

"결정해. 하고 싶어? 안 하고 싶어?"

그가 태블릿PC에서 검색어에 '별을 쏘다.'를 쳤다. 상금 5억 원이 걸린 어마어마한 오디션프로가 진행 중에 있었다. 현재는 오디션으로 프로와 아마추어를 골라내는 중이어서 1차고, 한 달 뒤에 2차, 도합 4차 오디션을 지나야 텔레비전에 얼굴을 내밀 기회를 얻게 된다. 그리고 3개월간 트레이닝 훈련과 합숙을 통해 팀워크를 테스트하고 2개월간은 생방송에서 노래 실력을 시청자에게 검증 받는다. 이걸 도전하게 된다면 직장은 그만둬야만 한다. 내용을 확인한 선우는 가슴 앞에 팔짱을 끼고 오래도록 고심했다.

"결정은 제가 하는 거잖아요. 아직 시간이 있으니 사흘만 더 고민해볼게요."

"노래 연습을 해야 할 테니, 최대한 빨리 결정해서 행동으로 옮기는 게 좋을 거야."

"알아요."

갑자기 마음이 다급해지고 위액이 역류라도 하듯 속이 아렸다. 하고 싶다. 하고 싶은 마음이 굴뚝이었다. 외면하고 누르고 보지 않는 게 다라 생각했는데, 자꾸만 가슴 안에 불꽃이 목구멍까지 치솟아 자신을 다 태우려 했다.

"커피 마실까?"

수현은 남의 가슴에 불을 질러 놓고 신나 죽겠다는 얼굴로 커피나 마시자고 했다. 아, 얄미운 남자 같으니라고.

✳

일요일이 되었다. 토요일은 점심을 밖에서 해결하고 영화를 보고 미술관에 가서 관람을 하고 뮤지컬도 한 편 봤다. 그와 있는 하루는 이상하게 정신없고 바빴다. 서로 취향이 맞아 들어가는 게 정말 많았다. 10시가 넘어서 둘은 집 근처 바에서 적당히 기분 좋게 한 잔씩하고 집으로 돌아와 오래도록 대화를 나눴다. 그렇게 대화를 나누다가 누군가 하나가 곯아떨어지면 또 한 사람도 자연스럽게 잠이 들었다. 아침엔 평소보다 조금 일찍 일어났다. 같이 뒷산을 산책하기로 했다. 이른 아침을 먹고 나가려는데 갑자기 벨 누르는 소리가 들려왔다.

"어? 누구지? 누구세요!"

선우가 문을 열려는데, 밖에서 목소리가 들려왔다.

"이모야!"

문을 막 열어버린 선우가 문고리를 쥐고 놓지 않으려는 걸 이모가 힘껏 열어버렸다.

"얘는 왜 문을 열다 말아! 왜?"

"어, 어…… 어, 어…… 그, 그게…… 이, 이모!"

"얘 봐라? 왜 이렇게 버벅거려? 내가 못 올 데 온 거야? 반찬 좀 갖고 왔어. 너는 어떻게 이렇게 연락이 없니?"

이모가 선우를 밀치고 신발을 벗으려고 하다 말고 수현을 발견했다. 이모도 당황하기는 마찬가지.

"누, 누구세요?"

이모가 수현에게 물었고, 수현은 어쩔 줄 몰라 하는 선우와 눈을 맞추더니 그녀가 이모라고 입을 벙긋거리니까 꾸벅 인사를 했다.

"안녕하세요. 정수현이라고 합니다. 처음 뵙습니다."

이모가 소스라치게 놀란 눈으로 그를 보더니 선우를 돌아보며 물었다.

"아니, 이게 대체! 정수현 씨면 그때 텔레비전에 같이 나온 그분?"

"그, 그렇긴 한데, 이모! 뭔가 오해를 하는 것 같아서 말하는 건데……."

"뭐야? 너! 3개월이나 날 속인 거야?"

일이 이상하게 돌아가고 있었다. 선우가 난감한 얼굴로 이모의 손에서 우선 반찬 먼저 빼앗아 식탁에 올려 두고 이모의 팔을 잡아당겨 안방으로 들어가 문을 닫았다.

"아니야. 이모. 그동안 수현 씨랑 연락 한 번 안 하고 지냈고, 수현 씨가 갑자기 찾아와서 만났어."

"그런데 왜 저렇게 편한 차림으로 네 집에 같이 있는 거니?"

갑작스러운 꼬챙이 같은 질문에 선우의 볼이 발갛게 달아올랐다.

"어제 대화를 하다 보니까, 저 사람이 나를 좋아하더라고. 어찌하다 보니까 사귀기로 얘기가 됐어."

"뭐? 얘는 도대체 왜 일을 이 지경으로 만들어? 어쩔 생각인 거야? 그때는 부담돼서 싫다고 하더니 이게 뭐니?"

"미안해. 이모. 저 사람이 너무 적극적이고 나한테 잘해서…… 나도 갈대같이 마음이 흔들거리더라고."

선우가 착잡해진 얼굴로 고개를 숙이고 말하자 이모가 손을 뻗어 그녀의 손을 잡았다.

"그래도 난 좋다, 뭐! 우리 조카, 이젠 제대로 임자 만난 건가 싶어서. 이렇게 예쁜 인물로 여태 남자 하나도 못 만나고 혼자 쓸쓸하게 사는 거 보기 그랬는데…… 난 좋다. 그냥 좋아. 나, 정수현 씨랑 잠깐 얘기 좀 해도 될까?"

"나 빼고?"

"그래, 묻고 싶은 게 좀 있어서."

머뭇거리던 선우가 할 수 없다는 얼굴로 문을 열고 나가 수현을 안으로 불러들이고 천천히 문을 닫고 나왔다.

준화가 수현을 뚫어져라 바라봤다. 참으로 머리부터 발끝까지 아주 잘생긴 사내였다. 깐밤처럼 똑 떨어지는 말끔한 외모나 헤어스타일, 무엇보다 맑고 정연精然해 보이는 눈동자가 멋졌다. 준화가 자애로운 눈빛으로 그에게 인사를 했다.

"반가워요. 난 선우의 이모예요. 저 앨 중학생 때부터 쭉 키웠어요."

"그렇다면 어머니 같은 존재시군요. 절 먼저 받으세요."

갑자기 수현이 일어나더니 큰절을 올리고 무릎 꿇고 앉았다.

"편히 앉아요."

"아닙니다. 옷도 슈트로 갈아입고 올 걸 그랬어요. 죄송합니다. 초면에 무례를 범한 것 같아서……."

"에이, 갑자기 연락도 없이 불쑥 찾아온 내 잘못이지요."

예의도 바르고 목소리도 듣기 좋은데다 겸손한 말씨여서 흠잡을 데가 없었다.

"말씀 편히 하십시오. 한참 어리고, 선우 씨 많이 좋아합니다."

준화가 눈을 휘둥그렇게 뜨고 그를 한참 동안 바라보다가 눈물이 그렁거리는 얼굴로 그의 손을 덥석 쥐었다.

"우리 선우가 말도 못하게 많이 부족해요. 사랑을 많이 받지 못하고 자랐고, 지 이모 눈치만 보면서 어떻게든 폐가 안 되려고 늘 조심하면서 살얼음판 걷듯이 그렇게 살아왔어요. 지 편하게 해주려고 온통 신경 쓰는 내가 안쓰러웠던지…… 누구보다 지가 더 아프고 힘들었을 텐데도, 이모한테 폐는 끼치지 않고 싶다고 얼마나 조심을 하던지. 그런 애예요. 저 애가……. 수현 씨가 우리 선우, 계속 무뚝뚝하게 굴고 싫다고 밀어내도 붙들고 놓지 말아 줄래요? 저 애, 마음이 있어도 온전히 표현 못 하는 애예요. 겁만 많고…… 다치면 회복이 되질 않는 애예요."

준화가 기어이 눈물을 뚝뚝 흘리며 말했다. 그러다 아차 너무 울어버렸나 싶어 얼른 눈가를 닦아내고 목청을 가다듬었다.

"미안해요. 초면에 이렇게 우는 모습을 보여주고……. 우리 선우한테 좋은 사람이 생겼다니 너무 좋은 마음에 그런 거니까 이해해줘요."

"괜찮습니다."

"선우, 마음 아픈 일 없도록 지켜줄래요?"

"그럴 생각이 없었다면 미국에서 여기 한국까지 오진 않았을 겁니다. 선우 씨, 다치지 않도록 잘 보살필 겁니다."

"믿음직하네요. 혹시라도 선우가 미운 짓을 한다고 해도, 절대 그 애 놓아선 안 돼요. 지금 이 각오 잊지 마세요. 네?"

"네, 또 다른 말씀은?"

"없어요. 난 그저 우리 선우만 잘 지켜주겠다면, 그 애 마음만 다치지 않게 해준다면 바랄 거 없어요."

"노력하겠습니다. 이모님."

싹싹하게 대꾸하는데다 입가에 조금은 어색한 미소를 머금고 있는 모습이 무척이나 싱그럽게 느껴졌다. 나이보다 동안으로 보이는 얼굴인데다 머리도 조막만 하고 어깨가 아주 넓어서 모델 같았다. 텔레비전 속에서나 볼법한 얼굴을 코앞에서 보고 있으니 마음이 싱숭생숭했다.

'아이구, 복도 많은 기집애. 하늘서 네 엄마가 널 보살펴 주고 있나 보다.'

다들 그랬다. 그렇게 좋은 자리를 스스로 걷어차는 여자가 세상에 어디 있느냐고. 다들 선우를 두고 바보라고 했다. 재벌가의 후계자가 될 수도 있는 남자를 마다하는 바보가 어디 있느냐고. 맞선 프로에 나간 이후 선우에 대해 들려오는 어른들의 '쯧쯧쯧'은 곧장 준화의 가슴에 비수가 되어 꽂혔다.

선우는 자신이 다치는 게 뻔한 일은 절대로 하지 않는다. 무모함 따윈 없다. 이미 한 번 부모를 잃는 가장 큰 시련을 겪어낸 선우였지만, 당시 아이답지 않게 너무 어른스러웠던 게 마음에 걸렸다. 결국 그 애는 제대로 된 '애도' 한 번 못하고 아무렇지 않은 척하느라 바빠 자신의 상처는 돌보지도 못했다. 그래서인지 다치는데 있어서 누구보다 예민하게 굴었다.

한 번 연애를 시작하면, 마음을 주지 못하고 겉돌다가 기어이 마음을 주면 상대가 떠나고 만다. 이미 마음이 흘러가버린 선우는 주체하지 못하고 폐인이 되기 마련이었다. 몇 날 며칠을 앓아누워버리는 애였다.

그래서 준화도 선우가 걱정되기도 했다. 이렇게 대단한 배경을 가진 남자와 마지막까지 잘될 수 있을지 장담할 수가 없어서. 하지만 수현을 만나고 보니, 마음 한 구석이 안심되었다. 거짓을 말하는 눈빛은 아니었다. 선우가 귀하니까, 이모인 그녀를 보고도 이렇게 어려워하고 머뭇거리는 게 아닌가. 그런 태도라면 됐다.

"후우, 이만 가봐야겠어요."

준화가 몸을 일으켰다. 수현도 무릎을 꿇고 있다가 몸을 세우고 한 걸음 뒤로 물러서서 두 손을 모으고 섰다. 준화가 문을 열자, 초조한 얼굴로 문가에서 떨어져 오락가락하던 선우가 재빠른 동작으로 다가와 준화의 얼굴을 이리저리 살폈다.

"이모, 울었어?"

"아니야. 나, 이제 갈게. 나중에 통화하자."

"벌써? 커피라도……."

"됐어! 누굴 눈치도 모르는 바보 취급하니? 갈게. 그럼, 수현 씨, 재밌다 놀다가요!"

"네. 이모님, 감사합니다."

수현이 인사를 하자, 선우가 곧장 준화의 팔에 팔짱을 끼워 넣으며 배웅을 하겠다고 나섰다. 현관문을 닫고 나와 엘리베이터 앞에 서 있는데, 준화가 고개를 들어올려 한참 큰 선우를 올려다봤다.

　　"선우야, 넌 어때? 넌 좋니?"

　　"저 사람?"

　　"그래."

　　"좋아. 방송에서 봤잖아. 그대로야. 매너 좋고, 나만 바라봐주고."

　　"그래, 그거면 됐지. 얼굴 저렇게 잘생겨서 다른 여자들한테까지 잘해봐라. 답이 없다. 답이! 넌 정말 복 받은 거야. 아무래도 하늘에서 언니가 널 봐주고 있는 게 아닌가 싶다."

　　"에이, 설마!"

　　"선우야, 겁먹지 말고 원없이 해봐. 정수현 씨가 다른 놈들처럼 너한테 상처 주고 물러날 사람처럼 보이지는 않더라. 나이도 너보다 한참 많은데다 세상 경험도 많을 거고, 사업도 한다니까 얼마나 냉철하겠니? 믿고 의지해. 저번처럼 마음 주지 못해서 힘들어하다 헤어지지 말고."

　　"알았어. 이모는 너무 걱정이 많아."

　　"난 수현 씨, 너무 좋다. 네가 꼭 결혼까지 갔으면 좋겠어."

　　"너무 멀리 갔다."

　　엘리베이터가 문을 열자마자 준화는 선우를 밀쳐내고 혼자 엘리베이터에 올라 문을 닫았다.

　　"이모!"

　　"간다!"

　　"전화할게!"

이미 닫힌 문 너머로 선우의 음성이 들려왔다. 자꾸만 마음이 뭉클하고 눈가에 물기가 차올랐다. 저 바보 같은 걸 제발 수현이 오래도록 마음으로 안아주기를 바라고 또 바랐다.

문을 열고 들어가자, 수현이 커피를 한 잔 더 마시고 있었다.
"놀랐죠? 미안해요."
선우는 수현이 조금 화가 났을지도 모르겠다 싶어 걱정스러운 눈빛으로 그를 바라봤다.
"좋은데?"
"뭐가요?"
의외로 수현의 입가에 빙그레 미소가 번져 있었다. 선우가 의아한 눈빛을 하자, 그가 커피잔을 입가에 대고 한 모금 마시더니 입을 열었다.
"이모님이랑 뵙고 나니까, 마음에 더 확신이 서서."
"네?"
"사실 어제까지만 해도 마음의 70프로만 걸었거든. 그런데 이모님 뵙고 나서는 백프로 다 걸어도 되겠구나, 안도가 들어서."
"알아듣게 좀 얘기해줘요."
선우도 커피를 잔에 채우고 손잡이를 쥔 채 그를 바라봤다.
"난 선우가 날 두고 여느 여자들처럼 밀당이라는 걸 하는 거라고 생각했어. 혹시나 영리하게 계산해서 연애를 하는 여자면 어쩌나 걱정했거든. 그런데 이모님이랑 대화를 해보니까 선우는 그런 쪽은 영 젬병인 것 같더라. 그걸로 됐어. 지금까지 내게 보인 태도가 이모님의 말씀에 근거해서 보면 일관성이 있어."

"이모가 뭐라고 했는데요?"

"몰라도 돼. 이젠 박선우는 내 거다, 이렇게 속 편하게 가야겠다."

커피잔을 비운 선우가 그에게 물었다.

"산책하러 가자면서요?"

"갔다가 백화점 안 갈래?"

"거긴 왜요?"

"이모님한테 선물 좀 드리고 싶은데."

"아니에요. 이모가 부담스러워 할 거예요."

"그래도 하고 싶어. 이런 차림으로 인사드린 것도 마음에 걸리고……. 난 어떻게든 점수 좀 따야겠다."

결국 선우가 고집을 부려 할 수 없이 끌려가듯 백화점에 가야 했고, 그는 이모에게 주겠다며 몇 백만 원짜리 명품백을 두 개나 골랐고, 봄 신상이라며 선글라스까지 하나 더 끼워 넣었다. 트렁크에 그 선물을 받아 넣으면서 선우는 악마의 속삭임과 팽팽한 신경전을 벌여야만 했다.

'네가 다 가져!'

나 원래 그렇게 못된 애 아닌데, 지금 이 순간만큼은 패륜아이고 싶다. 명품백이 뭐기에!

저녁 8시쯤 돼서 수현은 이대로 아무 일도 없이 미국으로 돌아갈 수 없다는 생각이 들었다. 뭐라도 해놓고 가야 선우가 온전히 자신의 것이 된 것만 같다는 확신이 설 것 같았다. 그래서 친구를 같이 만나자고 거짓말을 해서 선우를 한껏 차려입게 만든 다음, 무작정 호텔로 끌고 들어왔다. 그리고 선약이 저쪽의 일방적인 통보로 깨진

척 연기를 해야만 했다.

다행히 선우는 그의 능청스러운 연기를 홀딱 믿어줬고, 호텔까지 왔는데 아쉬우니 바에 가서 술이라도 마시고 가자 꼬여 선우를 끌고 호텔 바로 데리고 들어갔다. 계획은 차근차근 실현되고 있었다. 둘은 창가 라운지에 나란히 앉아 술잔을 기울이며 이런저런 대화를 다정하게 나눴다. 최대한 시간을 끌어야 했다. 선우가 자신의 차를 운전하고 왔으니, 둘 다 일정량 이상 마셔서 오도 가도 못하게 할 심산이었다.

양주가 서로의 잔을 채웠다가 비워졌다 반복했다. 비로소 한 병을 비웠을 때쯤, 선우가 볼이 발갛게 물들어서 그를 바라보며 히죽히죽 헤픈 웃음을 날리기 시작했다. 드디어 주신酒神이 온 모양이었다. 그가 한 병을 더 시키고, 양주잔에 얼음을 띄우고 술을 채웠다. 선우는 홀짝홀짝 기분 좋게 잔을 비웠다.

"여기 분위기 정말 좋아요."

"마음에 들어?"

"네, 진즉 한 번 와볼 걸 그랬어요. 사느라 바빠서 지나치기 일쑤인데다 한 번 오기엔 좀 가격 부담도 있고 했는데…… 사람이 살면서 한 번쯤은 자신을 위해 이 정도 보상은 받을 필요가 있는 것 같아요. 앞으로는 좀 융통성 있게 살아야겠어요."

"그것도 좋지."

"수현 씨, 연애 몇 번 해봤어요?"

과거사가 궁금하다는 건가? 하지만 여자들은 과거사를 솔직하게 말하면 그걸 빌미삼아 시비를 걸기 일쑤였다. 현명한 대처법은 이미 수차례 반복으로 터득한 그였다.

"별로 안 해봤어. 그리고 너처럼 이렇게 내가 미친놈처럼 쫓아다닌 케이스는 전무해."

선우가 흡족한 미소를 짓고 한쪽 눈을 찡긋 감으며 어설픈 윙크를 했다.

"제가 좀 매력적인 건가요?"

"좀이 아니라 많이!"

이런 땐 분위기 훈훈하게 계속 칭찬을 쏴줄 것. 그래야 술이 술술 넘어갈 테니까.

"아, 그런데 왜 수현 씨는 안 마셔요. 얼른 마셔요."

선우가 잔을 채우더니 잔을 그의 코앞까지 들이밀었다. 수현이 얼른 잔을 받아 한 잔을 비우자, 그녀가 배시시 아이처럼 미소를 지었다.

"선우야, 오늘 여기서 자고 갈까?"

"네? 내일 아침 일찍 가야 한다면서요?"

"여기서 일찌감치 나가면 되지."

"음, 졸리긴 한대요? 전 술 마시면 좀 자는 타입이라서요."

"잘 웃고 말도 쫑알쫑알 많아지는데?"

"에헤헤, 그런가요?"

일단 설득은 된 것 같았다. 이러면 안 되는데, 이젠 못 참겠다. 완벽하게 '내 거'라는 상징적인 뭔가를 받아둬야 마음 편히 미국행 비행기에 몸을 실을 수 있을 것 같다.

"일단 체크인 먼저 하자."

선우는 바에 미리 말하고 맡겨 두었던 키를 받았다. 다시 자리로 돌아온 그가 선우의 몸을 부축해 일어섰다.

"괜찮아요. 저, 걸을 수 있어요."

"내가 남친인데, 부축도 못 하게 하면 속상하다."

"아, 그렇구나. 그럼 믿고 의지할게요."

선우가 그의 품 안에 안긴 채로 바를 빠져나가 홀을 지나갔다. 그리고 엘리베이터 앞에 서서 기다리는데, 선우가 고개를 들더니 그를 향해 싱긋 미소를 띠었다.

"제가 할 말이 있는데요."

갑자기 그녀가 귓가에 나직하게 속삭였다.

"저 남자랑은 호텔 처음이에요. 조금…… 떨려요."

정상이네. 하나도 안 취했다. 그러니 이런 말을 하지. 수현이 웃으며 그녀를 바라봤다. 선우가 수현의 허리에 팔을 감더니 가슴 쪽에 머리를 푹 기댔다. 금요일 밤부터 시작해 오늘인 일요일까지 내내 맡던 그녀의 체향인데도 왜 이렇게 그에겐 도발적이고도 자극적인지 모르겠다. 그의 아랫도리가 며칠째 고단하다며 자신의 책임을 다하게 해달라고 외치고 있었다. 엘리베이터 문이 열리자마자 그는 선우를 안듯이 데리고 위층으로 올라갔다. 꼭대기 층 스위트룸 문을 열고 안으로 들어가자, 선우가 퍼뜩 고개를 들더니 탄성을 질렀다.

"우와!"

"좋아?"

"여기 뭐예요?"

"스위트룸."

"회장님들이 주로 숙박하는 방이구나. 여기도 처음이군요. 어째, 내 생활 전체가 다 초라한 것만 같아요."

"아니, 보통 여자들에겐 너처럼 사는 게 정상일 거야. 이런 데 자주 오는 여자가 이상한 거지."

"그렇죠?"

선우가 그의 품 안에서 빠져나가 소파에 가더니 그대로 주저앉았다.

"가죽! 진짜 가죽!"

그녀가 손바닥으로 가죽을 벅벅 닦듯이 만지더니 외쳤다. 소파 앞 테이블에 올려놓은 테이블 센터피스를 보더니 코를 푹 박으며 킁킁 냄새를 맡았다.

"꽃이 너무 예뻐요."

향을 맡던 그녀가 일어나더니 침실 쪽으로 갔다. 양문형 미닫이 문을 확 젖힌 선우가 커다란 킹사이즈 침대를 보더니 어린아이처럼 몸을 붕 날려 침대 위로 떨어졌다.

"우와, 진짜 크다!"

"씻어야지."

"아, 먼저 씻을래요?"

수현이 고개를 끄덕거리고 먼저 욕실로 들어가 단 10분 만에 고속으로 씻고 나왔는데, 밖이 조용했다. 선우가 어디 있나 두리번거리는데 침대에도 없고, 소파에도 없었다. 혹시 갔나 싶어 불안해 두리번거리던 그가 베란다 창가 쪽 라탄의자에 앉아 있는 선우를 발견하고 곁으로 다가갔다. 가만히 고개를 내리자, 선우가 곤히 잠들어 있었다. 그의 입가에 미소가 번졌다.

'아, 이 여자…… 미치겠다.'

귀엽다. 사랑스럽다, 이런 말들로는 해결이 안 되는 여자였다. 그는 그녀를 번쩍 안아 올려 침대에 눕히고 입고 있던 코트와 셔츠, 블랙 팬츠를 벗겨 냈다. 선우의 몸에 남은 것은 브래지어와 팬티뿐이었다. 그 모습을 가만히 바라보던 그는 잠시 지금까지 살면서 가장 큰 고민에 휩싸였다.

'가질 것인가, 재울 것인가!'

문제로다!

10.

　꿈인가? 뿌옇게 흐릿한 시야에 들어와 앉은 사람은 다름 아닌 수현이었다. 수현이 상체에 아무것도 입지 않고 그녀를 지그시 내려다보고 있었다. 뭔가 굉장히 어려운 문제를 떠안은 얼굴인데, 그게 뭔가 싶기도 했다. 선우가 눈을 천천히 뜨고 상체를 발딱 일으켜 앉았다.

　"수현 씨, 무슨 문제 있어요? 뭐, 잃어버렸어요?"

　수현의 심각한 얼굴에 걱정이 된 마음에 그렇게 묻자, 수현이 황당한 표정으로 그녀를 바라봤다.

　"왜요?"

　"잔 거 아냐?"

　"제가 좀 졸다 깨다 그래요. 술 때문인지 잠이 푹 들질 못해요. 간헐적으로 잔다고 해야 할까요?"

　피식 웃자, 수현이 기막히다는 듯 바라보다 풋하고 웃었다.

　"내가 뭘 잃어버렸냐고 했지?"

"네, 뭘 잃어버렸을까요?"

"이성."

"네?"

갑자기 수현이 그녀의 몸을 확 덮치더니 그녀를 벌렁 뒤로 눕혔다. 놀란 선우가 그의 어깨를 양손으로 쥐고 숨을 멈췄다.

"이성을 잃었어. 내가 지금…… 너 때문에 짐승 됐거든!"

"수, 수현 씨……."

"나는 마음의 준비 끝났어. 너만 하면 돼. 시간, 얼마나 필요해?"

"그, 그게……."

"이런 건 시간이 필요 없어. 닥치면 다 해결되는 간단한 일이지. 일단 발 먼저 들여놔 볼래?"

말이 끝나자마자 그가 등으로 부드럽게 손을 밀어 넣더니 브래지어 끈을 천천히 풀었다. 놀란 선우가 브래지어 앞부분을 손으로 쥐고 어쩔 줄을 몰라 하자, 그가 그녀의 입술에 쪽 입을 맞췄다.

"연인이라면 누구나 치르는 의식 같은 거잖아, 이거. 난 서른다섯 살이나 됐고, 생각보다 자제력이 뛰어난 줄 알았던 이성은 본능에 5초 만에 무릎 꿇었어. 나, 첫날부터 널 안고 싶었어. 그걸 누르느라 모든 혈관이 찢어질 것 같아."

"저, 전 씻지 않아서……."

"지금 씻을 수 있겠어?"

"네…… 그, 그편이 나을 것 같아요."

브래지어를 꼭 붙든 선우가 천천히 그의 몸에서 빠져 나와 후다닥 욕실로 뛰었다. 그러다 경악하고 말았다. 자신의 몸에 걸쳐진 게 달랑 브래지어와 팬티뿐이라는 사실에. 울고 싶어졌다. 주도면밀한 남자의 계략에 놀아난 것이었다. 수현이 이토록 면밀히 계획을 짜고 자신을 룸까지 끌고 들어올 줄은 상상도 못했다. 욕실 안으로 들어간 선우는 다리가 부들부들 떨려서 잠시 주저앉아 있다가 고민했다.

도망을 가야 하지만, 입고 있는 게 너무 단출하다. 그렇다고 그를 받아들이기엔 아직 마음의 준비가 되질 않았다. 그렇다면 대놓고 싫다고 딱 잘라야 하는데 저렇게 통사정을 하는 그의 마음을 무시할 냉혹함 같은 건 없었다.

'하아, 이 일을 어쩌지?'

똑똑.

문밖에서 노크 소리가 들렸다. 문가에 수현이 서서 보초마저 서는 상황이었다.

"언제쯤 나와? 여기서 기다릴게."

"고, 곧 나갈 거니까 침대에 가 있어요."

"싫어. 안 나올 것 같아."

수현도 선우의 마음을 뻔히 다 읽고 있었다. 그에게 수가 다 읽히고 있다는 사실도 모욕적이었다. 그녀는 위풍당당하게 브래지어와 팬티를 벗어 문을 살짝 열고 밖에 내밀었다.

"한쪽에 내려놔주세요."

수현이 받는 느낌이 전해졌다. 여기서 겁을 먹으면 안 된다. 나이 서른이 다 되어 가는 여자가 경험이 전무한 스무 살 애처럼 굴어선 곤란하지 않던가? 노련하게 굴어야 한다. 샤워를 마친 그녀가 수건을 몸에 감고 나왔다. 배스가운이 있었지만, 섹시미를 어필하려면 이보다 더 좋은 게 없을 것 같아 선택했다. 나름 우아한 걸음걸이로 나가자 수현이 오히려 놀란 표정으로 그녀를 바라봤다.

"왜 그렇게 쳐다봐요?"

"술 마시면 인격도 변하나 갑자기 궁금해져서."

"아니에요. 솔직히 말해봐요."

선우가 천천히 수현에게 다가가 그를 올려다보며 음산한 눈빛으로 물었다.

"이거, 의도적인 거죠? 호텔에 온 거 말이에요."

"그럴 리가!"

수현은 솔직해지지 않을 모양이었다.

"아무래도 이상해요. 술이 확 깼어요. 너무 놀래서……. 제가 좀 바보처럼 당한 기분이었어요. 그런데 수현 씨 의도는 정확히 이해했어요. 뭘 하고 싶은 거죠?"

"뻔하잖아."

"그럼 침대로 가요. 대신 오늘 밤을 죽는 날까지 잊지 못할 날로 제 머릿속에 각인시켜줘야 할 거예요."

선우가 무시무시한 얼굴로 그를 향해 으름장을 놓았다. 그러자 수현이 한쪽 눈썹을 천천히 치켜 올리며 물었다.

"만약 그렇게 못 하면?"

"두 번은 없어요. 오늘로 아듀!"

"영영 안 된다고?"

"물론이에요. 재미도 없는 걸 계속 해야 할 이유가 없잖아요."

"최선을 다해 보지."

말이 끝나기 무섭게 수현이 그녀의 몸을 가리고 있던 수건의 끝을 확 잡아당겼다. 그와 동시에 그녀는 눈을 감아버렸다.

수현은 숨을 삼키고 선우의 나신을 바라봤다. 은은한 조명 속에 수줍게 서 있는 그녀의 모습은 한 마디로 여신 같았다. 그는 천천히 그녀에게 다가가 어깨에 손을 얹었다. 어깨에서 천천히 미끄러진 그의 손끝이 그녀의 젖가슴 전체를 부드럽게 어루만졌다.

빨갛게 홍조 띤 유두가 그의 시선을 사로잡았다. 그가 손끝으로 유두를 부드럽게 어루만지자 작은 알갱이가 단단해지더니 봉긋 솟아올라 입체적으로 변했다. 그가 가슴 끝을 손가락으로 슬며시 쥐고 앞으로 잡아당겼다가 놓았다.

튕기듯 움직인 그의 손놀림에 선우가 몸을 파르르 떨며 나직한 신음을 흘렸다. 그가 기분 좋은 미소를 짓고 다시 손가락 끝으로 그녀의 가슴 위에 원을 그려 나가듯 움직이자, 그녀가 고개를 옆으로 돌리고 이를 앙물었다. 그의 손이 젖가슴 전체를 손에 움켜쥐었다. 처음엔 두부를 쥐듯 가벼운 동작이었지만 점차 밀가루를 치대듯 강한 힘으로 가슴을 쥐고 옆으로 살짝 틀었다.

"아아……."

선우가 자신의 신음소리에 놀라 눈을 번쩍 떴다. 수현은 입가에 미소를 띠고 그녀의 허리라인을 천천히 손끝으로 따라 나갔다. 보슬하게 돋아난 거웃에 그의 시선이 닿았다. 손끝이 그녀의 거웃을 위아래로 부드럽게 쓸어올렸다 내렸다를 반복했다.

선우는 이를 악물고 다시 눈을 감았다. 도저히 눈을 뜨고 볼 수가 없는 모양이었다. 그는 천천히 그녀의 허벅지 안쪽으로 손을 밀어 넣어 봤다. 두 갈래로 갈라진 여성의 비밀스러운 곳이 손바닥에 느껴졌다.

그는 조각을 하는 예술가처럼 그녀의 몸을 부드럽고 섬세한 동작

으로 어루만지고 천천히 그녀를 양팔로 안아 올렸다. 그녀는 몸을
옹송그리고 발갛게 상기된 얼굴을 그의 가슴팍에 묻었다. 그는 거친
야성으로 몸이 찢겨질 듯 아팠지만, 최대한 이 순간을 느긋하게 즐
기기로 했다. 순식간에 맛본다면 나중에 그녀의 모든 것이 눈에 남
겨져 있지 않을 것 같았다. 조금씩, 하나씩 그녀를 담고 안고 싶은
욕정은 이후 터트리기로 했다.

그는 침대에 그녀를 조심스럽게 눕히고, 그녀의 곁에 누웠다. 그
녀의 잘록한 허리에 팔을 두르고 천천히 그녀의 입술에 입술을 내
렸다. 키스가 솜사탕을 핥듯, 사탕을 빨 듯 그렇게 시작되었다. 그
리고 얌전하던 그의 손가락은 물 위에 그림이라도 그리듯 그녀의
젖가슴 위에서 우아한 동작으로 움직이기 시작했다. 손가락이 그녀
의 젖가슴을 어루만질 때마다 그녀는 키스를 우뚝 멈추고 몸을 바
르작거렸다.

"흐흡…… 으음……."

입술이 막힌 그녀의 입에선 살려달라는 듯한 신음이 터져 나왔
다. 하지만 그는 절대로 놔줄 생각이 없었다. 한 번 물면 절대 놔주
지 않는 사냥개처럼 그는 느릿느릿한 동작으로 감질나게 그녀를 애
태웠다. 그의 혀가 그녀의 혀를 휘감고 깊게 빨아 당겼다.

그와 동시에 그의 손가락 끝이 진홍빛 유륜부 전체를 감싸쥐고
살끝을 잡아당기듯 꽉 움켜쥐자 그녀가 몸을 부르르 떨었다. 그녀의
몸에 일어나는 잔경련을 즐거운 듯이 바라보며 그가 입술 끝을 휘었
다. 그의 손이 젖가슴 전체를 움켜쥐고 유방을 일그러트렸다. 그가
입술과 혀를 핥았다 빨았다를 반복하며 그녀를 아련하게 바라보다
가 서서히 입술을 떼어냈다.

"눈 감아. 이젠 다른 곳도 맛봐야지."

선우는 나른한 눈빛으로 그를 적셔버릴 듯 바라보다가 그의 명령에 홀린 사람처럼 얼른 눈을 감았다. 수현이 상체를 살짝 일으키고 그녀의 유두를 내려다봤다. 크랜베리 같은 빨간 빛깔로 물든 유두를 보자 침이 꼴깍 넘어갔다. 그가 입을 벌리고 그녀의 유륜부를 통째로 집어삼키고 쭉쭉 볼이 패이도록 빨았다.

"아아…… 하아……."

선우가 참지 못하고 기어이 신음을 터트렸다. 마치 가슴이 빨려 들어가기라도 하는 듯 그녀의 빨린 가슴 쪽이 위로 들려 올라왔다. 그가 더욱 깊게 빨며 입 안을 진공상태로 만들자, 그녀의 간드러진 신음소리가 더 애처롭게 변했다.

뽁 소리와 함께 유륜부가 그의 입 안에서 빠져 나왔다. 빨갛게 둥근 자국이 가슴에 새겨져 있었다. 그는 유두를 혀로 위아래로 두드리며 자극하다가 이로 잘근거리고 물었다. 선우가 참지 못하고 자신의 손등을 물어 입을 막았다.

'참아 보겠다고?'

그는 지금 최선을 다해 그녀를 즐겁게 해주기 위해 노력 중이었다. 이번엔 그의 다른 손이 배를 부드럽게 쓸어내린 후 거웃을 헤치고 여체의 가장 깊은 곳에 당도했다. 그는 능숙한 동작으로 그녀의 속살 안에 감춰진 클리토리스를 찾아냈다. 손끝은 감춰진 알갱이를 조심스럽게 어루만지며 그것이 좀 더 팽팽하게 긴장하도록 유도했다.

손끝으로 그것을 위아래로 흔들며 자극하자, 클리토리스가 서서히 팽창하며 진주 알갱이만 한 크기로 도드라졌다. 그는 손가락을 좀 더 아래로 내려 그녀의 질구에서 물기가 새어나오는지 확인했다. 애액이 충만했다. 그는 서서히 그녀의 다리를 벌리고, 머리를 내렸다. 무슨 일이 벌어질지 예측하지 못한 선우는 자신도 모르게 본능적으로 허벅지 사이를 양손으로 덮고 버티는 중이었다.

"손 치워."

"싫어……."

"어서 치워. 최선을 다해 즐겁게 해줘야 두 번째가 가능하다며? 나로선 사활이 걸린 문제야."

"말도 안 돼요!"

"얼른 손 치워."

그가 혀로 그녀의 손등과 손가락을 할짝거렸다. 놀란 그녀가 고개를 저으며 신음했다. 그가 손으로 그녀의 손목을 강인하게 움켜쥐고 떼어냈다. 비로소 붉은 꽃 속이 눈에 들어왔다. 난꽃처럼 벌어진 여체의 신비가 눈부시게 아름다웠다. 그는 클리토리스를 혀로 할짝거리면서 양 갈래로 벌어진 잎새를 입 안에 쪽 빨아당겨 거칠게 흡입했다.

"아아아웃!"

그녀가 몸을 활처럼 휘며 경련했다. 그는 즐거운 눈빛으로 그런 몸짓을 지켜보며 그녀의 클리토리스를 서서히 자극하다가 아예 입 안에 전부 집어넣고 게걸스럽게 빨아당겼다. 그녀의 음부가 그의 입 안에 전부 들어온 느낌이었다. 말랑거리고 촉촉한 그녀의 속살이 입 안에서 고스란히 느껴졌다. 그녀가 아랫배에 힘을 주며 몸을 떨었다.

"이, 이상해요. 그, 그만!"

"싫어."

그가 혀로 그녀의 질구를 할짝거리며 핥았다. 다디단 내음이 입 안으로 스며 들어와 목구멍으로 넘어갔다. 그녀의 몸에서 나온 모든 것이 그에겐 다디단 꿀 같았다. 그가 준 자극에 곧장 반응하며 꿀을 줄줄 흘리는 그녀의 모습이 그는 미치도록 사랑스러워 견딜 수가 없었다.

그는 발기한 아랫도리를 자신의 손으로 가볍게 어루만지고는 허리에 둘러져 있던 수건을 벗어 던졌다. 그가 입술을 떼어내고 그녀의 질구에 그의 페니스를 밀착시켰다. 곧장 들어갈 마음은 없었다. 그는 그녀의 애액이 그의 페니스에 골고루 묻도록 했다. 강인한 페니스가 말랑거리는 잎새를 짓누르며 자극하자 그녀가 거친 숨을 몰아쉬며 그의 등에 손톱을 박아 넣었다.

"그, 그만……."

"미안한데, 이제 시작이야."

"재미없어요. 하나도…… 몸이, 타들어가는 것 같아요."

"이 재미를 모른다는 게 말이 돼? 혹시 처음은 아니겠지? 그게 아니라면 그동안 네가 만난 놈들이 말도 못하게 무능력한 자들이었던지."

"모, 몰라요. 그런데 심장이…… 몸이 너무 뜨거워서…… 어떻게 될 것 같아 무서워요."

"죽진 않아. 염려하지 마."

그는 무릎을 꿇고 그녀의 다리를 힘껏 벌려 서서히 그의 페니스를 그녀의 질구에 밀어 넣기 시작했다. 그는 파고들어가려고 하는데, 그녀는 자꾸 도망을 가려고 해서 들어가기가 쉽지 않았다. 그가

266 맞선의 품격

온 힘을 다해 그녀의 속살 깊이 쑥 밀어 넣은 순간 선우가 숨을 멈추고 눈물이 그렁거리는 얼굴로 허공을 응시했다.

"흑! 흐윽!"

"박선우, 처음이구나."

선우의 눈가에서 눈물이 줄줄 흘러내렸다. 그녀가 누운 부분이 축축하게 젖어드는 건 물론이고, 그가 밀어 넣은 부분에서도 그의 페니스에 핏기가 묻어 나왔다. 그는 잠시 공황상태가 되어 아래쪽을 내려다봤다. 축하해야 할 일인지, 미안해야 할 일인지, 처음인 그녀를 너무 장난스럽게 대한 건 아닌가 후회도 일고 만감이 교차했다.

"박선우, 처음이라고 말했음⋯⋯."

"그냥, 그냥 해요. 자존심 상해서 말 안 했단 말이에요. 29살이 되도록 처음인 여자가 말이 돼요? 한심해할 것 같아서 말도 하고 싶지 않았어요."

"그게 왜 한심해?"

"남자가 서른까지 한 번도 경험이 없다고 하면, 여자들은 대부분 남자가 성격적으로 문제가 있는 거 아니냐, 라고 생각하거든요. 내 입장에선 그런 생각 같은 건 요만큼도 하게 만들고 싶지 않았어요. 그러니까 그냥 아무 말도 말고 해요. 무슨 기념비적인 날도 아니고, 나로선 쪽팔린 일이니까."

"난 좋은데⋯⋯ 내 아랫도리가 네 피에 젖은 거⋯⋯ 좀 충격적이면서 짜릿한데?"

선우가 울먹거리다 말고 눈을 뜨고 그를 바라봤다. 그러더니 울먹거리면서 퉁명스럽게 말했다.

"변태."

그가 피식 웃고는 페니스를 더욱 깊게 삽입했다. 그녀가 끄응 앓는 소리를 냈지만, 개의치 말고 하라는 명령이 있었으니 되도록 조심해서 움직임을 이어나가기로 했다. 그가 그녀의 젖가슴을 쥐고 입안에 물고 깊게 빨아당기면서 아래쪽을 서서히 움직이기 시작했다. 젖가슴을 빨리자, 그녀의 내벽이 미치도록 꽉 옥죄기 시작했다. 가뜩이나 처음 들어간 터라 낯선 이물감을 맹렬히 떨쳐내려 내벽은 무섭도록 강하게 그를 거부하고 있었다. 그런데다 그가 가슴을 자극하니, 더 큰 힘이 그를 압도했다.

"윽! 서, 선우야…… 너무, 죄지 마!"

"어, 어떻게 해야 풀리는데요?"

"힘을 빼."

그가 그녀의 복부를 부드럽게 어루만져 주었다. 복부에 힘이 들어가 단단해져 있었다. 다져진 근육은 아니더라도 미약하게 근육이 도드라져 있었다. 연신 어루만지며 자극하자, 내벽이 서서히 힘을 풀었다. 그는 무릎을 꿇은 자세로 그녀의 다리를 한껏 벌리고 그를 함빡 머금은 아래쪽을 응시하며 앞뒤로 몸을 움직였다. 그러면서 엄지를 세워 그녀의 클리토리스를 슬금슬금 긁듯이 자극했다.

"아아…… 하아……."

처음엔 고통스러워하며 표정을 일그러트리던 그녀의 볼이 발갛게 물들고, 입술 새론 서서히 교성이 터져 나오기 시작했다. 젖가슴은 팽팽하게 부풀어 올라 정확히 반원 모양으로 올라섰고, 유두는 아까보다 더 커져 강낭콩알만 해졌다. 온몸이 그에게 반응하느라 발갛게 달아올라 있었다. 땀도 송글송글 맺혀 윤기가 자르르 흐르고,

머리카락은 흐트러져 이불 위를 검게 물들여 피부색과 대비가 되어 신비로웠다.

'최고의 여자로군.'

이렇게 완벽한 여자는 본 적이 없었다. 벗겨 놓고 보니 더욱 아름다움이 절정이었다. 평소의 그녀만 보고 그녀의 전부를 평가했었다면, 가장 중요한 걸 놓치고 말 뻔했다. 역시 여기 와서 그녀를 안아보길 잘했다. 그녀의 숨겨진 매력을 이렇게 보고 나니 비로소 안도가 되었다. 순간 아랫도리로 힘이 몰리면서 정액 일부가 파정되었다.

"읏!"

순간 웃음이 터지고 말았다. 이런 적이 없었는데, 이런 실수를 저지르고 보니 기가 막혔다. 나이가 든 건가 싶기도 하면서 선우가 느끼게 해주는 낯선 감각 때문에 몸이 동정을 떼이는 숫총각마냥 충동 조절을 못 하고 있었다. 그가 선우의 입술에 입을 맞추며 입가에 미소를 짓고 말했다.

"나, 이런 적 없는데…… 오늘 이상하다."

"하아…… 하아…… 왜요?"

선우가 거친 숨을 조절하면서 열기 어린 눈빛으로 그를 올려다봤다.

"모르겠어. 나…… 꼭 여자 처음 안는 사람처럼 기분이 묘해."

그는 두 팔을 그녀의 등 뒤로 보내 그녀를 힘껏 꽉 끌어안았다. 큰일이다.

"괜히 안았나 봐."

가면 이렇게 하지 못한다는 사실에 밤잠을 설칠 게 뻔했다. 맛보지 말았어야 했는데, 그렇게 하지 않으면 제 것 같지가 않아 쓸데없는 욕심을 부리는 바람에 오히려 후환이 오게 생겼다.

"나, 어쩌지?"

"어디 안 좋아요?"

"아니, ……네가 너무 좋다."

수현이 고개를 들어 다시 그녀와 눈을 깊게 맞췄다. 서로의 눈빛이 오래도록 허공에서 얽혀 들어갔다. 그윽하게 바라보는 그의 눈빛을 바라보면서 선우가 처음으로 손을 뻗어 그의 입술에 자신의 입술을 갖다댔다.

"……좋아해요. 나두……."

그가 그녀를 으스러져라 끌어안았다. 이대로 시간이 멈추면 얼마나 좋을까? 그녀와 맞댄 체온이, 심장 두근거림이 너무도 좋았다. 이토록 설레고 두근거리고 따스하고 편안한 날은 지금껏 단 한 번도 없었다. 그가 서서히 다시 허리를 움직였다. 나른한 햇살 아래 파도가 낮은 바닷가에 뜬 배마냥 느릿느릿 움직였다. 입술과 입술이 몽환적으로 마주 닿았고, 서로의 혀가 강하게 얽혀 들어갔다.

서로가 서로를 완벽하게 빨아들이며 제 것을 버리고 그를 온전히 빨아내는 의식을 행했다. 그리고 비로소 그가 그녀의 내부 깊이 사정을 했다. 그는 그녀에게 뜨겁게 달구어져 있던 욕정을 모조리 쏟아부었고, 하얗게 자신을 불태웠다. 그녀의 품 안에 널브러진 그를 오히려 체력적인 여유를 가진 그녀가 따스하게 보듬어 주었다.

그러나 그도 잠시, 채 10분도 되지 않아 그는 다시 야성의 수컷으로 돌변해 달구어진 페니스를 그녀의 질구 깊이 다시 밀어 넣고 헐

떡거렸다. 잠도 오지 않는 밤이었다. 그녀의 살냄새가 그의 야성을 피워올리고, 그가 하얗게 사그라지면 새하얀 그녀의 나신이 그를 마음으로 보듬어 주었다.

"선우야, 나…… 가기 싫다."

"전 일하지 않는 남자에게선 매력 못 느껴요."

선우의 칼 같은 말 때문에 수현은 다시 그녀의 젖가슴을 손에 쥐고 입 안에 빨아들였다.

"말해. 다음 기회는 줄 거야? 안 줄 거야?"

선우가 야릇한 콧소리를 내며 그의 머리카락 속에 손가락을 넣고 가슴을 빠는 그를 내려다봤다.

"모……르겠어요."

"좋았잖아."

"좋아요. 하지만 이 꿈이 깨면 겁이 날지도 모르겠어서요."

"변덕스럽기는!"

그가 다시 그녀의 몸에 올라탔다. 발기한 페니스를 그녀의 클리토리스에 갖다대고 위아래로 움직이자, 이미 예민해질 대로 예민해진 그녀가 거친 숨을 몰아쉬며 그의 엉덩이를 짓뜯듯 손아귀에 움켜쥐고 허리를 흔들었다.

"이렇게 야한 신음소리를 내면서, 겁이 난다고?"

"하아…… 하아…… 피곤하지 않아요? 졸려요. 수현 씨……."

"난 비행기에서 실컷 자면 돼."

"이기적이야."

"마음대로 생각해. 난 원없이 안아보고 갈 거니까."

그가 다시 밀고 들어와 완벽하게 하나가 되었다. 수현은 오래도록 발갛게 젖어들어 음탕한 신음을 흘리는 선우를 아련한 눈빛으로 내려다봤다. 진심으로 돌아가고 싶지 않다고 생각하는 그였다.

✻

수현이 미국으로 돌아간 뒤, 그런대로 생활은 제자리를 찾기는 했다. 문제는 선우 자신이었다. 쓸데없이 허공을 바라보며 히죽거리질 않나, 멍하니 넋을 놓는 일이 허다해 회사에서는 실수투성이었고 일을 해도 제대로 하질 못해 실효성이 없었다. 그렇게 일주일이 지난 선우는 모처럼 친구들과 회식 자리를 가졌다.

홍대 모처에 있는 한 와인바에서 모처럼 저녁을 하고, 술자리를 가졌다. 선애가 공짜 쿠폰이 하나 생겼다면서 같이 가자고 꼬셔서 오긴 했는데, 나중에 뒷감당이 될지 자신은 없었다. 어쨌든 평소에 가던 맥줏집보다는 훨씬 우아하고 세련된 분위기여서 대화는 속도감 있게 무르익어 갔다.

"오디션 말이야?"

"응, '별을 쏘다.' 상금 5억. 나이 제한 없고, 누구나 신청 가능하고. 지금 신청자 접수 받고 있어. 오디션은 다음 주 주말이고."

"어쩔 건데?"

"마음은, 하고 싶어해."

수정과 정은이 심란한 표정을 지었다. 그러다 엄마같이 푸근한 마음을 지닌 정은이 말했다.

"뭔가 하고 싶은 게 있다면 나 같음 해볼 것 같아. 나이고 뭐고, 일단 네 주변에 반대하는 사람이 없잖아. 보통 이런 경우 부모나 형

제가 반대하고 나오는 경우가 많은데, 너 같은 경우엔 일차적으로 그런 부분에선 걸림돌이 없고. 네 결정이 최우선이잖아. 그렇다면 망설일 이유 없지 않을까? 따로 걱정하는 부분이 뭔데?"

"새롭게 도전을 시작하면 아무래도 이젠 꿈을 이루기 위해 뭐든 해보려 할 거라는 거지."

"그렇다면 해봐야지. 넌 지금 네 생활이 무너질 게 걱정인 거야?"

"아무래도. 밑바닥부터 시작해야 한다는 게 문젠데……."

"그게 겁난다면, 그래서 저울질하고 있다면 하지 말아야지."

똑 부러지는 선애가 야무지게 말했다.

"꿈을 상대로 저울질이 가능하다면 그건 꿈이 아니지. 그런 거라면 취미생활 정도로 만족해야 하는 거 아닌가?"

가만히 듣고 있던 수정이 한 마디 했다.

"나 같아도 현실적인 문제를 무시할 수는 없을 것 같아. 그런데 마음속에 하고 싶은 일을 묻어두고 산다는 거…… 좀 짠하다. 나중에 분명히 후회할 것 같아. 네 안에서 그 꿈이 무섭게 불어날 수도 있는 거잖아. 너같이 늦게 시작해서 빵 터진 케이스가 나타나봐라. 백프로 후회하게 될 거야."

선우는 깊은 생각에 빠져 고민하다가 비로소 마음을 정했다. 허공에 붕 뜬 듯 아무것도 손에 잡히지 않았던 것은 노래를 해야 할지, 말아야 할지에 대한 고민과 회사를 그만두고 어떻게 살아야 할지에 대한 고민 때문이었다. 이렇게 새로운 회사에 금세 취업이 됐다면 오디션에 떨어진다고 해도 취업의 기회는 또 있을 것이다. 그렇다면 서른이 되기 전에 한 번만 꿈을 향해 날아 보는 것도 의미 있지 않을까?

"그런데 너, 요즘 얼굴이 묘하게 예뻐지는 것 같다?"

정은이 선우의 볼을 쿡쿡 찌르며 말하더니 얼굴을 요모조모 살폈다.

"내가 그래?"

"이상해. 너, 요즘 연애하는 거야?"

아직 친구들에게는 수현에 대한 이야기는 꺼내지 않았다. 사귄지 고작 며칠 되지도 않아서 여기저기 말하기 부담스러웠다.

"연애는 무슨……."

"아니, 그 사람한테 연락 없냐?"

"정수현 말이야! 정수현!"

선우는 입을 꾹 다물었다. 말을 하고 싶어서 입술이 근질근질했지만, 아직은 이르다는 생각에.

"해도 너무하네. 그럴 거였음 그 프로에 나와서 그렇게 하는 게 아니지. 애를 들었다 놨다 요물짓을 하더니 방송 끝나자마자 연락을 뚝 끊고! 사람이 할 짓이니? 완전 방송 이용해서 지 이미지만 끌어 올려 놓고!"

정은이 먼저 시작한 맹비난에 수정이 기름을 부었다.

"재수 없지. 생긴 것만 말끔할 뿐이지, 하는 짓은 딱 제비짓이야. 아주 마음에 안 들어. 착해 터진 애를 가지고 놀아도 유분수지!"

"맞아, 마음이 없었으면 애초에 그런 짓을 하질 말았어야지. 마치 일편단심인 양……!"

선애까지 부채질을 해대며 정수현 안티짓에 가담했다. 참다못한 선우가 피처잔을 쾅하고 내려놓고는 친구들을 바라봤다. 볼이 벌게질 정도로 수현을 욕하던 친구들이 선우를 바라보며 꿀 먹은 벙어리

마냥 입을 다물었다.

"아니야! 수현 씨, 그런 사람 아니라고."

"얘 왜 이래? 너는 아무리 속이 좋다고 해도 이건 아니다. 아닌 건 아니라고……!"

선우가 말을 툭 자르고 포효하듯 말했다.

"……왔었어! 그 남자!"

다들 눈을 휘둥그렇게 뜨고 선우를 응시했다. 그러다 정은이 선우의 팔을 잡아채며 물었다.

"야! 뭐야? 언제 왔었는데?"

"저번 주말에 와서 우리 집에서 며칠 머물다 갔다."

화가 머리끝까지 뻗쳐서 꺼낸 고백은 순식간에 친구들의 얼굴에 온갖 상상을 불러 일으키게 했다. 수정이 깔깔 웃으면서 선우의 얼굴을 가만히 바라보다가 팔뚝을 팍팍 쳤다.

"이거, 뭐 이런 여우가 다 있니? 너희 계속 연락한 거야?"

"그게 아니라…… 갑자기 찾아왔더라고. 그리고 집에 초대를 해 달라고 해서…… 그렇게 했지."

"마음에 있으니 불러들인 거겠지?"

"그게…… 오랜만에 보니까 이상하게 설레고 그대로 보내고 싶지가 않더라. 조금 더 같이 있고 싶었어. 그냥 보내면 그 사람 바로 미국으로 가버릴 것만 같아서……."

"잘했어! 그래서?"

수정이 어깨를 툭툭 치고 뒷머리를 쓰다듬더니 얼른 말해보라며 몸을 바싹 기울였다.

"집에서 저녁 먹고, 얘기도 많이 하고……. 수현 씨가 나 좋다고……."

"고백했어?"

"응, 3달이나 지난 일이고, 방송이 아니라 사석에서조차 그 사람 행동이 일관되니까 싫진 않더라. 그리고 그날 좀 멋있게 하고 나타나서…… 내가 말려들고 말았지."

"그래서? 그게 끝?"

"사귀는 걸로 얘기가 됐어."

"언제 갔는데?"

"월요일 아침 비행기로. 금요일에 와서 2박 3일 있다 갔지."

"헐, 사흘이나 머물다 갔다는 건……. 이거 뭐야? 그런데 아무 일도 없었어?"

선우는 침묵했다. 이 친구들이 국가정보부 첩보원들보다 더 집요하게 캐물을 걸 예상하고 있지만 이번엔 절대 입을 열지 않을 참이었다. 그저 영리하게 피식 웃음 짓는 걸로 친구들이 그녀의 마음을 좀 이해해주기를 바랄 따름이었다.

"이 가시나, 말하기 싫나 보네. 입 딱 다물었다."

친구들이 말 안 할 거면 술이나 부어라, 하더니 정신없이 그녀의 술잔에 와인을 들이부었다. 이런 데 오면 뭘 하나? 무슨 와인을 소주 마시듯 들이붓고 있으니. 선우는 두 번 다시 와인바에 이 친구들과는 오지 않으리라 마음먹으면서 와인으로 배를 채웠다.

한국에서 휴대폰을 하나 구입해 로밍신청까지 끝냈다. 아무래도 선우와 잦은 통화나 문자, 톡 등을 편리하게 하려면 한국 통신사를 이용하는 게 여러 면에서 용이할 듯해서 신청했다. 시차 때문에 선우와 통화를 할 수 있는 시간이 늘 일정하게 정해져 있기는 했지만 그래도 매일 목소리를 듣고 문자나 톡 등으로 짤막하게나마 말장난을 할 수 있어서 즐거웠다. 요즘은 매일이 활기 그 자체였다.

노크 소리가 들리더니 부사장실 문이 열렸다. 들어온 사람은 그의 직속 여비서 케리였다. 케리는 붉은 머리카락을 지닌 백인으로 늘씬한 미인형이었다.

「요즘 부사장님에게 즐거운 일이 있나 봐요? 보면 자꾸 웃고 계시네요?」

「내가 그래 보이나?」

「네, 업무처리 속도로 빨라졌고 집중력도 전보다 더 높아진 것 같구요. 요즘은 퇴근도 6시면 하시잖아요. 예전엔 야근을 밥 먹듯이 했는데…….」

「좋은 징조 아닌가?」

「연애 중이신가요?」

「아마도.」

「아니, 대체 누구죠? 제가 그렇게 눈빛을 쐈는데 못 본 척하면서 밀어내더니 언제 그런 상대를 만난 거예요?」

「미안, 난 동양 여자가 지닌 신비로운 매력에서 헤어나올 수가 없어. 검고 단단한 눈동자가 주는 신뢰감은 이루 말로 표현할 수 없지. 케리도 한국 남자를 한 번 만나봐. 눈빛이 주는 힘에 완벽하게 포로가 될 테니까.」

「아니요, 거절할게요. 이미 곁에 있는 한국 남자한테 한 번 차여서 한국 남자라면 넌더리가 나네요.」

그가 피식 웃자 곁으로 다가온 그녀가 서류들을 정리해서 가슴에 안고 USB 하나를 그에게 내밀었다.

「부사장님께서 보셔야 할 자료들이에요. 급한 건은 7, 9, 파일이
고요. 나머지는 이번 주 내로만 정리하시면 될 거예요. 회의 자료와
회의록들도 정리해두었어요.」

「그럼 수고해.」

케리가 나가자 그는 그녀가 놓고 간 USB를 컴퓨터에 꽂고 파일
을 열어 확인하기 시작했다. 최근 일주일간 계속 되풀이되었던 회의
내용이 담긴 회의록을 전부 열어 확인했다. 앞으로 시급하게 개선되
어야 할 부분과 앞으로 시행되어야만 하는 업무에 대한 이야기들을
듣던 그가 중요한 부분을 필기해두었다.

어느새 까만 밤이 되었고, 그는 서둘러 퇴근 준비를 했다. 집에
도착해서 씻고 나와 맥주 한 잔을 마실 때쯤이면 이제 막 출근을
하기 위해 종종걸음 쳐야 하는 선우에게서 전화가 걸려왔다. 그러
면 20분 정도 통화가 가능하다. 선우가 출근하는 버스나 지하철
안에서 여유롭게 그와 통화를 할 수 있다며 그 시간을 골랐다. 그
가 집에 도착해 샤워를 하고 깔끔한 베이지 니트티와 진베이지 면
바지를 입고 맥주캔 하나를 열어 푹신한 소파에 앉아 휴대폰을 바
라봤다. 그런데 전화가 오질 않는다. 걱정이 된 그가 전화를 먼저
걸었다.

[여보······세요.]

잠에서 덜 깬 음성이었다.

"뭐야? 회사 안 가?"

[아아······ 감기 기운이 있어서 못 나간다고 전화했어요. 목이 많
이 부었는지 너무 아파요.]

마음이 좋지 않았다. 그는 맥주캔을 내려놓고 몸을 세워 통창 앞

에 섰다. 새카만 밤하늘이 쏟아질 듯 들어왔다.

"병원은?"

[아직 시간이 일러서 일단 진통제만 먹었어요. 열도 좀 나는 것 같고…….]

"그때도 열이 펄펄 끓는 건 참던데. 이번엔 참지 말고 병원 가. 내가 옆에 있어야 뛰어가서 억지로 병원이라도 끌고 가는 건데."

이 상황이 짜증스러워 견딜 수가 없었다. 목이 푹 가라앉아 있어서 듣고 있기도 안쓰러웠다.

"전화 끊을까? 말하기 많이 힘들어?"

[으응…… 아니에요. 계속 얘기해요. 수현 씨 목소리 듣기 좋아서 자꾸 듣고 싶단 말이에요.]

"내 목소리가 좋나?"

[네, 듣기 좋아요. 이번엔 언제 와요?]

"마지막 주쯤에 갈 것 같아."

[이상하게 비행기 표값이 아까워서 오지 말았으면 싶기도 하다가 나도 모르게 자꾸 수현 씨를 기다리게 돼요. 참 이상하죠?]

그가 피식 웃었다. 마음이 자연스럽게 흘러들어와 따스했다.

"조금만 참아. 빨리 한국 지사로 갈 수 있게 조치할 테니까."

[사실 여기 와도 그렇게 자주 만날 수도 없을 텐데……. 나도 은근 바빠요. 수현 씨만 바쁜 게 아니라.]

"누가 뭐래?"

[그냥 그렇다구요. 콜록콜록! 아, 이젠 기침도 나네. 물 마시러 가려면 일어나야 하는데, 손가락 하나 까딱하기 싫어요. 수현 씨이이이이, 이리 와서 물 좀 주고 가요.]

"아, 그런 말하지마. 나 가슴 아파져. 정말 지금 당장 비행기 타고 가고 싶어진단 말이야. 열세 시간 기다릴 수 있으면 그렇게 해보고."

그의 절절한 고백에 그녀가 깔깔대고 웃었다. 아픈 와중에도 쇳소리 나는 음성으로 웃어주는 그녀가 참 예뻤다.

"한국 가면 좋은 데 많이 데리고 다닐게. 좋은 것도 많이 먹이고. 가서 보약 한 첩 먹여야겠다. 기관지가 약한가, 왜 자꾸 감기야?"

[엄마 같다. 헤헤. 우리 몇 시간 통화할 수 있는 건가요?]

"나야 퇴근했으니까, 몇 시간이고 가능하지."

[그럼 계속 끊지 말고 오늘 신기록 세워볼까요?]

이 얘기를 시작으로 수현과 선우는 휴대폰을 한 번도 안 끊고 자그마치 6시간 동안 길고 긴 통화를 했다. 볼일을 볼 때마다 휴대폰을 내려놓고 자기 할 일을 하는 식이었고, 휴대폰을 켜둔 채로 병원까지 다녀오고 마트도 다녀왔다. 그렇게 하고 보니 정말 그녀의 곁에 같이 있는 기분이 들어서 기분이 좋았다. 요금이 문제던가. 지금 그녀와 함께 해줄 수 있다는 것이 가장 중요했다. 지치도록 통화를 하고 그는 새벽 2시쯤이 되어서야 겨우 잠을 잘 수 있었다. 귓가에 환청이 들려왔다.

[잘 자요. 내 사랑!]

물론 지금의 선우가 절대 해줄 멘트는 아니었지만.

＊

오디션을 치르는 거대 체육관 안이 인간들로 바글거렸다. 선우는 선애와 같이 1차 예심을 치르기 위해 등판에 번호표를 붙이고 대기 중이었다. 접수는 친구들과 와인바를 다녀온 바로 다음 날 정은이 가서 해줬고, 날짜에 맞춰 선우가 예심을 치르기 위해 왔다. 물론 선애가 힘이 되어 주겠다며 쫓아와줬고 덕분에 떨림은 조금 가라앉았다.

"4876번 대기하세요!"

스태프가 칸막이 사이에서 얼굴을 내밀고 다음 번호를 불렀다. 선우가 짤막하게 대답하고 대기했다. 수십 개의 네모칸 사이에서 힘껏 목청을 뽑아내 노래를 부르는 경쟁자들 소리가 들렸다.

"와아, 심장 터질 것 같아."

"잘할 거야! 힘내! 파이팅!"

선애가 어울리지 않게 과장된 제스처까지 보여주면서 목소리도 고조시켜 말했다. 얌전하고 사색적인 선애가 떨려 하는 선우를 위해 제 성격마저 버리고 나서는 중이었다. 선우는 고마운 마음에 선애를 와락 끌어안았다. 친구의 체온 때문인지 마음이 한층 가라앉았다. 어떻게든 되고 싶다. 어떻게든.

"4876번, 들어오세요."

출구와 입구가 서로 달라서 앞에 들어간 사람이 붙었는지, 떨어졌는지는 확인할 길이 없었다. 그래서 더욱 불안했다. 선우가 초조한 얼굴로 선애와 인사를 나누고 네모 케이스 안으로 들어갔다. 심사위원 두 명이 앉아 있었다.

"자, 바로 노래 시작해주세요."

카메라가 온 되었고, 선우는 준비해두었던 노래를 시작했다. 백지영의 '총 맞은 것처럼'을 정성을 다해 열창했고, 1절이 끝나자마자 심사위원이 그녀에게 엄지를 세우며 칭찬했다.

"와아, 실력이 상당한데요? 2차 예심에서 뵐게요."

"감사합니다."

합격이라는 소리와 함께 2차 예심지를 받아 들고 밖으로 나오자 출구 쪽 끝에서 선애가 손을 파닥거리며 흔들었다. 선우도 손에 들린 2차 예심지를 흔들거리며 선애에게 다가오자, 선애가 와락 끌어안으며 등을 토닥거렸다.

"너무 좋아하진 말자. 갈 길이 구만리야."

"응, 2차 예심도 붙어야 하고 4차까지 붙어야 그나마 매스컴을 타기 시작하니까, 그 이후에 더 선전해야 하고……."

"너, 회사는 이제 어떻게 할 거야?"

"그만둬야지."

"쿨하네. 그래, 이미 시작됐다. 이제부턴 전쟁이지."

선우는 마음을 다잡고 그 다음 날로 회사에 개인적인 사정으로 인해 그만두겠다는 사직서를 내고 그만뒀다. 한 달도 안 돼서 회사를 나와 마음이 착잡했지만, 나중에 텔레비전에 나오는 그녀를 보면서 그들도 그녀의 마음을 조금이나마 이해해주기를 바랐다. 그리고 4차에 붙을 때까진 수현에게는 연락하지 않기로 했다. 그에게 미리 운을 떼놓으면 꼭 붙어야 할 것만 같아서 조금이라도 마음을 편히 먹고 노래를 하려면 별수 없었다. 그리고 살던 집을 내놨다. 평수를 줄여 이사를 가야 했다. 관리비와 유지비를 감당할 수 없을 것 같아서.

11.

5월 초순, 4차 예심에서 합격 통보를 받았다. 집은 이사를 완료했
고, 적어도 1년 정도 살 수 있는 비상금은 통장에 채워져 있었다. 5
월 중순부터 합숙이 시작된다는 통보를 받았고, 선우는 이제 짐을
싸고 합격자들의 얼굴을 만날 만반의 준비를 해야 했다. 어떤 사람
들이 합격했는지는 전혀 알려진 바가 없었다.

선우는 비장한 얼굴로 휴대폰을 들었다. 이젠 수현에게 알려야
한다. 사실 그동안 수현에게는 회사에서 막내라 너무 힘들게 일을
많이 시킨다며 죽는 소리를 했었다. 그가 한국에 나오겠다는 것도
극구 말리면서 오디션에 임했다. 말도 안 되는 거짓말을 남발해서
나중엔 수현이 불같이 화를 내고 전화를 끊기도 했는데, 이젠 사실
을 말해야 할 때도 됐다. 이러다 수현이 정떨어졌다면서 헤어지자고
할까 겁이 덜컥 났다.

[여보세요?]

수현의 음성에 선우가 마른침을 꼴깍 삼켰다.

"저예요."

[말해, 매일 바쁜 커리어우먼 박선우 씨!]

아직도 노여운지 살짝 빈정대는 어투였다. 선우는 눈매를 가늘게 좁히고 허공을 노려보며 말했다.

"이젠 사실을 말할게요. 언제까지고 숨겨둘 수 있는 것도 아닌데 다 내가 정한 마지노선이 여기까지였으니까, 이젠 사실을 말해야 할 때도 된 것 같아요."

[무슨 소리를 하려는 거야?]

"회사, 그만뒀어요. 한두 달 됐나?"

[뭐? 그걸 왜 이제야 말해?]

"오디션을 봤고, 4차에 붙어서 다음 주쯤엔 3개월 합숙에 들어가요."

[3개월?]

"아마 주말에만 나올 수 있는 것 같은데, 그때는 몸을 충분히 쉬어주어야 하니 되도록 수현 씨를 만나고 싶지는 않아요."

수현이 아무런 말도 하지 않고 가만히 숨만 내쉬었다. 화가 났을 테고, 이젠 그녀에게 헤어지자는 통보를 할지도 모른다. 혼자 제멋대로 만들어버린 상황이니까, 그가 화를 낸대도 이해는 갔다. 마음을 단단히 먹었다.

"집도 이사를 했어요. 생활비가 필요할 것 같아서 좀 작은 데로 옮겼고, 적어도 1년간은 버틸 힘은 있어요. 어찌 되었건 저는 전부 걸고 매달려야 하는 시점이에요. 수현 씨한텐 정말 미안해요. 혹시 이런 상황이 싫다면, 저는 수현 씨가 무슨 결정을 한데도 따를 수 있어요. 이 나이에 이러는 거 별로죠? 물론 수현 씨는 찬성했지만, 진짜 이렇게 나올 줄은 몰랐죠?"

잠시 말이 없던 수현이 묵묵히 답했다.

[3개월이나 합숙이라고?]

"네⋯⋯."

[3월에 보고 여태 얼굴도 못 봤는데 또 더 기다려야 하는 거야? 누구 말려 죽이려고 그래? 안 그래도 너 보고 싶어서 살이 3킬로그램이나 빠졌어. 이러다 상사병 걸려 죽으면 내가 너 가만 안 둬.]

상상도 못한 대답이 돌아오자 선우가 멍한 표정으로 허공을 바라봤다.

"이게 대답이에요? 화난 거 아니에요?"

[화가 왜 나! 보고 싶은데 마음껏 못 보니까 울화가 치미는 것뿐이고, 오디션이야 내가 적극 권장했으니까 그런 당신은 충분히 멋있어 보이는데. 집을 이사한 건 좀 쇼킹한데? 재정 악화를 걱정해서 자금을 비축해두려고 그런 게 아주 현명하긴 하지만, 당장 내가 찾아가고 싶어도 못 간다는 사실에 섭섭해지려고 해. 주소나 바로 찍어줘. 다음 주에 합숙소로 간다고?]

"네, 그래서 보기 힘들 거예요. 생방송은 8월 말경이구요."

[일단 알아들었어. 내가 못해도 한 달에 한 번은 나갈 거야. 그때마다 얼굴 정도는 보여줬으면 좋겠다. 이번 달까지도 못 나오게 해서 얼굴 못 봤잖아. 나 요즘 무슨 생각하는지 알아? 내가 안은 여자가 꿈속의 여자가 아닌가, 나 혼자 상상연애 하나 별별 생각이 다 들어. 너 정말 존재하는 사람 맞아?]

"맞거든요. 맞아요. 무슨 그런 뚱딴지같은 소리를 해요."

[어쨌든 정말 축하해. 잘했다. 지금 검색해보니까 경쟁률이 어마

어마했다고 하는군. 그걸 뚫고 40명이 뽑힌 거군.]

"잘 지냈어요? 수현 씨?"

[이제야 물어? 못 지내고 있다고.]

"미안해요."

선우가 입가에 애틋한 미소를 지었다. 순전히 자신의 욕심 하나 때문에 그가 마음을 누르고 참는 중이었다. 물론 선우 또한 그를 많이 보고 싶지만, 그를 만나면 의지하고 싶어지고 나약해질 것 같아 참는 중이었다.

그래도 그동안 자주 전화 통화도 했고 그녀의 하루 일과를 꼼꼼하게 묻고 잘 지내는지 체크해준 그의 의지력에 감사했다. 혹여 그녀가 혼자 집에서 아플까 봐 걱정해준 그에게 많이 감사함을 느꼈다. 그는 혹시 모르니 이모의 연락처도 자신에게 알려달라고 했다. 이모가 만약을 대비해 수시로 그녀의 집에 방문한다고 안심을 시켜도 그는 들은 체를 하지 않았다.

[친구들과 인사시켜준다던 약속 잊지 마!]

"알았어요."

그는 선우의 주변 친구들과도 인사를 하고 싶어 했다. 선우와 연관된 사람은 같이 공유하고 싶다는 게 그의 생각이었다. 선우에게 미묘한 변화가 보이면 누구보다 가장 먼저 파악하는 사람이 바로 친구라면서, 문제가 생기면 친구에게 연락해서 묻기도 할 수 있게 친분을 쌓고 싶다고 했다.

미국과 한국이라는 원거리 때문에 수현은 선우와의 관계를 조금 더 깊게 만드는 장치로 주변인들을 알고자 했다. 선우가 깊어진 눈빛으로 허공을 바라봤다. 좋은 남자다. 처음부터 끝까지 한결같이 깊은 신뢰감을 느끼게 해주는 남자였다.

이젠 그를 믿고 마음을 확실히 열어 보여야 한다. 이젠 그를 실망시키고 싶지 않았다. 노래를 잘 부른다며 칭찬하고 그녀를 격려했던 사람은 그였고, 그 때문에 자신을 한 번 더 돌아보게 된 것도 사실이었다. 그러니 누구보다 첫 번째 관객이었던 그를 실망시키고 싶지 않았다.

"열심히 할게요. 당신의 안목을 믿고, 후회 없이 잘 이겨낼게요."

[그래, 나도 뒤에서 응원할게.]

이후에도 한 시간여 동안 통화가 계속 이어졌다. 시차 때문에 잦은 통화는 어려워도 서로 눈을 뜨고 있는 시간은 되도록 자주 짧게라도 연락을 주고받기로 약속을 했다. 통화를 끝낸 뒤에도 선우는 오랫동안 그가 준 여운 속에 있어야 했다. 든든한 울타리가 생긴 기분이었다. 가족이 없어서 늘 어딘가로 자신이 줄줄 새어 나가는 듯한 쓸쓸함을 느꼈는데 이번엔 그렇지가 않았다. 수현이 울타리가 되어준 것만 같아 기뻤다.

❋

미국 뉴욕 K&Y그룹 본관, 부사장실.

금발 미녀 비서가 부사장실 문 앞 데스크에 앉아 있다가 몸을 세웠다. 문을 열고 회장인 제임스 에반스가 나타났다.

「회장님, 오셨습니까?」

「수현, 자리에 있나?」

「네, 계십니다.」

비서가 인터폰을 하자 제임스는 곧장 문을 열고 안으로 들어갔다. 이미 자리에서 일어서 있던 수현이 제임스를 보고 무뚝뚝한 얼굴로 인사를 했다.

「오셨습니까?」

제임스는 대답 대신 데스크 위를 쳐다봤다. 잔뜩 쌓인 업무서류들이 그가 해야 할 업무량을 말해주고 있었다.

「많이 바쁜가 보구나.」

「늘 하던 일인걸요. 앉으시죠.」

제임스는 가죽 소파에 앉아 가만히 수현을 응시했다. 친모를 닮아 전형적인 동양인의 얼굴이지만 혹자들은 동양인 중에서도 아주 외모가 빼어난 편이라는 평가들을 내놓았다. 그도 그럴 것이 백인들과 비교해도 손색이 없을 만큼 머리 크기가 작은 편인데다 몸매의 비율도 빼어나게 좋았다. 게다가 매너까지 좋아 많은 여성들이 그를 이상형으로 손꼽는 데 주저함이 없었다. 하긴 수현은 한국에서 인기가 많았던 영화배우 출신인 모친의 영향을 많이 받아 외모가 빼어나다. 그 외모에 반해 그가 엄청난 재벌임에도 불구하고 한국 영화배우의 뒤를 집요하게 쫓지 않았던가!

제임스는 백인이고, 눈동자는 푸른 빛깔이며 금발의 머리카락을 갖고 있었다. 그는 이미 두 차례 이혼을 했고 슬하에 네 명의 자식을 두고 있지만 다들 생모들이 키우고 있다. 그 중 한 명의 아들인 존만 지금 회사에서 이사직을 맡아 일하고 있었다. 다른 식구들은 위자료는 넉넉히 주었고 더 이상 예전 부인들은 그의 생활에 간섭하지 않는다. 그렇게 수현의 모친과 결혼을 했고, 수현은 자신의 아들이 되었다.

수현에게 큰 기대는 없었다. 하지만 어릴 때부터 영특하고 머리가 비상하던 수현은 그의 친자식들보다도 지능이 높아 학업 성적이 우수했고, 모든 것에서 다재다능한 능력을 보였다. 그리고 지금은 그의 제1 후계자로 지목받고 있었다. 일류라는 하버드 경영학과를 졸업했고 곧장 회사에 투입되어 엄청난 영향력을 과시하며 임원들에게 눈도장을 찍었다.

  그뿐 아니라 직원들과의 친화력이 뛰어나며 어떤 스캔들도 만들지 않아 내부 평가마저 높았다. 이런 남자를 회사에서 굳이 친자식이 아니라는 이유로 멀리할 이유는 없었다. 그로서는 행운이었다.

  친자식들은 호의호식하는 생활에 길들어 머리 쓰는 걸 극도로 싫어하고 게을러지기 시작했다. 그렇게 타협도 편하고 설득하는 건 어려워하더니 결국 사업에서도 이렇다 할만한 실적을 올리지 못해 경영평가에서 최저점을 맞으며 경영진에서 밀려났다. 그런데 다행히 그 시점에 수현이 혜성처럼 등장한 것이다.

  「한국 지사 발령을 요청했던데.」

  「네, 회장님께서 받아들여주셨으면 합니다.」

  「나한테 무슨 불만이라도 있는 게냐?」

  「아닙니다. 사실은 결혼까지 생각하는 여자가 한국에 있습니다. 그 사람의 마음을 조금이라도 더 빨리 사로잡으려면 아무래도 곁에 있는 게 빠를 것 같아서요. 그 사람과 결혼이 확실시되면 다시 미국 본사로 돌아올 수도 있습니다. 회장님께서 융통성만 발휘해주신다면 제 미래가 바뀔 수 있습니다.」

  절로 웃음이 터지는 발언이었다. 여자 때문에 가장 중요한 사업의 핵심 브레인이 빠져나가겠다 말하고 있었다. 그를 빼내 한국 지사로 보내는 건 어려운 일이 아니었다. 문제는 그가 빠져나간 뒤에 벌어질 사태였다. 그를 믿고 있던 직원들부터 시작해 협력업체들의 반응은 어쩔 것이며, 같이 사업을 추진하기로 한 동업자들에겐 뭐라 설명을 할 것인가! 다들 수현에게 믿음을 갖고 있기 때문에 모든 사업안에 거침없이 서명을 했던 것이다.

「그렇다면 네가 기획하고 있는 여러 가지 사업안은 어찌할 참이냐?」

「그 건은 제가 두 달 간격으로 미국과 한국을 오가며 회의를 진행해서 의견을 수렴하는 방식도 있고, 화상채팅이라는 방식으로 온라인을 이용해 진행하는 방식도 있습니다. 마음만 있다면 충분히 제 생각을 본사에 전달할 수 있다고 생각합니다. 적어도 지사의 일은 본사의 일보단 규모가 크지 않을 테니, 업무량이 이보단 적지 않겠습니까?」

「그 말도 일리는 있지. 그렇담 네가 다 책임을 지겠다는 소리냐?」

「네, 책임지겠습니다.」

「그렇다면 나도 더 마다할 이유는 없지. 다만 기간을 제한해두고 싶구나. 1년이다. 나는 네가 한국 지사에서 근무하는 기간을 딱 1년으로 정해두고 싶은데, 그리해도 되겠느냐?」

「좋습니다. 1년 안에 결혼 승낙을 받아내도록 하겠습니다. 감사합니다. 회장님.」

기분이 좋은 순간마저도 수현은 한 번도 그를 아버지라 불러주지 않았다. 하긴 검은 머리카락의 동양인이 금발의 백인에게 아버지라 부르는 건 어려운 일일지 모르지만 똑똑하고 근면 성실한 그에게만은 아버지 소리를 들어보고 싶었다.

워낙 세간의 평이 좋은 수현이라 그에게만은 멋진 아버지라는 평가를 받고 싶기 때문이었다. 그는 아쉬움이 가득한 얼굴로 자리에서 일어나 뒤를 돌아보며 수현에게 말했다.

「한국에서 돌아올 땐 나를 아버지라고 불러줬으면 좋겠구나. 그럼 이만 간다. 한국으로 떠날 날짜는 조만간 통보하도록 하겠다.」

「네, 회장님…… 감사합니다.」

제임스는 착잡한 얼굴로 뒷짐을 지고 부사장실을 빠져 나왔다. 아내 설희 역시 수현이 무뚝뚝한 점을 들어 전남편을 빼다 박아 그런다며 이해해달라 말했지만, 마음이 여러모로 쓸쓸했다. 능력 있는 아들에게만은 아버지로서 인정받고 싶었다.

물론 그가 낳은 친자식은 아니더라도 마음이 그랬다. 마음이 이렇다 보니 이미 그의 마음속에는 수현이 후계자로 확정되어 있었다. 다른 자식들은 아마 남몰래 손톱만큼의 기대감을 키우고 있을지 모르지만, 그는 이미 수현을 아들로 받아들인지 오래였다. 문제는 수현이었다. 후계자 자리를 줘도 수현이 형제들의 눈치를 보며 받아들여줄지 의문이었다.

수현이 커피를 내려 잔에 채우고 몸을 돌려 한쪽 벽면이 온통 창문인 쪽을 바라봤다. 햇살이 밀려들어오고 있었다. 그가 기분 좋은 미소를 입가에 머금고 중얼거렸다.

"이젠 한국인가?"

선우가 이 사실을 알면 어떻게 받아들일까? 선우는 현재 한 달째 '별을 쏘다.' 라는 프로에서 어린 친구들과 실력을 겨루고 있었다.

까다로운 제작자들에게 날선 비평과 식상하다는 비난까지 들어가
며 열심히 견뎌내고 있었다.

그는 태블릿PC로 선우가 저번 주에 치렀던 방송을 열었다. 이미
다운로드를 받아 몇 번이나 확인해본 방송이었다. 40명의 가수지망
생들을 총 8개 조로 나눠 경쟁을 치르게 했는데, 선우는 현재 실력
B급으로 인정받아 상금을 받을 수 있는 클래스에는 들지 못하고 잘
하면 어중간한 상태로 미끄러질 가능성이 커 보였다. 동영상을 본
네티즌들의 평가는 그나마 호의적이었다.

–나이가 많은데도 용기를 갖고 임해주는 점과 어떤 말을 들어도
겸손하게 받아들이며 그걸 수용해 발전하려는 모습은 박수 받아 마
땅하다.

–목소리가 너무 좋다. 지적이면서 약간 허스키해서 듣고 있으면
빨려 들어가는 것만 같아 좋다.

평가의 태반이 이런 식이다. 그녀가 서른이 임박한 나이에 한 도
전치고는 반응이 뜨거웠다. 물론 이들 중에 그의 심기를 건드리는
댓글도 있었다.

–외모가 빼어나다. 몸매도 상당히 좋은 편인데, 가수보다는 모델
이나 연기자로 방향을 전환하시는 편이 좋을 듯.

–내 여친 해라. 매일 안아줄게.

울컥, 이딴 헛소리들로 그의 심기를 확 뒤집어 놓는 놈들도 많았

다. 그래도 현재로서는 자신을 드러내 그녀가 이슈가 되어서는 안되기 때문에 잦은 만남은 자제하고 있었다. 그녀가 쉬는 한 달에 딱한 번 그녀와 은밀히 그가 따로 구입한 고급 고층아파트 내에서 뜨거운 만남을 가졌다.

'현재는 6월, 앞으로 2개월을 더 견뎌내야 한다.'

선우는 1달 동안 조금 지쳐 보였다. 어린아이들 사이에 있기 때문에 심적인 고통도 홀로 감내해 내야 하는 부분도 있는데다, 어린아이들을 달래주고 리더 노릇까지 해야 한다는 고충이 있다고 했다. 그래도 노래를 부르고 제작자들에게 혹은 선배 가수들에게 평가를 받는 순간만큼은 너무도 기쁘다고 말했다.

그래서 그는 포기하라는 어떤 말도 하지 않았다. 그녀가 힘껏 버틸 수 있게 그저 곁에서 고요한 파이팅을 외쳐줄 뿐이었다. 그녀가 울고 싶을 때 기댈 어깨가 되고 힘들 땐 배불리 먹고 힘껏 소리라도 지를 공간을 내주는 게 그의 일이었다. 그는 휴대폰을 들어 문자를 보냈다.

[조만간 한국 지사로 나간다. 이제 조금 더 곁에서 널 응원할게. 계속 힘내자!]

그가 달콤한 미소를 띠고 커피잔을 입가에 기울였다.

※

기다리다 미친다.

누군가 이런 노래를 불렀던가? 이젠 한계에 다다랐다. 그래서 무작정 한국행 비행기에 몸을 실었다. 스튜어디스들조차 수현을 보면 다들 페로몬을 풍기며 성적인 매력을 어필하려 난린데, 정작 선우는 돌이라도 씹어 먹었는지 어떻게 그를 이토록 외롭게 만들 수 있단 말인가. 물론 매사 섹스만 생각하며 살 수 없는 게 인간이라는 건 안다. 지금 선우는 자신의 인생 목표에 정점을 찍기 위한 매우 중요한 시점이라는 것도 잘 안다.

그러나 그녀를 안지 못하는 그가 금단증상처럼 눈에 헛것이 보이고 환청이 들리고 급기야 이 모든 신기루를 향해 욕망의 자위를 해댄다는 게 문제였다. 이렇게 된 이상 단 몇 분이어도 좋으니까 그녀를 만나고 돌아와야겠다. 그나마 지금은 주말이었다. 일요일 하루는 합숙 기간 중에도 자유 시간을 준다고 했으니 부르면 나올 것이다.

인천공항에서 택시에 몸을 싣고 방송국 쪽으로 이동했다. 그는 택시에서 내려 인근 카페로 들어가 휴대폰으로 그녀에게 전화를 걸었다.

[여보세요?]

"어디야?"

[합숙소죠. 무슨 일이에요?]

주변에서 피아노 소리도 들리고 두런거리는 말소리와 노래를 부르는 소리가 들려왔다. 합숙소에서 경쟁자들과 같이 있는 모양이었다.

"잠깐 나와."

[네? 어딘데요?]

"누구 때문에 미친 나는 비행기를 택시마냥 잡아타고 한국에 도착했고, 여긴 합숙소 바로 앞이야. 안 나오면 합숙소 들어가서 너와 나의 일대기를 기자회견 형식으로 내보낼까도 생각 중이고."

[가, 가요! 나가요!]

그가 흡족한 미소를 지었다. 자기 결단이 강한 선우라고 해도 그가 한 번씩 미친 척 해대는 협박에는 어찌할 방도를 찾지 못하는 눈치였다. 그가 카페 위치를 문자로 남겨 두고 우아하게 아이스티를 한 잔 주문해 마시는데, 그녀가 종종걸음쳐 달려왔다.

"나와요!"

문가에 선 그녀가 선글라스에 검은 모자를 눌러쓰고 나타나 외치더니 후다닥 건물 뒤쪽으로 도망쳤다. 당황한 그가 그녀를 쫓아 밖으로 나가 건물 뒤로 갔다.

"왜 도망가?"

"여기 사람들, 다 날 알아요. 다른 데로 가죠. 이리 와봐요."

선우가 다짜고짜 그의 팔목을 잡아당기더니 공사를 하다가 만 듯보이는 폐건물을 하나 찾아냈다. 펜스가 쳐져 있고, 내부는 싸한 한기만 머금고 있었다. 두리번거리던 그녀가 그제야 선글라스를 벗고 계단참으로 그를 끌고 가더니 주저앉았다.

"정말 왜 그렇게 인내심이 없어요?"

"지금 몇 개월이야? 한두 달도 아니고……. 나랑 사귀는 거 맞기는 해?"

티격태격 말다툼을 하던 두 사람이 말을 뚝 멈추고 서로 다른 곳을 바라봤다.

"나, 힘들어."

수현이 참지 못하고 고백했다.

"뭐가요?"

"나랑 한 번만 해."

"그니까, 뭘요?"

그와 동시에 그가 가차 없이 입술을 그녀에게 들이댔다. 거침없이 저돌적으로 밀어붙이는 그의 힘에 그녀의 입술이 저절로 벌어졌다. 폐건물인데다 계단참 쪽은 벽이 높다고는 해도 지금은 대낮이었다. 적어도 사방이 꽉 막힌 데에서 이래야⋯⋯.

그가 거침없이 그녀의 입술을 빨아대더니 그녀의 상의를 확 젖혀 올려 드러난 젖가슴을 혀로 핥기 시작했다.

"하아⋯⋯."

"기대했군."

"아니에요."

"아니긴, 이렇게 반갑게 맞이해주는 걸. 네 가슴이⋯⋯."

새빨갛게 도드라진 유두가 발딱 일어서서 그를 매혹했다. 그는 혀와 이를 이용해 그녀의 유두를 핥고 빨다가 손끝을 움직여 그녀의 치마 지퍼를 쭉 내리고 간단하게 그녀의 속옷 속으로 손을 밀어 넣었다.

"아앗!"

그의 손이 능숙하게 그녀의 클리토리스를 어루만지며 매끌거리는 질구까지 부드럽게 훑었다. 가슴을 빨리기만 했는데도 이미 그녀의 삼각지는 옅은 단내를 풍기며 축축하게 젖어 있었다. 그는 손바닥으로 그녀의 삼각지를 슥슥 쓸어내리기를 반복하다가 그녀의 젖은 질구 속으로 손가락을 서서히 밀어 넣었다. 그리고 그녀의 유륜부 전체를 입 안에 넣고 거칠게 빨며 다른 한 손으로는 그녀의 가슴을 쥐고 아프도록 비틀었다.

그녀가 자신의 입을 양손으로 틀어막고 치밀어 나오는 거친 숨을 참아냈다. 그 모습마저 견딜 수 없이 매혹적이어서 그의 아랫도리가 터질 듯이 충혈되었다. 그는 얼른 지퍼를 내리고 그녀의 질구에 페니스를 밀착시킨 후 그녀의 애액으로 발기한 페니스를 코팅했다. 그리고 그녀의 통통한 살집에 이리저리 발기한 페니스를 문질거리며 그리웠던 그녀의 살결을 뿌듯하게 만끽했다.

"하압, 하읏! 제발……."

그녀가 입을 막았음에도 신음이 조금씩 밖으로 흘러나왔다. 그가 차디찬 시멘트 벽면에 그녀의 등을 붙이고 그녀의 양 다리를 한껏 열어 발기한 페니스를 서서히 밀어 넣기 시작했다. 죽을 것만 같았다. 얼마나 들어와 보고 싶던 곳이던가! 축축한 내부는 뜨거운 열기와 함께 엄청난 욱신거림을 선사했다.

"하악! 그래, 이거야."

그가 나직하게 쉰 음성으로 말하고는 그녀를 태워 버릴 듯 열기 짙은 눈빛으로 바라보며 숨을 몰아쉬었다.

"그리웠어. 네 몸……."

"그냥 섹스를 하고 싶은 거잖아요. 그건……."

"내가 당신 이전에 다른 여자랑은 안 해본 것 같아? 당신 몸은 달라. 나에게 반응해주는 당신 몸은 다른 여자의 몸과는 완벽히 달라. 나를 온전히 기쁘게 해 줄 수 없어. 다른 여잔! 너무 좋아…… 하아…… 박선우……."

그가 목을 뒤로 젖히고 더욱 빠르게 몸을 묻었다. 깊게 깊게 파고드는 그의 강렬한 접촉에 선우는 이제 지금 이곳이 어디인지, 자신이 지금 뭘 하다 온 것인지조차 망각하고 그의 구릿빛 몸을 바라봤다. 입고 있던 셔츠 단추가 풀려 그의 단단한 가슴 라인과 복근이 드러나 보였다. 그녀는 손을 뻗어 그의 복근을 어루만지다가 까무잡잡한 그의 유두를 손끝으로 쥐고 살살 비틀었다. 그러자 그가 페니스를 꿈틀거렸다.

"만져줘. 당신 손으로 전부⋯⋯."

선우가 입매를 휘어올리며 그의 몸을 어루만졌다. 그럴수록 그의 페니스는 더욱 거대해져 그녀를 찢을 듯이 채워갔다. 거센 움직임이 폭풍처럼 몰아붙이고 멈췄다. 그제야 그녀는 수치심에 얼른 옷매무새를 고쳐 아무 일도 없었던 것처럼 머리 모양도 어루만졌다. 그도 옷차림을 제대로 갈무리하더니 그녀의 몸을 일으켜 으스러지게 꽉 끌어안았다.

"한 시간만 같이 있자. 내 집에서 잠깐 놀다 가. 이렇게 헤어지면 내가 몇 달을 또 어떻게 버텨."

"딱 한 시간 만이에요."

둘은 근처에서 택시를 잡아타고 곧장 그의 집으로 이동했다. 그가 비워뒀기 때문에 내부는 스산했다. 집 안에 도착한 그는 그녀를 끌어안고 격렬하게 입을 맞췄다. 그리고 그는 약속한 한 시간보다 더 많이 그녀를 안고 놓아주려 하지 않았다.

결국 세 시간 동안 그의 욕정에 사로잡혀 온몸이 만신창이가 되도록 그를 받아내야만 했다. 하지만 선우는 그렇게 집요하고 무섭게 달려드는 그가 좋았다. 지칠 법도 하건만 자신의 무언가에 꽂혀 맹렬히 달려드는 남자의 모습이 이렇게나 섹시할 줄 몰랐다. 방송 스태프에게 몇 시간만 외출하겠다고 말하고 나온 터라 할 수 없이 돌아가기는 하지만 다시 또 그를 만나면 그때는 누구보다 더 열정적으로 그를 안을 것이다.

*

8월, 치열한 경쟁 속에서 드디어 탈락자가 자그마치 30명이 발표되는 날이다. 석 달간 모든 지원자들이 치열하게 경쟁을 하고 합숙을 하면서 모든 태도를 체크 받고 이 모든 것들이 하나의 성적표가 되어 네 명의 메인 심사위원들에게 보내지고, 이 내용을 기반으로 평가가 이틀간 시작된다. 심사위원들은 꾸준히 지원자들을 경쟁시켜 노래를 듣고 팀워크를 살피고 인성을 보면서 남겨야 할 사람과 내보내야 할 사람을 추리기 시작했다.

그리고 오늘 대단원의 발표 날이다. 오늘 발표가 나면 딱 열 명만이 남아 생방송 전쟁에 투입된다. 생방송은 이제부터 시청자들이 직접 가수에게 점수를 줄 수 있는 시스템이다. 어떻게 보면 대중성을 먼저 파악할 수 있는 척도가 될 수도 있다.

그렇게 따진다면 선우는 조금 불리하다. 그녀는 나이대가 높은 20대 이후 세대들에게 어필하는 외모나 목소리를 갖고 있다. 어린 친구들이 갖고 있는 10대 팬들을 수용하진 못했다. 10대 팬들은 결속력이 좋고 행동이 빠르다. 어디 20, 30대와 비교나 되겠는가! 혼자 생각하고 조용히 누군가를 찍는 세대와 여러 명을 선동해 한꺼번에 문자를 보내는 것과는 양적으로나 질적으로 다르지 않던가. 이래저래 불안한 상황이 계속 이어지고 있지만, 지금껏 잘 버텨냈다. 중간 점검 때 B클래스에 들어가 있다는 걸 확인했는데, 이젠 어떻게 됐는지 모르겠다.

합숙소 여자 룸메이트 2호실에서 짐을 전부 싸두고 대기하고 있는데, 갑자기 문이 열렸다.

"발표하니까 내려오래요!"

선우가 길게 숨을 내쉬고 호흡을 조절했다. 계단을 내려가 거실에 가보니 카메라를 비롯해 모든 스태프들이 대기 중이었고, 40명의 인원이 바글바글하게 모여 있었다. 선우는 큰 기대를 갖지 않았다. 톱10 안에 들려면 나이도 어려야 하고 감각적이며 천재성도 갖춘 뮤지션일 필요가 있었다. 사실 제작사 입장에서 서른이 되어 가는 여자에게 수억대에 이르는 투자를 하기엔 무리수가 따랐다. 반쯤 포기하고 대기석에 앉았다. 스태프가 마이크를 들고 섰다.

"지금부터 합격자를 발표할게요. 알다시피 석 달간 여러분이 합숙하면서 얻은 결론이 성적표의 형태로 나왔고, 그 중 톱10만이 선정되어 다음 주부터 시작될 생방송에 투입됩니다. 만약 여기서 떨어졌다고 해도 영영 미래가 끝나는 건 아니니까 즐거운 마음으로 남은 사람들을 축하해주세요."

"네!"

마흔 명이 함께 대답했다. 하지만 다들 얼굴엔 적어도 떨어지는 사람이 자신은 아니기를 바라는 마음과 함께 결과가 어떻게 나왔을지 몰라 긴장 어린 표정이 가득했다.

"자, 톱10 중 첫 번째 호명합니다. 호명한 사람은 신청서 받아 곧장 방송국으로 이동합니다. 이동하면 방송국에 네 명의 심사위원이 대기하고 있고, 앞으로 생방송에서 어떤 식으로 테스트가 진행될 것인지 설명을 듣게 될 것입니다. 호명합니다. 육지은!"

이제 막 15살인 육지은이 자리에서 일어나 신청서를 받아 캐리어를 끌고 밖으로 나갔다. 문밖에서 대기 중이던 부모가 육지은과 고성을 지르며 기뻐하는 소리가 안쪽으로 들려왔다. 내부 분위기가 숙연해졌다. 부러움과 질투가 가득한 다른 친구들의 눈빛을 보면서 선우는 일부러 눈을 감았다. 나이 많은 자신까지 저런 눈빛으로 문을 바라보고 싶지는 않았으니까. 그렇게 7명이 호명되었다. 대부분 10대들이었다. 가능성이 많고 비약적인 발전을 보인 친구들로 그녀가 보기에도 자질이 충분한 애들임은 분명했다. 아무래도 그녀는 떨어질 모양이었다. 그냥 오늘은 친구들을 만나 위로나 받아야지, 생각했다.

"함은성……. 축하합니다."

20대 초반의 남자가 되었다.

"이길훈. 축하합니다."

역시 20대 초반의 미남자가 되었다. 뽑힌 남자들은 하나같이 꽃미남들 아니면 훈남인데다 학벌까지 좋았다. 선우는 이제 마음의 준비를 하고 집에 가서 뭘 할지 궁리했다. 애써 태연하려면 다음엔 뭘할지를 미리 정해두는 게…….

"박선우 씨! 우리 톱10 중 최고령자입니다. 축하합니다!"

선우가 화이트아웃이 된 눈으로 호명한 스태프를 바라봤다. 다들 선우를 바라봤고, 등 뒤에서 누군가 선우를 흔들었다. 믿어지지 않는 얼굴로 선우가 자리에서 벌떡 일어났다.

"정말…… 절 부르신 건가요?"

"네, 신청서 작성해서 제출하시고 방송국으로 가는 차량에 탑승하세요."

갑자기 눈가에서 눈물이 흘러내렸다. 선우는 뒤를 돌아보고 그동안 합숙을 함께 했던 동생들에게 구십도로 인사를 했다.

"고맙고, 미안하다."

이제 시작하려던 친구들의 꿈을 그녀가 밟고 올라선 것 같아 미안하고 착잡했다. 하지만 친구들은 열화와 같은 성원을 보내며 그녀의 꿈을 응원했다.

"언니, 꼭 1등 하셔야 돼요!"

"언니, 잘될 거예요."

"축하해요! 누나!"

다들 하나 된 마음으로 그녀의 합격을 축하해주었다. 선우는 신청서를 들고 밖으로 나왔다. 손에 캐리어를 끌고 미리 대기 중이던 승합차를 바라봤다. 이미 탑승한 다른 친구들이 그녀를 향해 손을 흔들었다. 아직 어린 친구들이지만 이젠 저들과 치열한 생방송 경쟁을 치러야 했다. 선우는 눈가에 맺힌 물기를 닦아내고 승합차에 올랐다. 차는 곧장 방송국으로 이동했다.

방송국에서 여러 가지 지침사항을 전해 받은 선우가 담당 PD와 인사를 하고 심사위원들과도 인사를 마치고 같이 식사를 하기 위해 자리를 이동하려는데, 휴대폰이 울어댔다.

"여보세요?"

[선우 씬가요? 저 기억해요. 황진우 PD요.]

안다.

"맞선의 품격…… PD님 아니신가요?"

[기억하네요. 저기 다름이 아니라 오늘 당장 비행기 탈 수 있어요? 저 지금 여기 인천공항이에요. 실은 그게 어떻게 설명을 해야

할지 모르겠는데…… 수현이가 다쳤대요.]

이게 지금 무슨 소린가? 보이스피싱인가?

"저기…… 죄송한데, 정말 황진우 PD님이 맞으세요? 그렇다면 어떻게 수현 씨를 아세요?"

[아, 그게…… 이제 와 실토하는데, 수현이랑 제가 사촌 간이에요. 그 애가 저희 이모 아들이에요. 아까 연락 받았는데, 수현이가 다쳐서 입원했다고 하더라고요. 한국에 오기로 한 놈이 갑자기 다쳤다고 해서 엄마 대신 제가 미국으로 가려고요. 수현이한테 연락 못 받았죠?]

멍해졌다. 이 말이 사실인지 아닌지 믿어지지가 않아서 제정신이 아니었지만, 일단 믿어야만 했다.

[제가 표는 미리 구입해둘 테니까, 오실래요?]

"갈게요. 곧장 갈게요. 여권은 이미 갖고 있구요, 여기 방송국이니까 지금 가면 한 시간쯤 걸릴 거예요."

통화를 끝낸 선우가 담당 PD에게 양해를 구하고 곧장 방송국 앞으로 나갔다. 택시를 잡아타고 인천공항으로 이동했다. 사실인지 아닌지는 가보면 알 일이었다. 생방송 전에 일주일 정도 체력 보강을 위한 개인적인 시간을 주겠다는 제작진의 의견이 새삼 감사했다.

공항에서 내린 선우가 출입구 안으로 뛰어들어가자 정말 진우가 손을 흔들며 그녀에게 다가왔다.

"정말이었어요?"

"그럼 제가 거짓말하는 줄 알았어요? 수현이랑 저랑 사촌 간이고, 수현이한테 선우 씨가 출연한다는 정보를 흘린 것도 저였어요.

그 덕분에 수현이가 프로에 출연했던 거구요. 두 분 잘 사귀고 있다면서요?"

"수현 씨가 말했어요?"

"아뇨. 이모한테 들었어요. 한국에 사귀는 아가씨 있는데, 방송에서 같이 나왔던 그 사람이라고 말했다던데요? 나중에 제가 제대로 한 턱 받아낼 거예요. 선우 씨!"

"그런데 어쩌다 다쳤대요?"

"사고래요. 정확히는 잘 모르겠고, 저도 엄마 성화에 못 이겨서 할 수 없이 가는 거예요. 아주 그냥 이모라면 끔뻑 죽는 우리 어머니 극성 때문에 제가 아주 남아나질 않는 것 같아요. 이렇게 수현이한테 선우 씨 선물 가져가니까, 그놈 빨리 낫겠죠."

"한국에 곧 들어온다고 했는데……."

"그러게요. 빨리 올 줄 알았는데, 일이 많아서 수습하고 오느라 늦어졌다고 하던데……. 왜 또 다치고 그러는지. 일단 수하물 먼저 처리하고 탑승 게이트로 가죠. 시간 거의 다 되어가요."

"고마워요. 연락 주셔서."

진우가 씩 웃었다. 선우는 심장이 두근반 세근반 정신없이 뛰었다. 갑자기 이게 무슨 일인가 싶기도 하고 진우가 저리 편한 표정인 걸 보면 아프다는 그의 상태가 그리 심각한 건 아닐지도 모른다는 안도가 생기다가, 직접 가서 보면 놀랄 만큼 크게 다친 걸지도 모른다는 불안감으로 심장이 타들어가는 것 같았다. 선우는 탑승 게이트 내로 들어가자마자 이모에게 전화를 걸었다.

[어, 왜 집에 안 와? 지금 네 집에서 기다리는 중인데.]

"이모, 미안해. 나 지금 인천공항이야."

[에? 거긴 왜?]

"수현 씨가 다쳐서 입원했대. 거길 가봐야 할 것 같아."

[뭐어? 그렇다면 할 수 없다만 너 스케줄엔 지장 없는 거야? 곧 생방송 진행되는데…….]

"시작하기 전엔 돌아와야지. 너무 걱정 말고 있어. 미국에 도착하는 대로 전화 걸게. 미안해. 이모. 기다리는데……."

[아니야. 신경 쓰이는 일이 있으면 그걸 먼저 해야지. 수현 씨가 아프다니, 나도 맘이 안 좋구나. 조심히 잘 다녀와라.]

"미안해."

통화를 끝내자 진우가 어서 탑승하자며 그녀에게 손짓을 했다. 선우는 마른침을 꼴깍 삼키고 게이트 내로 들어갔다.

미국 뉴욕 외곽에 위치한 고급주택 입구에 차가 멈춰 섰다. 진우가 미국에 도착과 동시에 전화 통화를 하더니 수현이 이미 퇴원해 본가에 들어갔다는 소식을 전해 듣고 곧장 택시로 이동해 수현의 본가에 도착했다. 택시에서 내려선 선우는 집을 올려다보며 입을 딱 벌렸다.

'이건 뭐…… 성인데?'

규모가 어마어마했다. 놀이공원에서나 볼법한 규모의 분수대가 집 앞에 떡하니 세워져 있고, 거대한 정원은 둘째 치고 바로크양식의 우아한 궁전이 서 있는 듯한 주택의 화려한 모습에 입이 딱 벌어졌다. 철제대문이 열리고 집 안에서 검은 정복 차림의 나이 지긋한 남자가 전기자동차를 타고 마중을 나왔다.

「차에 오르시죠. 짐이 많으실 텐데…….」

초로의 남자가 하는 영어를 들은 진우가 먼저 짐을 트렁크에 싣고 뒷좌석에 올랐다. 선우도 덩달아 곁에 같이 타고 이동하기 시작했다. 전기자동차는 유유히 긴 대로를 지나 분수대를 회전해 입구에 차를 세웠다. 그러자 입구에 흰 장갑을 끼고 서 있던 젊은 남자가 문을 열며 꾸벅 인사를 했다.

「환영합니다.」

그가 인사를 건네자 선우와 진우가 반갑게 인사를 하고 내려섰다.

「짐은 주무실 방 안에 미리 옮겨 두겠습니다. 이 짐이 아가씨의 짐 맞나요?」

「네, 제 것입니다.」

젊은 남자가 확인을 하더니 짐을 끌고 이동했다. 선우와 진우는 초로의 남자를 따라 긴 복도를 걷기 시작했다.

"저…… 수현 씨 부친께서는 혹시 왕족 그런 건가요?"

"에이. 그럴 리가요. 그저 취향이 그런 것뿐이에요. 저도 여긴 처음 와 봐요. 그동안은 수현이 놈이 혼자 살던 아파트에만 들락거렸지, 여기에 온 적은 없었거든요. 여긴 가족들이 모여 사는 곳이에요."

아무 생각 없이 있던 선우가 숨을 탁 멈췄다. 가족이 산다면, 지금 이런 후줄근한 차림새로 어른들을 뵐 수는 없는데……. 차림새를 보니 입이 딱 벌어졌다. 블랙진에 민소매 나시 티를 입고 있었다. 거기다 신발은 군인 같은 워커였다.

'아, 어떻게 해! 다소곳한 차림새를 해도 시원찮은데…….'

거기다 화장도 많이 떴는데, 얼굴을 볼 겨를이 없어서 살피지도 못했다. 일단 수현을 먼저 본 연후에 다음 일을 생각하자 그랬다. 초로의 남자가 옆으로 비켜서더니 말했다.

「여깁니다. 들어가시죠.」

노크를 하고 안으로 들어갔다. 진우가 먼저 들어가고 선우가 진우의 뒤를 쫓아 조심스럽게 들어갔다. 그러자 수현이 진우를 먼저 알아보고 반갑게 맞았다.

"뭐하러 와! 하여간에 우리 어머니는 극성이 말도…… 어?"

수현이 말을 하다 말고 뚝 멈추더니 선우을 발견하고는 기가 막힌 얼굴로 쳐다봤다.

"이거 지금 환각인가?"

진우가 수현의 곁으로 다가가더니 뒤통수를 툭 치면서 비웃었다.

"네놈답지 않게 웬 오글거리는 멘트냐! 설마 환각이겠냐? 선우 씨, 이리 와요."

진우가 선우에게 오라는 손짓을 하자 좀 더 가까이 다가간 선우는 수현이 왼팔에 깁스를 감고 있다는 사실을 확인하고는 약간의 안도와 함께 화가 치밀어 올라 그를 노려봤다.

"아니, 어쩌다 다친 거예요? 괜찮은 거예요?"

"와아, 이거 정말 꿈 아니네? 박선우 목소리다."

수현이 넋이 나간 얼굴로 선우를 바라보더니 가까이 다가와 그의 다친 팔을 이리저리 살피는 선우의 손을 잡아챘다. 선우가 그제야 수현을 응시했다.

"수술……한 거예요?"

"어, 골절됐어. 아침 운동 삼아 자전거 타고 이동하다가 접촉사고……."

"다른 덴 다친 데 없구요?"

왜 그런지 모르겠는데, 왜 이렇게 눈물이 나오려는 걸까? 그가 다쳤다는 말을 듣고 많이 놀랐나보다. 막상 팔에 감긴 붕대를 보니 안심도 되면서 짜증도 나면서 다쳤다는 사실이 속상하기도 해서 마음이 복잡해졌다. 기왕이면 다치지 않았으면 더 좋았을 텐데, 부러진 순간 얼마나 아팠을까 싶기도 하고, 그때 곁에 있어주지 못해서 미안하기도 하고.

선우가 눈물을 뚝뚝 흘리자, 진우가 놀라더니 잠시 나갔다 오겠다며 자리를 피해주었다. 수현이 그녀의 팔을 잡아끌어 곁에 앉혔다.

"왜 울어?"

"속이…… 상해서요."

"난 괜찮아."

"알아요. 아는데, 아플 때 같이 있어주지 못한 게 미안하고 걸려서요."

수현이 웃으며 그녀의 눈가에 밴 물기를 손끝으로 닦아내 주더니 몸을 잡아당겨 끌어안았다.

"하아, 이게 웬 횡재냐? 박선우가 지금 내 품 안에 있다니. 박선우 체취를 이렇게 직접 맡을 수 있다니…… 놀랍다."

선우는 말없이 그의 몸을 끌어안고 오래도록 그렇게 안겨 있었다.

"아, 오늘 발표라고 안 했어? 어떻게 된 거야?"

선우가 머리를 처박고 있다가 무심한 어투로 말했다.

"합격했어요. 생방송에 들어가요."

"와아? 톱10에 들어갔다고?"

수현이 고개를 살짝 내려 그녀와 눈을 맞추며 물었다. 그의 눈동자에 반가움과 환희가 교차하고 있었다.

"네."

"대단하네. 내가 사람 하나는 제대로 본 게 맞구나. 톱10까지 갔으면 진짜 잘한 거 아닌가? 그 프로에서 네가 나이 제일 많았으니까."

"그런 셈이죠."

선우가 기고만장해진 얼굴로 빨개진 코끝을 손으로 슥 닦아내면서 오만하게 턱을 세웠다.

"제가 한 노래 하죠."

수현이 킥킥대고 아이처럼 웃었다. 선우도 그런 그를 마주보며 같이 웃었다. 둘은 한참 동안 서로의 눈동자를 말없이 마주 바라봤다. 선우가 수현의 손에 깍지를 끼고 말했다.

"좋다. 이렇게 보니까……."

"얼마나?"

"아주 많이…… 마음이 너무 편해요. 계속 허공에 발이 붕 뜬 느낌이었거든요. 내 자리가 아닌 곳에서 난 지금 뭘 하고 있나, 계속 불안해하고 초조했는데 당신 만나니까 마음이 안정돼요. 잘 온 것 같아요. 정말 갑자기 왔지만, 잘 왔어요. 당신 보니까 다시 힘이 나요."

수현이 입가에 아름다운 미소를 지었다. 세상에서 가장 듬직하고 믿음직한 미소였다. 깊은 신뢰가 묻어나는 그의 미소를 보자 선우는 한 번 더 나아갈 용기가 났다. 그녀가 시선을 내려 그의 다친 팔을 바라봤다.

"빨리 나았으면 좋겠어요."

"여기 얼마나 있을 거야?"

"곧 가야죠."

"그럼 사흘만 더 있어라. 같이 한국으로 가자."

"수술한 팔은 어쩌고요?"

"한국에도 대단한 의료진들 많잖아. 특허 낸 수술한 것도 아니고, 고작 골절이야. 철심 박은 거야 1년 있다가 빼내면 되는 거고. 이건 실밥만 떼어내면 되는 거니까, 그건 한국서 해도 되는 거고."

"그렇다고 해도 한국선 제가 도울 수가 없는데……."

"도우미 두면 돼. 한국 아줌마들이 얼마나 꼼꼼한지 알잖아. 그분들한테 도움 받으면서 있을 거니까 염려하지 말고."

문이 갑자기 열리더니 목소리가 들려왔다.

"손님이 오셨다고 하던데, 누가 오신 거니? 혹시 진우가……."

말을 하던 60대 초반의 여자가 말을 멈추고 수현과 선우를 번갈아가며 바라보더니 하얗게 이를 드러내 보이며 웃었다.

"수현아! 혹시 이분이!"

당황한 선우가 얼른 자리에서 일어나 섰다. 그리고 뭣도 모르고 꾸벅 인사를 했다.

"안녕하세요. 박선우라고……."

어느새 다가온 여자가 그녀의 손을 쥐더니 악수를 하며 환하게 웃었다.

"반가워요. 수현이 엄마예요."

"아, 안녕하세요. 죄송합니다. 초면인데, 제 모습이 이래서……. 한국서 급하게 오느라……."

"됐어요. 괜찮아요. 제 소원이 뭔지 알아요? 한국인 며느리 보는 거였어요. 와아, 그런데 이 불효자식이 제 소원은 이루어줄 모양인 가 보네요. 반가워요. 너무 잘 왔어요. 너어어어무 잘 왔어요!"

이 여사의 격렬한 환대에 선우는 어안이 벙벙해져서 경련이 일어 나는 미소를 연신 지어대며 수현을 바라봐야 했다.

12.

저녁 식사를 위해 선우, 수현, 이 여사, 제임스, 진우까지 모두 한 자리에 둘러앉았다. 수현은 수술한 지 사흘이 지난 시점이기 때문에 걸어 다니거나 다른 볼일을 보는덴 큰 문제가 없었다. 건강한 편이고 젊어서 뼈가 붙는 건 무리가 없다고 판단한 의료진이 퇴원을 서두른 것도 그런 이유에서라고 한다.

고풍스러운 대리석 원형 탁자에 둘러앉아 화려한 은촛대가 태워 올리는 촛불을 바라보면서 우아하게 안심스테이크를 썰고 있었다. 선우는 이 여사가 특별히 맞춤해준 은회색 미니 원피스를 입고 지적인 메이크업을 받은 채로 앉아 있었다. 제임스에게 인사를 시키려면 이 정도는 해야 한다면서 이 여사가 무척 공을 들였다. 물론 덕분에 제일 반해버린 사람은 수현이었지만.

「나는 수현이가 이런 미인과 사귀고 있을 줄은 몰랐는데? 우리 설희의 소싯적 모습을 보는 것처럼 대단한 미인이야.」

「가, 감사합니다.」

그런데 설희라는 이름이 왜 이렇게 낯설지가 않을까? 80년대 한국에서 꽤나 이름을 날렸던 영화배우 이름과 비슷했다. '이설희'에이, 설마.

「우리 설희도 예전엔 한국에서 유명한 영화배우였는데, 혹시 아나?」

고기를 씹던 선우가 놀라서 눈을 휘둥그렇게 뜨고 이 여사를 바라봤다.

'정말이었어?'

선우가 고개를 돌려 옆자리에 앉은 수현을 응시했다.

"영화배우 이설희 맞아. 영화라고는 달랑 세 편밖에 안 찍었지만, 워낙 미인이어서 오래도록 회자되는 배우였지. 최근엔 한가희라는 여배우가 우리 어머니와 닮은꼴이라면서 여러 차례 화면에 얼굴을 나타내기도 했고."

"와아, 영광이에요."

「저기 미안한데, 내가 한국어 실력이 형편없어. 그러니까 되도록 영어로 대화를 해주면 안 될까? 나만 못 알아들으니, 소외된 것 같아서 기분이 안 좋아.」

제임스의 말에 수현이 한 마디 했다.

"소외감 느껴도 돼. 나도 어릴 때 실컷 느꼈던 거니까."

"수현아! 너는 대체 왜 이렇게 아버지한테 삐딱하게 구니?"

가만히 보고 있던 선우가 입가를 냅킨으로 닦아내고 제임스에게 물었다.

「어머님의 어떤 면을 보고 결혼을 결심하신 건가요?」

능숙한 질문에 제임스가 화색이 만연한 얼굴로 답했다.

「따스함이야. 정이 많더군. 인간적으로 느껴질 만큼 정이 많은 그녀의 모습을 보고 반해버렸지. 그래서 한국과 미국을 오가며 집요하게 쫓아다녔어. 아주 힘겹게 이룬 결혼이야.」

수현이 시선을 돌려 선우를 흘끗 바라봤다. 영어 대화를 어려워할지도 모른다는 생각에 그녀를 배려하려고 제임스는 무시하고 한국어 대화를 강행하려 했던 그가 놀라운 눈으로 그녀를 바라봤다.

「그렇게 보지 말아요. 대학 때 영어 공부 정말 열심히 했거든요. 중국어도 할 줄 알아요. 나름 3개 국어 하는 여자거든요. 내가!」

선우가 씩 웃으며 말하자 수현이 졌다는 듯 입술을 휘었다.

「선우 씨, 언제 결혼할 거예요? 들어보니 요즘 오디션 때문에 정신이 없다고 하던데 10월엔 오디션이 끝난다면서요?」

수현은 무뚝뚝해 보여도 모친과는 비밀이 없는 사이 같았다. 하긴 이 여사가 굉장히 다정다감한 성격인데다 하나뿐인 아들이니 다른 누구보다 더 잘 챙기기는 할 것이다.

「아직 수현 씨한테 정식으로 청혼을 받지 않았어요.」

핑계는 그랬지만, 실상 아직 결혼할 마음이 없는 그녀였다. 해야 할 나이이긴 한데, 아직 흡족하게 연애생활을 누리지는 못한 것 같아서 조금 더 연애를 해보고 싶었다.

「뭐야? 내가 청혼하면 바로 결혼인 건가? 진즉 그렇게 말했음 내가 서둘렀잖아.」

선우가 피식 웃으면서 고기 한 점을 썰어 입 안에 넣고 씹었다.

「올해는 가수가 될지 안 될지 모르겠어서, 결혼은 어려울 것 같아요. 하게 된다면 저는 내년쯤이었으면 합니다.」

「선우 씨 입장도 이해는 가지만 난 우리 선우가 더 나이 들기 전에 결혼을 했으면 좋겠어서. 벌써 35살이고, 내년이면 36살인데 마냥 저렇게 혼자 나이 들게 할 순 없잖아.」

「어머니, 기왕 이렇게 나이 든 거 전 괜찮아요. 선우가 하자는 대로 할 거예요. 그러니까 선우 볶지 마세요. 선우 아니었으면 결혼 같은 건 생각도 안 하고 혼자 살았을 거예요. 그에 비하면 적어도 결혼이라는 가능성이 생긴 것에 기뻐해 주심 안 될까요?」

수현의 딱 잘라내는 말에 이 여사가 섭섭한 눈빛으로 수현을 응시했다.

「이래서 아들 키워놔봐야 소용없다니까. 그래, 네 말도 일리는 있다. 적어도 널 결혼하고 싶어하는 남자로 만들어준 선우 씨한테 감사한 마음으로 기다려야겠지. 나름의 사정도 있는 거니까. 하지만 내년엔 꼭 해야 한다. 그게 아니면 나도 나쁜 한국판 시어머니 노릇할 거야!」

선우가 고기를 씹다가 놀라서 입 안 속살을 꽉 물어버렸다.

"으윽!"

"왜 그래?"

"입 안 살을 물었어요. 아프다!"

"기다려, 로버트! 여기 얼음 좀 갖다 줘요!"

수현이 당혹감에 한국어로 말했다. 그걸 본 이 여사가 다시 영어로 명령하고는 혀를 끌끌 찼다.

「저리도 좋을까? 아주 정신을 못 차리네. 우리 수현이…….」

수현이 모친의 말은 들리지도 않는다는 듯이 선우만 애틋하게 바라보고 있었다. 선우가 무안해져서 수현에게 고개를 돌리라고 밥 먹으라고 해도 수현은 들은 체도 하지 않고 오직 선우만 눈에 넣고 있었다. 선우가 미안해진 얼굴로 이 여사를 바라봤다. 이 여사가 혀를 잠시 끌끌 차더니 웃으며 말했다.

「그래도 좋겠어요. 무뚝뚝한 우리 아들에게 사랑 받으니. 그런 게다 인연 아니겠어요. 인연이고 하니까 저 녀석이 선우 씨한테만 저리 행동하겠지요. 기다릴 테니, 꼭 우리 애 선택해줘요. 선우 씨, 믿고 기다릴 거예요.」

선우가 어색한 미소를 입가에 띠었다.

혼자 낯선 공주님 방 안에 앉아 있는데 문자가 들어왔다.

[팔 아파.]

어쩌라는? 선우가 바로 답문을 했다.

[어떻게 해야 팔이 안 아플까요?]

[네가 옆에 있으면.]

이 남자 머릿속에는 능구렁이가 한 1조 마리쯤 감춰져 있나?

[싫어요. 괜히 오해 사요. 저 헤픈 여자로 낙인찍히는 거 별로예요.]

[아무도 그렇게 생각 안 할 테니까, 오면 안 돼? 팔 아파. 너무 아파.]

[진통제 먹어요.]

[먹어도 아파.]

우웃! 선우가 침대에서 내려섰다. 이쯤 되면 가줘야 하는 게 아닌가 싶기도 하지만 누가 보기라도 하면 오해를 할지도 모른다. 팔을 다친 남자를 쉬지도 못하게 들볶는 여자라고 할까 봐 겁이 났다.

똑똑.

노크소리와 함께 문이 열리더니 수현이 들어왔다. 선우가 놀라서 수현을 보더니 경직된 얼굴로 낮게 속삭였다.

"여길 오면 어떻게 해요? 이러다 들키면 저 정말 밝히는 색녀 된다고요! 남자가 아픈데도 전혀 배려하지 않는 여자요!"

"누가 그래? 난 잠시도 떨어지고 싶지 않아서 이렇게 온 거야. 일단 앉자."

"팔은 어때요?"

선우가 수현의 팔에 잡아당겨져 소파에 앉았다. 선우가 수현의 팔을 지그시 내려다보며 묻자, 수현이 어깨를 으쓱했다.

"그냥 그래. 아팠다 안 아팠다 그렇지. 그래도 처음보다는 많이 나아. 부러진 순간엔 정말 아찔하더라고."

"그런데 여긴 왜 왔어요?"

"같이 있고 싶어서."

"여태 같이 있었는데, 뭘 또⋯⋯."

"생방송 시작하면 어렵잖아."

수현이 선우의 허벅지를 베고 뒤로 벌렁 누웠다. 그는 다리를 접고 천장을 올려다보며 말했다.

"생방송도 거의 두 달 동안 유지된다며."

"그렇죠. 아, 그런데 왜 말 안 했어요? 황 PD님이 사촌 간인 거?"

"말하면 누리꾼들이 가만뒀을까? 형한테 별로 좋지 않았을 거야. 그리고 사는 곳이 이렇게 달라서 아마 예측하기도 쉽지 않을 거야. 그래서 굳이 말하지는 않았지."

"놀랐어요. 갑자기 전화 와서 당신이 아프다고 해서."

"그런데 이렇게 갑자기 온 건 좀 놀랍던데? 내가 그렇게 걱정이 됐어?"

선우가 볼을 발갛게 물들이고 입술을 다물었다.

"결혼은 내년 봄쯤으로 예상하고 있어도 되겠지?"

"누가 그래요?"

"난 그렇게 하고 싶은데? 더 미룰 마음 없어. 미루면 곤란한 일을 만들어버리는 수도 있고."

"그게 뭔데요?"

그가 고개를 번쩍 들더니 그녀의 가슴팍에 얼굴을 묻었다.

"이런 거?"

"팔 다쳐서 그러고 싶어요?"

"왜? 팔하고 이건 다른 거거든. 사랑하는 여자를 안고 싶은 마음이 고작 팔 하나 다쳤다고 해서 사라지는 줄 알아?"

"누가 봐요."

"일단 불 좀 다 꺼봐. 불 끄고 있음 네가 자는 줄 알고 아무도 안 올 거야."

"뭘 하려고 그래요."

"일단 꺼봐."

수현의 명령에 선우는 할 수 없이 몸을 일으켜 커다란 손님용 방 안의 모든 불을 껐다.

"문 잠그고."

선우가 궁시렁거리면서 문을 잠갔다. 그러자 수현이 앞으로 와서 서보라고 하더니 선우에게 말했다.

"여기 있는 내내 하자고 안 할 테니까, 오늘만 하게 해줘."

"네?"

"제발! 나, 정말 매일 너랑 하는 생각만 해. 섹스에 미친놈 같다고. 그런데도 주야장천 잘 참아내고 있잖아. 이런 모습이 불쌍해서라도 네가 날 좀 받아들여주면 안 될까?"

선우는 아픈데도 불구하고 안고 싶다고 말하는 그의 마음을 무시하고 싶지 않았다. 선우가 입고 있던 티셔츠를 벗어 두고, 진홍색 스키니진도 벗었다. 팬티와 브래지어만 남겨지자, 수현이 얼른 벗어보라며 안달했다. 그러면서 수현도 일어나 옷을 벗기 시작했다.

상의는 선우가 도와줘야 벗을 수 있어서, 선우가 팔을 지지하고 있던 끈을 떼어내고 그의 팔을 들어올려 입고 있던 티셔츠를 벗겼다. 수현의 맨몸이 눈앞에 드러나자 선우가 숨을 들이켰다. 그는 여전히 완벽한 근육질의 다부진 몸매를 갖추고 있었다.

"운동할 시간도 없을 텐데……."

"윗몸 일으키기 정도는 할 수 있으니까, 복근 운동은 쉬지 않고 하지."

그의 속옷이 후둑 바닥에 떨어졌다. 거대해져 있는 페니스가 시야에 들어오자 선우가 마른침을 꿀꺽 삼켰다.

"브래지어랑 팬티, 벗어줘."

그의 옷을 벗기느라 잠시 잊고 있었는데, 수현이 다시 상기시켜줬다. 선우가 브래지어를 벗고 팬티를 천천히 내리자 그가 매우 흡족한 미소를 지었다.

"내가 팔이 이러니까 여기 앉을 테니, 선우가 내 몸 위로 올라 앉아봐."

선우는 군말 없이 그가 시키는 대로 했다. 다리를 벌리고 그의 몸

위에 올라앉자 그의 단단한 불쏘시개가 그녀의 예민한 부분을 지그시 눌렀다. 선우가 입술을 앙물고 눈을 감았다.

"손이 하나라 좀 불편하긴 하구나. 키스해줘."

그가 그녀의 등에 팔을 감고 그녀를 올려다보며 말했다. 선우가 눈을 감은 채로 우물거렸다.

"지금 나한테 리드하라고 말하는 거예요? 나 정말 이런 거 자신 없는데……."

"리드까지는 바라지 않을 테니까, 내 말만 잘 들어줘. 얼른 키스!"

눈을 감고 그가 해주는 걸 그대로 따를 생각이었지만, 할 수 없이 눈을 뜨고 그를 내려다봤다. 그리고 그녀를 올려다보고 있는 그를 내려다보며 입술을 천천히 내렸다. 입술이 서로 닿자, 수현이 그녀의 입술 안으로 혀를 빠르게 밀어 넣고 휘감았다.

순식간에 그의 입술과 혀가 그녀를 장악했다. 빠르고 현란한 혀가 그녀의 입술 속에서 그녀의 혀를 감고 빨아 당기는 동작이 과감하면서도 은근해서 저절로 애액이 흘러내릴 지경이었다. 그는 멀쩡한 손으로 그녀의 젖가슴을 움켜쥐고 달아올라 탱탱해진 유두를 엄지로 꼭꼭 누르며 자극했다. 혀와 혀가 얽히는 소리로 방 안이 가득 채워졌다. 체온이 급격히 상승해 가기 시작했다. 온몸이 타들어갈 듯 뜨거워졌고, 정신은 혼곤했다. 그러자 그가 그녀한테 가라앉은 음성으로 말했다.

"엉덩이를 조금 들어봐."

그 소리와 함께 그의 달구어진 페니스가 그녀의 안으로 무섭게 진입해 들어왔다. 이미 그녀의 몸은 그에게 익숙해져 있었다. 그가 완벽하게 내벽을 채우자 그녀의 안쪽 깊은 속살이 그를 움켜쥐고 힘껏 옥죄었다.

"아아, 역시! 이거야!"

수현이 나직하게 탄성을 내뱉으며 그녀의 입술에 연거푸 키스를 퍼부으며 말했다.

"허리를 앞뒤로 흔들어. 골반댄스 추는 거랑 거의 비슷하게 움직이면 될 거야."

선우가 아이돌그룹 여가수답게 노련한 동작으로 골반을 움직이자, 수현이 나직한 신음을 뱉어냈다.

"너무 잘하는데?"

"기분이…… 좋아지는데요?"

눈을 감고 동작을 음미하던 선우가 말해놓고 자신이 한 말에 식겁해서 눈을 동그랗게 뜨고 움직임을 멈췄다. 그러자 그가 입가에 미소를 띠고 말했다.

"계속 움직여. 자기가 한 말에 놀라기는! 순진해서…… 후후."

선우가 볼을 발갛게 물들이고 그의 몸 위에서 골반으로 원을 그리듯 능숙하게 움직이자, 그가 잠긴 음성으로 쉿소리를 냈다.

"조금 더 빨리."

"하아…… 하아……."

힘들었다. 그런데 그와 비례하듯 욕정과 쾌락도 같이 커져만 갔다. 움직이는 속도가 빨라질수록 그가 내부에서 폭발할 듯 커지는 것 같았고, 그녀의 내부에도 물기가 가득 차올라 그를 끌어낼 듯이 차올랐다. 허리와 복근 부분이 서서히 얼얼해질 무렵, 선우가 숨을 몰아쉬며 말했다.

"하아, 하아…… 힘들어서 더는 못 하겠어요."

"그렇다면 내가 일어설게."

그 말과 동시에 그녀는 말처럼 세워졌다. 두 팔로 소파를 집고 엉덩이를 주사 맞는 사람처럼 뒤로 내밀고 서자, 그가 그녀의 안으로 깊게 다시 삽입되었다. 그는 골반 부위를 움켜쥐고 힘껏 몸을 움직였다. 그가 들어왔다 나갔다 할 때마다 사위가 하얗게 지워졌다가 채워지기를 반복하며 그녀를 몰아세웠다. 완벽한 쾌락이 거센 파도가 되어 그녀를 흠뻑 적셨다. 그기 몸을 앞으로 살짝 굽혀 그녀의 젖가슴 하나를 쥐고 비틀며 그녀가 좀 더 큰 소리로 신음해주기를 바라듯 노련하게 손을 놀렸다.

"이 자센 별로야. 눈을 보고 싶은데, 볼 수도 없고…… 키스하고 싶은데 할 수가 없으니까 영 별론데?"

뒤에 붙어선 수현이 투덜거리면서 숨을 몰아쉬었다. 선우는 입가에 미소를 띠고 연신 거친 숨만 가까스로 몰아쉬었다. 아직 그의 말에 일일이 대답할 정신은 없었다. 그가 조금 전보다 다 빠른 속도로 그녀를 몰아붙였다. 엉덩이와 그의 몸이 닿느라 요란한 소리가 방 안을 가득 채웠다. 이 소리가 밖으로 새어 나갈까 봐 조바심이 일었다. 그런데 수현은 별로 신경 쓰지 않는 눈치였다.

이러다 이 집안사람들은 다 알게 되는 게 아닐까 싶은 순간 수현이 숨을 몰아쉬며 그녀의 내부에 사정을 했다. 수현과 관계를 갖기 시작하면서 피임약을 꾸준히 먹고 있어서 임신에 대한 걱정에선 해방되긴 했지만, 마음은 사실 그의 아이를 갖고 싶기도 했다. 그녀도 곧 서른이었다. 그전에 임신이 된다면 기꺼이 아이를 낳을 마음도 있었다. 어릴 때부터 아이를 무척이나 좋아했던 그녀다. 그가 페니스를 빼내면서 다시 소파에 앉았다.

"앉아."

수현이 그녀의 팔을 잡아당겨 곁에 앉혔다. 그는 그녀의 어깨에 팔을 감고 자연스럽게 그녀의 젖가슴을 손안에 쥐고 주물거렸다. 선우는 그런 그의 손등에 손을 올리고 가만히 눈을 감았다.

"나랑 있는 거, 좋아?"

"좋으니까 이렇게 있는 거잖아요."

"다행이다. 하루도 빠짐없이 네가 나로 인해 행복했음 좋겠어. 팔 때문에 네가 마음고생 한 거 너무 미안해서 꼭 안아주고 싶었거든."

"괜찮은데……."

"내가 안 괜찮아서 그래."

잠시 둘은 말없이 이 순간이 주는 여유와 여운을 즐겼다. 그렇게 시간이 지나자 수현이 말했다.

"한국 가면 같이 살자."

"동거하자는 거예요?"

"결혼은 하기 싫다니까, 그거 먼저 하면 안 될까?"

"한국 사람들 몰라서 그래요? 대단히 보수적이잖아요. 거기다 전 가수 지망생이에요. 어떤 시선이 따라다닐지 뻔히 알면서 그래요?"

"또 참아야 하나?"

"만나는 건 괜찮겠지만……."

"만약에 말이야. 소속사에서 몇 년간 연애 금지, 뭐 이런 조항 내놓으면 어쩌려고? 차라리 애인 있는 걸 빨리 밝히는 게 좋지 않겠어? 난 사실 몇 년씩이나 선우를 기다릴 용기는 없다. 그전에 무슨 수를 내면 냈지."

그 부분에 대해서는 선우도 염려하는 바이기도 했다. 결혼적령기의 여자가 가수 지망생이니 계약을 하려는 소속사 입장에서는 여러 가지가 걸릴 것이다. 그 입장이 충분히 이해되고 공감이 되기 때문에 선우는 그 부분을 어떻게 극복해야 좋을지 고민 중이었지만 답은 없었다. 수현이 이렇게 나오니, 막연히 기다리라고만 할 수는 없는 노릇이었다.

"생방송이 끝나면 연애 사실을 공개할게요."

"진짜?"

수현이 고개를 돌려 선우를 응시했다.

"네, 공개할게요. 그게 맞는 것 같아요. 당신을 배려할게요. 그다음 소속사를 정하는 게 순서인 것 같아요."

수현이 그녀의 뒤쪽 목덜미를 강하게 움켜쥐고 깊게 키스를 했다. 그가 천천히 입술을 떼어내며 지그시 그녀를 바라봤다.

"당신을 택하길 잘했어. 하는 행동마다 내 선택에 강한 확신을 줘."

"원래 그런 사람은 아닌데…… 들었잖아요. 이모한테, 제 연애 이야기."

"들었지. 적어도 나한테는 적극적으로 행동하고 말하잖아. 그거면 난 족해. 선우가 나를 위해 얼마나 노력하고 있는지 보여주는 거니까. 그거면 됐어. 이젠 더 이상 바라는 거 없어. 대신 연락 자주 하는 거랑, 자주 얼굴 보겠다는 약속은 지켜야 한다."

"네, 나도 수현 씨 보지 않으면 보고 싶어요. 왜 혼자만 메아리 없는 외침을 하고 있다고 생각해요? 나도…… 당신 아주 많이 좋아해요. 아주 많이……."

선우가 수현을 까칠한 뺨을 훑어 내렸다. 수염이 돋아나 까칠했지만 그마저도 너무 좋았다. 머리카락이 헝클어져 있어도, 며칠씩 같은 옷을 입어도 그냥 좋았다. 그니까, 정수현이니까. 그는 그로서 좋은 거다. 건강하게 곁에만 있어준다면 그걸로 너무도 감사한 존재. 선우는 그의 입술에 천천히 입을 갖다 대면서 달콤하게 속삭였다.

"사랑해요."

"⋯⋯듣기 좋은 말이야. 세상에서 제일!"

그가 입술을 열고 그를 받아들였다. 서로의 혀가 얼큰하게 취하도록 얽혀 들어갔다.

✳

생방송이 시작되었다. 선우는 수현과 같이 한국에 들어와 그의 곁에서 바싹 붙어 지내다가 방송국에 가야 하는 날만 자신의 집으로 이동했다. 그리고 수현의 이모가 도우미 아줌마를 구해줘서 집안일이나 식사 등은 도우미가 알아서 해주기 시작했다.

선우는 생방송 때문에 미션곡을 받고 소화하기 위해 일주일간 죽어라 같은 노래만 반복해 부르며 훈련해야 했다. 일주일에 한 번씩 미션곡에 대한 평가가 있고 2주에 한 번씩 두 명이 떨어지는 시스템이 시작되었다. 그리고 결국은 네 명이 남겨졌다. 그 안에 선우가 남겨졌다는 사실이 그저 놀라울 따름이었다. 생방송에도 어느 정도 적응이 돼서 이젠 무대에서조차 떨리지 않았고 자연스럽게 관객들과도 호응하기 시작했다.

그리고 그 일이 터졌다.

[선우 씨, 나 황 PD인데…… 기사 뜬 거 봤어?]

"네?"

[빨리 봐. 인터넷 뉴스.]

그녀는 재빨리 인터넷에 접속해 뉴스를 확인했다. 선우와 수현이 같이 식사하는 모습이 담긴 사진이 화면에 떴다. '맞선의 품격'에서 나왔던 사진과 같이 최근 사진을 같이 붙여 올린 사진과 기사가 올라와 있고, 댓글이 어마어마했다. 다리가 후들후들 떨렸다. 그동안은 관객들의 호응 덕분에 여기까지 버텼는데, 이젠 어림없어졌다.

[봤어?]

"네, 어떻게 하면 되죠?"

[수현이랑도 의논을 했는데, 열애를 공식 인정하는 게 좋을 것 같아. 아니라고 하는 게 오히려 모양새가 안 좋아. 차라리 수현이가 선우 씨 공연에 직접 방문해서 응원해주는 모습을 보여주는 편이 훨씬 자연스러울 것 같거든. 내가 그렇게 하는 편이 안티를 팬으로 돌리는 최선책이라고 말했어. 선우 씨 생각은 어때?]

"방송 생리를 가장 잘 아는 PD님 생각이 그렇다면, 그 말이 맞겠죠."

[지금 선우 씨 담당 PD가 내 대학 후배야. 내가 그놈하고 연락을 취해볼 테니까, 좀 기다려봐.]

그나마 다행이라고 해야 할까? 진우가 수현의 사촌형이니까 이런 일이 터졌을 때 적어도 막아주기 위해 고군분투해주지 않던가. 그게 아니라면 이렇게 나서줄 이유가 없었다. 머리가 지끈거리고 속도 메슥거렸다. 이렇게 끝날 모양이다. 하긴 지금도 너무 과하게 높이 올라왔다고 생각하니까. 다시 전화벨이 울렸다.

"네, 여보세요?"

[접니다. 곽 PD예요. 방금 황 선배랑 통화하고 내린 결론인데요. 사귀시는 분 공연에 초대해서 맨 앞좌석에 배치하고 싶은데, 가능하세요?]

"저 때문에 혹시 프로에 폐를 끼치는 건 아닐지 우려가 되는데요."

[아니에요. 그것 때문에 오히려 선우 씨에겐 좋은 영향이 갈 겁니다. 이슈가 되거든요. 모르던 사람도 알게 되겠죠. 검색해보니까 사귀시는 분이 엄청난 미남이시던데요. 많은 여성분들에게 질투를 받을지도 모르겠는데요? 그런데 왜 그동안은 감춰 두었어요? 차라리 미리 공개하는 편이 유리했을 텐데요.]

"그런 식으로 시선을 끌고 싶지 않았거든요."

[비겁하고 싶지 않았으니까, 그랬겠지만 어찌 되었든 이 일 때문에 오히려 시청률은 올라갈지도 모르겠어요. 이번 주 방송 때 꼭 같이 오세요. 이런 때일수록 보란 듯이 당당해야 합니다. 아마 이런저런 비난도 있을지 모르겠지만, 감안하셔야 할 겁니다.]

통화를 끝낸 선우는 화끈거리는 얼굴로 일단 반응 먼저 살펴야겠다는 생각에 덧글들을 열어봤다.

－남자친구가 재벌이면 굳이 가수 할 필요 있어? 남편한테 앨범 하나 내 달라고 하고 취미생활 할 일이지, 왜 나와서 어린 새싹을 짓밟고 난리래?

－남자가 있다는 사실을 미리 밝히지 않은 걸 보면 나름 이런 이슈

몰이가 달갑지 않았기에 꺼린 듯 보여 개념녀 같기는 하다. 다만 본인이 진짜 연예인도 아닌데 이런 걸 미리 터트린 신문사 기자는 아무 생각이 없는 건가?

–이 남친 너무 잘생겼던데, 내가 뺏으면 안 됨?

–이걸로 이슈몰이 해서 전화투표 때 점수 확 오르는 건 좀 아니지 않나? 졸렬한 방법으로 인기 등에 업고 5억 챙겨 가면 완전 비호감으로 급상승할 듯!

선우가 아예 컴을 닫아버렸다. 머릿속이 아득해졌다. 이런 입장일 수 있겠다. 이해는 하면서도 속이 상하고 가슴이 아팠다. 어제까지만 해도 동지이던 사람들이 순식간에 창을 들고 그녀를 쑤셔대고 있는 원수처럼 느껴졌다. 선우는 바로 수현에게 전화를 걸었다.

[괜찮아?]

수현의 물음에 기어이 눈물이 쏟아지고 말았다.

"안 괜찮아요. 으흐흐흑……."

그녀는 휴대폰을 붙들고 한참 동안 울부짖었다. 그리고 막 울음이 날 개듯 걷히자, 그가 웃으며 말했다.

[우리 그냥 즐기자. 다른 건 다 귀 막고 무시하고, 네가 무대에 선 그 순간을 즐겼으면 좋겠어. 내가 그날 너와 눈 맞추면서 열심히 응원해줄게. 그렇게 하는 걸로도 마음이 안 풀려?]

"그 말도 맞지만, 그렇게 되려면 내가 멘탈이 강철로 되어 있어야 하는데 난 사람이에요. 어떻게 그런 차디찬 시선을 받으면서 아무렇지 않은 척하고 노래를 불러."

[그럼 차라리 안대를 쓰고 노래를 부른다는 상상을 하면 어떨까?

차라리 천장을 바라보면서 부르면? 난 팬의 한 사람으로서 당신이 일주일에 한 번은 팬들을 위해 매혹적인 음성으로 해주는 노래를 들었으면 좋겠어. 나 늘 기대하고 있거든. 선우가 이번엔 이 흔한 노래를 어떻게 매력적으로 잘 살려서 들려줄지를. 그런데 만약 무대 위에서 오돌오돌 떨면서 눈치 보며 노래 부르는 선우를 본다면 실망할 거야. 사람들은 실망 위에 또 실망을 쌓고 선우를 잊어가겠지. 난 선우가 그렇게 잊혀지는 게 싫어.]

그가 해주는 말이 전부 얼마나 진솔하고 그에겐 피가 되고 살이 되는 말인지 잘 안다. 그런데 지금 당장은 망치로 두드려 맞은 것처럼 아픈 심장의 통증이 가시질 않았다.

"마음, 어떻게든 가라앉힐게요. 그러니까 조금만 기다려줘요. 적어도 수현 씨만은 실망시키고 싶지 않아요."

그날 수현이 그 자리에 있다면 더더욱 잘 부르고 싶었다. 박선우의 남자라는 타이틀을 지닌 남자가 자신 때문에 같이 고개 숙이는 일만은 없기를 바랐다. 그녀는 마음을 다잡고 이어폰을 귀에 꽂았다. 노래 연습만이 살 길이었다. 이렇게 휘둘려서는 나락으로 떨어지는 일밖에 없다.

✳

무대 뒤에서 인이어를 끼고 마이크를 손에 꽉 쥐었다. 김범수의 '보고 싶다'가 이번 주제곡이었다. 검은 미니드레스를 입고 허벅지까지 올라오는 검은 부츠를 신었다. 머리카락은 말아 올려 고정시키고 최대한 관능미를 주기 위해 눈을 강조한 메이크업을 했다.

"선우 씨, 올라가세요."

스태프가 올라가라는 사인을 주고 그녀는 곧장 계단을 걸어 올라 갔다. 당당한 걸음걸이로 올라간 그녀는 무대에 서서 관객석을 바라 보며 인사를 했다. 우레와 같은 박수가 터졌고, 그녀의 시선은 저절 로 좌측 앞좌석에 앉은 수현에게 멈췄다. 수현은 진중한 눈빛으로 그녀를 응시했다.

간주가 시작되었고, 그녀는 음을 들으며 최대한 집중하기 위해 노력했다. 세상이 아무리 태풍처럼 몰아쳐 그녀를 휘젓고 흔들어대 도 결코 흔들리지 않으리라 단호하게 마음먹었다. 그녀는 온 힘을 다해 이 무대에서 자신을 태우리라 마음먹었다.

그녀가 노래를 시작했다. 음악과 자신이 온전히 하나 되고, 음악 이 시가 되어 입 밖으로 쏟아져 나간다. 심장이 울렁거리고 가사의 한 음절 한 음절이 뼛속으로 파고 들어와 긁어 댄다. 절절한 심정을 입 밖으로 꺼내 하나하나의 마디를 완성하고 그녀의 감정이 노래에 채색되어 그녀만의 노래로 완성되었다.

"……싶다아아……."

노래가 끝났을 때 잠시 관중은 할 말을 잃은 사람처럼 어떤 반응 도 보이지 않고 멍하니 그녀를 바라봤다. 그리고 한 사람이 박수를 치자 그것은 열병처럼 퍼지며 거대한 소리로 변해 그녀의 가슴을 두 드렸다. 미움은 그녀를 망쳐 놓을 줄 알았는데, 오히려 그녀를 더욱 강하게 만들었다. 심장이 뜨거웠다. 노래를 마치고 내려와 대기실로 가는 길에 한 도전자의 부모와 다른 부모가 대화를 나누는 모습을 봤다.

"나이가 있으면 이런 스캔들이 나오자마자 빠져야 하는 거 아냐?

이렇게 되면 이슈가 돼서 검색어 순위에 오르고 그러다 보면 모르던 사람도 알게 돼서 전화투표에서 유리한 고지를 차지하잖아요. 사람 그렇게 안 봤는데, 야비하지 않아요? 다 계산속인 거지요."

이젠 주변에서조차 그녀를 비난하고 나섰다. 아프지 않을 줄 알았는데, 잘 견뎌낼 자신이 있었는데 그게 쉽지 않았다. 그녀는 못 들은 척 대기실로 들어가 앉았다. 다음 무대를 준비하는 어린 친구가 그녀의 눈치를 봤다. 보나마나 어른들에게 휘말려 그녀를 적으로 판단해야 할지 동지로 구분해야 할지 헷갈리는 것이리라.

"노래 잘 부르고 내려와야 한다!"

선우는 아랑곳하지 않고 아이에게 웃으며 격려했다. 아이가 당황하며 입가에 어정쩡한 미소를 짓고 나갔다. 선우는 깊게 한숨을 내쉬었다. 이기지 못할지도 모를 싸움이다. 알고 있다. 하지만 끝까지 가보련다. 어린 애들에겐 두 번 세 번의 기회가 가능하겠지만, 그녀에겐 마지막이다. 지금 이런저런 걸 눈치 봐가며 남의 편의를 봐줄 상황이 아니다. 이 또한 그녀에겐 기회라고 생각하기로 했다. 비겁하고 용렬해 보이는 짓일지 모르지만, 그녀가 원해서 벌어진 일이 아니었다. 그러니 누구도 원망하지 말고 지금은 이대로 흐르도록 두기로 했다.

"노래가 끝났습니다. 출연진 전부 나와주세요."

PD가 네 명의 출연진을 모아 밖으로 나갔다. 무대에선 선배 가수들의 축하 무대가 이어지고 있었다.

"오늘부터는 한 명씩 떨어지는 거 알고 있죠?"

"네!"

다들 대답했다. 선우는 등 뒤로 손을 모으고 무대 뒤쪽을 바라봤다.

어쩐지 여기 더 이상 올 일이 없을 것만 같았다. 새카만 무대 뒤에서 긴장된 마음을 하나로 모으고 새하얀 빛이 쏟아지는 무대 위로 올라가던 순간이 어제 일 같은데, 이젠 작별할 준비를 해야만 했다. 더 이상 노래를 부를 무대가 없을지도 모른다. 그렇지만 후회없다. 신나게 불렀다. 그동안 원없이 노래를 불렀다.

"박선우 씨는 이 프로가 끝나면 뭘 하실 건가요?"

"다시 취직자리를 알아봐야죠. 학생들이 다시 학교로 돌아가듯 저도 다시 일상으로 돌아가야겠죠."

아픈 꿈을 꾼 기분이었다. 한 줄기 눈물이 흘러내렸다. 가슴이 먹먹해졌다. 그녀는 재빨리 눈물을 닦아내고 무대에서 열창 중인 선배의 노랫소리에 귀를 기울였다.

"5분 뒤에 발표합니다. 일단 대기 장소로 올라가세요."

카메라가 켜져 있는 대기 장소로 4명의 인원이 차례대로 올라가 앉았다. 선우는 천천히 시선을 돌려 수현을 찾았다. 수현이 손을 들어 알은체했다. 가슴이 뜨겁다. 그가 없었더라면 자신이 얼마나 초라해졌을까 싶어서 새삼 그에게 감사했다. 다른 이들은 가족들이 와서 응원을 해줬는데, 그녀는 이모와 이모부만 와서 응원을 해준다. 가끔 친구들이 오긴 했지만 나이들이 있어서 극성스럽게 소리를 지르지도 못하고 조용히 왔다가 조용히 나갔다. 부모님이 살아 계셨더라면, 아쉬운 상상이 자꾸만 그녀를 가시처럼 찔러댔다.

"잘 들으셨나요? 연륜이 느껴지는 곡을 열창해주신 강수연 가수에게 박수 보냅니다. 자, 이젠 투표 결과를 보도록 할까요? 많은 분들이 전화투표에 응해주셨군요. 2주일간 심사위원들에게 노래 테스트를 받고 방송되는 동안 시청자들에게 문자투표나 전화투표 등으로 점수를 모았죠? 이젠 그 결과를 발표할 순간입니다."

사회자는 각 후보들이 그간 어떻게 활동을 하며 성장했는지 VCR
을 준비해 보여주기 시작했다. 한 사람 한 사람 그동안 얼마나 고된
나날을 보내며 버텨왔는지 눈물겨운 고군분투를 하나의 다큐 형식
으로 압축해 재생했고, 그 모습을 본 후보들의 눈가엔 어느새 물기
가 차올랐다. 그리고 모든 후보들의 모습이 모두 나가자 사회자는
비로소 발표를 하겠다며 카드를 받아 오픈했다.

"결정되었습니다. 이번 탈락자는…… 그동안 정말 고생하셨습니
다."

잠시간 말이 없던 사회자는 조용한 어조로 이름 석 자를 불렀다.

"박, 선, 우 씨!"

선우의 눈가에 물기가 차올랐다. 이미 예고된 일인지도 모른다.

"오늘 정말 훌륭한 무대를 보여주셨습니다. 그 간 피나는 노력 끝
에 특유의 나쁜 습관들을 없앴고 노래도 장족의 발전을 해서 프로페
셔널한 음성으로 부를 수 있게 되었습니다. 하지만 아쉽게도 이제
더 이상 박선우 씨의 목소리는 우리 프로에서 들을 수 없게 되었군
요. 마지막으로 소감 말씀해주세요."

사회자가 아쉬워하며 마이크를 건네자 선우는 마이크를 손에 쥐
고 관객석을 응시했다.

"감사했습니다. 곧 서른입니다. 꿈을 꾸고 한발을 내딛기엔 등에
짊어진 짐이 너무도 많아서 머뭇거릴 수밖에 없었습니다. 그런데 이
런 저를 날아 보라고 등을 떠밀어준 지인들이 있었어요. 감사의 마
음을 전합니다. 이젠 꿈을 꾸는 이 순간이 저를 얼마나 빛나게 해주
는지 깨닫게 되었기 때문에 이 꿈을 붙들고 놓지 않을 작정입니다.

그동안 저를 응원해주신 분들께 감사의 말씀 전합니다."

그녀는 마이크를 사회자에게 건네고 후보들과 끌어안고 마지막 인사를 전했다.

"자, 떠나는 박선우 씨의 마지막 고별 무대 보시겠습니다. 그럼 다음 주에 '별을 쏘다.' 톱3만을 남겨 두고 다시 찾아옵니다. 많은 시청 바랍니다!"

선우는 차분한 표정으로 마이크를 쥐고 탈락 시에 부르겠다고 미리 신청을 해두었던 곡의 간주가 나오기를 기다렸다. 간주가 시작되고 그녀는 홀가분한 얼굴로 노래를 시작했다.

임재범의 '너를 위해' 가 그녀의 마지막 곡이었다.

13.

어중간하게 얼굴이 팔린 사람은 연예인일까? 아닐까? 마트에 가도, 만화책 방에 가도 사람들이 그녀를 알아봤다. 10월 말경이 되었다. 취직하고픈 마음이 완전히 사라졌다. 올해 말까지는 아무 생각 없이 놀자, 그렇게 마음을 굳혔다. 그리고 수현은 일이 바빠 일주일에 한 번밖에 보지 못하는 날이 많아졌다.

차라리 잘됐다. 왕백수가 된 그녀는 요즘 수현을 만나는 일조차 부담스러워지기 시작했다. 그래서 차라리 수현이 더 바빠졌으면, 그러다 덜컥 미국에 갔으면 하고 바라게도 되었다. 그녀는 머리카락을 질끈 묶고 검은 모자를 눌러쓴 채 남색 야상점퍼 차림으로 마트에 가서 음악을 듣고, 시식대에서 음식을 맛보다 집으로 돌아오는 짓을 취미로 삼았다.

"휴대폰도 끊어버릴까?"

그런 생각이 들 즈음이었다. 음식물쓰레기를 버리고 슬리퍼를 직직 끌며 엘리베이터에 오르는데 휴대폰이 울어댔다. 모르는 낯선 번호가 떴다. 요즘 은행이 개인정보를 흘리는 말도 안 되는 사고를 치면서 피싱이다 스미싱이다 쓸데없는 것들이 너무 많이 왔다. 잠시 전화를 받아야 할지, 말아야 할지 고민하던 그녀는 통화 버튼을 눌렀다. 피싱이든 뭐든 한 판 붙어보자 싶었다. 바쁘지도 않은데.

"여보세요?"

[박선우 씨 맞습니까?]

"⋯⋯네, 맞습니다."

선우가 심드렁하게 답하자, 상대방이 인사를 했다.

[여기 IO엔터테인먼트 대표입니다. 혹시 시간 되시면 만나고 싶은데, 시간 괜찮으세요?]

이젠 별 장난을 다 친다.

"이봐요. 방송 봤어요? 그래서 저한테 이런 장난치시나 본데요. 개그콘서트 안 보세요? 거기 '황해'라는 프로에 보시면 나올 텐데요. 이런 피싱 막 하고 그러면 안 돼요. 그리고 결정적으로 그쪽 번호 떴어요. 무슨 피싱을 이렇게 허당으로 하세요?"

[저기 저 윤정식 대푭니다. 그때 '별을 쏘다.'에서 두 번인가 얼굴 뵈었을 텐데요. 기억 안 나세요?]

어? 이렇게 디테일하게 작업 거는 피싱도 있나? 이건 거의 본인만 아는⋯⋯! 끄악!

"여, 여, 여, 여보세요?"

[하하하, 피싱이랑 헷갈리신 모양이구나. 윤정식입니다. 오랜만이죠?]

"아, 네."

[우리 회사에 한 번 나오세요. 당장 급한 일이 좀 있는데, 이것 좀

선우 씨가 해결해줬으면 좋겠는데요.]

"지금, 아니 한 시간 내로 갈 수 있어요."

[좋습니다. 기다릴게요. 이따 봬요.]

통화를 끝낸 선우는 이게 꿈인가 생시인가 싶어서 어안이 벙벙한 얼굴로 허공을 쳐다봤다. 그녀는 재빨리 복도를 뛰어 집 안으로 들어가 옷을 전부 벗고 샤워 먼저 했다. 윤정식이라면 1세대 아이돌그룹에서 리드보컬을 했고 작사작곡 능력이 출중해 자기 사업을 시작했다. 그렇게 키워낸 가수만 해도 열 손가락을 헤아리고도 넘칠 지경인 그야말로 능력자였다. 그런 사람이 대체 자신에게 왜 전화를 한 것일까? 머릿속에서 폭죽이 터지고 있었다.

뭐가 되었던 그가 애타게 찾고 있다는 건 좋은 징조였다. 정신없이 씻은 선우는 밖으로 나와 머리를 말리고 메이크업을 공들여 했다. 입고 갈 만한 옷을 찾다가 무난하게 진갈색 터틀넥 니트에 블랙진을 입고 워커힐을 신고 가기로 했다. 가죽 재킷을 꺼내 걸친 그녀는 숄더백을 메고 밖으로 나왔다. 마티즈에 시동을 걸고 곧장 홍대 쪽으로 방향을 잡았다.

노크를 하고 안으로 들어가자 윤 대표가 웃으며 그녀를 반겼다. 그는 악수를 청하더니 다짜고짜 가이드 곡 좀 들어보라며 내밀었다. 선우는 이어폰을 끼고 MP3에 담긴 노래를 들어봤다. 발라드로 애절한 가사가 일품이며 선율이 아름다웠다.

"좋은데요?"

"선우 씨가 불러 줄래요?"

"네?"

"사실은 우리 소속사 가수 중에 하나가 부를 예정이었는데, 해외 일정이랑 겹쳐져서 힘들 것 같아서요. 목소리가 가진 분위기가 비슷한 가수를 섭외해보다가 선우 씨 목소리가 생각났어요. 그래서 방송 당시 트레이닝 선생을 찾아 물으니 잘 어울릴 음색이라고 해보면 좋을 것 같다고 하더군요. 저는 이 곡 선우 씨가 했으면 좋겠어요."

"죄송한데, 갑자기 이렇게 노래를 부르라고 하시면……."

"왜 그러세요. 이미 준비된 가수라는 거 아는데……. 이미 1년이나 활동했던 가수잖아요. 여기 생리는 누구보다 잘 알고. 이거 드라마 OST인데, 메인 테마곡이 될 거예요. 어떤 드라마인지는 선우 씨가 대답할 때 알려줄게요."

"그럼 한 곡만 부르면 되는 건가요?"

"그렇죠. OST를 불러야 하니까."

계약건에 대해 얘기하는 거라고 잔뜩 기대하고 왔는데 그게 아니라고 하니까 바람이 푹 빠졌다. 하지만 실망하지 말기로 했다. 한 곡이라도 좋다. 그게 무엇이든.

"부를게요. 저한테 어울리는 곡 찾기가 하늘의 별 따기인데, 이렇게 좋은 기회가 왔으니 잡아야죠. 이렇게 연락 주셔서 너무 감사합니다."

선우는 서운함을 버리고 입가에 미소를 띠며 그에게 감사한 마음을 전했다. 윤 대표가 그런 선우를 유심히 보더니 웃었다.

"선우 씨는 태도가 정말 좋아요. 예의도 바르고……. 신인이라고 하기엔 어정쩡한 느낌인데, 태도가 늘 겸손해서 대하기가 편해요."

"좋게 봐주신 점, 감사해요. 하지만 그렇게 칭찬을 들으니 더 제가 하는 행동에 대해 늘 돌아봐야겠어요."

"자, 계약서 드릴게요."

그가 봉투 하나를 꺼내 그녀에게 줬다. 그녀는 봉투를 꺼내고 도장을 꺼내 계약서에 날인을 했다. 서로 계약서를 하나씩 갖고 윤 대표는 바로 스케줄을 잡았다.

"한 사흘밖에 시간이 없는데, 가능하겠어요?"

"해볼게요."

윤 대표는 곧장 그녀를 녹음실로 데리고 갔다. 프로듀서와 인사를 하자마자 녹음실에 들어간 그녀는 음정을 가다듬고 첫 번째 녹음을 시도했다. 노래를 들어본 프로듀서는 바로 보컬 트레이너와 작곡가를 불러들였다. 그녀가 노래한 첫 곡을 들어본 그들이 그녀의 음색이 가장 매력적으로 나오는 부분을 좀 더 살리기 위해 노래를 수정하기에 이르렀다.

그렇게 서너 번을 더 매달려 불렀다. 그리고 서너 시간 쉬었다가 다시 부르기를 시도했다. 감정이 좀 더 풍성해지거나 노래의 분위기가 좀 더 달라질 수 있기 때문에 몇 번 더 불러보도록 해보자는 게 프로듀서의 의견이었다. 그렇게 새벽까지 같은 곡을 백 번 넘게 불렀나보다. 그리고 비로소 오케이 사인이 떨어졌다. 아침 9시가 되어서야 떨어진 것이다.

"수고했어요."

윤 대표가 일찌감치 출근해 그녀가 부른 곡을 들어보더니 흡족한 미소를 지으며 말했다.

"식사 같이 하고 가세요."

"감사합니다."

같이 아침 식사를 하기 위해 건물 내 식당으로 내려갔다. 윤 대표는 거물답게 건물 내에 모든 시설을 확충해두었다. 식사를 같이 하면서 윤 대표는 그녀에게 딱 한 마디 했다.

"1주일간 그 OST가 1위를 한다면, 박선우 씨랑 계약하겠습니다."

심장이 쿵하고 내려앉았다. 하지만 어떤 OST도 사흘 이상을 넘기지 못하는 실정인데, 어떻게 1주일은 넘긴단 말인가?

"그런데 그 드라마 제목이 뭐예요?"

"현빈이 주연을 맡은 '시크릿 윈터'라는 드라마예요."

맙소사! 무려 현빈이란 말인가? 그렇다면 아주 가망성이 없는 건 아니지만, 메인 테마곡이라고 해도 초반에만 많이 들려지다가 이후부터는 다른 곡을 밀기 때문에 금세 잊혀지기 십상이었다. 그래도 감사했다. 그렇게 유명한 드라마의 OST 작업에 참여했다는 사실이 마냥 감사했다. 선우는 터질 듯한 가슴을 안고 집으로 돌아왔다.

✳

선우가 멍한 얼굴로 인기차트를 바라보고 있었다. 1주일 1위는 물론이고 2주째 1위를 유지하다 못해 인터넷에서 그녀의 과거 모든 에피소드들까지 이슈가 되고 인기 검색어 순위 1위를 찌른 것은 물론이고…….

휴대폰 벨이 울어댔다. 넋이 나가 이 모든 상황을 쥐약 먹은 사람처럼 바라보던 선우가 손을 뻗어 전화를 받았다.

[방송국입니다. 뮤직갤러리 프로 아시죠?]

알다마다.

"무슨 일이신가요?"

[드라마가 시청률 30프로를 넘으면서 선우 씨의 OST를 가요프로에서도 볼 수 있게 해달라고 게시판이 폭주하고 있는 상황이에요. 그래서 소속사가 있나 알아보다가 아직 매니저나 기획사가 없다고 해서 이렇게 직접 연락드립니다. 방송 한 번 합시다!]

"네?"

[한 번 나오세요. 노래 한 번만 들려주세요. 드라마가 방송되는 같은 방송국이니 선우 씨가 나와서 노래 부르는 게 큰 문제가 될 것 같진 않구요.]

"아아…… 일단 프로듀서와 대표님과 통화를 좀 해볼게요."

통화를 끝낸 선우는 곧장 윤 대표에게 전화를 걸었다.

[아하하, 듣던 중 기쁜 소식이군요. 우리가 적극 지원해줄 테니, 이참에 회사로 한 번 나와요. 일전에 약속한 대로 계약합시다.]

2주가 어떻게 지나가는지 알 수가 없었다. 정말 총 맞은 것 같은 매일이 심장 터트릴 듯 격렬하게 지나는 중이었다.

"농담 아니시죠?"

[어떻게 농담을 해요. 인기순위 1위를 자그마치 2주째 유지하시는 분이! 이건 예사롭지 않은 반응이에요. 곧장 싱글 내보내고 이 분위기를 이어 나가야 합니다. 이런 걸 인지도라고 하죠. 이럴 때 같이 이슈를 몰고 가는 게 좋아요.]

"곧 찾아뵙겠습니다."

[회사에서 차를 보내죠. 주소 찍어서 보내주세요. 직접 모시러 가겠습니다.]

다시 한 번 멍해졌다. 일전엔 차를 직접 몰고 찾아갔는데, 이젠 모시러 오겠단다. 다시 허공에 발이 붕 뜬 기분이었다. 그녀는 바로 수현에게 전화를 걸었다.

[어, 무슨 일이야?]

"방송국에서 절 불러요."

[OST 때문에?]

"네, 그뿐이 아니라 윤 대표가 계약하자는데 어떻게 해요?"

[하하하, 계약하자는데 뭘 망설여. 다른 루트로 알아보니 거기 자금도 탄탄하고 소속 연예인들 관리도 잘한다고 하던데. 성장 가능성이 무궁무진한데다 앞으로 더 커질 전망이 많다고 입을 모아 칭찬하는 곳이야. 나는 추천한다.]

"이거 꿈은 아닌 거죠? 잠깐 이러다 마는 그런 거…… 아니겠죠?"

[아니야. 다 누려. 진짜 당신이 노력해서 붙든 실제 상황이야.]

아직도 심장이 두근거렸다.

[축하해! 미리 축하하는 건 좀 싫어하지만 이미 가요순위 차트를 보면 이젠 축하해줘도 되지. 안 그래? 음원 차트가 얼마나 변덕스러운지 잘 알잖아. 일반인도 아는데, 음악 전문가들 입장에서 볼 때 당신이 2주나 1위 자리를 붙들고 있다는 사실 자체가 경악스러울 거야. 아무리 오디션프로에서 톱5 안에 들어갔었던 사람이라고는 해도 당신에 대해 회의적인 시선이 더 많았던 게 사실이거든.]

갑자기 눈물이 솟았다. 그동안 그녀가 알게 모르게 들었던 온갖 비난의 시선들과 삿대질이 마음 안에 먼지처럼 쌓여 있었기 때문이었다. 그녀는 눈가의 물기를 닦아내고 십기일전했다.

"씻어야겠어요. 순위에서 밀려나갈 게 두려워서 매일 차트만 노려보고 있었는데, 이젠 그만해야겠어요. 히키코모리(引きこもり, 방콕족)도 아니고 이게 뭔 짓인가 싶기도 하고. 고마워요. 수현 씨!"

[이따 저녁 먹자. 계약기념 만찬을 즐겨야지?]

"네, 연락할게요. 사랑해요!"

[나두.]

선우는 후다닥 욕실로 달려 들어가 홀렁홀렁 옷을 벗어젖히며 콧노래를 불렀다.

※

계약은 완료되었고, 그녀에 대한 계약기사가 톱기사로 연일 화제가 되었다. '별을 쏘다'에서 배출한 출연자 중 현재로서는 유일하게 가장 큰 기획사와 계약이 성사된 케이스로 주목받고 있었다. 그리고 오늘은 방송국에서 처음으로 노래를 부르는 날이었다.

그녀에겐 매니저와 스타일리스트가 일시적으로 배정되었고, 지금 그녀는 완벽한 진브라운 계열의 미니 튜브 원피스에 단아한 고전미가 흐르는 헤어스타일을 하고 세련된 메이크업으로 대기실에서 숨을 고르는 중이었다.

어린 가수들과도 인사를 나눴고, 선배 가수들에게는 일일이 찾아다니며 인사를 끝냈다. 나이는 많아도 어쨌든 그녀는 다시 신인이었다. 이전에 데뷔를 하긴 했지만 이후 활동을 하지 않아 연예계는 그때와 체계가 완벽하게 달라져 있었다. 이제부터 배운다는 자세로 임하지 않으면 자신에게 이득 될 건 없어 보였다.

"박선우 씨, 두 번째입니다. 대기하세요."

"네, 감사합니다."

귀가 먹먹해졌다. 예전엔 멤버들과 같이 무대에 올라 자신이 받을 조명을 여럿이 나눠 가졌기 때문에 긴장감이 덜했지만 이젠 오롯이 혼자 받아내야만 했다. 처음부터 끝까지 자신이 이끌어 가야만 하는 무대였다. 조금의 실수도 용납해선 안 되며, 오히려 관록이 느껴지는 강한 무대로 만들고 싶었다. 비록 자신의 노래가 아니라 드라마 주제곡을 부르는 자리이긴 했지만 2주나 차트에서 1위를 유지하는데 대한 감사를 담아 부르기로 했다.

스태프가 문을 열고 선우에게 나올 준비를 하라 하자, 선우가 밖으로 나갔다. 마이크와 인이어, 음향 체크 등이 이루어졌다. 관중의 웅성거리는 소리가 들려왔다. 자신을 아는 사람은 별로 없겠지만, 그래서 환호성은 들리지 않겠지만 최선을 다해 사로잡고 말리라.

"올라가세요."

선우가 무대 위로 올라갔다. 이미 생방송 경험이 오디션프로에서 꽤 많았기 때문에 마음이 떨리지는 않았다. 하지만 기본적으로 자신의 팬이 아닌 관객들을 향해 노래를 불러야 하는 상황이었다. 선우는 자신이 서야 하는 위치에 섰다. 도착하자마자 리허설 무대를 한번 섰기 때문에 무대에서의 동선은 머릿속에 있었다.

어둠 속에서 간주가 시작되고, 선우는 감미로운 음성으로 첫 소절을 시작했다. 핀 조명이 들어오자 객석에서 가느다란 신음소리와 같은 탄성이 터져 나왔다. 이미 드라마에 빠진 소녀들이 의외로 많았던 모양이다. 선우는 열정을 다해 남주와 여주의 사랑을 가사에 담아 토해냈고, 노래가 끝났을 때 박수갈채가 쏟아졌다. 무대에서 내려오자, 담당 PD가 매우 흡족한 미소를 지으며 말을 걸었다.

"황 PD하고 친굽니다. 선우 씨가 나온다고 하니까, 잘 좀 해주라고 어찌나 립서비스를 날리는지. 제가 뭐 하고 자시고 할 것도 없이 선우 씨 자체가 알아서 빛을 내주니 그저 감사할 따름입니다."

"감사합니다. 방송은 며칠 된가요?"

"그렇죠. 녹화방송이니까요. 오늘 정말 수고했어요. 좋은 곡으로 다시 또 이 무대에 설 수 있기를 바라겠습니다."

선우가 허리를 굽혀 구십도로 인사를 하고 매니저와 코디에게 갔다. 매니저가 선우에게 윤 대표한테서 연락이 왔다는 전언을 듣고 바로 전화를 걸었다.

[곡이 몇 개 나왔어요. 한 번 와봐요. 아무래도 직접 듣고 선별하는 게 빠를 것 같아서요.]

"벌써요?"

[이 바닥 알잖아요. 여러 작곡, 작사가들이 비슷한 분위기로 노래 부르는 가수들에게 가이드 보내서 퇴짜 맞고 다른 데로 다시 돌리는 거. 그중에 선우 씨하고 맞아 들어가는 곡이 몇 개 있어서 붙들어 놨어요. 일단 들어 보고 결정하죠.]

생각보다 일정이 빨라질지도 모르겠다. 매니저가 곁에 붙어서서 말했다.

"아무래도 싱글곡 다음 주 안으로는 내지 싶은데요?"

"네? 그렇게 빨리?"

"대표님, 지금 애가 탔어요. 이런 천운이 아무 때나 오는 게 아니라고. 감이 좋다고……. 선우 씨한테 거는 기대가 대단해요.”

“저한테요? 잘 나가는 가수가 한둘이 아닐 텐데…….”

“그게 그렇지도 않아요. 이미 잘 나가게 된 가수를 키우는 건 키운다는 개념보단 인기를 유지한다는 개념이 강하죠. 하지만 신예를 발굴해 새롭게 키우는 건 제작자에게 의미가 달라요. 도전이고 모험이죠. 대표님은 지금 그 결과를 보고 싶으신 거예요. 자신의 선택이 누군가의 미래를 완벽히 바꿔 놓을지, 말지가 궁금하신 거죠.”

“차 매니저 생각은 어떤데요?”

“저도…… 사실 그 OST 들었는데, 눈물 나서 죽는 줄 알았거든요. 드라마 광팬이기도 하지만 그 노래가 나오면 여지없이 감정이 이입되면서 더 깊게 몰입하게 되더라고요. 하여간에 전 선우 씨 기라성 같은 별이 될 거라 믿어요. 늦게 시작했지만 시작과 동시에 별이 될 사람이에요. 제가 은근 안목 있는 남자거든요!”

옆에 서 있던 스타일리스트가 킥킥 웃었다. 차 매니저가 수줍은 미소를 짓고 뒷머리를 긁적거렸다. 좋은 사람들 같았다. 선우는 편한 차림으로 옷을 갈아입고 곧장 소속사로 향했다. 윤 대표가 들려준 음악 서른여 곡 중 세 곡이 선택됐고, 곧장 선우는 보컬 트레이닝 선생의 지도를 받아 노래를 해보기로 했다. 음색에 가장 잘 맞는 곡을 찾아내 그녀에게 맞게 수정을 가미하기로 한 것이다. 일단 세 곡을 한 번씩 불러 두고 밤 9시가 되어서야 집에 도착한 선우는 그제야 수현과의 저녁 약속을 떠올리고 휴대폰을 내려다봤다. 문자가 3개 들어와 있었다.

[언제쯤 끝나?]

[한 시간 기다렸는데, 연락 없네? 계속 연락 없음 삐친다.]

[이제 슬슬 난 박선우한테 찬밥인 건가? 연예인이랑 사귀면 일이 너무 많아서 얼굴 보기 어렵다던데, 내가 괜한 일을 추천했나 싶기도 하다. 나, 계속 이렇게 두면 폭주할 텐데? 좀 무서워해줘야 하는 거 아닌가?]

선우는 곧장 차키를 갖고 나와 차를 몰고 수현의 집으로 향했다. 차로 15분 거리였기 때문에 금세 도착한 선우는 수현의 고층아파트 엘리베이터 앞에 섰다. 혹시나 싶어서 모자를 최대한 깊게 눌러쓰고 터들넥 니트로 입까지 가린 터였다. 엘리베이터에 오른 그녀는 수현의 집 층수에서 내려 비밀번호를 빠르게 눌렀다. 그에게 입주 때 대문 출입카드와 현관문 비밀번호를 받아두었다. 문을 열고 안으로 들어가자 내부가 컴컴했다.

"수현 씨! 어디 있어요? 수현 씨?"

불러도 대답도 없다. 단단히 화가 난 모양이었다. 선우는 초조한 얼굴로 거실 불을 켜고 두리번거리다 그가 소파에 홀로 앉아 고가의 브랜디를 마시고 있는 모습을 보고 천천히 그의 앞으로 걸어갔다.

"수현 씨……."

수현은 그녀를 본체만체했다.

"죽을 죄를 졌어요."

"누구신가? 어떻게 남의 집에 그렇게 막 들어오지?"

수현이 빈정거리며 무뚝뚝하게 내뱉자 정말 감정 한 올 없는 사람처럼 냉혹하게 보여 심장이 얼어붙었다. 선우는 그의 곁에 가만히 앉아 눈치를 보다가 그의 손에 들린 브랜디 병을 빼앗아 꿀꺽꿀꺽 마셨다. 정신없이 마시다 보니 다 비웠다. 하루 종일 먹은 것도 없는 것 같았다. 그런 속에 독한 술을 밀어 넣으니 배가 싸하게 아려왔다.

"아우, 속이야."

수현이 시선을 돌려 그녀의 배를 흘끗 보더니 한 마디 했다.

"밥도 안 먹은 거야?"

"그러고 보니 하루 종일 굶은 것 같아요. 아침 한 끼 먹었나?"

수현이 벌떡 일어나더니 말없이 그녀의 팔목을 잡아끌었다. 식탁에 비빔밥 재료가 포장된 채로 놓여 있었다.

"이게 뭐예요?"

"같이 먹으려고 사왔지."

"와아, 맛있겠다!"

선우가 웃으며 수현을 바라보자 그가 매서운 눈빛으로 그녀를 쏘아보더니 물었다.

"오늘 무슨 잘못 했어?"

"미안해요. 연락할 정신이 없었어요. 방송국 가서 내내 시달리다 소속사에서 싱글곡 몇 개 골라야 한대서 불려가 귀가 터지게 노래 듣고 노래 고르고 부르고 녹음해놓고 오는 길이에요. 내일부터 종일 소속사 사무실서 살아야 할 것 같아요."

"그래서 앞으로도 계속 나 무시한다는 소리야?"

"그게 아니라…… 두 번 다시 이런 실수는 하지 않겠습니다, 이렇게 장담은 못 하겠다구요. 스케줄이 나도 어떻게 할 수 있는 상태가 아니라서요. 하지만 마음속에 누구보다 소중한 사람으로 자리잡고 있다는 것만은 변함없어요. 낯선 환경에 적응하느라 정신이 좀 없긴 하지만 노련해지고 여유가 생기면 누구보다 먼저 수현 씨를 챙길 거예요. 그건 자신 있어요."

"후우, 또 이런 일이 생길지도 모른다는 말인데……."

수현이 말없이 선우를 내려다보더니 식탁의자를 끌어내 앉혔다.

"일단 먹자, 먹고 얘기하자."

그는 군말 없이 비빔밥을 비벼주고 데운 된장국을 그녀의 앞에
내어줬다. 그는 따스한 눈빛으로 그녀를 챙겨줬고 배불리 먹은 선우
는 먹은 흔적을 정리한 뒤에 다시 그와 소파에 마주 앉았다.

"상견례 먼저 하자."

"네?"

"서두르는 게 좋을 것 같다. 네가 더 바빠지면 아무것도 못하다가
시간만 보내고 결국 헤어지는 수순을 밟게 될지도 몰라. 물론 나는
널 내 옆에 무슨 수를 내서라도 두고 싶지만, 넌 신인이기 때문에 앞
으로 여러 방면에서 이미지를 과도하게 소모해야 될 거야. 그러려면
스케줄이 엄청나게 빡빡해질 테고, 나와 만나는 시간은 자연스럽게
줄 수밖에 없겠지. 유명해지기 위해 노력한다는 건 그만큼 자신의
시간을 다른 누군가를 위해 할애한다는 걸 의미해. 네 주변의 모든
것을 서서히 놓아야 한다는 뜻이기도 해."

"그럼 바로 결혼을?"

"상견례 해두고, 결혼식 날짜는 내년 봄으로 잡자. 그렇게 해둬야
내가 마음이 편할 것 같다. 일종의 약혼식이라고 보면 돼. 한겨울에
널 신부로 맞을 수는 없고, 갑자기 결혼을 한다고 하면 임신이다 뭐
다 말들이 많을 테니까 우선 상견례 했다는 내용의 기사와 봄 결혼
식을 올린다는 기사만 내보내도 너와 내가 만나는 데 큰 무리는 없
을 거야."

"정말 미안해요."

"시기상 어쩔 수 없잖아. 네가 유명세를 누리게 되면 앞으로 더 시간이 안 나서 내가 더 괴로울지도 모르지만 이게 네가 바라던 꿈이니까, 할 수 없지."

선우는 너른 마음으로 이해해주는 그가 고마워서 그의 품 안에 폭 안겼다. 그의 체취가 콧속으로 스며들어오자 몸이 나른해지면서 뭉쳤던 근육의 피로가 순식간에 녹아내렸다.

"아, 스트레스 확 풀린다."

"내가 자기 때문에 받은 스트레스는 생각도 안 하지?"

수현의 힐난 섞인 말에 선우가 입술을 불툭 내밀었다.

"미안하다고 몇 번 말해야 하는 거예요? 히잉, 미안하다고요."

수현이 웃으며 그녀의 머리통에 그의 머리를 기댔다.

"미국에 연락해서 부모님 들어오시라고 할 테니까, 이모님 내외분께도 미리 말을 해둬."

"네, 그럴게요."

선우가 천천히 눈을 감았다.

"하암, 배부르고 따스하니까 졸음이 몰려오는데요."

"자면 안 돼. 벌 받아야지."

"졸려요. 하암⋯⋯."

선우가 그의 품 안에 안긴 채로 꾸벅꾸벅 고개를 흔들거렸다. 수현이 그녀의 손을 들었다 놨다 하면서 뭐라고 구시렁대는 소리가 들렸지만 서서히 깊은 잠 속으로 빨려 들어가 아무 소리도 들리지 않게 되었다.

＊

싱글곡 녹음이 완료되고, 판매가 시작되었다. 그녀의 노래는 음원 차트 50위권으로 빠르게 진입해 올라가더니 한류가수라는 아이돌그룹들을 밀어내고 단박에 3위에 랭크되었다. 인기는 상당했다. 그리고 12월 중순 수현의 부모님이 바쁜 스케줄을 쪼개 한국에 도착했다. 양가 상견례 때문에 도착한 것이다. 서울 한복판에 위치한 킹덤호텔 스위트룸에서 양가 부부가 인사를 나눴다.

"안녕하세요. 저는 선우의 이모입니다."

"반갑습니다. 저는 수현의 애밉니다. 이쪽은 계부 제임스구요."

"네, 반갑습니다. 여긴 제 남편 이봉식입니다."

양가의 어른들이 인사를 나누고 둥근 대리석 테이블을 사이에 두고 마주 앉았다. 날렵한 블랙 슈트를 입은 수현과 네이비 계열의 투피스 바지 정장을 입은 선우가 양가 어른들의 눈치를 살피며 숨을 죽이고 있었다.

"선우가 부모가 안 계신데도 아주 밝게 잘 컸더라고요. 그게 다 이모님 덕분인 것 같아요."

우선 수현의 모친인 이 여사가 운을 뗐다. 그러자 준화가 반색하며 대꾸했다.

"아휴, 저는 수현 씨의 어머니가 그 유명한 배우 이설희 씨라는 소리를 듣고 역시 저 인물이 그냥 나온 인물이 아니구나 했어요. 정말 잘생기고 듬직하고 성격도 좋고 뭐 하나 부족한 게 없는 수현 씨를 우리 선우에게 주신다고 해주셔서 감사할 따름입니다."

"전 우리 수현이를 좋아해준 선우가 마냥 고맙던걸요."

어른들의 오글거리는 칭찬 퍼레이드 속에서 수현과 선우는 연신 눈을 맞추고 미소를 지었다.

"그리고 무엇보다 전 선우가 유명한 가수로 세상의 이목과 사랑을 받고 있다는 사실이 너무 좋더라고요. 저도 연예계 생활을 해봤지만 아무나 사랑 받고 인기 누리는 거 아니거든요. 다 그만한 능력과 재능, 끼가 있어야 하는데 선우도 그런 능력을 갖고 태어났다는 사실에 놀랍기도 하고 자랑스럽기도 하고 그래요. 그리고 제 못다 이룬 꿈을 선우가 대신 이루고 다니는 것 같아 감개무량하기도 하답니다."

이 여사의 애정 가득한 말에 선우가 감동 받은 얼굴로 이 여사를 바라봤다. 지금껏 노래가 좋다, 무대 잘 봤다는 칭찬을 받기는 했지만 의례적으로 하는 말이려니 했는데 진심이었던 모양이다. 그 마음을 의심하고 대충 들어 넘긴 자신이 한심했다. 이 여사가 저런 마음으로 자신을 지켜보고 있다는 사실을 깨닫자 더욱 노력해야겠다는 마음이 활화산처럼 터져 올랐다.

"참, 결혼은 언제쯤 하시는 게……."

준화의 물음에 이 여사가 웃으며 대꾸했다.

"아무리 서둘러도 3월인데, 그땐 꽃샘추위에 황사도 있고 하니 4월로 잡아도 무관합니다."

"아무래도 신부 하면 5월의 신부가 좋은데요. 날씨도 그쯤 되면 풀리니까 황사도 없을 테고, 꽃도 많이 펴서 신부가 웨딩사진을 촬영할 때 사진도 예쁘게 나올 텐데요."

내내 화기애애하던 분위기가 반전되었다. 이 여사는 4월 결혼을 원하고 준화는 5월 결혼을 원했다. 다들 일리 있는 발언이긴 했지만 수현은 3월에 치르고 싶어했다. 신부의 아름다움 그건 차치하고 당장 살림을 합치고 싶어 안달 난 수현의 득달같은 잔소리에 선우도 3월로 마음을 정한 뒤였다.

"저기…… 어른들 말씀 중에 죄송한데요. 웨딩촬영 그런 건 신경 안 써도 되구요. 그건 해외에 나가서 찍어도 되는 거니까요. 그보단 수현 씨가 결혼 일정을 뒤로 더 미루면 곧장 동거체계에 돌입하겠다고 협박을 하는데다, 결혼 때문에 스트레스를 많이 받아 요즘 위장 장애까지 생겼어요. 그래서 그런데…… 3월 초순경에 결혼식을 올리는 게 어떤가 해서요."

가만히 듣고 있던 어른들의 시선이 일제히 수현에게 꽂혔다. 수현이 퀭한 눈빛으로 어른들을 보면서 애원했다.

"위액이 역류하는 일도 자주 있고, 위산 과다로 속이 수시로 쓰려 약을 달고 살아요. 선우가 스케줄이 빠듯해지면서 얼굴 보는 일도 준데다 방송국 돌아다니면서 잘생긴 남자들과 수시로 마주치는 것도 마음에 걸리고 요즘은 잘 나가는 남자 탤런트들과 CF촬영이다 뒤풀이다 늦게 집에 오는 일도 허다해서 제가 이러다 곧 죽지 싶어요."

수현의 엄살 어린 호소와 치명적인 눈빛 연기력 때문인지 가장 먼저 고집을 꺾은 사람은 다름 아닌 준화였다.

"에휴, 우리 수현 씨, 그럼 안 되죠. 그래요. 3월 초로 해요. 예비 신랑이 벌써부터 몸이 축나면 어째요? 빨리 식 올리고 제가 맛난 것도 많이 해다 줘서 몸을 보신해야겠어요."

가만히 듣고 있던 이 여사도 안타까운 눈빛으로 수현을 바라보며 혀를 끌끌 찼다.

"저리도 팔불출인가? 그리도 선우가 좋니? 마음 하나 추스르지 못하고 몸이 축나니……. 할 수 없지. 3월에 빨리 치르는 수밖에."

"그럼 저희 쪽에서 좋은 날짜를 잡도록 하겠습니다."

"네, 날짜 잡히는 대로 통보해주세요. 결혼식은 한국에서 올리는 건가요?"

"아무래도 여기 친인척들이 있으니……. 미국에서도 치르셔야 하나요?"

"그렇죠. 남편의 사업체가 그쪽에서 자리를 잡아놔서……."

"그럼 식도 두 번 치러야겠네요. 그건 사부인께서 알아서 결정을 하시면 될 것 같아요."

맛있게 준비된 식사를 마치고, 어른들은 수현과 선우의 어린 시절에 대한 여러 이야기로 대화를 채워 나갔다. 어른들이 별다른 갈등 없이 대화를 하다가 집 얘기가 나왔다.

"참, 수현이는 여기서 1년만 살다가 미국 본사로 다시 돌아가야 한다던데요. 그 부분에 대해서 얘기가 됐나요?"

준화가 당황했다. 선우를 미국으로 떠나보낼 마음의 준비를 전혀 하지 않고 있다가 갑자기 그런 얘기를 듣고 놀라서 선우를 바라봤다.

"잠시만요. 어머님, 그건 제가 말씀드릴게요. 이모, 잠깐 나 좀 볼래?"

선우가 준화를 바라보며 말하고 침실 쪽 방으로 들어가 문을 닫았다. 선우가 침대에 걸터앉아 옆을 툭툭 쳤다.

"이모, 좀 앉아봐."

준화는 벌써부터 눈물이 그렁그렁한 얼굴이었다.

"떠나는 거니?"

"수현 씨가 나 때문에 한국에 잠시 나와 있던 거였어. 나 때문에 다 버리고 나오라고 할 수는 없는 거잖아."

이미 이 부분에 대해서는 수현과 대화가 끝났다. 그녀는 그를 쫓아 미국에 들어가 살기로 마음을 정했다. 그리고 활동을 할 때만 한국에서 지낼 예정이었다.

"그렇지. 하지만 나한테 너는 정말 딸이야. 그런 너를 어쩐지 다른 가족들에게 빼앗기는 기분이 드는 건 어쩔 수가 없어."

"알아. 이모. 하지만 내가 영원히 한국을 등지고 살 수 없는 것도 알잖아. 가수 활동 계속 해야지. 그래서 한국에서 보내는 시간이 더 많을지도 몰라. 그땐 수시로 이모 괴롭힐 거고……."

준화가 원망 가득한 눈빛으로 선우를 바라봤다.

"나쁜 기집애. 나한테서 정만 잔뜩 빼앗고 지는 남자 따라 가버리고. 마음이 안 좋다. 이럴 줄 알았으면 정 많이 주지 말 걸."

준화의 눈가에서 기어이 눈물이 쏟아졌다.

"이모가 그렇게 말하면 나 결혼 못해. 그냥 이모랑 살까?"

"무슨 소리야? 결혼은 해야지. 언니가 하늘서 애타게 바라고 있을 거야. 됐어. 미국 가서 살아. 대신 한국에 자주 들어오겠다고 약속해!"

"물론이지. 우리 이모, 한 번만 안아보자!"

선우가 두 팔을 벌려 준화를 품 안에 안았다. 엄마 대신 낳아준 엄마보다 더 오랜 기간 그녀를 자식으로서 돌봐줬던 분이다. 그리고 그녀의 일엔 누구보다 먼저 나서서 편이 되어 주었던 분. 선우의 눈가에도 어느새 눈물이 맺혔다. 감사하고 고마운 마음을 죽는 날까지 꼭 보답할 것이다.

"이모, 나 행복하게 잘 살게."

"응, 말이라구!"

등을 토닥거리는 이모의 손길이 따스했다. 봄날 햇살처럼.

14.

예능프로 '해피투게더' 녹화를 마치고 밴에 올라 이동하는데 독촉 문자가 들어왔다.

[빨리 와. 왜 이렇게 늦어?]

선우의 입가에 미소가 번졌다. 강혜림의 문자다.

[갑니다. 가요.]

2월이었다. 청첩장도 뿌릴 겸 겸사겸사 '맞선의 품격' 동지들에게 모이라는 연락을 했다. 그렇게 모처럼 9명이 모이기로 하고 수현의 고급 아파트에 저녁 9시까지 모이자는 약속을 했다. 내일은 토요일이니 신나게 놀아 보자고 시간을 그렇게 정한 것이다.

"차 매니저, 빨리 가요. 지금 빨리 오라고 야단났어요."

"가요, 가! 참, 누나! 다음 스케줄 잊지 않았죠?"

"뭐죠?"

"에이, 참! 1박 2일 모닝 게스트요."

"아아, 알아요. 월요일에 연락 줘요."

"네, 결혼 전 마지막 촬영이니까, 열심히 해줘야 합니다."

"차 매니저, 갈수록 잔소리가 심해지는 거 알아요?"

옆에 있던 코디가 킥킥 웃었다. 선우는 입매를 느슨하게 늘이고 태블릿PC로 인터넷을 열고 자신의 이름을 검색했다.

결혼 관련 기사가 배포된 지는 한 달 남짓 되었다. 웨딩사진도 일부 공개를 했다. 속도위반으로 하는 결혼이 아니라는 점을 강조하기 위해 되도록 그녀의 날렵한 배를 강조해 사진을 찍었다. 그래도 그동안 열심히 피임약을 먹으며 지낸 덕에 임신이 되지 않기는 했지만 이제 서른이라 임신이 잘될지 조금은 염려도 되었다.

잠시 다른 생각을 하다 검색 뉴스를 읽어 내려가던 그녀의 입가에 미소가 번졌다. 한 기자가 그녀의 노래와 스타일, 앞으로의 전망에 대해 써놓은 기사를 봤다. 하나같이 좋은 말이었고, 충고와 조언도 섞여 있었다.

그녀는 이런 기사를 대충 보지 않는다. 꼼꼼히 스크랩해 가며 기억해 뒀다가 다음에 꼭 써먹는다. 그러면 실력이 조금은 나아진다. 그녀는 정체되는 가수이길 거부한다. 발전하기 위해서는 많은 이들이 내놓는 평가를 곱씹고 자신의 것으로 받아들일 준비도 되어 있어야만 했다.

뼈아픈 말조차 그녀는 철사를 씹는 마음으로 어떻게든 소화시켜 자신의 것으로 만들었다. 조금씩 고치지 않고 자만했다가는 나중에 대수술이 필요한 지경에 이르러 더 큰 고생을 한다는 걸 이미 경험해서 알기 때문이었다.

"누나, 다 왔어요."

상념이 깨졌다. 고개를 들자 약속한 수현의 아파트 단지 내였다.

주차장 내에 내려선 선우가 옷매무새를 살폈다.

"이거 너무 연예인 티가 줄줄 흐르는 거 아니에요?"

"아니에요. 그리고 이왕 연예인이면 연예인답게 '나 잘나가!' 해주는 것도 좋지 않아요? 누나는 너무 소탈해서 문제예요. 저 이만 가요!"

코디가 꾸벅 인사를 하고 밴의 문을 닫았다. 선우는 숄더백을 어깨에 두르고 엘리베이터 앞에 섰다. 문이 열리자마자 올라서 수현의 집 층수를 누르고 길게 심호흡을 했다. 몇 달 만인지 모르겠다. 연예인 활동을 시작한 후로는 사실 수현을 만나는 것 외엔 다른 데 시간을 할애할 짬이 나질 않았다. 그러다 보니 저절로 '맞선의 품격' 동기들과도 소원해질 수밖에 없었다.

엘리베이터 문이 열리자마자 선우는 수현의 집 비밀번호를 누르고 집 안으로 들어갔다. 안으로 들어가자 맛있는 음식 냄새가 진동하고 왁자한 웃음소리가 가득했다. 저절로 가슴이 떨리고 기분이 좋아졌다. 거실로 들어서자 강혜림, 유지연, 서정아, 이진희, 신승호, 윤재혁, 유현중이 동시에 고개를 돌리더니 엄청난 박수갈채를 쏟아냈다.

"그 프로 봤어! 우리도 정말 가서 응원해주고 싶은 거 겨우 참았다."

"맞아! 우리 정말 생방송 들어갔을 때 열나 문자 찍은 거 너, 알아줘야 한다!"

다들 두 팔 벌려 선우를 맞아줬다. 선우가 환하게 웃으며 그들 하나하나의 손을 잡고 악수를 청했다. 다들 선우를 바라보는 눈빛에 선망이 번졌다.

"이야, 정말 연예인 필 나네. 피부관리 어서 받아?"

"그러게 몸매 봐! 관리는 필수인 건가? 연예인 되고 나더니 몸매부터 시작해서 피부까지 예술이야. 얼굴이 조막만해진 것 같아."

다들 선우를 찬양하자 수현이 눈매를 가늘게 좁히고 심통 난 표정을 지었다.

"그만들 해둬. 내 짝꿍이 싫어하네."

단체로 수현에게 시선이 돌아갔다. 수현이 흠하고 헛기침을 하더니 그런 적 없다는 듯 퉁한 표정을 지었다. 다들 웃으며 믿어지지 않는다는 듯 한 마디씩 했다.

"어떻게 정수현 씨가 저렇게 일편단심 한 여자만 바라볼 수가 있는 걸까?"

"그러게. 다들 예상컨대 수현 형이 백퍼센트 바람피운다 쪽으로 의견이 몰렸었는데, 저렇게 초지일관 한우물만 파네? 완전 재미없어."

"내 말이. 저 마스크에 저 스팩이면, 난 열 여자를 거느리고 살겠다!"

승호, 재혁, 현중의 한 마디에 여자들이 일제히 땅콩 테러를 감행했다.

"너희들이 그래서 여자가 없는 거거든! 저렇게 매력 있는 남자조차 일편단심이잖아. 그런데 너희들 봐라! 그런 마인드로 어떻게 연애가 가능하겠니?"

혜림의 쇠꼬챙이 같은 지적에 승호가 눈에 쌍심지를 켜고 덤볐다.

"그렇게 따지면 혜림이 넌 뭐, 그리 떳떳할 입장이 아닐 텐데?"

"무슨 말이야?"

"너도 나한테 마음 있는 것처럼 굴더니 어린 후배 놈한테 홀딱 꽂혀가지고 변심한 거 아니야?"

혜림과 승호는 6개월간 연인 관계를 잘 유지하다가 혜림의 변심으로 중도에 깨졌다. 그런데도 둘 다 성격이 쿨해서 이 모임에는 빠지지 않고 나오긴 했는데 저렇게 툭하면 치고받는 멘트로 분위기를 묘하게 만들었다. 저렇게 보면 둘 다 아직 미련이 남아 있는 게 아닌가 싶은데.

"자자, 조용히! 오늘 이렇게 수현 씨 집으로 모이라고 한 이유를 발표하겠습니다!"

선우가 두 손을 모으고 정색하며 말하자 다들 숨을 죽이고 소파에 앉은 채로 그녀를 응시했다. 수현이 방 안으로 들어가더니 봉투를 챙겨와 선우에게 내밀었다. 선우는 말없이 그것을 동기들에게 돌렸다. 지연이 봉투를 열어 안을 보더니 비명을 질러댔다.

"꺄아아아아! 청첩장!"

"헐, 우리들 중에 제일 먼저 결혼하는 것임?"

"청첩장 부터 나는 것 봐!"

"저 커플 은근 짜증나. 둘이 만나서 둘 다 잘됐잖아? 아니, 선우가 더 얻은 게 많은 연애인가? 수현 오빠 만나고 다 잘 풀렸으니까!"

정아와 진희가 선우를 부러움 가득한 눈빛으로 바라보며 말하고 있었다. 선우가 웃으며 청첩장에 있는 내용을 읽었다.

"행복하게 잘 살 테니까, 모두 오셔서 같이 축복해주시면 감사하겠습니다. 위치는 알지? 오면 답례품 쏘니까 와서 확인하고. 안 오면 손해 보는 날이 될 거야."

"답례품이 뭔데? 그게 궁금해서라도 가야겠네."

혜림이 묻자 지연이 허공을 올려다보며 새침하게 말했다.

"사인 CD 아니겠어요? 이번에 음반 발매했잖아요. 보나마나……."

선우가 고개를 저으며 메롱 했다.

"아니거든!"

"꼭 가야겠다. 뭔지 궁금해서라도 간다."

"연하 애인 데리고 와야 돼. 언니는!"

선우가 혜림에게 말하자, 혜림이 볼을 발갛게 물들이며 고개를 저었다.

"안 돼. 아직 구워삶는 중이라 나 이외의 다른 미모를 보게 하면 곤란해. 그날 너희 소속사 연예인들 대거 참석할 거 아니야?"

"그렇지. 그리고 수현 씨 회사 사람들도 참석할 테지?"

"헐, 맞선이다! 우리 완전 쪽 빼입고 가자!"

정아가 눈을 빛내며 주먹을 꽉 쥐고 이를 악물었다. 선우는 와인 병을 들고 와서 동기들의 잔을 채우기 시작했다.

"짠, 하자! 짠! 이렇게 만난 것도 행운인데. 이런 기회가 어디 흔해?"

승호가 웃으면서 잔을 들고 일어나더니 다른 사람들에게도 전부 일어나라고 했다.

"잔을 부딪쳐라!"

모두 모여 잔의 끝부분을 대고 서자 승호가 힘찬 목소리로 말했다.

"덕담 하나씩 해주자."

"좋지!"

다들 환호하며 대답하자, 승호가 먼저 시작했다.

"수현이 형, 선우, 행복하게 오래오래 살아라! 그리고 하는 일마다 계속 대박 나고, 건강하고. 물론 아이는 셋 정도 낳으면 더 좋고. 우리 우정 계속 변치 말자!"

혜림이 웃으며 선우를 응시하고 말했다.

"선우랑 수현 씨, 행복하게 잘 살고. 두 사람 보고 있으면 세상에 운명이고 인연이 존재하는 것 같아. 수현 씨가 첫눈에 선우한테 꽂혀서 올인하는 모습 보고 너무 부러워서 요즘 내 이상형이 첫눈에 나한테 올인하는 남자거든. 잘 안 되고 있지만, 이렇게 소중한 인연으로 만난 두 사람이니까 꼭 보란 듯이 우주 최고로 행복해야 한다. 선우는 발라드 가수 최고의 다산여왕으로 등극하길 빌게."

선우가 키득거리며 웃었다. 이번엔 정아가 웃으며 말했다.

"저도 선우와 수현 오빠의 영원한 사랑을 빌게. 낭만적인 꿈같은 건 꾸지 않고 현실적으로 살려고 했는데 선우 때문에 망했어. 널 보면 꿈도 찾고 사랑도 이뤘잖아. 어쩐지 나에게도 그런 신나는 일들이 일어날 것만 같아져서 자꾸 기대하게 돼. 모두를 알게 돼서 너무 감사해. 우리 다 잘 풀리는 사람들이 됐으면 해."

"선우야, 부럽다. 나는 이 말만 할게. 그저 부럽다!"

"난 이제 선우 언니가 나의 멘토야. 언니처럼 살아보려고. 구질구질 안 풀리는 일 많을 때도 언니 보면서 힘낼 거야. 결혼 너무 축하하고, 서로 비슷해져 가는 얼굴을 바라보면서 늙어가는 모습도 우주 최고이길 바랄게!"

재혁과 현중은 서로 어깨동무를 하고 노래를 불렀다.

"오, 해피데이! 세계 최강의 닭살 커플로 기네스북에도 올라야

한다. 해피커플 되어라! 흥해야 한다! 우리가 매의 눈으로 지켜봐
줄 테니!"

노래를 개사해서 불러 댄 두 사람을 보고 선우가 깔깔대고 웃었
다. 수현은 잔을 비우더니 모두를 바라보며 묵직하게 가라앉은 음성
으로 말했다.

"와줘서 고맙고. 우리 선우 즐겁게 해줘서 또 고맙고. 아까 말했
듯이 우연히 나간 프로그램이었지만 '맞선의 품격'이라는 프로에
나가길 잘한 것 같아. 이 인연 계속 이어 나가자. 즐겁고 슬프고 힘
들어도 의리 유지하고. 내가 매의 눈으로 너희들 지켜본다."

수현의 한 마디에 다들 침을 꼴깍 삼키더니 고개를 끄덕거렸다.

"어디 감히 정수현 부사장님의 말씀을 거역하겠습니까! 무조건
최선을 다하겠습니다!"

승호가 장난스럽게 말하자 수현이 승호의 잔에 다시 와인을 따
랐다. 선우는 여자들과 뷔페식으로 차려 놓은 음식을 접시에 담으
며 그동안 나누지 못한 수다를 떨었다. 수다의 태반이 어느 연예인
이 어떻더라 저떻더라였지만 그들이니까 할 수 있었다. 속상하고
서운했던 일까지 털어놓으면서 그 바닥도 보통 힘든 데가 아니라
고 위로도 받고 위안도 받았다. 말하는 중간 중간 수현과 눈이 마
주쳤다. 그때마다 그는 한없이 부드럽고 따스한 눈빛으로 그녀를
바라봐줬다. 힘들었던 모든 일들이 오늘 하루로 전부 중화되는 것
만 같았다.

점심 이후, 동기들이 전부 각자의 집으로 돌아갔다. 밤새도록 술
을 마시고 노래를 들으며 수다 삼매경이었던 이들은 아침에 느지막

이 일어나 아침 겸 점심을 먹고 뿔뿔이 자신의 생활로 돌아갔다. 선우와 수현은 뷔페식 음식의 잔반을 정리하고 음식물쓰레기를 버리고, 잔뜩 쌓인 설거지를 같이 하고 집안 대청소를 해야 했다. 모처럼 평소와 다를 것 없는 평범한 일상이었다. 선우는 청소를 다 끝내고 길게 기지개를 켰다. 새벽 5시까지 줄곧 푸다가 자서 그런지 졸음이 몰려왔다. 수현이 곁으로 다가와 그녀의 몸을 끌어안았다.

"힘들지?"

"좀 그러네요."

"일하면서 주변 사람들 관리까지 하려면 아무래도 버거울 거야. 하지만 유명세가 생기면 좀 괜찮아질 거야."

"혼자였으면 엄두도 내지 못할 일인데, 수현 씨 때문에 가능한 일이었어요. 갑작스럽게 생활이 백팔십도로 변해버리니까 적응 안 되는 것도 많고요. 그런데도 힘껏 버티는 이유가 뭔지 알아요?"

"뭔데?"

그가 그녀의 볼에 뺨을 문대며 나른하게 물었다.

"수현 씨 눈치 보는 거거든요."

수현이 고개를 돌려 그를 빤히 바라봤다.

"내 눈치?"

"수현 씨한테 인정받고 싶거든요. 완벽하게 일을 잘해내는 사람으로. 수현 씨가 인정하면 세상은 저절로 인정할 거라 생각해요. 전 누구보다도 수현 씨에게 멋진 사람이고 싶어요."

"충분히 멋진데. 그리고 특히……."

그가 그녀의 젖가슴을 꽉 움켜쥐며 그녀의 목덜미에 드라큘라처럼 이를 박고 말했다.

"여긴 최고지."

"나 피곤해요."

"그럼 자. 나머진 내가 알아서 할게. 고객 만족을 위해 이 한 몸 불살라 줄게. 최고의 서비스로."

"아니, 그게!"

어느새 수현이 그녀를 두 팔로 번쩍 안아 올렸다.

"씻어야죠!"

"같이 씻어!"

수현이 욕망이 어른거리는 야성적인 눈빛으로 그녀를 내려다보며 씨익 웃었다. 선우가 소스라치게 놀란 눈빛으로 어색한 미소를 띠었다.

'으으, 하루 종일 하자는 눈빛인데?

자는 시늉을 해볼까? 선우가 픽 눈을 감고 자는 척하자, 그가 한 마디 했다.

"연기는 하지 마라. 완전 발연기야."

"헐, 진짜 기분 나쁜데요? 확 안 해줘 버릴까 보다."

"난 솔직한 남자야. 그렇게 협박해도 눈 하나 꿈쩍 안 해. 내가 바란 건 지금껏 한 번도 이루어지지 않은 게 없거든."

그가 욕실로 그녀를 안고 들어가 커다란 월풀욕조에 그녀를 넣더니 온수를 받기 시작했다. 옷도 안 벗기고 그냥 물을 받는 그를 보며 선우는 항복했다. 그는 어젯밤에 그녀를 안지 못해 지금 인내심이 최고점을 찍는 중이었다. 선우는 벌떡 일어나 스스럼없이 그의 앞에서 재빨리 옷을 벗고 몸을 옹송그렸다.

"수현 씨, 먼저 씻어요. 난 구경하고 있을 테니까!"

선우가 배시시 웃으며 턱을 괴고 말하자, 수현이 어이없다는 듯
웃었다.

"놀랄 텐데."

수현이 상의를 탈의하고 바지를 속옷째로 내리는 바람에 보고 말
았다. 거대하게 솟구친 그의 팔팔하게 생동하는 페니스를. 선우가
꿀꺽 침을 삼켰다.

✽

'런닝맨' 이라는 프로그램에 섭외를 받아 출연에 응했다. 방송국
에 도착하자마자 만난 유재석이 그녀에게 싹싹한 인사를 건넸다. 선
우가 유재석에게 선배로서의 예절을 다 하자 유재석이 웃으면서 데
뷔한 걸로 따지면 그리 신인은 아니라며 중고 후배답게 행동하는 게
좋지 않으냐 말했다. 선우가 고개를 저으며 말했다.

"완전한 신인으로 시작하는 편이 훨씬 마음 편해요. 어중간한 중
고 후배 노릇 하다가 겸손함이 부족하다 오만하다는 오해만 받을 게
뻔하거든요. 바닥부터 시작한다는 마음으로 임하려고요."

재석이 박수를 치며 엄지를 세웠다.

"정신무장이 잘된 친구다. 나도 배우겠다."

잠시 뒤 모든 멤버가 모였고, 협찬사에서 의상을 내줬다. 재석이
다시 다가오더니 물었다.

"참, 결혼한 지 한 달밖에 되지 않았는데, 어때요? 요즘?"

"바빠서 신혼 같지도 않아요. 결혼한 실감도 안 나구요."

"신혼집이?"

"한국에 있어요."

"남편분이 아주 잘생기셨던데요?"

"고마워요."

선우가 웃자 스태프가 다가와 선우의 등에 찍찍이가 달린 이름표를 붙여 줬다. 선우는 잔뜩 기대에 부푼 얼굴로 촬영에 들어갔다. 하루 종일 달리고 소리치고 뒹굴었더니 온몸이 뻐근하고 얼얼했다. 모든 촬영이 10시간 이상 지속되다가 반나절을 채우고 끝났다. 선우는 탈진한 얼굴로 밴에 올라 축 늘어졌다.

"나이 많아 신인 하는 건 무리야!"

선우가 다크써클이 턱까지 내려온 얼굴로 주절대자 차 매니저가 안쓰러운 얼굴로 그녀에게 보약을 내밀었다.

"얼른 이거 드세요."

"으윽, 쓴대!"

이모가 선우를 위해 특별히 보내준 보약이었다. 체력도 보양하고 임신이 가능하도록 기력을 회복시키며 기초체력을 강화시켜준다는 약이다. 선우는 약봉투에 구멍을 뚫어 빨대를 꽂고 쪽쪽 빨았다.

수현이 은근히 임신을 기다리는 눈치여서 머릿속이 좀 복잡했다. 윤 대표는 아직 임신은 시기상조라고, 인지도를 조금 더 쌓고 이름이 더 알려지기 위해서는 3년이라는 시간이 더 필요하다고 했다. 하지만 3년이나 기다렸다가는 나이가 걸렸다. 하나만 낳고 말 게 아니니, 최대한 첫 아이를 빨리 낳아야 하는 게 아닌가 싶지만 데뷔가 늦은 만큼 욕심도 컸다.

"집으로 가실래요?"

"아뇨. 재훈공원으로 가주세요."

"아아, 부모님 뵈러 가시는 거예요?"

"네."

요즘은 한 달에 한 번씩 부모님을 모신 납골묘에 찾아가고 있었다. 하나부터 열까지 모든 게 부모의 도움이라 생각되었기에, 감사한 마음을 부모님께 전하고 싶었다.

재훈공원, 납골묘 건물 내로 들어선 선우는 선글라스를 벗고 부모가 나란히 붙어 있는 묘를 바라봤다.

'엄마, 아빠…… 아슬아슬 위태위태하게 나 여기까지 왔어요. 힘들어도 내색 안 하고 버텼더니 계속 좋은 일만 생겨요. 그런데 늘 마음 끝자락엔 이 모든 게 어느 날 갑자기 부서지지 않을까 하는 두려움도 있어요. 아니겠죠? 그런 일은 없겠죠?

부모를 잃은 이후 온전한 행복을 믿지 못하게 되었다. 수현과 결혼을 해서 한 달째 신혼생활을 유지하고 있지만 아직 실감도 안 나는데다 그녀에게 인생 최고의 보물이 된 수현이 자신 때문에 좋지 않은 일에 휘말리면 어쩌나 불안감도 상당했다. 물론 이런 좋지 않은 생각 자체를 하지 않으려 노력하지만 이미 한 번 심장이 내려앉았던 그녀로서는 그렇게 마음을 다지기가 쉽지 않았다. 수현은 선우에게 부모 다음으로 귀하고 강한 영향력을 끼치는 존재가 아닌가!

'저는 제 일에 애착을 느끼지만, 저보단 우리 수현 씨, 아무 일 없게 엄마랑 아빠가 잘 좀 보살펴 주세요. 제 일에서 좌절이 다가오면 어떻게든 견뎌낼 자신이 있지만 수현 씨에게 무슨 일이 생긴

다면 저는 죽고 싶어질 거예요. 엄마, 아빠, 수현 씨에게 늘 행복한 에너지만 주세요.'

사랑하고 사랑하는 그를 늘 지켜주고 싶다. 그에게는 늘 밝은 양지의 기운이 가득하기를 바랐다. 그것이 그녀에게 더 좋은 영향을 끼친다는 걸 너무도 잘 아니까. 그녀는 부모님을 의지해 수현이 늘 건강하기를 소망했다. 휴대폰이 진동으로 울었다. 선우는 부모님에게 작별을 고하고 휴대폰을 받았다.

[어디야? 녹화 다 끝났다고 하던데.]

"엄마랑 아빠 만나러 왔어요."

[요즘은 자주 가네?]

"지키고 싶은 게 많아져서 그래요. 부모님한테 말하면 내 응석을 다 받아줄 것 같으니까. 신보단 부모님에게 의지해보려고요."

[그럼 곧장 집으로 오는 거야?]

"왜요?"

[집에 가서 당신 없음, 쓸쓸하고 이상해. 빨리 와. 나도 바로 집으로 출발할 테니까.]

"치킨 먹을까요? 당신이 사올래요?"

[왜? 갑자기 먹고 싶어?]

"이상하게 치킨이 땡기네요. 수현 씨는 먹고 싶은 거 없어요? 가면서 마트에 잠깐 들를까 하는데."

[그러지 말고 마트에서 만나자.]

"난 여기서 30분이면 도착해요."

[난 바로 나갈게. 먼저 가 있을 테니까 조심해서 오고.]

통화를 끝낸 선우는 바로 차 매니저가 주차 중인 곳으로 가서 차에 올랐다.

"집 근처 대형마트로 가요."

"누나, 어지간하면 마트 이런 데는 가지 마세요. 사진 찍혀서 SNS에 공유 당하잖아요."

"남편하고 데이트 좀 하겠다는데 그런 것까지 남들 신경 쓰면서 해야 돼요? 몰라. 그냥 갈래요."

"아아, 부군도 같이요? 그렇다면 다행이구요. 꼭 선글라스와 모자는 필숩니다. 나이가 있어서 사람들이 누나 화장 지우면 뭐라는지 알죠?"

"알아요. 차 매니저도 은근 못됐어요. 할 말 안 할 말 다하고. 나이 들어서 여가수가 얼굴에 주름 좀 생겼기로 그게 무슨 흠이라고!"

"관리는 곧 부지런함으로 이해하는 대중이에요. 그러니까 관리샵에 꼬박꼬박 가시고요."

"잔소리도 되게 심해졌어요. 알아요?"

"다 누나를 위해서 하는 소립니다. 요즘 인기 많아지고, CF 몸값도 상승하고 있는데 굳이 거기에 찬물을 부을 필요는 없잖습니까? 안 그래요?"

다 맞는 말이긴 했다. 차 매니저가 고개를 돌리고 운전을 시작했다. 선우는 턱을 괴고 창밖을 응시했다. 연예인이 되었다. 이게 꿈인가 생시인가 싶었다. 너무 순식간에 고속 성장을 하고 있어서 속도를 따라잡을 수가 없었다.

최근에 낸 음반마저 인기가 좋아 30만 장 이상 판매고를 올리면서 소속사에서는 그녀를 용알 취급하고 있었다. 최상의 대우를 받고, 매일 전신관리도 받는 실정이었다. 거기다 스케줄은 살인적이었다. 행사도 많았다. 그래도 선우는 죽는 소리 한 번 하지 않았다.

노래를 부르는 자리를 마련하기 위해 스스로 오디션에 나갔다. 이제 와서 모든 걸 누리니 후회한다는 등의 말을 뱉는 건 책임감도 뭣도 없는 사람이나 하는 짓이다. 이제부터는 스스로 짊어지고 견뎌 내는 것밖엔 수가 없었다. 그중에 뭐가 제일 힘드냐 묻는다면 역시 방송 외적인 자기 관리였다. 살이 찌지 않기 위해 운동하고 얼굴에 다가오는 노화를 막기 위해 관리를 해야 하고 인터넷에 그녀와 관련된 쓸데없는 사진이 뜨지 않도록 매사 신경 쓰고 긴장하며 살아야 했다.

그래도 죽어라 붙들어야만 했다. 이런 관심도 어느 날 갑자기 날아가버린다는 걸 알기에.

선글라스와 모자를 꾹 눌러쓰고 마트로 들어갔다. 차 매니저는 회사로 돌려보냈다. 어차피 수현이 오면 그의 차를 타고 집으로 가면 되니까, 굳이 밴을 여기 세워 놓을 필요가 없었다. 선우는 수현에게 전화를 걸었다.

"어디 있어요?"

[정육 코너로 와. 고기 좀 사자.]

전화를 끊은 그녀는 엘리베이터 앞에 섰다. 검은 야상점퍼에 손을 찔러 넣고 서 있는데, 뒤로 30대 주부 둘이 서더니 대화를 시작했다.

"요새 노래 뭐 들어?"

"나야 뭐, 드라마 OST만 골라 듣지. 그거 있잖아. 현빈 나온 드라마 주제곡. 박선우가 부른 거."

"아아, 걔 진짜 노래 묘하게 잘하더라. 듣고 있음 괜히 심장 벌렁 거리고 눈물 날 것 같고 그렇던데?"

"박선우 남편 봤어?"

"왜? 걔 결혼했어?"

"얼마 전에 했어. 남편 사진 누가 올려서 봤는데, 헐~ 일반인 외 모가 왜 그 모양?"

"왜? 별로야?"

"아니, 거의 배우 수준이야. 키도 어마무리하게 크고 얼굴 주먹만 한 건 둘째 치고 몸매가 예술이던데? 둘이 같이 나오는 사진 찍힌 거 봤는데, 남자가 완전 화보야. 화보!"

"이런 제길슨, 세상 참 불공평해. 그 여자는 운이 좋아서 가수 데 뷔도 하고 그 나이에 툭하면 가요프로 나와서 1위 따 먹고 어린 것 들 노래하는 거 구경도 하고. 뭔 복이래? 그런 걸로도 복인데 남편 까지 그렇다니……."

"그래서 그 남편 검색해봤더니, 헐 더 대박인 건 둘이 맞선 프로 에서 이어진 거라더라?"

"설마, '맞선의 품격'?"

"아네. 그거야. 엄청나게 유명했던 커플이더라고. 하, 부럽더라. 그냥 부러워."

"복 받은 년이네."

이거 욕인가, 칭찬인가 멍했다. 엘리베이터 문이 열리자마자 선 우는 등을 돌리고 서서 괜히 휴대폰을 만지작거리며 딴짓하는 척했 다. 여자들은 이후에도 계속 선우 얘기가 아니라 선우 남편 얘기를 했다. 한 여자는 직접 휴대폰을 꺼내 검색까지 해서 보여주며 수현의 외모를 찬양했다.

"확 팬카페 만들어버릴까? 완전 내 취향인 거 있지?"

"미쳤어! 하여간에……. 연예인도 아닌 남자 팬카페는 뭐하러 만들어."

"검색해볼까?"

검색을 해보던 여자가 파안대소했다.

"야! 누가 초록이네 사이트에 팬카페 만들었어."

"뭐? 정말?"

놀란 선우도 얼른 정수현이라는 이름을 초록 검색창에 찍어봤다. 그러자 정말 두 개나 팬카페 이름이 떴다. 하나는 회원수도 족히 사천 명에 육박하고 있었다. 선우가 멘탈이 빠져나간 얼굴로 그 숫자를 보며 후덜덜하고 있는데, 뒤에서 여자들이 말했다.

"이 남자 짱이네. 벌써 팬카페가 있네?"

"'맞선의 품격' 이후로 생긴 카페인가 본데? 정말 가입하게? 가입해도 사실 그 남자를 실제로 만날 가능성은 희박해 보이는데?"

"그야 그렇지. 한 번만 보고 싶다. 실물 보면 기분이 어떨까?"

선우는 기막힌 얼굴로 엘리베이터 문이 열리자마자 후다닥 빠져나가 정육 코너로 향했다. 그런데 아까 같이 있던 여자들이 그녀의 뒤를 계속 따라왔다. 아무래도 목적지가 같나 보다. 그때 멀리서 그녀를 발견한 수현이 한 팔을 번쩍 들어 알은체했다. 그와 동시에 선우의 뒤에 따라오던 여자 둘이 헉하고 숨을 들이켜더니 외쳤다.

"정수현이다!"

"어쩜, 실물 대박이야!"

두 여자의 설렘 폭발 대화를 들으며 그녀는 재빨리 수현에게 다가가 그를 낚아채서 다른 매대 뒤로 몸을 숨겼다.

"왜 그래? 무슨 일 있어?"

"봤어? 내 뒤에 아줌마 둘이 당신에 대해 말하고 있었는데!"

"어? 못 봤는데?"

선우가 선글라스를 살짝 내리고 주위를 훑어보고는 그를 올려다봤다. 그녀는 수현에게 휴대폰에서 검색한 카페를 보여줬다.

"4천 명에 육박해. 놀랍지?"

"정말 내 카페야? 아니겠지. 나랑 동명이인의 배우나 뭐 다른 사람 아니야?"

"그거 눌러봐."

카페명을 누르자 놀랍게도 카페 메인 화면은 그가 '맞선의 품격'에서 촬영했던 장면들이 움짤로 뜨고 있었다. 수현이 파안대소 웃어댔다.

"뭐야? 이거⋯⋯. 좀 무섭다?"

"수현 씨, 그냥 미국으로 가버려라. 안 되겠다. 이건 뭐 마누라보다 인기가 더 해. 이건 좀 아니지 않아?"

"지금 질투하는 거야?"

"에에? 무슨 그런 말도 안 되는 논리를! 아니거든!"

뭘 질투하는 걸까? 수현이 자신보다 더 이슈가 된다는 사실? 아니면 정체 모를 여자들에게 사랑 받으며 회자된다는 사실? 하여간에 전부 다 기분 좋지는 않았다.

"얼른 살 거 사자. 뭐 사려고 그랬는데?"

수현이 선우의 손을 꽉 잡으며 지그시 내려다봤다. 지그시 내려다보는 눈동자 속에 비친 자신의 모습을 본 선우가 볼을 발갛게 붉혔다. 결혼까지 했는데도 아직 이 남자를 바라볼 때면 심장이 어린 소녀의 것처럼 두근거렸다.

'아이, 설레라!'

선우가 그의 손을 잡고 우유가 종류별로 놓인 판매대로 이동했다.

"아아, 카트 하나만 빼올래?"

"기다려."

수현이 손을 놓고 사라지자 선우는 우유 하나와 치즈, 버터 등을 고르고 요구르트 매대 앞에 서 있었다. 그런데 이번엔 매장 직원 두 명이 그녀의 뒤쪽으로 다가오더니 주절거렸다.

"봤어? 네이비 재킷 입고 지나간 남자?"

"어, 뭐야? 연예인이야? 텔레비전에서 본 적 없는데?"

"아니야. 난 왜 어디서 본 것 같지? 사인 받아 놓을까?"

"쫓아가서 사인 받자."

선우가 불안해진 눈으로 수현이 사라진 쪽을 바라보고 서 있었다. 그가 보이지 않아서 그가 보이도록 몇 걸음 이동해서 바라보자 방금 전에 뒤에서 말하던 여직원 둘이 수현에게 다가가더니 뭐라 짤막하게 물었다. 그러자 수현이 예의 바른 미소를 짓고 고개를 저으며 뭐라 짤막하게 말하고는 카트를 밀며 선우에게 다가왔다. 수현이 선우를 바라보며 잘생긴 미소를 지어 보였다.

'웃지 마라. 여기 오늘 꽃밭이다.'

수현이 다가오더니 선우의 손에 들린 것들을 카트에 담았다.

"그런데 저기 여자들이 뭐라고 말을 걸었던 거야?"

"연예인이냐고. 사인해줄 수 있느냐고."

"그래서?"

"연예인 아니고 일반인이라고. 사인 같은 거 없다고 했지."

"기분이 어때?"

"아무렇지도."

수현이 쿨하게 말하더니 손을 뻗어 선우의 손을 꽉 잡았다.

"얼른 장이나 봐. 집에 가서 치킨 시킨다며."

"그랬지. ……좋겠다. 누구는 연예인도 아닌데 인기 많아서."

"마누라만 하겠어?"

"난 남자들한테 인기 없거든. 뭔 일인지 매 여자들한테만 더 인기가 많으니. 안 되겠어. 나도 섹시 어필을 좀 해야겠다. 막 벗고, 팬티 보이는 치마 입고 나가서 엉덩이 흔들고 립스틱 새빨갛게 바르고……."

"가수 그만하고 싶어?"

"왜? 왜?"

선우가 입술을 툭 내밀고 턱을 치켜세우며 반항하자, 그가 그녀의 볼을 살짝 꼬집으며 당기더니 말했다.

"그런 짓 하기만 해. 미국으로 데리고 나가서 영영 한국 땅에 발 딛지 못하게 할 거야. 그런 건 나한테만 보여주는 거다? 알겠어?"

"변태!"

선우가 심통 난 눈빛으로 그를 바라보며 싸늘하게 말하자, 수현이 어이없다는 표정으로 하소연했다.

"뭐야? 여자들이 저러는 게 내 책임은 아니잖아. 내가 추파를 던졌어? 뭘 했어? 나 좀 억울하다?"

그건 그의 말이 맞긴 했다. 수현이 눈을 가자미처럼 뜨고 그를 바라보며 퉁명스럽게 말했다.

"그냥 뭐…… 부럽기도 하고 내 남자 나 혼자 감춰놓고 볼 수 없음이 한탄스럽기도 하고…… 만감이 교차한다."

"그럼 이러고 다녀야지."

수현이 선우를 뒤에서 꽉 끌어안아 백허그로 가두더니 그 상태로 카트를 밀었다. 선우의 양 볼이 발갛게 물들었다.

"다 보겠다!"

"보라고. 난 우리 박선우밖에 모르는 칠푼이라는 걸 온 세상이 알았으면 해서."

아니나 다를까, 여기저기서 사진을 찍는 소리가 들렸다. 수현은 모자와 선글라스를 더 깊게 눌러쓰고 걸음을 빨리했다.

"내가 잘못했어. 그러니까 얼른 놔줘. 진상커플로 SNS에 뜨겠다."

수현이 웃으며 그녀를 놓아주고, 술 판매대 쪽으로 이동했다.

"치킨엔 맥주지."

선우가 엄지를 세우고 배시시 웃었다. 같이 있다는 사실 하나만으로도 기뻐서 죽을 것 같은데 다른 욕심까지 부리지 말자. 그가 그녀만 보고 웃어준다는 사실 하나만으로도 충분히 심장은 뛰지 않던가! 선우는 카트를 미는 수현의 팔에 아기 코알라처럼 꽉 붙어 매달리고 그를 올려다보며 귓가에 속삭였다.

"사랑해. 정수현!"

"나두."

에필로그

　결혼 2년 차 주부가 된 선우는 최근 음반을 내고 죽도록 열심히 활동에 임하고 있었다. 수현은 미국 본사로 다시 돌아갔고, 지금은 햇빛이 눈부신 한여름이었다. 매미가 시끄럽게 울어대는 여름 한복판에 서 있었다. 여름휴가를 낸 수현이 10일간 한국에서 머물겠다고 해서 선우는 지금 그녀와 그가 처음 신혼집으로 썼던 집을 대청소 중이었다.

　RRRRRR-.

　휴대폰이 울어대는 소리에 선우가 청소를 다 끝내고 선풍기 앞에 서 있다 말고 휴대폰을 받았다.

　"여보세요?"

　[야! 나, 수정이야!]

　"오오, 너 그거 어떻게 됐어?"

　[야! 오늘 방송 나간대. 오늘 밤에 '맞선의 품격' 꼭 봐라!]

　"오늘이야?"

[어, 오늘. 아, 심장 떨려.]

"후후, 재밌겠다. 이수정이 거기서 어떤 남자를 향해 구애를 펼쳤을지 궁금해."

[모르겠다. 잘한 짓인지…….]

"기대하고 볼게. 정은이랑 선애한테는 연락했어?"

[이제 해야지. 오늘 꼭 보고 리뷰 쏴라.]

"응, 물론이지."

[참, 수현 씨 들어왔어?]

"조금 있음 도착해."

선우가 부드러운 미소를 입가에 머금었다.

[지지배! 오늘은 꼭 붙들고 아기 만들어라! 응?]

"네네, 노력해보겠습니다. 삼신할머니가 줘야 받는 거지. 뭐, 내가 노력한다고 되는 것도 아니고."

[좋겠다. 너랑 수현 씨랑 사는 모습 보면 제일 부러워. 어떻게 그렇게 아직도 사귀는 연인처럼 알콩달콩 즐겁게 지내니? 너처럼 살고 싶어. 나두!]

"그 남자, 연락 없어?"

[방송 봐라. 하아, 답답하다. 끊는다!]

통화를 끝내고 창밖을 응시했다. 햇살이 맑고 밝아 눈이 다 부셨다. 선우는 가만히 소파에 앉아 텔레비전을 켰다. 텔레비전을 응시하고 있다 보니 점점 졸음이 몰려왔다. 선우가 눈을 감고 몸을 등받이에 기댔다. 맑은 물소리가 들려왔다. 꿈속이다. 연분홍빛 안개가 사방에 자욱하고 달콤한 냄새가 진동했다. 사방에 복숭아나무가 심어져 있고, 분홍빛 복숭아가 큼직하게 매달려 입맛을 다시게 했다.

"와아, 복숭아다."

선우가 손을 뻗어 복숭아 하나를 따려는데, 뒤에서 불호령이 떨어졌다.

"누구냐!"

놀란 선우가 겁에 질린 얼굴로 뒤를 돌아보자, 수염이 새하얀 할아버지 한 분이 무섭게 그녀를 노려보고 서 있었다.

"아, 안녕하세요. 그러니까 죄송합니다. 이게 너무 맛있어 보여서 저도 모르게 실수를…… 죄송합니다."

"복숭아를 먹고 싶은 게냐?"

선우가 고개를 돌려 복숭아를 응시했다. 평소엔 그리 복숭아를 좋아하지 않는 그녀인데, 지금은 이상하게 그걸 먹어야만 할 것 같았다. 침이 꼴깍 넘어갔다. 그녀가 고개를 돌려 할아버지를 바라보며 고개를 끄덕거렸다.

"꼭 먹고 싶습니다."

"그렇다면 이 밭에 있는 지렁이들을 모조리 잡아 이 바구니에 넣도록 해라."

"네에?"

지렁이라니! 징그러운 지렁이라니! 놀라서 눈을 휘둥그렇게 뜨고 할아버지를 바라봤지만 그는 가차없었다. 선우는 할 수 없이 바닥에 떨어진 나뭇가지를 이용해 젓가락을 만든 후 땅바닥을 뒤적거려 꾸물거리는 지렁이를 한 마리씩 잡아 바구니에 넣었다. 그렇게 얼마나 시간이 지났을까? 지렁이가 어느 정도 바구니를 가득 채웠다 생각하고 그걸 전해주기 위해 할아버지를 찾는데, 저 멀리 배 한 척이 보였다. 선우는 바구니를 들고 조각배 앞에 섰다. 그러자 뒤에서 다시 불호령이 떨어졌다.

"네 이놈! 어딜 가려는 게냐! 이리 와라!"

놀라 뒤를 돌아보니 할아버지가 노여운 눈빛으로 그녀를 바라보고 서 있었다. 선우는 바구니를 들고 할아버지에게 갔다.

"잡았습니다."

"눈을 감아라."

선우가 눈을 감자, 무언가가 그녀의 품 안에 안겼다. 놀라서 눈을 뜨니 거대한 구렁이 한 마리가 그녀의 양손에 둘둘 감겨 있는 게 아닌가! 그 구렁이가 눈을 번쩍거리며 그녀를 빤히 바라보더니 혀를 날름거렸다.

"으앙, 할아버지! 복숭아 주신다더니!"

하지만 이미 할아버지는 사라진 뒤였다.

"선우야! 박선우!"

누군가 부르는 소리에 선우가 눈을 천천히 떴다. 눈앞에 수현의 얼굴이 나타났다.

"잤어?"

선우가 눈가를 비비며 일어나자, 수현이 곁에 앉더니 가만히 쳐다봤다.

"응, 꿈을 꿨어."

"무슨 꿈인데 자면서 끙끙대?"

"아니, 이상한 할아버지가 나와서 맛있는 복숭아를 주겠다고 나를 부려먹더니, 신나게 일해서 가니까 끔찍하게 생긴 구렁이 한 마리를 나한테 주는 거야. 아, 나 정말!"

수현이 고개를 갸웃거리더니 물었다.

"그런 거 태몽 아닌가?"

"어?"

"꿈에서 그런 거 보는 건 별로 흔한 건 아니잖아. 구렁이나 뱀, 복숭아, 뭔가 좀 태몽스럽지 않아?"

"에이, 진짜! 자꾸 이런 식으로 임신 압박할래?"

선우가 수현을 밀어내면서 몸을 일으켰다. 무슨 태몽이 이렇게 약이 오른단 말인가! 그럴 리가 없다. 복숭아 대신 구렁이가 품 안에 넙죽 안겨 있는 상황이었고, 할아버지가 보인 태도도 뭔지 모르게 은근 사람 열 받는다.

"박선우, 이리 와봐!"

"왜?"

선우가 고개를 돌리자 수현이 두 팔을 벌리고 섰다.

"서방님이 몇 개월 만에 집에 온 건데, 반응이 왜 이래?"

선우가 눈을 살짝 내리뜨고 도도한 얼굴로 그에게 다가갔다.

"흥, 어디 감히 마눌님께 오라 가라야? 아쉬움 자기가 와야지."

"이 여자 간이 배 밖으로 나왔네? 자꾸 이러면 내 팬카페에 가입해서 팬 관리 들어간다."

"헐!"

선우가 수현을 올려다보며 코웃음을 치자 그가 그녀를 으스러져라 안고 정수리에 뺨을 비볐다.

"아아, 박선우 냄새……. 좋다."

"배 안 고파?"

"별로. 그냥 이렇게 있자. 너 안고 싶어서 죽을 뻔했어."

"일은 제대로 하나 몰라."

"일만 했지. 욕구를 조절하는덴 일만 한 게 없으니까."

수현이 선우의 엉덩이를 주물주물거리며 말했다.

"박선우, 우리 씻자!"

"오자마자! 안 돼! 나, 여기 청소하느라 죽을 뻔했어."

"아줌마를 부르지. 왜 자기 혼자 해?"

"한 번씩 이런 날도 있어야지. 나도 주부다, 뭐 그런 모드?"

"극성맞긴."

"일단 씻어. 난 과일 주스 해놓을게. 그리고 내일까지만 쉬고 모레부터는 나가서 열심히 일해야 돼. 당신 휴간데 옆에 못 있어줘서 어떻게 해?"

"스케줄이 그렇게 꼬인 걸 어떻게 해. 그래도 내일까진 있어준다니 감사하군."

"빈정대지 말고."

수현이 상의를 탈의하며 욕실로 들어갔다. 선우는 그가 벗어 놓은 옷들을 모아 세탁실에 던져두고 부엌으로 와서 오렌지들을 꺼내 껍질을 까고 믹서에 넣었다.

'태몽?'

수현의 말이 마음에 걸렸다. 하지만 괜히 기대하고 있다가 실망하게 되면 상처만 받을 것 같아 일단 수현에게는 말을 하지 말고 혼자 알아보기로 했다. 그녀는 휴대폰을 꺼내 임신을 체크하기 위해서 해야 할 것들을 검색해봤다.

밤 11시쯤 선우가 텔레비전을 켰다. 수정이 나온다는 '맞선의 품격'을 보기 위해서다. 아직 프로는 시작 전이었다.

"수현 씨! 안 나와?"

"어, 가."

수현이 안방에서 나와 소파에 앉았다. 선우도 수현의 곁에 앉아 말린 바나나를 오독오독 씹어 먹었다.

"이제 곧 시작하겠다."

"마지막 CF다."

둘은 숨을 죽이고 프로가 시작하기를 기다렸다. 비로소 이야기가 시작되었다. 수정이 예쁘장하게 차려입고 나와 숙소로 들어가는 도입부가 나오고 출연진들과 얽히면서 호감 가는 남자가 누군지도 드러났다.

"오오, 수정이 이상형이다. 정말! 키 크고 몸 좋고, 운동선수 뺄 나는데?"

"수정 씨가 누구랑 잘됐다는 얘긴 안 했어?"

"방송 전까지는 함구해달라는 제작진의 요청이 있었대."

"우리 때는 그런 말 없었잖아."

"요즘은 워낙 관심이 많아져서 SNS에 결과 막 올리고 그러나 봐."

수정이 좋아하는 남자에게 열심히 대시하는 장면이 나오는데 문젠 그 상대는 좀 더 아담하고 귀여운 타입의 여성에게 대시 중이었다.

"이거 안 되겠네."

"그러게. 수정이 잘 안 풀린 거 아닌가?"

"삼각관계인데?"

"수정이 좋다는 놈이 없네. 하나같이 키 큰 여자는 별로인가 보다."

다시 열심히 보던 중 반전이 벌어졌다. 운동선수 삘 나는 남자가 수정에게 마음이 돌아선 것이다. 수정의 일편단심과 다른 상대의 양다리를 보고 운동선수 남자는 수정에게 마음을 돌렸다. 수정과 남자의 사이는 급격히 가까워지는 듯 보였지만 양다리를 놓던 여자가 다시 운동선수에게 매달리면서 상황이 묘하게 돌아갔다. 수정이 버려질 듯한 위기가 오는 듯하지만, 마지막 선택에서 운동선수는 결국 수정을 택했다. 프로가 끝나자마자 선우는 수정에게 전화를 걸었다.

　"야! 잘됐잖아. 그런데 왜 연락을 안 주고 받는 건데?"

　[몰라. 연락 없어. 나도 안 하고 두고 보는 중이야. 그게 그 촬영 끝나고 양다리 여자가 그 남자한테 연락처를 주더라고. 둘이 주고받는 눈빛도 묘하게 애틋하고 이상해서…… 기분이 별로 안 좋아서 내가 먼저 연락은 안 했어.]

　"방송 찍은 게 2주 전이잖아. 2주나 연락이 없는 건 뭘까?"

　선우가 수현을 바라보자, 그가 고개를 젓더니 말했다.

　"관심 없다는 건데."

　"그렇지? 야! 수현 씨가 그거 관심 없는 거래."

　[나, 동정 받은 거니? 그런 거야?]

　"뭐든 연락해서 정리를 해라. 이게 뭐야?"

　[나도 속 터져.]

　"좀 알아봐라."

　[같은 프로에 나왔는데, 너랑 나랑 상황이 왜 이러니? 난 지금 그날부터 쭉 멘탈붕괴야. 제정신일 수가 없다. 아휴…….]

　수정이 속 터져 하면서 통화를 끝냈다. 선우는 안타까움이 가득한 눈빛으로 화면을 바라봤다.

"우리처럼 상상초월의 운명적인 짝도 나오는데, 우리 수정인 왜 안 되는 거지?"

"그러게. 누구나 다 되는 건 아닌가 보다."

"아이, 속상해."

선우가 울상이 되어 한숨을 쉬자, 수현이 그녀를 품 안에 꼭 안았다. 그를 처음 만났던 때가 떠올랐다. 무슨 생각을 하는지 알 수도 없었던 초인기 남 정수현. 처음엔 너무 잘나서 부담스러워 곁에도 가지 않는데다 언감생심 그는 쳐다볼 엄두도 내지 못했다. 그런데 상상도 못했던 남자가 지금은 그녀의 남자가 되어 있었다. 사람의 인연이라는 건 정말 상상을 초월의 무언가가 있는 것 같다. 신비로운 어떤 힘에 의해 정리되는 것 같다.

"흠, 이건 무슨 냄새지?"

"뭐가?"

"박선우 냄새……."

그가 그녀의 목덜미에 코를 박고 냄새를 맡더니 목덜미에 입을 맞췄다. 그가 천천히 입술로 목덜미에서 턱으로 훑으며 올라오더니 그녀의 입술에 쪽하고 입을 맞췄다. 서로의 눈이 깊게 부딪쳤다. 오래도록 서로를 바라보던 눈빛이 뜨겁게 얽히더니 누가 먼저랄 것도 없이 서로의 입술이 격렬하게 뒤엉켰다.

이른 아침에 선우는 인근 약국에 들러 임신 테스터를 사왔다. 한 번 확인해볼 필요는 있다 싶어서 씻지도 않고 눈을 뜨기 무섭게 약국에 다녀와 바로 아침 첫 소변으로 테스트를 시도했다. 소변을 테스터기에 묻히고 5초 대기, 그러자 테스터기에 두 줄기의 임신선이 또렷하게 드러나 보였다.

"하아…… 하……."

기다리고 기다리던 아이 소식이었다. 다리가 후들거리고 머릿속에서는 폭죽이 터졌다. 심장이 두근거리고 호흡이 떨렸다. 눈가엔 눈물이 맺혔다. 믿어지지가 않아서 몇 번이나, 몇 번이나 쳐다봤다.

"말도 안 돼……."

정말 태몽이었나보다. 믿어지지가 않아서 다시 쳐다보고 다시 쳐다보다가 한 번 더 테스터를 해봐야겠다 싶었다. 이게 잘못된 거라면 수현이 기대하고 있다가 실망할지도 모르고. 하지만 정말 임신이라면 소속사에 상황 설명을 하고 스케줄을 전부 정리해야 된다. 수현과 약속한 게 있었다. 임신하면 무조건 같이 미국으로 가서 같이 있기로. 수현은 자신의 곁에서 태교를 하고 아이를 낳기를 바랐다. 그가 없는 곳에서 남편도 없는 사람처럼 혼자 아이를 키우는 건 용납하지 않겠다고 그가 말했었다.

그녀는 곧장 수현에게 상황을 설명했고, 수현은 산부인과에 가보자는 결론을 내렸다. 산부인과에 당도해 임신 5주 차라는 진단을 받았다. 선우는 한동안 멍해서 아무런 말도 할 수가 없었다. 수현 역시 뭐라 말도 못하고 말을 아꼈다.

의사의 말을 듣고 진료실 밖으로 나와 다음 진료를 예약한 두 사람은 아무런 말없이 차에 올랐다. 수현이 진중한 얼굴로 선우를 바라봤다.

"나 지금, 날아갈 듯이 좋아서 감정을 어떻게 표현해야 좋을지 잘 모르겠는데…… 이젠 어쩔 생각이야? 난 이번 휴가 끝나면 네가 출산 때까진 미국에서 살았으면 좋겠는데…….”

선우는 잠시 말을 하지 않고 머릿속을 정리했다. 그녀에게 중요한 시기이기는 하지만 부부에게 있어서 처음으로 온 가장 소중한 순간이기도 했다. 아이는 온전히 그녀의 혼자만의 욕심만을 주장하고 고집할 수 없는 가장 귀한 존재이다. 무엇과도 나눌 수 없는 무게를 지닌 존재. 선우는 한참의 고민 끝에 신중한 얼굴로 수현에게 말했다.

“소속사로 가자.”

수현은 군말 없이 소속사로 차를 몰았다.

“같이 올라가.”

선우가 차에서 내려서 그에게 말했다. 수현은 곧장 차에서 내려 차문을 잠그고 그녀에게 팔을 내밀었다. 선우는 그의 팔에 팔짱을 끼고 로비로 들어가 엘리베이터를 눌렀다. 그녀가 나타나자 로비 비서가 윤 대표에게 연락을 미리 했다. 대표실에 당도하자 윤 대표가 긴장한 얼굴로 기다리고 있었다.

“아니, 하루 쉰다더니 왜 갑자기?”

남편인 수현을 대동하고 나타난 걸 보고 더 긴장한 표정이 역력해진 윤 대표가 머뭇거리며 회의실로 둘을 데리고 들어갔다. 앉자마자 선우가 윤 대표에게 말했다.

“제가 계속 반복해서 강조했던 얘기 알죠? 임신에 대해…….”

윤 대표가 끔찍해진 얼굴로 긴 한숨을 내쉬었다.

“혹시…… 임신하신 겁니까?”

“그래요. 5주 차래요.”

"일단 축하합니다. 그래서 일전에 저한테 말씀하신 대로 애가 태어나 자라는 일정 기간은 미국으로 들어가시겠다고요?"

"네. 양해 부탁합니다. 이런 식으로 활동 중에 손해를 끼쳐서 뭐라 드릴 말씀이 없습니다. 대표님."

윤 대표가 잠시 미간을 좁히고 이해타산을 따져 보듯 눈을 굴리더니 수현을 응시했다.

"좋습니다. 일단은 태아와 산모의 건강이 우선이니까요. 그런데 부군께서는 선우 씨를 언제까지 곁에 두시겠다는 건지 저희로서는 그걸 먼저 알아야겠습니다. 알다시피 앨범 하나 내는데 들어가는 돈이 수십억입니다."

"임신 기간 동안과 아이가 적어도 백일까지는 아내가 옆에 있었으면 좋겠습니다. 이후엔 한국과 미국을 오가며 가수활동을 이어나가도 나쁘지 않은 것 같구요."

윤 대표는 잠시 긴 생각에 빠져 입을 열지 않더니 이내 힘겨운 미소를 지었다.

"그렇다면 모든 스케줄을 전부 취소하고 언론엔 임신 사실을 알리고 언제까지 쉬겠다는 사실을 배포하도록 하겠습니다. 진심으로 축하해야 하는데, 마음이 그렇지 못한 점 양해 드립니다. 지금 하신 약속, 꼭 지켜주십시오. 선우 씨! 그리고 부군께서도."

"물론입니다."

"축하합니다."

윤 대표가 일어나 수현에게 악수를 청했다. 수현은 엄한 표정으로 윤 대표의 손을 맞잡고 짧게 흔들더니 바로 손을 놓고 선우와 대표실 밖으로 나왔다. 윤 대표는 곧장 차 매니저를 불러들였고, 선우는 막 엘리베이터를 타고 올라온 차 매니저에게 임신 소식을 알리고 짧은 작별인사를 했다. 다시 차로 내려온 수현은 이제야 기분이 좋은지 그녀를 바라보며 환한 미소를 짓고 물었다.

"뭐 먹고 싶어? 먹고 싶은 거 말만 해. 다 사줄게."

선우가 차의 천장을 올려다보며 생각에 잠겨 있다가 말했다.

"고기, 고기 먹고 싶은데요?"

"좋지. 가자!"

"수현 씨!"

"응?"

핸들을 움직이는 수현을 바라보며 선우가 물었다.

"기분 좋아요?"

"미치게."

"행복해요?"

"응, 죽도록."

"나, 만난 거…… 후회 안 하는 거 맞죠?"

"말이라고!"

선우가 웃으며 그의 손가락에 깍지를 끼워 넣었다. 수현이 환하게 이를 드러내 보이며 매력적인 미소를 지었다. 선우도 세상을 다가진 듯한 환한 미소로 그를 바라봤다.

〈맞선의 품격 完結〉

이 글은 〈짜〉이라는 프로그램에서 모티브를 얻었어요. 이 글을 다 써서 보내고 리뷰를 기다리며 대기하는 동안 청천벽력 같은 소식을 전해 들었어요. 하지만 전혀 미화할 생각도, 그렇다고 시사적인 관점에서 비평할 생각도 없어요. 그저 연애와 사랑에만 집중해 풀어 놓고자 했어요.

이건 어디까지나 가상이고, 이런 식으로 만났을 때 나 같으면 이런 식으로 이야기를 끌어가겠다는 생각에 시작되었어요. 내가 이런 곳에 들어가 이런 남자에게 일방적인 대시를 받으면 어떤 기분일까, 꿈같은 기분에 사로잡혀 썼어요.

그저 로맨스는 로맨스로, 소설로 받아들여주셨으면 합니다. 중간 중간 프로그램명이나 배우 명을 그대로 넣은 건 조금 더 빨리 상황을 이해하고 받아들이기 위해 사용한 대표격 명사쯤으로 이해 부탁 드립니다.

이미 몇 달 전에 끝낸 이 이야기를 덮어버리기에는 정수현이라는 남자가 아까워서 세상에 내놓아 봅니다.

부디 넓은 아량과 이해로 즐겁게 소설로만 봐주시기를 바라면 서…….

조용히 제 글을 응원해주시는 독자님들께 감사 인사 전합니다. 행복한 봄 되세요!

-이아인 드림.